藐姑射之山，有神人居焉，肌肤若冰雪，绰约若处子……

蓝宝

董鸣亭 著

上海文化出版社

蓝宝

阚坤元
二〇一八年
十一月廿
八日

姚思诚

诺允
二〇一八年十一月十六日

李大江

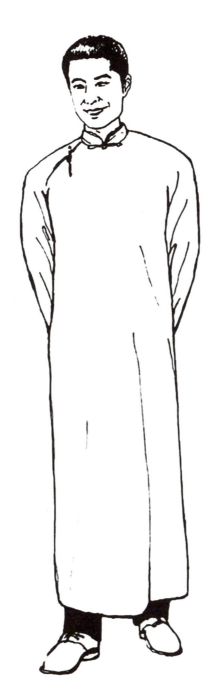

培元

二〇一八年十一月十八日

朱琪洁小姐

二〇一八年八月十日

悟元

培元

二〇一九年一月十一日

唐糖（国民党少校）

唐糖

二〇一八年八月徐焘元

周孝明

培元
二〇一八年十月十二日

大槐花

培元
二〇一八年九月

姚福财

培元
二〇一九年一月十一日

姥家老太太

培元 二〇一九年一月十一日

杨菊芳

二〇一八年八月份修元

陆心严

培元
二〇一九年六月五日

一

　　这天的上海滩上举行了一场隆重的婚礼，婚礼的消息刊登在当天的《申报》上：

姚思诚先生和周凤仙小姐结婚启事

　　兹承媒妁之约，并征得双方父母和本人同意，谨于中华民国二十三年八月二十八日，假座上海大华饭店举行结婚典礼。特此敬告诸亲友。

　　民国二十三年也就是公元一九三四年，正处于国民政府的十年黄金期，此时的上海，领导全国时尚潮流，男人们西装领带，女人们旗袍高跟鞋，还有向西方学来的结婚登报申明这种既浪漫又文明的仪式。所以，这对新人结婚的消息随着满街叫卖报童的飞跑，成了这天的特大新闻。除了市民关心的男婚女嫁、郎才女貌、才子佳人，新闻中"大华饭店"这四个字是最吸引人的。

　　七年前，一对伉俪也是在大华饭店举行了隆重的婚礼，这场婚礼被《申报》的记者称为"中美合作"。当时的读者都知道，那是取了这对伉俪名字中间的各一个字。随着这场令世人瞩目的"蒋宋联姻"，大华饭店声名鹊起，成为上海滩名媛绅士追逐时尚的地标，特别是未婚女子，做梦都想在这个饭店里举行一场华丽的婚礼。

没想到七年后，《申报》上又出现了"大华饭店"这四个字，令读者产生了无限的遐想：这姚家和周家的联姻背景是什么？姚家是不是上海滩上有名望的人家？这个周家的女儿也太有福气了，不但嫁入了豪门，还在大华饭店举行婚礼。那么这个被大家羡慕的周凤仙，又是谁呢？

其实，周凤仙的一生曾有过三个名字，这三个名字印证了她一生的命运。她不忌讳这三个名字，就如不忌讳在她生命中出现过的三个男人一样。因为，每一个男人都是她生命中注定要遇到的人，是她想躲也躲不掉的。以至于在她进入暮年时，回头一望，却发现原来并不是自己的命运和男人有关，而是男人们的命运和这个时代紧紧相连。所以，她的命运早在她姆妈肚皮里时就注定了。只是几十年过去，她还是会不时地回想起在大华饭店举行的那一场婚礼，这是她一生中最幸福的时刻，她原本以为自己会和姚思诚白头偕老。

周凤仙在九岁之前，大家都叫她蓝胞。所以，她的姆妈就是蓝胞姆妈，她的阿爸就是蓝胞阿爸。她在姆妈肚皮里七个月时，就被她的阿爸指腹为婚，许配给了一个比她大四岁的叫姚思诚的男孩。这个男孩的阿爸是当时上海滩上的一名绅士，是蓝胞阿爸在上海做生意时遇到的一位朋友，叫姚福财。姚福财比蓝胞阿爸年长几岁，他们俩就结拜为异姓兄弟。

那是公元一九一六年，民国五年的春夏之交时。在上海的一幢弄堂房子里，两个青壮男子在关公像前双双跪下。一个是穿着白色西装的绅士，一个是穿着灰色竹布长衫的商人，他们俩各自手执一炷清香行过跪拜之礼后，一个四岁的小男孩就走到了穿着长衫的男人面前，叫了他一声叔叔。那叔叔就是蓝胞的阿爸，那男孩就是姚福财的大公子姚思诚。蓝胞阿爸见姚思诚长得眉清目秀，一副聪明伶俐相中又透露出忠厚老实，于是，蓝胞阿爸就问姚福财："贤侄生得聪明伶俐，可与人家有婚姻之约？"

"小儿贪玩，尚未成器，哪来的婚姻之约？"姚福财对蓝胞阿爸说道。

"义兄若不嫌弃我周家贫寒，那我们就亲上加亲吧。我妻子已经怀孕多月，如果她生的是女儿，我就将她许配给贤侄为妻，如果生的是儿子，那就是姚家的儿子，在义兄膝下尽孝心。"蓝胞阿爸说道。

"那我还是希望我的弟媳妇生的是女儿，这样我们姚家就有一个贤惠达淑的媳妇了。"姚福财说着就开怀大笑起来。

"好，一言为定。"蓝胞阿爸说完，就捧起八仙桌上的酒碗，一饮而尽。

"等我的儿媳妇生出来了，我就跟着你回老家看她去。"姚福财也捧起酒碗一口喝尽。

蓝胞阿爸的老家在浙江宁波一个叫虎啸周的地方，这是一个盛产水蜜桃的地方。说到水蜜桃，那可是虎啸周人的骄傲，因为虎啸周盛产的水蜜桃在江南是数一数二的，也是上海人最喜欢吃的。

虎啸周，那可是山清水秀，地灵人杰。虎啸周有一座山，山上有一座塔，塔身立在山的东南部，山的西北部有一块凸出的大石头，远看这块石头有鼻子有眼睛，就如一只虎头。所以，整座山老远看过去就如一匹跃跃欲试的猛虎，那挺立的塔就如老虎的尾巴骄傲地竖起。这座山也叫虎山。

虎山下有条河，围着村庄缓缓流着，一年四季不停歇。那流淌的河水发出的声音就如一头虎在悠悠地叹出呼吸声。这条河就叫虎河。住在这里的人都姓周，所以，这个村庄也叫虎啸周。当然，嫁过来的女人是有自己姓的，但随着岁月的流逝，她们的姓都被自己遗忘了，也随着周姓被称呼为周家的女人。女人们喜欢这样的称呼，因为，生活在虎啸周的人们都有一种自豪感，更是为这个姓自豪。

原来，周姓的老祖宗早在两千多年前就是陈国的宰相，他本姓张。张宰相不幸遭奸臣陷害，被国王下令满门抄斩。好在张宰相平时为人忠诚厚道，深得国王的弟弟周的爱戴，于是，周通风报信，将这个消息及时传到了张宰相那里，并为他备了车马和细软，叫他朝着东南方向逃走。

张宰相携全家老小，一路朝着东南方向而来，不知走了多少路，终于走到了虎山脚下。他抬头一望，只见眼前出现了一座山。那座山朝西北的方向有一块大石头凸出来，远看就像是只虎头，虎头向着西北方怒目圆睁，仿佛有许多冤屈要述说。张宰相望着这座山头顿时触景生情，眼泪不由得流了下来。自从知道自己被奸臣陷害以来，一路逃命，九死一生，尝尽人间的辛酸苦辣，但他没有伤心过。此时，他看到这座虎山，那卧在山丘上的老虎向着西北方，向着自己的故乡忍气吞声地卧着，犹如自己虎落平阳被犬欺的感觉。就在他长吁短叹时，一片乌云飘来，山的东南边罩上了一道阴影，那道阴影正好出现在虎的后半身上，乍一看犹如老虎的尾巴高高翘起，那只虎就马上变成了一头跃跃欲试的猛兽……

张宰相一见，马上命令所有人马在此安营扎寨，并派人去四边勘察。不一会儿工夫，回来的人手里拿着一根桃枝，桃枝上开满了花，一朵朵桃花象征着生命的旺盛，似乎给眼前的人们带来了希望。于是，张宰相就把自己的家安在了虎山脚下，并在虎山的东南部造了一座塔，寓意老虎的尾巴。同时，为了感谢和纪念自己的救命恩人周，就把自己的姓改为了周，隐姓埋名在这里生活了下来。从此以后，张宰相的子孙们都姓周了。同时，虎山脚下虎河岸边都种上了桃树。

张宰相，后来也被他的子孙们叫周太公了。周太公为周氏家族制定了严密的家训，其中一条，周氏不论男女，一律要读书识字，凡是周氏家族成员，务必男耕女织。哎呀，姓周的人怎么不为自己的姓自豪呢？早在两千多年前，周姓人家就已经男女平等，人人读书识字，就连从外村嫁过来的女人们，也个个聪明贤惠。贤惠的女人生出了聪明美丽的孩子，孩子们再生孩子，生活在虎啸周的人们就这样一代一代繁衍着，形成了附近地区最有实力的一个村落。

虎啸周地灵人杰，土地肥沃，无论种什么，收获的都是一流的东西。种出来的水稻打成粳米，到了农历的腊月，女人们就把粳米扛到虎河边去洗，洗好后再扛回来，放在锅里蒸。蒸好后，就把米饭放在石臼里，男人们抢起木槌对准石臼里的米饭不停地捶打，一直捶到米饭变成了一团球，再把球掐成一条条，做成年糕。年糕上盖一个正方形的红印，就如宰相给国王上奏时的条文上盖了红印一样。传说，把年糕做成这样，也是周太公规定的，他不会忘记自己的身份，是一国之宰相，曾是一人之下万人之上的权贵。

权贵的子孙们做出来的年糕在附近出了名的好吃，年糕不但糯，而且入口软绵，带有浓浓的清香味。但虎啸周最好吃的还是水蜜桃。这里的每家每户都种桃树，每年到了三四月份，桃园一片血红，站在山上从高处远眺，宛如一张张红色的地毯铺在秀丽的大地上，给周围的山山水水增添了许多春色；近看，一朵朵桃花竞相开放，孩子们在树丛中嬉戏打闹。但孩子们绝对不会去摘桃花，因为他们知道，摘一朵桃花就会少一只桃子。于是，一簇簇小桃花渐渐变成了一只只小毛桃。小毛桃在树枝里面悄悄地长啊、长啊，长到了六七月份，小毛桃变成了大蜜桃，挂在树枝上鼓鼓的、沉甸甸的，那艳红的桃子中间有一条凹下去的缝，犹如刚出生的孩子红红的屁股，让人恨不得咬上一口。

所以，这里的孩子特别是女孩子，大人们就会为她们取名桃花或是桃子。于是，虎啸周的女孩子叫桃花和桃子的多得如树上的水蜜桃，但这里的人是把女孩子叫着娘子头的，或是小娘，平时在叫这些女孩子名字时都会这样叫：桃花娘子头、桃子小娘。为了区别这些都叫着桃花或桃子的小娘们，大家就根据她们的年龄大小分别叫大桃花、二桃花、三桃花……随着这些桃花和桃子嫁人，再挨个升级，三桃花变成了二桃花，二桃花变成了大桃花。

但蓝胞是生在七月的，那是凤仙花开的时候，也是自周太公为周氏家族立下族规两千年以后的事了。蓝胞姆妈就为自己的女儿取名为凤仙，她不想让自己的女儿和人家叫一样的名字，她相信自己的女儿会有一个更好的命。可虎啸周的人没有一个叫蓝胞为凤仙的，都叫她为蓝胞。为了表示蓝胞和别的小娘不一样，她的名字后面不加娘子头，就直接叫蓝胞。

蓝胞的家就在虎山脚下，门前有一条清澈的河，河岸边种着桃树。春天桃花一开，春风一吹，河里就漂着粉红的花瓣。有时候，花瓣飘进院子，院子里有条大黄狗，有一只大黑猫，还有几枝凤仙花。

九年前的那一天，蓝胞姆妈就挺着个大肚子一个人坐在院子里的小方桌前做着针线活。这时候，院门被一个人推开了，她站在蓝胞姆妈面前，随手拿起线篓里做了一半的婴儿衣服，抖了抖就笑道："弟媳妇，你做的都是娘子头穿的衣服，万一生的是男小顽呢？"

"阿姐，我喜欢小娘，孩子的名字我都想好了，就叫她凤仙。"蓝胞姆妈对阿姐说道。

这个被蓝胞姆妈叫着阿姐的人就是大桃花，是蓝胞阿爸的姐姐，也是家里的长女。她有两个弟弟，大阿弟就是蓝胞阿爸，小阿弟就是蓝胞阿叔。早几年，她就嫁给镇上一个做裁缝人家的少爷了。凡是虎啸周嫁出去的女儿都比别村人家的女儿高出一等，她们不但是宰相的后代，更是会识字干活，而且个个长得如桃花一样美丽。所以，这些桃花小娘们嫁的人家也都是好人家。那么，大桃花嫁到裁缝家，也算个大少奶奶了。

可这位大少奶奶就喜欢为娘家人操心，没有办法，自己的父母死得早，两个弟弟都是她带大的。大阿弟在上海做生意，小阿弟就跟着阿哥在学生意。不过大阿弟成家了，大桃花也放心了许多。这次她是收到了大阿弟的信，给蓝胞姆妈送信来的。

"喔，看你的肚子满打满算也是七月份生的了，是该叫凤仙。"大桃花看了看院子里的凤仙花，这些凤仙花已经从土里冒出嫩芽，等这些花都开了，还有几个月呢。

"你男人从上海来信了呢。"大桃花说着，从怀里取出一封信交给了蓝胞姆妈。

蓝胞姆妈拿过信，展开，又放下，她抬起头看着大桃花就笑道："没有偷看吧?"

"我做啥要偷看?我识的字比你多，我闭着眼睛就能知道我弟弟写了点啥。"大桃花得意地说道。

蓝胞姆妈就拿着信低下头看了起来，看到有些地方不懂就问大桃花。问了几次，大桃花就不耐烦地把信拿了过来道："还是我把内容讲给你听吧。我弟弟在信上说，他在上海很好，叫你安心在乡下生产。等要生的时候，他会赶回来陪你的。对了，他说在做生意的时候，碰到了一个好人，他是道道地地的上海人。那家人家姓姚，姚家是上海的大户人家，在生意上帮了我们很大的忙，于是，他们就做了异姓兄弟。巧的是，他有一个四岁的儿子叫姚思诚，为了能亲上加亲，这对异姓兄弟就指腹为婚，说如果我们周家生的是女儿就给姚家做儿媳妇，如果是生男孩就做兄弟。所以呢，你肚子里如果是小娘，就已经有婆家了。"大桃花一口气说完，就咯咯地笑了起来。

蓝胞姆妈听了也笑道："我男人就是这样，做任何事情都不和我商量，孩子还没生，就要送给人家了。不过，也好，娘子头早晚是要嫁人的，早点定了婆家，省得以后要托媒人呢。"

"哎，我们虎啸周的女儿，是皇帝女儿不愁嫁，再说我的弟媳妇是个美人胚子，生出来的女儿肯定也是个美人呢。"大桃花想到自己就要做嬷嬷了，脸上泛起了桃花一样的红晕。

"那说不定的哦，侄女像嬷嬷的多得是呢。"蓝胞姆妈说道。

转眼，七月到了，村里的人吃上了桃子，蓝胞家院子里的凤仙花也开了，黑猫也长得胖胖的，那条大黄狗卷着尾巴缩在小方桌下面打着瞌睡。蓝胞姆妈和大桃花就坐在院子的方桌前吃着桃子。突然，她觉得肚子一阵阵痛，头上的汗珠子像黄豆一样滚下来。大桃花一见，知道弟媳妇要生了，就对蓝胞姆妈说："你别怕，我去叫接生婆。"大桃花说着马上走出院子，那大黄狗一见大桃花走出了院子，就从桌子底下蹿了出来，尾随大桃花而去。

蓝胞姆妈抱着自己的肚子想从方桌前站起来回到房间里去，可她刚站起来就双腿一软跌倒在地上。于是，她就爬，向着房间爬去。她的裤脚管被流出来的羊水沾湿了，随着她一路地爬着，那羊水就如一条小溪一路流着。蓝胞姆妈怀的是头胎，早已被眼下的阵势吓得六神无主了。那只黑猫就站在院子里对着远方叫着：咪呜……咪呜……那声音紧张而尖厉。

等大桃花带着接生婆赶到时，蓝胞姆妈正奄奄一息地躺在地上，只有那只黑猫站在蓝胞姆妈身边，伸出舌头在舔着她的脸。于是，大桃花和接生婆拼着老命把蓝胞姆妈从地上拖起扛到了床上。大桃花把弟媳妇安顿好，马上去灶头间烧水，接生婆打开随身带来的接生用的包裹，取出一把剪刀放在煤油灯上烧了烧，然后就叫蓝胞姆妈用力、用力，再用力。可蓝胞姆妈哪里还有力气，连叫痛的力气都没有了，只是紧闭着眼睛，汗水湿透了全身，真是生不如死的样子。接生婆眼看着孩子的头已经冒出来了，再使把劲就能生了，于是，就对着蓝胞姆妈说："呼吸，深呼吸，用力，生……"

蓝胞姆妈睁开了眼睛，她拉着接生婆的手有气无力地说着："我不行了，我要死了，求你保孩子吧。"

这时候，大桃花端着热水盆进来了，她对接生婆说："大人小人都要保。"

接生婆一听，就从大桃花手里拿过一条毛巾塞进蓝胞姆妈的嘴里，她叫蓝胞姆妈咬紧毛巾后，拿起剪刀对着产门就是一刀。只听得蓝胞姆妈一声惨叫，一阵响亮的婴儿哭声破壳而出，一个浑身是血的婴儿出生了。接生婆抱起婴儿，看了看下面，再看了看裹在婴儿身上的胎胞就惊叫起来："是蓝胞，是个裹着蓝色胎衣的娘子头。"

大桃花一听，马上从接生婆手里抱过婴儿，当她看到自己手上的婴儿被一层闪着蓝色光芒的胎胞包裹着时，确定自己的侄女真的是带着蓝胞出生的，就问接生婆："别人家的小孩生出来的胎胞都是肉红色的，我家侄女怎么会是蓝色的呢？"

接生婆告诉大桃花："我接生到现在，也没见过蓝胞的，但我听老辈的人说过，裹着蓝胞出生的人是富贵之命，特别是娘子头，不但长得漂亮，将来还是做皇后或是一品夫人的命呢。"

大桃花一听，就喜上眉梢，转身想对蓝胞姆妈说些安慰话。蓝胞姆妈已经听到了这段对话，就长长地吐出一口气说道："我们不图富贵荣华，就盼着她快乐成长，她既然是娘子头，就叫她凤仙吧。"

虎啸周生了个蓝胞小娘的消息如长了翅膀，到处在飞，大家都想来看看这个裹着蓝胞的婴儿到底哪般模样。大家一看，就相信了这小娘一定是富贵之命。她睡着时，一双眼睛细长，一只鼻头圆圆的，那红红的小嘴如樱桃，薄薄的唇尖上有一滴细白的小泡，就如朝露滴在鲜红的樱桃上。白里透红的皮肤如胭脂，在太阳底下是透明的，一双小手就如刚出笼的馒头散发出香气，十分讨人喜欢。

于是，大家都叫她蓝胞，并说这小娘将来肯定是个大美人，如果早生几年肯定是进皇宫做娘娘的。可惜大清朝换了共和，大清臣子袁世凯当上了大总统。生活在乡下的人们骨子里已经习惯了皇权，对袁世凯在一九一五年十二月称帝，他们表示了沉默，甚至觉得多了一份希望，希望自己身边长得漂亮的女孩子都能进皇宫。没想到做了八十三天皇帝的袁世凯在众人的唾骂声中归西了，乡下人所有美好的希望也随袁世凯肉身的消失陷入了失望。难怪蓝宝带着神秘色彩的胎胞出生时，人们会产生一份惋惜之情。

但虎啸周的人还是迷信的，相信人的命数都是天注定。为了确认蓝胞的那张蓝色胎胞到底是祸是福，大桃花专门从镇上请来了算命先生二瞎子。

二瞎子今年六十多岁了，他生下来就是瞎子，属于全瞎的那种。但他算命的本事特别大，只要拿着人的生辰八字他就能算出此人一生的命运，包括什么时候死掉。有一次，镇上的人为了考验二瞎子的本事，就将别村的一个刚死去的青年人的生辰八字拿来让他算。二瞎子用他的大拇指掐着无名指下端说着"子"，再掐中指下端说着"丑"，后掐着食指下端说着"寅"，然后又掐着食指上的三道纹线一一往上掐道："卯辰巳"，再在中指、无名指、小指上连续数着："午未申"，最后在小手指上往下数道："酉戌亥"。不一会儿工夫，二瞎子就报出此人的年龄和长相及身体骨骼，就在他报出这些时，突然大叫一声，骂起了人："娘稀匹，把个刚死了的人来叫我算，算骨头脑髓。"

二瞎子的名气就这样响了起来，附近地区的人，不管是结婚生子造房子，还是出门做生意，都会去找二瞎子算。这二瞎子的称呼可不能在他面前随便叫的，大家当着他的面都称他为二叔，因为他在家排行老二，论辈分是二叔。但镇上被称着二叔的人太多了，为了区别二瞎子是个算命先生，大家在背后都叫他为二瞎子。

二瞎子拄着拐杖，穿着一件黑色长衫，头戴一顶草编的凉帽，由一位小童扶着颤颤巍巍地走进了蓝胞的家。大桃花就把一碗水递到了二瞎子手上，对他说道："二叔，我家侄女是裹着蓝色的胎胞从娘肚子里出来的，想请二叔为这小娘算一命。"

二瞎子动了动那对无眼无珠的眼眶，那眼眶深深地陷在鼻梁的两边，他抿了抿黑色的嘴唇说道："把生辰八字报给我吧。"

在命理学中，八字内含有子、丑、寅、卯、辰、巳、午、未、申、酉、戌、亥，这十二个时辰被称作十二干支，而金、木、水、火、土是每个人命理中必备的属性。这些属性分别隐藏在十二干支中，然后根据这十二干支再推算出四椎格局，二瞎子就根据四椎格局算出人家的命来。当然，他也推算出了蓝胞的命。他说蓝胞从九岁开始命里有驿动，早年丧父离母，嫁有二夫，生有二子一女，但却只有半子和一女的命。

当二瞎子刚说到蓝胞是早年丧父离母之命时，大桃花一听就脸色突变，马上问二瞎子道："我家侄女的命居然会是这样？请问二叔有何破解之法？"

"当然有。"二瞎子喝了一口水，伸了伸脖子道。

"只要二叔能破，尽管开条件。"大桃花说。

"很简单，只要把这个小娘早早许配给人家，远离父母身边，那她就是一个贵人之命。"二瞎子说道。

大桃花一听，顿时脸上露出了喜色，就对二瞎子说道："我家侄女早在她姆妈肚皮里时，就被她的阿爸许配给了上海的一户大户人家，这算不算是一种解法？"

"当然算。啊呀，这小娘可真是富贵之人呢，命里自带富贵，且天生丽质，聪明伶俐。可惜了，清王朝没了，否则真是个皇后的命呢。啊哟哟，烦关烦关真烦关，宣统皇帝已逊位，袁大头，短命皇帝八十三天……"二瞎子一边说，一边摇头晃脑地哼起当时在乡下流行的小调来。

"可又怎么破她的二夫之命呢？"大桃花想到自己的侄女将来会有两个丈夫的命，不由得眉头又紧紧锁上了。

"那只有晚许配给人家，就可以免去此灾。"二瞎子说。

"这是唱的哪出滩簧戏呢？为了保父母的命，要早许配给人家；为了避免二夫之命，又要晚许配给人家。二叔我都被搞糊涂了。"大桃花听了，哭笑不得起来。

"许配给人家并不是要圆房生子呀。啊呀呀，我的大少奶奶哦，都说你聪明能干，怎么在自家侄女身上就变糊涂了呢?"二瞎子说。

"要你一句话，我侄女的命是好还是坏?"大桃花也干脆把话挑明了。

"此女命中带有富贵，但一生坎坷，活到八十多岁。俗话说，人呢，能活到七十岁已是古来稀，大桃花你就知足吧。我二叔算命不喜欢摆噱头，有啥话讲啥话。俗话说一命二运三风水，四是阴德五读书。你家祖上积有阴德，祖宗会保佑她的。"

大桃花虽然请了二瞎子来为蓝胞算命，但她不会全部相信的，她只相信眼前的一切，她要保全这个家。大桃花甚至在心中为蓝胞暗暗欣喜，蓝胞在她姆妈肚皮里时已经许配给了上海的姚家，自己的侄女命里注定是个富贵之人，况且，她对自己家族的寿命也是知道的，还没有一个人能活到七十岁的。所以，蓝胞能活到八十多岁，真是祖宗坟上烧了高香，全托祖宗大人们的庇护呢。这人呢，吃五谷杂粮的，天也有晴空万里和乌云密布的时候，谁知道人的福祸旦夕? 而这一切对大桃花来说就已经满意了，人管得太多是自寻烦恼，自己先做嬷嬷，先幸福起来吧。

大桃花的幸福指数是很高的，在有了蓝胞这个侄女几年后，蓝胞的弟弟红胞也出生了，大阿弟的生意也越做越好，小阿弟也在上海娶了一个同乡女人结婚，并跟着同乡去了东北大连做生意。小弟媳还在大连生了个大胖儿子，取名为周孝明。俗话说人逢喜事精神爽，这些年来，大桃花也越活越年轻了。

人一开心，日子也过得飞快。这年是公元一九二五年，民国十四年的七月，凤仙花开了。虎啸周的女人们都喜欢用凤仙花瓣来敷指甲，如果花瓣是红色的，那指甲敷出来就是红色的，如果花瓣是黄色的，那指甲敷出来就是黄色的，如果花瓣是蓝色的，那指甲敷出来就是蓝色的。蓝胞姆妈喜欢用这三种颜色调在一起，敷在蓝胞的指甲上。蓝胞伸出她那粉嫩的小手时，就如两只水蜜桃一样诱人，让人真想咬上一口。

这一年，也是虎啸周水蜜桃的丰收年，蓝胞阿爸专门从上海回到了虎啸周，亲自来采购水蜜桃。他已经把水蜜桃装在竹箩里，在虎河边上装了满满一船，今天一早天还没亮，就押着船回上海去了。

这年蓝胞九岁了，也到了该上学的年龄。虎啸周的孩子上学年龄是没有规定的，想什么时候上学都可以，因为上的是私塾。蓝胞姆妈认为自己的女儿可以去私塾读书了，蓝胞阿爸也认为她可以拜先生读书了，但都没有用，只有大桃花认为蓝胞可以拜先生上私塾了，蓝胞才可以正儿八经地去读书。

这天早晨，蓝胞姆妈在送走了蓝胞阿爸后，就去山上采来了红黄蓝三种颜色的凤仙花瓣，回来坐在院子里，将三色的凤仙花瓣拌在一起，放在石臼里捣着。蓝胞双手撑着小脸蛋，坐在一只小凳子上看着姆妈捣浆。蓝胞姆妈用一块纱布把花瓣揉成一团浆后，再把浆敷在蓝胞的手指上，用一小块一小块的纱布把小手指包起来。蓝胞姆妈对蓝胞说："娘子头一定要把自己搞得漂漂亮亮的，一定要对自己金贵，自己对自己都不金贵，谁会金贵你呢？"

这时候，蓝胞的弟弟红胞就扬起一张小脸对蓝胞说："姐姐，你是娘子头，娘子头要贵养，我是男孩子，男孩子要穷养。"红胞奶声奶气地说道，蓝胞听了就举起敷了凤仙花的双手捂在嘴边，害羞地笑了起来。

"对，红胞没有说错，娘子头贵养就是为了让自己金贵，以后不会随随便便被男人骗走。何况我们是宰相的后人，你又是带着蓝胞出生的，和别的娘子头不一样，更要贵养。你看别人家的娘子头，早就帮着父母做起了家务活，而你却能去读书，穿的又都是嬷嬷家做出来的新衣服，所以你要争气……"蓝胞姆妈的话还没有说完，蓝胞就插嘴道：

"不但要争气，还要知书达理，将来嫁到姚家，做个大少奶奶，不能掉了周家人的脸面。姆妈，是不是？"

"就你会说话，你不说没人把你当哑巴的。"蓝胞姆妈说着，就把裹在蓝胞手指上的纱布掀开，母女俩都低下头去看，蓝胞不由得惊叫起来："真好看。"

红胞也说好看。

蓝胞姆妈就捧着女儿的小手放进嘴里说道："真想咬一口。"

蓝胞说："像水蜜桃。"

蓝胞姆妈就对蓝胞说："长得漂亮的小娘都是水蜜桃。"

"是的，阿爸在上海做生意，把水蜜桃卖了，我们就有饭吃了是不是?"蓝胞闪着她那双亮晶晶的眼睛问她的姆妈。

"小孩子家别管大人的事，等一歇我带你去见教书先生吧。"蓝胞姆妈说着，就走到房间里去了。

就在蓝胞姆妈走进房间时，大桃花来了。她人还没走到院子，声音就传到蓝胞姐弟俩的耳朵里了："我家蓝胞要读书了，看嬷嬷给你们送什么来了。"

蓝胞就向院子门口望去，只见嬷嬷穿着一件新潮的阴丹士林蓝布做成的长袖大褂，下摆镶着红、黄、黑三种颜色的丝线宽边，那丝线上有金色的光在闪亮。嬷嬷的身板笔挺，那走路的步法就如戏台上的花旦，一步一莲花，步步摇曳。她右手臂上挎着一个竹篮子，篮子里放着满满一篮子的鸡蛋，一步一摇地走到了蓝胞面前。

"嬷嬷……"蓝胞、红胞一见嬷嬷就扑上去。大桃花抱起了红胞，在他的脸上亲了亲。

蓝胞就伸出自己的双手给大桃花看："嬷嬷，好看吗?"

大桃花一见蓝胞敷过凤仙花的手指就叫了起来："真好看，一双小手又白又嫩，敷了凤仙花的手和水蜜桃没有两样了。"

"那嬷嬷你咬一口。"蓝胞把自己的小手递到了大桃花面前，大桃花就张开嘴巴，"啊呜"一声，蓝胞的手背上留下一排浅浅的牙印，蓝胞就"咯咯"地笑了起来。就在她张大嘴巴笑的时候，蓝胞姆妈从房间里走了出来，说道："娘子头不能这样笑的，古人说，女子笑不露齿，走不动裙。你看看像什么样子?"

大桃花听了有点不服气了："怎么了，侄女看见我嬷嬷开心了，就这样笑了，不可以吗?"

蓝胞姆妈一见自己的大姑子发话了，她就是再有一百个道理也不敢说的。

也是的，大桃花虽然嫁出去了，但在娘家有绝对的威望，先不说她把两个弟弟带大，那是父母不在长姐如母，现在，大阿弟在上海做生意，和家人往来的书信也都是先寄给大桃花，然后由她转给蓝胞姆妈。而蓝胞家每年的生活费都是蓝胞阿爸从上海寄给自己的阿姐大桃花，然后由大桃花替他们付的。只是大桃花绝对公正，该给蓝胞姆妈的钱，她一分也不贪，相反有时候还要倒贴娘家。比如，蓝胞和红胞身上穿的衣服都是她做的，只要蓝胞的衣服有一点点旧了，大桃花一定给蓝胞做新的，她也一直对蓝胞姆妈说：我这个侄女就如我的女儿，不能委屈她。现在，大桃花见蓝胞姆妈要对蓝胞做规矩，她就说道：

"算了，别老是教训自己女儿这个那个的，蓝胞是我们周氏家族的后代，又是虎啸周出了名的美人，将来是要嫁到上海去的，还是让她好好读书，做个知书达理的人吧。"大桃花说着，就把鸡蛋一个个从竹篮子里取出来，边取边说，"这里一共有三十个鸡蛋，你们自己留十个，再过几天就是蓝胞的生日了，到时候给她煎荷包蛋吃。另外二十个送给先生吃。"

"小孩子过什么生日呢？越过生日长得越笨，还是忘记了好。送教书先生的礼物我已经准备好了，阿姐看看，这是从镇上买来的糖包，还有先生喜欢抽的烟丝，这烟丝是蓝胞阿爸从上海带来的，他说是南洋兄弟烟草公司生产的最好的烟丝。给先生的财礼也备了，这些也都是蓝胞阿爸在昨天晚上吩咐过的。"蓝胞姆妈说道。

"送礼物是见多不怪，多送一点，我们蓝胞以后就可以少挨木板子。"大桃花说着话时，已经把鸡蛋分好了，她对着蓝胞眨了眨眼睛说道："你可要乖哦，不乖，教书的先生可是会拿着木板子打人的。"

"嗯，我知道，听二桃子说，先生对不听话的男孩子就用烟头去烫他们的小手，有时候还会用手去揪耳朵，但从来不罚小娘们。先生说，娘子头本来就不用读书，女子无才便是德。可我知道，周氏家的小娘们读书，是太公提出来的，谁家不让娘子头读书，谁家的男人就不准进周氏祠堂。"蓝胞说道。

大桃花和蓝胞姆妈用惊奇的眼神看着蓝胞，她们觉得蓝胞长大了，懂了很多事。于是，大桃花从篮子里取出了一件斜襟的上衣，让蓝胞穿上。这是一件藕红色的上衣，袖口和下摆缀着一条红、黄、蓝、白、黑的五彩丝线宽边，高高的立领上级着三颗葡萄纽，顺着对襟还依次排列着一粒粒葡萄纽扣。懂的人都知道，这样的衣服不是一般人能穿的，也只有大小姐出身的人才配穿这样的衣服。

是的，蓝胞在大桃花的眼里就是周家的大小姐，也是自己的翻版。

大桃花也是周家的大小姐，只是父母死得早，她就早早挑起了家里生活的担子，把家里的桃树租给别人家种，再把几十亩田分给长工们种，她只是每年收点家人能吃饱的粮食就行了。长工们也厚道，他们帮着大桃花下田干活，除了每年缴给大桃花稻谷外，还给大桃花送鸡、送鸭。到了村里有人杀猪宰羊时，大桃花的两个弟弟也一定能吃上猪羊肉。在蓝胞阿爸成年后，村里的人就把他带到了上海去学生意，学了三年后又在别人的货栈行里做了几年跑街先生，然后在老乡的资助下开了个货行，专门把乡下的土特产带到上海去卖。

虎啸周一年四季有不同的作物收获，那些农副产品除了桃子外还有糯米、黄豆、绿豆、竹笋和海货。后来随着上海工业技术的发达，虎啸周出产的水蜜桃也被做成了糖水桃子罐头，竹笋也被加工成为有名的"扁尖笋"，那些海鲜被腌制成咸带鱼和黄鱼鲞或是蟹酱，这些产品在上海供不应求。当然，到了水蜜桃上市时，那鲜艳的桃子一只只放在用虎山上的竹子编出来的竹箩里，四面铺上桃树的叶子，装上船。那船从虎啸周的虎河边出发，一路向东，到了宁波码头上，再把竹箩挑上开往上海的大轮船。这大轮船一般是下午四点多开船，到上海也就是第二天清晨五六点钟，于是，上海人就能吃到刚从树上摘下来的水蜜桃了。

上海有很多来自江南的水蜜桃，虎啸周的水蜜桃是其中之一，但吃过虎啸周水蜜桃的人，都说虎啸周的水蜜桃除了甜、水分多外，还有股鲜味，吃在嘴里唇齿留香，回味无穷。于是，蓝胞阿爸每年到了水蜜桃丰收时，就会亲自回到虎啸周来采集水蜜桃，亲自坐船压阵，并亲自掌舵把船开到宁波码头上。

大桃花虽然出嫁已多年，也是镇上一家裁缝店的少奶奶了，但她一直为两个弟弟操心，弟弟们出了远门，她就把这份关爱放在了蓝胞身上。

蓝胞长到九岁了，出落得像一朵桃花，那粉嫩的脸蛋就如水蜜桃，那樱桃一样的小嘴唇，唇间棱角分明，一双大大的眼睛落在两排长长的眼睫毛下，笑的时候就如一朵桃花盛开。最主要的是，蓝胞的神韵长得像嬷嬷，虎啸周的老人们都说蓝胞长得和大桃花小时候一模一样，只是蓝胞是裹着蓝色胎胞生出来的，大桃花是裹着肉红色胎胞生出来的。别说裹着蓝色胎胞出生的人是富贵命，就看大桃花的命，她要不是父母死得早，看她现在的命也是大富大贵的呢。老公和公公都是镇上有名的裁缝，十里八乡的人凡要嫁人娶媳妇都要请他们做衣服。这裁缝是上门做活的，做哪家吃哪家，做完衣服回来，带回吃不完的东西。而零星的活计，如盘纽扣或是缝边镶嵌，就由大桃花和婆婆在家做。所以说，大桃花在镇上也算个殷实之人，不愁吃不愁穿，再加上识字，为人性格脾气豪爽，遇事也敢说敢做，深得镇上人的敬重，是镇上有名的大少奶奶。

但大少奶奶心中永远有一份遗憾，就是自己该做大小姐时，父母死了，留下姐弟三人。对外她要对付各种人，对内要照顾两个弟弟，也许在别人眼里，特别是那些长工们眼里，她还是大小姐，但她完全没有享受过大小姐的殊荣。在两个弟弟面前，自己有时候就像个侍候人的娘姨，为弟弟做衣服，洗衣服，做菜烧饭。可大桃花不后悔，她的一切付出都是为的弟弟们，以至于她到了该出嫁的年龄时，也是一拖再拖。她要看到弟弟们长大了，出息了，她才放心。

蓝胞是周家的后代，又是裹着蓝色胎胞出生的，冥冥之中，她的命运已经在虎啸周所有人的思维中定了调：她是一个富贵之人，她还在姆妈的肚皮里时，就已经被许配给上海的大少爷了。上海，这个让乡下人听了就竖起大拇指的地方，在大家的心目中就是皇宫。因为，清王朝没了，命再好的女人已经去不了皇宫，但上海已经取代了皇宫。特别是蓝胞长到九岁时，上海自鸦片战争后签订《南京条约》对外开放已经八十多年了，这个代表着民族资本发展的土地上已经有现代文明的存在，那里除了有汽车，有电灯，有洋房，有百货公司，从上海回到虎啸周的人们还都会带回一大笔钱来造房子买田。所以，虎啸周的人，特别是大桃花都相信蓝胞将来嫁到上海去，不但会给家人带来荣华，也会给虎啸周的人带来富贵。因此，大桃花要尽一切所能来呵护蓝胞，保护蓝胞，让蓝胞知道自己不但是个大小姐，还是一个不一样的大小姐，那样今后去了上海就不会被人欺负了。

蓝胞穿着嬷嬷做的衣服，那藕红色衣服更衬托出了她桃花一样的面容，那双眼睛闪着清澈的光。她展开双臂，在原地转了一个圈，随着她的转动，两根小辫子如翅膀似的在她身后扑闪着，那两只小手因为涂了凤仙花瓣，就如水蜜桃一样诱人。她在蓝天下旋转着，她像桃花一样笑着。

如果说，命运之神在蓝胞九岁之前，带给她一张蓝色的胎胞，也带给她无忧快乐的童年，那么也为她的未来披上了一层神秘的色彩。可命运之事谁也无法预知，就在那天，蓝胞命运中的劫数开始启动了。就如二瞎子预言的那样，九岁是蓝胞命运的开始，她的生命之门渐渐打开，她从此开始了自己不平凡的一生。她曾经拥有的美好童年全部成为她的记忆，而这份记忆深深影响了她的一生。直到公元二〇〇四年，蓝胞八十八岁时，在一个彩霞满天的傍晚，她躺在深深爱着她的那个男人怀里，梦里回到了虎啸周，见到了大桃花，见到了自己的阿爸和姆妈……

只是那时她已经不叫蓝胞了，也不叫姚思诚给她起的名字，那个她最喜欢的蓝宝，她就叫凤仙。她又回到姆妈肚皮里，回到了那个桃花盛开的季节，母亲已经给她起好了名字，她姓周名凤仙。

二

　　七月的虎啸周，水蜜桃从桃树上一颗颗被摘了下来，桃树都成了光秃秃的树干。从虎山上往下望，虎河边上一片开阔地，只有田野上的凤仙花在山风中怒放。

　　自从周太公带着几千人马在此安营扎寨后，经过几十代人的生存繁衍和经营，虎啸周也成了一个鱼米之乡。但随着人口的增多，虎啸周和浙江其他地方一样，出现了地少人多的情况。为了生存和发展，但凡能种植物的田地上都见缝插针，就连河里也游着鸭子和小鱼，还有虎啸周的男人们从十四岁开始就出门学生意了，而上海是他们的首选之地。刚开始他们是学生意，吃上三年"萝卜干饭"，然后就自己做生意。但每年到了桃子收获时，这些男人都会回来避暑。那时，上海已经是盛夏了，各种生意也清淡起来。蓝胞阿爸却撑着满满一船的桃子又回上海去了，他做的是小本生意，赚的是辛苦钱。

　　开阔的田野上，蓝胞穿着嬷嬷做的藕红色的大襟衣服，拉着嬷嬷和母亲的手，一蹦一跳地在田埂上走着。她们的身后跟着大黄狗和黑猫，大黄狗一边走一边不停地叫着，叫了几声它就蹲在地上，昂起头对着天空狂吠起来。

　　天空开始发黑，乌云密布，一阵阵狂风刮来，像要下雨的样子。

　　蓝胞在大人们的带领下来到了教书先生的家。先生人称周二爷，正盘腿坐在一张竹编的罗汉椅子上闭目养神。他一见蓝胞，就对蓝胞说："我知道你这个小娘叫蓝胞，但这是大家叫你的名字。现在你要读书了，就得有个字。我也知道，你是生在七月凤仙花开的时候，过几天就是你的生日了，我给你起个读书用的名字，就叫周凤仙吧。"

蓝胞姆妈一听，就欢喜地说道："周二爷真是个知识渊博的先生，这个字用得好。"说完就对周二爷跷起了大拇指，她在心里想，读书人就是不一样，给学生起名字都会想到大人的心坎里去呢。

大桃花也应和道："太好了，我家侄女以后有两个名字了，一个叫蓝胞，一个叫周凤仙。"其实她的心里一直没有忘记二瞎子说过的话，她不希望蓝胞的命里会出现两个男人。但蓝胞有两个名字，这不是一般女人会拥有的。按老规矩来说，一个人有两个名字就等于有了两条命，这人就是要多命，最好是九条命，也俗称为猫命。所以，大桃花又一次在心里认可了蓝胞的命中是自带富贵之相的。

周二爷听了也高兴起来，他走到书桌前，随手拿起笔墨，就在一张宣纸上写下了"周凤仙"三个字。蓝胞站在一边看着先生写字，她的眼神紧跟着先生手中的毛笔，一笔一画地从纸上滑过，心也随之紧了起来，她知道自己有了一个正式的名字叫周凤仙，当然，她也喜欢蓝胞这个名字，但这是小名，只是让家里人叫的。当先生写好后，蓝胞就双膝跪在先生面前，恭恭敬敬地拜过先生，并从先生手里接过那张写有自己名字的宣纸。此时，天空突然打了一声很响的雷，那雷声就如一串炮弹从头顶上飞过。刹那间，雨声大作，那雨点噼里啪啦地打在了屋顶上。周二爷马上抬起头望着窗外的天空说道："要发大水了。"

大桃花一听，脸色突变，身子微微一抖。蓝胞姆妈更是惊慌失措起来，惊叫道："不好了，我家男人的船还在河里走呢。"说完，一下子瘫软在地上。

大桃花一听，马上从地上扶起自己的弟媳妇，安慰道："我们不要慌。"

"这场雨来势不小呢。"周二爷语气沉重地说道。

就在大家惊慌万分时，村里响起了急促的"喤喤喤……"的敲钟声，外面传来了众人的呼叫声："虎河涨水了，已经漫到岸上了。"

周二爷马上披了一件蓑衣，戴了一顶竹编的雨笠冲了出去。随着他把房门打开，一阵狂风暴雨立刻卷了进来，大桃花不由得浑身打了个哆嗦，她就一手拉着蓝胞，一手拖着蓝胞姆妈也冲进了狂风暴雨中。

虎河的水位在迅速猛涨，从上游倒下来的洪水如排江倒海，一泻千里，卷起两岸的树木和泥土哗啦啦地向下游倒下去。刚才还是清澈见底的虎河水现在已经变成了滔滔的浊水，那黄浊之水呼啸着向东滚去。蓝胞跟在母亲和嬷嬷身后一路跑着。蓝胞姆妈一边奔着，一边叫着："红胞，红胞……蓝胞她爸……"

天空打着响雷，天边划过一道闪电，路边庄稼田里的水稻全部被雨打得没了样子。水正慢慢淹到蓝胞的脚踝上。蓝胞拼着小命跟在两个大人身后朝着自己的家跑着，她不知道周围发生了什么事情，只听到母亲在暴风雨中凄厉地叫着，也看到了嬷嬷那惊慌失措的样子。自她懂事以来，嬷嬷和母亲在她的印象中就如祠堂里供奉着的观音菩萨像，她们端庄淑雅，平日里说话的声音也是柔软得如过年时虎啸周人吃的猪油汤圆，平时走路的样子也是一步三摇，步步脚下莲花盛开。可现在，嬷嬷和母亲像是换了一个人，她们像掉了魂一样，没命地朝着家里跑去。

蓝胞也跑着，她已经和她们落了一大截距离，但她不敢落后，似乎有种不祥的预兆在偷偷吞噬着她幼小的心灵，似乎有人在告诉她：快回家去，家里只有红胞一个人在，这么大的雨，这么大的雷声，会吓着红胞的。

大桃花跟在蓝胞姆妈身后跑着，她的心已经跳到嗓子口了，她感觉到有事情要发生。但她不敢想，她只想追上蓝胞姆妈。于是，她也拼命地跑。可雨太大了，那豆大的雨珠打在她的脸上生生发痛，渐渐弥漫成一张模糊的网，遮盖了她眼前的一切。于是，她就用手在眼前搭了个凉棚，朝四边张望着。雨幕中，村里的男人们在抗洪，他们用稻草包叠在岸边。可洪水之凶猛，势如破竹。这时，大桃花突然想起了落在身后的蓝胞，于是她停下了脚步，朝身后望去。只见暴雨中，蓝胞一步步地在泥泞中挪动着脚步，那滚滚的洪水已经淹到她的小腿上了。大桃花一见，就大叫一声："我的天呐……"转身向蓝胞跑去，一把将蓝胞抱起。可蓝胞对大桃花说："嬷嬷，快回家去抱红胞，他一个人在家会被洪水冲走的。"

大桃花用手将脸上的雨水猛地一抹道："你姆妈去抱红胞了，你就跟着我走吧。"

"嬷嬷，这四边都是水，我们往哪儿走呢？"蓝胞说着，已经不是一个九岁小姑娘的口气了，她突然长大了。她想到的是弟弟红胞在家，万一被洪水冲走了，那就是她的罪过，是因为她要上学，母亲和嬷嬷陪着她去见教书先生，才把弟弟一个人放在了家里。于是，她使出全身的力气把嬷嬷推开，自己仍深一脚浅一脚地在泥泞地上走着。

大桃花就对蓝胞说道："你也是小孩子，听嬷嬷的话，我们先回到家再说吧。"

于是，蓝胞就拉着嬷嬷的手朝着回家的方向跑着。刚到自己家的院子，只见弟弟红胞坐在一只木盆里，那木盆在水中漂着。母亲站在红胞身后，浑身都淋湿了，她的脸刹那间苍老了许多，那双担忧的眼睛里布满了泪水。蓝胞姆妈一见大桃花就说道："阿姐，蓝胞阿爸的船还在河里走着呢，看这水势，他会不会出事啊？"

"不要慌张，孩子们看着我们呢。"大桃花的身上也没有一块干的地方，那件阴丹士林蓝布的大襟衣服上沾满了泥浆。她站在屋檐下，淋着雨，铁青着脸，咬着牙齿，坚定地从嘴里吐出这两句话。

但大桃花的心里如翻了江的虎河水，不能平静，这是她自出娘胎以来第一次看见发这么大的水。她也听村里的老人说过，在清朝年间的康熙六年，虎啸周下过一场暴雨，那场暴雨夹着狂风，把附近所有庄稼和房屋全部淹没，洪水把人和牲畜也都冲走了。村里幸存下来的人就把牛啊、猪啊、羊啊往虎山上赶，这才免遭了一场灭顶之灾。大桃花一想到这里，不由得浑身打了个冷颤，眼前的暴风雨难道是三百年未遇的灾难吗？于是，她马上对蓝胞姆妈叫道："快把家里值钱的东西带上，我们上虎山。"

蓝胞姆妈马上抱起木盆里的红胞，正想转身回房去拿东西时，天空又响起了一个惊天霹雳，随着这声音响起，村里的人们扶老携幼，纷纷向着虎山上逃去。大桃花就拉起蓝胞对蓝胞姆妈叫道："快逃吧。"

蓝胞姆妈一听，就什么也没拿，跟着大桃花逃出了家门。就在这千钧一发之际，蓝胞的家在一阵暴风雨中倒塌了下来，洪水如一头发了疯的猛兽，卷起倒在地上的残垣断壁，哗啦啦地滚向前方去了。

　　蓝胞跟着大人们逃到了虎山上，雨仍下着。村里的人站在虎山上向下望着，村庄已经变成了一片汪洋大海，海上漂着死猪、死羊、死鸡、死鱼，还有几具死尸。人们挤在一起，谁也不发声音，但能听到彼此的心跳和呼吸声。大桃花紧紧抱着蓝胞，蓝胞浑身在发抖，她那件漂亮的藕红色的衣服已经被雨淋湿了，浑身上下全是泥浆，那件湿淋淋的衣服紧紧裹在她幼小的身体上，她觉得有点冷，于是，就把自己的身体贴在嬷嬷的身上，她发现嬷嬷的身体也在发抖。

　　蓝胞姆妈抱着红胞站在虎山上的那座塔身下，向远方望着。远方是一片浑浊的大水，水上漂着乱七八糟的东西，已经分不清哪是河流，哪是道路了。可是，蓝胞姆妈还是按照自己以往的经验，眺望着前方。前方有一条河，这条河向东延伸，一直延伸到宁波码头。她幻想着蓝胞阿爸那艘装满水蜜桃的船已经到了码头，那一箩筐一箩筐的水蜜桃也挑上了大轮船，正准备开往上海去。那么明天，蓝胞阿爸就会到上海了，然后把这些水蜜桃全部卖了，卖了的钱再还给村里的人。因为这些桃子都是向村里种有桃树的人家赊来的，每年都是这样。蓝胞姆妈就这样痴痴地站在塔身下，她想着想着，想到自己都糊涂起来，都忘了现在是什么时候，是吃过了早饭还是该做午饭的时候？如果蓝胞阿爸发生了什么意外怎么办？不可能发生意外的，如果发生了，那这个家就完了。房子已经被大水冲走了，那些祖上传下来的家具和生活用品也被大水冲走了，但只要蓝胞阿爸活着，一切还是有希望的。蓝胞姆妈就这样一直想着，直到红胞在她怀里叫肚子饿了，蓝胞姆妈才缓过神来，她想起来了，现在该是吃午饭的时候，可身边找不出一样可以让红胞吃的东西来。

　　就在蓝胞姆妈想为红胞找吃的东西时，躲在山上的人们都觉得肚子饿了。于是，大家就聚在一起商量着怎么面对眼前这场三百年未遇的大灾。有事情大家商量已经是虎啸周两千多年来留下的习俗，自周太公在虎山下安营扎寨后，他把平日里养成的上朝奏章的办公规律也搬到了家族里，设立了周家祠堂，凡是需要大家商议决定的事就在祠堂里商议。周太公就坐在祠堂的上堂，他的膝下是他的子孙们，周太公先听取大家的意见，然后举手表态。周太公的后裔们经过两千多年的繁衍，人丁兴旺，周家祠堂的香火越来越旺。但自周太公去世后，周氏家族就不设太公的辈分，能在祠堂里掌握一村人命运的是族长，而族长也是村里辈分最高的人，年龄也是最大的。但现在面对眼前的大灾，族长显然力不从心，他没有跟着大家逃到山上，于是，大家就推荐村里最有文化的周二爷来做临时的掌舵人。

周二爷是周太公直系玄孙的玄孙，他爷爷的爷爷……反正是两千年前的爷爷是周太公的长子，周太公在世时，就命令自己的长子道：你这脉就在虎啸周担任教书的职务。所以，到了周二爷这代时，他就继续传承老祖宗的规定，做个教书先生。那时候，还没有学堂，但有祠堂，虎啸周的祠堂很大，其中有个地方是专门供孩子们读书的。周二爷家有兄弟两人，老大在三岁时就去世了，周二爷也算是长子了。但村里的人讲规矩，死了的人辈分永远在。所以，在周二爷结婚生子后，他就把自己的大儿子过继给了老大，让老大的香火也有人传承，自己永远做老二。

此时，大家推荐周二爷为此次抗洪救灾的领导人。周二爷不负众望，在大灾面前，他站在那座象征着老虎精神的塔身下，清了清嗓子说了起来：

"我受大家的重托，代族长来想办法解决目前的困难。有一点我们应该明白，虎啸周的人是周太公的后代，个个充满智慧，人人有勇气战胜困难。据说三百年前，虎啸周也遭受过这样的大灾，但我们的祖辈没有被大灾压倒，灾难过后又建造了一个鱼米之乡。十里八乡的人，只要说起我们虎啸周，个个都会跷起大拇指，说我们是好样的。大水冲走了我们的家产，但俗话说得好：留得青山在，不怕没柴烧。只要我们人在，就有希望。再说，村里不是有许多从上海回来避暑的青壮年男人吗？你们就是我们虎啸周的希望。等大水退了，大家还是回到自己的家园，谁家的男人不在，有男人的就去帮忙。现在谁身边带着吃的也都拿出来，先给孩子们吃，如没有，就让年轻人去山上找野果子吃。我们老人饿着，没有关系，孩子们不能饿啊。"

就在周二爷说话时，有人发现虎河的水慢慢地平稳了下来，天已经开始发亮，雨层云里居然出现了彩虹。虎啸周的人在听了周二爷的一番话后也精神振作起来，被雨淋湿的身体也暖和了许多，大家决心要重建家园。但蓝胞姆妈的心仍是冰冷的，只要没有得到蓝胞阿爸的确切消息，她的心是不会安定的。

蓝胞依偎在大桃花的怀里，此时她并不能体会到母亲的感受，她甚至都不知道自己的父亲会遇到什么灾难。但大桃花心里明白，自己的弟弟那条命恐怕是在劫难逃了。这么大的一场水灾，一条船在河里走，装着满满一船水蜜桃。如果弟弟聪明，反应快，见洪水来了，立刻弃船而逃，那他还有一丝生还的希望。可大桃花明白，凭自己对弟弟的了解，他是不会弃船而逃的，他会撑着船在洪水中挣扎，这也是人的本能反应。但大桃花还是在心里祈祷着，祈祷着奇迹出现，于是，她对蓝胞说："我们去看看你姆妈。"

蓝胞跟着嬷嬷走到了母亲身边，她看着母亲，就几个时辰的光景，她快认不出母亲了。如果不是母亲抱着红胞，她真的不会相信眼前那个披头散发、两眼无光、一身泥浆的女人会是自己的母亲。可母亲看见了蓝胞，就用她颤抖的手去摸了摸蓝胞的脸，问她道："肚子饿吗？"蓝胞摇了摇头。蓝胞姆妈又说道，"我们的家被大水冲走了，你的阿爸也生死未卜。"蓝胞姆妈说着就哭了起来。

这时候，很多乡亲都围了过来，有的人对蓝胞姆妈说："你家男人赊了我家几箩筐水蜜桃，那可是我们一家人的养命钱呢。"

也有人在安慰蓝胞姆妈："菩萨保佑你家男人，没有事的，说不定他已经到了宁波码头，明天就会有电报回来报平安的。"

但更多的人是在提醒蓝胞姆妈："我们的桃子钱可别忘了还，我还等着这笔钱修房子呢。"

蓝胞姆妈低着头，听着大家的话，她感到更加难过了，但她找不出一句话来向乡亲们解释，只能伤心地哭着。

这时候，大桃花听不下去了，又见自己的弟媳妇被人围攻，她就像一只老母鸡一样一步跳到蓝胞姆妈面前，双手叉腰地用一种保护小鸡的姿势站着说道："现在是什么时候？还说钱的事！我家兄弟收了你们的桃子也是为大家做了一件好事，如果他昨天没有收你们的桃子，今天也会被这场洪水冲走的。何况我兄弟生死未明，你们不但不存半点乡亲之谊，还趁火打劫，口口声声要讨债。你们的良心难道是被狗吃了！放心吧，如果真是我们欠你们的钱，都会还你们的。"

"你算老几？你是嫁出去的女儿，泼出去的水，你说话不算数。"有人这样说。

"谁说我是老几？有种的站出来说。"大桃花伸出了一只原本叉在腰上的手，用食指指着面前的人，她的声音尖厉了起来，脸色铁青。

"如果你弟弟死了，我们问谁拿钱去？"还是有人在紧迫地追问着。

"贼拉伲子，是谁咒我弟弟要死的，有种的站出来说。虽说借钱还钱是大道理，可你们拿出凭证来呀。如果谁家有我兄弟写的字据，那我大桃花是个讲理的人，我们欠大家的钱是多少会还给大家多少的，可对你们这些伤天害理的人家，就别怪我大桃花不讲道理了。"大桃花双手叉着腰，铁青着脸，一双眼睛瞪得滚圆。

"刚才谁说我是嫁出去的女儿泼出去的水？娘稀匹的！你们都给我听好了，我可是虎啸周人的姑婆。我家有侄子和侄女，我有两个兄弟，这两个兄弟都是我一手带大的，这里是我的娘家。你们这些所谓的叔伯阿婶，好好摸着自己的心口说句人话。当年，我们的父母死得早，谁来关心过我们？说呀！站出来说，不说就是婊子养的。"大桃花显然和平时换了一个人样，她的声音急促起来，胸部也因激动急促地起伏着，双唇随着脸色的铁青变成了紫色。

蓝胞从来没有看见过自己的嬷嬷发这样大的火，这火发得脸相都变了。在她幼小的心灵中，嬷嬷她从来不骂人的，她和人说话时总是和颜悦色的。但现在的嬷嬷完全换了一个人，她知道家里肯定遇上了什么麻烦事情，否则嬷嬷不会发这么大的火，姆妈也不会被大家欺负得只会掉眼泪。于是，她就站在嬷嬷身边，拉着嬷嬷的衣角，用她弱小的声音对周围的人说道："你们不能这样对我嬷嬷。"

这时候，有个长得一脸猥琐相的男人对蓝胞说："我们把你卖了，说不定还能卖个高价，这样，你家就有钱来还我们的桃子钱了。"

"我请你吃耳光。"大桃花一听到这句话，就走到那个说话人的面前狠狠捆了他一记耳光，她自己的脸也气愤得扭曲了。

顿时，现场乱了起来。那人冲到蓝胞面前要撕她的衣服，大桃花一把抱起蓝胞，一边抬起一只脚向那个男人踢去。众人见状，纷纷劝架，一边却还念叨着："欠债还钱，天经地义。"周二爷闻讯赶来，对那些讨债的人说道："现在是什么时候？你们却趁火打劫，这脸都不要了！可我还要自己这张老脸呢。当初我教你们读书时讲的是'忠、孝、廉、义、仁'，可你们为了几个钱就忘了老祖宗的教诲，这叫我以后怎么去见先人，见我们的太公呀？何况，蓝胞阿爸生死未明，又同是一个族的亲人，却为了钱六亲不认，你们好意思吗？"

周二爷发话了，众人这才平静下来。但蓝胞的心里永远刻下了这天的情景，她看见自己的母亲在大家面前是那么的无辜，嬷嬷受到众人的非难，居然有人说要把自己卖了。她从来不知道生气是怎么一回事，但现在她只觉得自己心里好难受，她恨这些人，恨这些骂她嬷嬷和欺负她母亲的人。此时，她十分想念父亲，如果父亲在，谁敢欺负母亲和嬷嬷呢？谁敢说要卖自己呢？卖自己是为了还钱，钱是什么东西？钱会让人连脸都不要了？蓝胞开始了思想，她觉得自己该长大了，长大了，就可以帮嬷嬷和母亲分忧解难。

水慢慢退了，众人也从虎山上撤离下来。蓝胞的家没有了，于是，大桃花就把他们带到了镇上，让他们先在自己家安顿下来。大桃花的公公和男人都在外乡做裁缝，家里就一个婆婆。

大桃花居住的镇叫西坞镇，离虎啸周三里路。西坞镇因为地势高，洪水没有冲到这边，影响也不大。为了打听蓝胞阿爸的消息，大桃花派出各路人马，并一再嘱托：活要见人，死要见尸。

蓝胞姆妈病了，一是受了风寒，二是担忧过度，她躺在床上不吃不喝，尽流眼泪。大桃花为蓝胞姆妈请来了郎中，郎中搭过病人的脉搏，说吃上几副药就会好的，可蓝胞姆妈最大的病是她的心病，心病就无法医治了。大桃花知道弟媳妇的心病。如果蓝胞阿爸真的出了什么事，那这家人家也彻底完了。想到这里，大桃花也要病了。可别人都能生病，就大桃花不能生病，她是周家人的希望，也是蓝胞姆妈的主心骨。可几天过去了，派出去的人回来都说没有得到任何有关蓝胞阿爸的消息。据宁波码头上的人说，这几天里没有看见有人将一箩筐一箩筐的桃子挑上船，也就意味着，蓝胞阿爸失踪了。

当大桃花每次听着派出去的人回来向她讲述寻找的过程，她的心也一天天失望起来，她不敢告诉自己的弟媳妇，但她知道消息是瞒不住的，于是，她就拖时间，她觉得拖一天是一天，等弟媳妇身体好点了，再讲也不晚。

那天，她带着蓝胞去了镇上的电报局，给在大连的小阿弟发了个电报。电报的内容就寥寥几字："家遇水，大弟失踪，望速归。"这几个字是大桃花亲自在发电报的表格里写下的，每一个字就是几个铜板，那几个铜板是乡下人可以吃几天饭的钱。但大桃花不去想这么多了，她只想让小阿弟快快回来，小阿弟回来了，就可以多一个人商量事情，多一个人为她分担眼前的困难。

就在大桃花写好电报内容时，电报局的发报员给了她一封从上海发来的电报，说是给大桃花的。大桃花一听，心里一愣，上海除了自己的弟弟，谁会给自己来电报呢？莫不是弟弟活着？他已经到上海了？大桃花一想到这里，一根紧绷的心弦不由得松开了。她从发报员的手上接过电报，但一看落款的名字，一颗刚放下的心又被提到了喉咙口。那电报写着："惊悉水灾，兄弟安恙？"落款人为姚福财，也就是说那个叫姚福财的人也知道虎啸周发了大水，他以为蓝胞阿爸还在乡下。于是，大桃花又叫电报员按原来的地址发了一封回电："弟已失踪多日。"落款人为大桃花。

这个叫姚福财的人就是蓝胞阿爸结拜的异姓兄弟，是蓝胞还在娘胎时，被自己阿爸指腹婚的未来的公公。于是，大桃花就把电报的内容念给蓝胞听，她指着姚福财这三个字要蓝胞记住这个名字。蓝胞看着这三个字，就跟着嬷嬷念道："姚福财。"

"对，他是你未来的公公，他有个儿子叫姚思诚，比你大四岁。在你还在姆妈肚皮里时，你阿爸就指腹为婚，把你许配给了姚思诚。这些事情你也许早就听你姆妈说过了，但今天，嬷嬷还是要再讲一遍给你听，因为你阿爸至今下落不明，我们又欠了人家的桃子钱，虎啸周的房子也没有了，眼前可以帮我们的也就是你未来的婆家，你的公公姚福财了。所以，你要记住嬷嬷今天的话，姚家不但是你的婆家，也是我们周家的活菩萨。如果我们找不到你阿爸了，那么在上海的姚家就是你未来唯一可以依靠的人家了。"大桃花对蓝胞说着。

"不，我有自己的亲阿爸，有姆妈和嬷嬷你。我不去上海的姚家，我要和弟弟红胞在一起。"蓝胞紧紧拉着大桃花的手，她不敢放开嬷嬷的手，她怕一放开，嬷嬷就会把她抛弃的。

"蓝胞，你是女孩子，女孩子早晚是要嫁人的，早嫁人和晚嫁人是一样的。"大桃花说着。

"嬷嬷你不喜欢我了?"蓝胞抬起头望着大桃花问道。

大桃花看着蓝胞那双清澈的眼睛，那眼睛里充满了一个孩子的依赖和信任，于是，大桃花就俯下身子，把自己的脸贴在蓝胞的脸颊上轻轻地说道："你是我的宝贝侄女，嬷嬷甚至可以不要自己的命都不会抛弃你的。但你该长大了，你要懂事了，我们周家遇到了天塌一样的大事了。"大桃花说着，眼泪就夺眶而出。

蓝胞一见嬷嬷哭了，就说道："嬷嬷别哭，我蓝胞会很懂事的，我听嬷嬷的话，我听姆妈的话。"

"真是听话的好娘子头，等我们回家了，别让你姆妈知道姚家来过电报了，我们就装做什么也没有发生过一样，好吗?"大桃花说着，就对蓝胞伸出了一个小手指。

蓝胞也伸出一个小手指，跟大桃花拉勾道："说话算数，一千年不说，一万年不说，说了就是小狗。"说到小狗，蓝胞就想起了家里的狗和猫，但它们都被洪水冲走了，于是，她对嬷嬷说："我想要大黄狗和小黑猫。"

大桃花就对蓝胞说："以后会有的。"

"好的，我们以后什么都会有的。"蓝胞拉着大桃花的手天真地说道。

大桃花见蓝胞那么懂事，就长长地吐了一口气。但她却听到了一声轻轻的叹息声，这声音是从蓝胞的嘴里发出来的，于是，大桃花问蓝胞道："你怎么叹气了？"

蓝胞说："嬷嬷，我觉得心里难过，好像胸口有块大石头压着，但叹了一口气，就觉得胸口松开了点。"

"蓝胞，以后遇到任何事情都不可以叹气。我们的太公对我们说过，叹一口气穷一辈子。"大桃花觉得该给蓝胞讲点做人的道理了。

"好的，我知道了，以后不叹气。"蓝胞似懂非懂地回答道。

大桃花带着蓝胞向着回家的路走去，当她们走过二瞎子家的时候，正好看见二瞎子坐在门口，于是，大桃花停下脚步，站在二瞎子面前，想起了九年前，蓝胞刚生下不久时，自己曾请二瞎子为蓝胞算过一命。她没有忘记二瞎子说过的任何一句话，包括蓝胞在九岁时有一个劫数，这一劫就是丧父吗？如果二瞎子算的命都是真的，那么蓝胞以后的命就是老天爷都规定好了？想到这里，大桃花想再叫二瞎子算一算蓝胞的命。就在她想着时，却传来二瞎子的声音："大桃花，不要站在门口，也不要再算了，我二瞎子本事再大，也没有算出虎啸周会遭到这么大的水灾，如果我有先知先觉的本事，虎啸周也不会死人了。"二瞎子一边说着，一边用他骨瘦如柴的手摸了摸自己干瘪的脸庞，他的样子就像自己是个罪人，也为自己没有回天之术而感到内疚。

"二叔，这不能怪你，俗话说人作孽不可恕，天作孽尤可恕。这老天爷的事情谁也不知道的。"大桃花安慰起了二瞎子。

二瞎子却竖起了耳朵，他听到了一个细细的小娘的呼吸声，就问大桃花道："你身边的小娘是谁呀？"

"她是我侄女，蓝胞。"大桃花回答道。

"就是九年前生下的那个穿着蓝色胎胞的小娘？"二瞎子动了动眼眶说道。

"是的。"大桃花回答道。

"哦，是蓝胞。蓝胞你过来，让我摸一摸你的骨头。"二瞎子说着，就伸出了他那双手要去摸蓝胞的身体。

蓝胞一见瞎子就知道他是个算命先生，但她怕见他，也不会让二瞎子摸自己身体的。但大桃花知道，人的命不但可以通过八字算，也可以称骨和摸骨来算，最简单的是可以通过摸手就能算出一个人的命了，于是，大桃花对蓝胞说道："让二爷摸一下你的手吧。"

蓝胞看了看嬷嬷，再看了看二瞎子，就把自己的手伸给了二瞎子。当蓝胞伸出她的小手时，那双敷过凤仙花瓣的手指上仍留有花瓣的颜色，还是和水蜜桃一样。但二瞎子是看不见的，他只能用手来摸。当二瞎子摸着蓝胞的小手时，他的眼眶紧张地动了一动，耳朵立刻竖起。片刻，二瞎子放下了蓝胞的手，他没有说话，只是抬起他的脸向天空伸展着，好像在探望什么。但他是什么也看不见的。

大桃花就问二瞎子道："二叔，有啥说法？"

"没有啥可说了，我现在老了，也算不准了。"二瞎子瘪了瘪黑黑的嘴唇摇了摇头就回自己家里去了。他一边走一边又哼起了小调："烦关烦关真烦关，宣统皇帝坐牢狱，正宫娘娘送监饭……"这是一首流行在民间的小调，反映的是张勋在一九一七年拥戴宣统皇帝溥仪复辟失败后，溥仪被段祺瑞禁闭在紫禁城里的一段历史。

蓝胞就问大桃花："嬷嬷，二瞎子刚才是什么意思？"

"不去管他什么意思，我们该怎么活就怎么活，你以后只要记住嬷嬷说的话就行。无论今后遇到什么事，不要问别人，就问自己的内心，内心要你怎么做就怎么做。我们平时做人要小心，一旦遇事就要大胆。"大桃花说道。

"嬷嬷我懂了，我会记住这些话的。"蓝胞到底懂了多少，谁也不知道，但紧要关头，蓝胞总能想起大桃花对她说的每一句话，这些成为她的精神语录。后来，在蓝胞要去上海的姚家做童养媳时，大桃花坐在蓝胞面前说了很多话，每一句话都让蓝胞牢记了一辈子，直到她生命的最后一刻，在梦中见到大桃花时，她都认为嬷嬷的每一句话都是真理，也为自己命运多舛的一生中拥有这样的一位亲人而感到幸运。

三

上海的黄浦江上停泊着各种各样的船，船上飘着各国的旗帜，这些五颜六色的旗帜在夏日的晨风里哗啦啦地抖动着。江边的十六铺码头停泊着几艘中国人的船，刚刚靠岸的"江亚号"就挤在这些船中，一块又窄又长的跳板从甲板上伸向码头，船上走下来很多乘客，陆续沿着这块跳板离开了"江亚号"。这些乘客中有的操着浓重的宁波口音在咣咣地说话，仿佛在吵架，有的扛着大包小包的行李准备下船。

此时的十六铺码头是上海连接海陆两地的交通枢纽，每天进进出出的船有几十条，单单从上海开往宁波港的轮船就有两艘，但姚福财知道，自己的异姓兄弟肯定是坐"江亚号"轮船回上海的，因为这艘船是中国人的，也是自己的舅舅虞洽卿在一九一五年创办的"三北轮埠股份有限公司"名下的。那时候，但凡有点家乡情结的宁波人都坐虞洽卿公司的船。想到虞洽卿，姚福财的脸上掠过一丝淡淡的笑意，并得意地挺了挺身子，伸长脖子看着跳板上走下来的每一个人，他在等着蓝胞阿爸的出现。

姚福财已经在这里连续等了三天了，第一天来到这里时，他是根据每年的习惯判断着"江亚号"到上海的时间，来接蓝胞阿爸的。可第一天姚福财没有接到，他就在想：也许兄弟在老家有什么事情给耽搁了。于是，第二天一早他又来到了十六铺码头。这次他来得很早，"江亚号"还没有到岸，码头上人也不多，只有附近几家货栈行在对外营业。姚福财就在一家熟人开的货栈行里坐了一会儿，顺便和人聊了几句。他听到几个伙计在说，虎啸周遭遇了三百年未遇的大水，死了很多人。姚福财一听，心猛地跳了一下，但他脸上没有表露出一丝惊愕，只是慢慢地从口袋里摸出一包香烟，打开纸盒，抽出一根烟，然后划了一根火柴把烟点上。他没有马上吸，而是把烟停在了半空中，因为，他又听到一个声音，一个操着浓重宁波口音的人在说："我昨天在宁波码头上船时，听说虎啸周有一个贩水蜜桃的人下落不明呢。"

姚福财马上把烟往地上一扔，走到了那个伙计面前，问伙计道："你是听啥人说的？"

"码头上的人都在说，说他本来在'江亚号'上订的货仓，却没有装货，也没有见到他人。"

"你还听说了啥？"姚福财的神色开始紧张起来。

"我也是昨天上'江亚号'的，听那些从西坞镇过来的人说，虎啸周的这场大水是三百年未遇的，庄稼田和水蜜桃树全部被淹了。"那个伙计说道。

"那死了多少人？"姚福财的脸上渗出了汗珠。

"这就不知道了。"伙计回答道。

就在他们说话间，"江亚号"靠岸了，姚福财转身就走出货栈行一路小跑来到了岸边。他看着轮船上走下来的每一个人，他在等待蓝胞阿爸的出现。直到船上的人都走光了，船上的水手们也下船了，姚福财还是没有等到自己兄弟的出现。但他不相信自己的兄弟会有什么事情，他还是带着侥幸的心情回家了，他希望第三天就能接到自己的兄弟。

第三天，姚福财就带上自己的儿子姚思诚一起来到了十六铺码头，他希望这次能和自己的儿子一起接到兄弟。可船上的人都走光了，那块跳板也被水手撤回了甲板上，姚福财还是没有见到兄弟的影子。这时候，姚福财才相信货栈行里那个人说的话，虎啸周出事了，自己的兄弟失踪了，他就转身对身边一位风度翩翩的少年说道："思诚，我们去电报局。"

这是一位十三岁的少年，他长得文质彬彬，身穿一件雪白布料的西式短衫，下着一条西式短裤，脚上是一双美国产的牛皮凉鞋，一双雪白的纱袜子穿在脚上。他这一身打扮是当时上海滩最流行的夏装，也是一身少爷的派头，他就是姚家的大少爷姚思诚。

姚思诚在四岁时，被自己的父亲指腹为婚，与一个被自己叫着周叔叔的人的女儿定了婚。那时候，他还很小，不知道定婚是什么意思，但他喜欢周叔叔。每一次周叔叔来他们家，就会带来他喜欢吃的海鳗、黄泥螺、竹笋，还有每年夏天这个时候从乡下带来的水蜜桃。每次吃水蜜桃的时候，父亲就会对他说起蓝胞的事，说那个蓝胞长得就像水蜜桃，漂亮可爱，以后还会读书识字做他的妻子。

他从来没有看到过蓝胞，对蓝胞所有的印象都是从父亲和周叔叔身上了解到的。但他喜欢吃水蜜桃，特别是虎啸周的水蜜桃，只要吃上一口，那味道是打死也不会忘记的。所以，在他的印象中，蓝胞就是水蜜桃，水蜜桃就是蓝胞。随着他慢慢长大，特别是近几年，他发觉自己的声音变了，喉结也长了出来，嘴唇上也长出了淡淡的胡须。他和几个要好的男同学一起去上厕所时，大家就看彼此的生殖器，渐渐地发觉了那个小玩意儿也在变了。于是，几个男同学在一起交谈各自的生理变化，并知道自己是进入了青春发育期；同时也知道了女孩子也会进入青春发育期的，她们的特征是来了月经。其实，这些生理常识放到现在来说是学生必修的一课，可在姚思诚读书的那个时代还是作为禁区的。但越是神秘的东西，越是吸引人。好几个晚上，姚思诚都被心中一阵阵青春萌动惊醒，他就想那个生活在乡下的蓝胞。他也知道，这个叫蓝胞的小姑娘将来是他的妻子，他想象着这个未来的妻子会是什么样子。大人们都告诉她，蓝胞长得非常漂亮，就如自己喜欢吃的水蜜桃一样，水灵灵的，香香的，甜甜的。于是，他已经在心里喜欢上了这个小姑娘，并展开他所有的想象，把最美好的设想都放在了蓝胞的身上。蓝胞就如天使，天使谁也没有看到过，但都知道天使的美丽和善良。不过他心中一直不明白，一个长得漂漂亮亮的小姑娘，为什么取名叫蓝胞呢？他也听说了蓝胞是裹着一张蓝色的胎胞出生的，但这个名字给他的一种感觉就是血淋淋的。于是，他在心里暗暗说道：等蓝胞来上海了，我一定给她重新取个名字。

昨天晚上，父亲命令他早早睡觉，说明天带他去十六铺码头接周叔叔，现在又听要去电报局，姚思诚就显得兴奋起来。那时候的电报局是个十分神秘的地方，人们也不会轻易去电报局发电报的，除非有紧急事情，比如家里有人得了急病，或是有人要死了，那才会去拍个电报。发出的电报由电报局专门送达，送电报的人会骑上一辆摩托车，以最快的速度把电报送到人家手中。

每次送电报的人骑着摩托车从姚思诚身边驶过时，他都会停下脚步看，并伸出手腕看着手表上的指针，计算着摩托车的行驶速度。姚思诚非常喜欢机动电器之类的东西，比如自行车、汽车、摩托车、收音机、唱机、手表等，这也许和姚家做的生意有关。说到姚家，那还要从姚福财的爷爷这一辈人说起。

那是一八四三年十一月八日，正值《南京条约》签订一年后，五口通商，上海是对外开放的五口之一。那天，英国首任驻沪领事巴富尔（George Balfour）满怀信心来到了上海，而那时任上海道台的是一个叫宫慕久的山东人，他负责接待巴富尔。

巴富尔是从广州坐船到达上海的，船上装满了家具和食品，他来上海首先要解决的问题是议定上海开埠时间，为英国领事馆找个办公的房子。可宫慕久对巴富尔说：上海老城厢本来就人多地稀，没有地方可以供应给英国人办公的。巴富尔心里明白这个山东人想要干什么，那是明摆着呢，我上海道台不欢迎你们这帮英国赤佬。于是，巴富尔就自己去找。就在他出了道台府时，有个自称姓姚的人对巴富尔说，他有房子，房子的地段很好，就在城中心，一共有五十二间房间，全部装修一新。

巴富尔一听，心花怒放，就跟着那个人去看房子了。这一看，也是巴富尔第一次欣赏到了中国江南的民居风格，还发觉这些房子打扫得非常干净，布置也是赏心悦目。他立马就问姓姚的人愿意多少钱出租。

其实，那个自称姓姚的人就是当地的一个绅士，名叫姚钱树。过去的人起名字也是很简单的，叫阿狗阿猫的人多得是，姚家给自己孩子起名叫姚钱树，是再正常不过的了。这五十二间房子是姚钱树祖上传下来的，只是到了姚钱树的父亲这一辈时，人丁稀少起来，这五十二间房子也就空闲着。姚家祖上一直是做生意的，对理财经营很有一套。当姚钱树从小道上听来英国人想要在城厢里找个办公地方的消息时，他就候在道台府门口，等巴富尔出现。现在姚钱树见英国人看中了自己的房子，就对巴富尔伸出了四根手指头，慢条斯理地说道："不多不少，四百两银子。"

"一年四百两？"巴富尔一听觉得合算，他也伸出了手掌，想和姚钱树击掌为据。

姚钱树却把手收了回来，摇着头说："是一个月四百两银子。"

巴富尔没有吱声，他心里明白，自己遇上了一个厉害角色，被人家当作"洋盘"了。但他咬了咬牙，答应了一个月四百两银子，他要把这五十二间房子全部租下来。

四百两银子，一两银子相当于今天的二百元人民币，那么四百两就等于八万元人民币，姚钱树每月从巴富尔那里就净收入八万元钱。这八万元钱在当时那可是一个天文数字。最厉害的是姚钱树从英国人身上看到了很多生意场上的机会，他让自己的儿子进入了教会学校读书，跟着洋人学英文，而自己也成了一个英国洋行的代理人。然后，经过几十年的努力和经营，姚钱树已经成为上海滩上的首富，拥有各种资产，包括房地产、钱庄、五金、运输等行业。

姚钱树有四个姨太太，姚福财的父亲是四姨太生的，也是姚钱树最小的儿子。小儿子也称"奶末头"，更何况是姚钱树晚年生的，他就把这个"奶末头"当着宝贝来养。在宝贝成年后，姚钱树把"奶末头"送去美国读书，还取了一个非常洋气的名字叫姚路易。这姚路易也争气，他在美国读的是理工科大学，也接触了很多科学技术，于是毕业后就回到中国在上海开了一个汽车行。

刚开始，姚路易的汽车行以修汽车和维护为主，生意也不错。虽然那时候的汽车拥有者不多，但都是有身份的人，讲究派头，一旦发觉汽车脏了，哪儿有点小毛病了，就会来找汽车行修理或是清洁。随着上海的经济发展和世界工业的兴起，自行车和黄包车已经成为上海人出行的重要交通工具。后来，德国人戈特利伯·戴姆勒（Gottlieb Daimler）发明了摩托车，并于一八八九年在法国巴黎世博会上展出。姚路易是从美国同学那里知道了摩托车，也了解了此车的功能和行驶速度，就想引进摩托车。但他们也进行了市场调查，发现上海的马路以"弹硌路"为多，而那些所谓的马路也是高低不平，这对只有两只轮胎的摩托车来说危险性是很高的。不过随着中国电报业的发展，摩托车也就被应用在送发电报的业务上，自从有了摩托车，姚家的汽车行也就多了一个修理摩托车的业务。

姚路易经营的汽车行在当时的上海滩也是屈指可数的，来来往往的也都是上海滩的头面人物，其中有状元实业家张謇、运输大王虞洽卿、金融大王朱葆三等风云人物。姚路易就娶了虞洽卿的一个表妹为妻子，然后就生下了姚福财。

这姚家本来就是大财主，再攀上当时上海滩上赫赫有名的虞洽卿为大表哥，姚路易打心眼里有说不出的得意，也视妻子为旺夫之人。自从有了虞洽卿这位表哥后，姚家的生意更加兴旺，所以，姚路易做任何事情都要听妻子的。特别是生下儿子姚福财后，根据姚钱树的要求要给自己的孙子取名为姚大卫，但虞洽卿的表妹坚决反对，用她石骨铁硬的宁波话对丈夫说道："好好叫一个中国小顽，为啥要叫外国人的名字？我看就叫姚福财，以后儿子有福有财，我养儿防老有靠山。"姚路易听了，也认为儿子叫福财比叫大卫好。但姚钱树坚持自己的孙子要叫大卫，于是，每逢姚福财哭闹时，姚钱树就叫着："大卫不哭。"而做母亲的就抱着儿子解开衣襟喂奶道："福财宝宝吃奶奶喽。"这时候，姚钱树只得拄着拐杖拼命地戳着地，敢怒而不敢言，谁叫自己的儿子娶了个上海大亨的表妹？何况，当时姚钱树已是日薄西山，在姚福财牙牙学语时，他就撒手归西了。随着姚钱树的死去，姚家再也没有人叫姚福财为大卫了，"姚福财"这三个字也堂而皇之地成为他的名字。

姚福财是个大孝子，他知道自己的母亲喜欢吃海货，特别喜欢吃乡下的年糕和蟹酱，于是，就经常去宁波人开的货栈行为母亲采购，一来二往，他就认识了蓝胞阿爸，两人成了好朋友。

有一次，蓝胞阿爸从虎啸周运来一百多箩筐水蜜桃，却没有想到，这批水蜜桃到了上海后，上海天气突变，连续下了十多天雨。这下可急坏了蓝胞阿爸，眼看着这批水蜜桃就要闷坏脱了，自己也要遭受金钱损失。就在他心急如焚时，正巧姚福财来货栈行为母亲采购海货，当他知道了这批水蜜桃滞销，就对蓝胞阿爸说："没有关系，这批水蜜桃我全部买下。"

姚福财每次来货行总是开车来的，而且备有司机。于是，他就对司机老蔡说，把水蜜桃一筐筐送到朋友家去，我们有多少朋友就送多少。姚福财此举为蓝胞阿爸解了燃眉之急。蓝胞阿爸以水蜜桃进价批发给了姚福财，而姚福财坚决要以销售价付给蓝胞阿爸。就这样，两人在生意场上成为好朋友，而每年从虎啸周运来的水蜜桃也成了姚福财馈赠亲戚朋友们的礼物。在姚福财的帮助下，蓝胞阿爸生意越做越好，两人的关系也如亲兄弟一样。但真正让他们成为异姓兄弟的，是桩意外事件。

那天，姚福财按以往的习惯又来到了货栈行为自己的母亲购物，可那几天上海阴雨连绵，货栈行地上湿漉漉的，一不小心就会滑倒。姚福财那天穿的是一双皮底的鞋子，货栈行里光线暗淡，他一脚踩到了一块滑腻腻的地方，就四脚朝天地倒在了地上。眼看他的头颅就要碰到一个大水缸了，蓝宝阿爸奋不顾身地一个鲤鱼跳龙门扑向姚福财，用自己的身体去顶着要倒下来的姚福财。姚福财在惯性的冲撞下，头颅只是轻轻地从水缸边擦过，后脑勺上流了一点血，而蓝宝阿爸因为用力过猛，一只眼角碰出了血，几天看不清东西。当时，姚福财受了很大的惊吓，但他为自己侥幸避免了一场血腥之灾暗暗庆幸，又见蓝宝阿爸舍己救人受了重伤，就认为这个朋友值得交，再加上自己也没有亲兄弟，就诚恳地对蓝宝阿爸提出"义结桃园"，在关公像前结拜为异姓兄弟。

此时，蓝胞尚在姆妈的肚皮里，蓝胞阿爸就指腹为婚，说如果自己的妻子生下的是女儿，就许配给姚家的儿子姚思诚为妻，如果生下的是儿子，那就是姚家的义子，做姚思诚的弟弟。

姚福财对这门亲事是很满意的，自己的兄弟有情有义，周家也是宰相的后代，蓝胞也是美人胚子一个。姚福财曾经跟着兄弟去过虎啸周，看到过刚满月的蓝胞。那时候的蓝胞躺在摇篮里，胖乎乎的小脸，红红的小嘴，睁着一双明亮的眼睛看着姚福财。当姚福财拿出红包塞进蓝胞睡的摇篮里时，蓝胞就冲着他笑了，她一边笑一边蹬着双脚、举起双手向姚福财招手。蓝胞的笑容就如桃花，引得了姚福财的一片欢心，那时候，他就希望蓝胞快快长大，长大了，就把她带回上海去做自己的儿媳妇。

所以，无论在任何场合，姚福财都会向自己的儿子提到蓝胞，他希望姚思诚喜欢蓝胞。但也担心现在的孩子上的是西式学校，讲究什么恋爱自由，婚姻自由，怕他会喜欢上别的小姑娘。好在姚思诚除了读书外，就喜欢摆弄汽车的零件，放寒暑假的时候，姚思诚就和汽车行的师傅们一起学修汽车。所以，他很早就学会开车了，而且车技很高。除了汽车外，姚思诚还喜欢自行车。其实，姚家是有专门的汽车司机的，司机老蔡的主要任务就是送孩子们上下学，有时候也送太太们出门游玩。可自从姚思诚学会骑自行车后，他就一直自己骑着自行车去学校上课。后来，他从汽车行的师傅那里知道了摩托车的事，就一门心思想要搞一辆摩托车开开。可姚福财反对，认为开摩托车是一件非常危险的事情，姚家大少爷是不能去做危险事情的，何况，家里还有弟弟和妹妹，作为家里的老大，要为弟弟妹妹做出榜样。

现在，姚思诚一听父亲要去电报局，马上引起了他的兴趣，他知道去电报局的意义，周叔叔没有在规定的时间内回到上海，父亲是不放心，才去电报局给虎啸周的人发电报的。但姚思诚心里想的是去电报局看摩托车，说不定还可以骑上摩托车让自己过一下瘾头。

当父子俩走到位于十六铺的电报局时，姚福财就让电报员发了一封"惊悉水灾，兄弟安恙"的电报。收报人就是大桃花，也就是大桃花带着蓝胞去西坞镇上的电报局给在大连的小阿弟发电报时收到的那封电报。

电报发出后不久，姚福财马上收到了大桃花的回电："弟已失联多日。"姚福财看着这封由大桃花发回的电报，他的心弦紧紧地绷住了，他确信自己的兄弟肯定出事了。他想马上去虎啸周走一趟，他要去那里看看，究竟是什么情况；还有蓝胞，自己未来的儿媳妇。想到这里，这才发现儿子不在身边，就去找姚

038

思诚了。

姚思诚站在电报局门口，在看一辆停着的摩托车，他用手去摸了摸车把，又低下头去看摩托车的引擎，他在研究摩托车的引擎和汽车的引擎有什么区别。就在他低头看时，姚福财已经走到了他的身边对他说："真是年少不懂事，你周叔叔至今下落不明，蓝胞母女安危不知，你却一点也不上心，快跟我回家去。"

这时候的姚思诚才明白了父亲为什么这些天坐立不安，每天一早去十六铺码头的原因，于是，他对姚福财说："我要去虎啸周。"

"你去虎啸周要经过你阿娘的同意，她不同意，我也决定不了。"姚福财说道。

姚思诚的阿娘就是姚福财的母亲，虞洽卿的表妹。按理说，姚福财是上海本地人，他们应该叫祖母为亲妈的，但姚思诚的祖母是宁波人，那里的人是称祖母为阿娘的。这个阿娘年轻时就是个厉害角色，为了自己儿子的名字敢和公公姚钱树对着干，现在是多年媳妇熬成了婆，特别是当上阿娘后就成了姚家的祖宗、姚家的老太太，她说一句话顶得上姚家任何人的一万句，也打破了姚家自祖上以来的传统——娶姨太太。虽然她嫁给了四姨太生的儿子姚路易，但自从她嫁过来后，姚路易就没有讨过小老婆，就守着自己的妻子兢兢业业做生意，然后把汽车行给了姚福财经营。姚福财也经营有道，他不但是生意场上的好手，也是一个有名的孝子，知道自己母亲喜欢吃老家的土特产，就专门去找这些土特产来给母亲翻着花样吃。姚思诚生下来后，这个名字也是阿娘给起的，她认为姚家虽然家大业大，但做人处世还是要讲诚信，所以就给自己的孙子起名为思诚，意在诚信第一。

再说姚思诚是家里的长子，按宁波人说法就是阿娘喜欢大孙子，爹妈喜欢小儿子。所以，姚思诚的所作所为都会受到姚家老太太的关注。姚思诚喜欢自行车，他知道父亲不会同意买的，他就去找阿娘，阿娘就对姚福财说："买，我孙子喜欢就给买。"姚思诚想要一只手表，又去找阿娘说。阿娘就对姚福财说："买，别人没有戴手表，我家孙子就该戴。"如果姚思诚有个什么头疼脑热，那阿娘更是会对着姚福财唠叨个没完，说姚福财对儿子一点也不关心。

姚福财心里虽然对自己的母亲这样溺爱孙子是有看法的，但他根本没有权利发表意见。以至于，姚思诚小小年纪已经养成了自己的个性，想要什么就给什么，想做什么事情就做什么事情。好在姚思诚本性善良，为人也老实，做事情就如他的名字一样。所以，姚福财从心里也是喜欢这个大儿子的。

姚思诚见父亲没有答应他去虎啸周，就说道："我回去和阿娘说，我和你一起去虎啸周。"

"如果你是去关心蓝胞的，我会带你去；如果你是带着玩的心情去，就是你阿娘答应了，我也不带你去。"姚福财说道。

"我当然是去关心蓝胞的，否则我去虎啸周做啥？"姚思诚被父亲一说就急了起来，脸也红了。

姚福财就笑了笑说道："快回家吧。"

姚家就住在淮海路上，这条颇有法国风情的街面充满了欧洲的浪漫，特别是由法国建筑大师赉安设计的现代装饰艺术风格的建筑，为这法租界的核心地段增添了几多繁华和艺术气息。姚家的住宅是当年姚路易花了几十根金条顶下来的。其实，姚家在老城厢里有很多房子，当年借给英国人巴富尔的那五十二间房，到现在还在出租，就连城隍庙的有些商铺都是姚家的。可姚路易喜欢住西式里弄，喜欢淮海路上的那些法国梧桐树，更喜欢到了晚上，沿街商铺灯红酒绿，还有爵士音乐和酒吧。毕竟，姚路易留过洋，会讲洋文，又经常和洋人打交道，他当然要住在租界里的。后来，姚思诚就是在这里出生的，他的弟弟和妹妹都是在这里出生的。

当姚家父子回到家时，太阳已升到半空了，火辣辣的太阳把水门汀的路面晒得发烫。父子俩刚一进家门，一个男小人和一个女小人就冲到天井里，一个抱着姚福财的大腿，一个拉着姚福财的衣服，叫着要吃水蜜桃。

姚思诚一见自己的弟弟妹妹缠着父亲在发嗲，就说了一句："只知道吃，周叔叔都失踪了，没有水蜜桃吃了。"

就在姚思诚说话间，姚家老太太从客堂间走了出来。老太太的年龄看上去也只不过五十多岁，穿着一件黑色的香云绸缎做的衣衫，脚上趿着一双牛皮拖鞋，花白相间的头发梳了一个高高的发髻挽在脑后，给人干脆利落的感觉。

姚思诚一见阿娘，就走上去挽着她的手臂对她说道："听说虎啸周发了大水，周叔叔运桃子的船下落不明呢。"

老太太就转过身子对姚福财说："福财啊，这可是人命交关的大事啊，你们俩又是兄弟，你就去虎啸周走一趟，探个事情咋莫介来？万一闯祸了，蓝胞家小的小，弱的弱，他们也该有个人照应哦。"虽然老太太从乡下来到上海也有几十年了，但她那浓浓的宁波口音仍然石骨铁硬。

"姆妈，我回来就是和你商量的，我也想去虎啸周看看。"姚福财对自己的母亲说道。

"勿用商量了，吃好中饭就去买船票，明天晚上就坐轮船去虎啸周。这人命交关的事情，格咋办办咋弄弄呢？喔哟，阿弥陀佛，求菩萨保佑哦。"老太太双手合十，闭上眼睛，口中念着阿弥陀佛，向着自己的佛堂走去。

"福财，事情已经放在面前了，急也急不出来的。你先去洗个澡，思诚也去洗个澡，看你们父子俩身上肯定是一身臭汗呢。"说此话的人带着浓浓的鼻音，缓缓地从楼上走下来。她穿着一身短袖的旗袍，那旗袍的下摆正开叉在她的双腿两侧，不高不低，随着她一步一步走路的样子，轻轻飘逸着，就如一阵清风吹过。她就是姚思诚的母亲杨菊芳。

可别小看了这个杨菊芳，她虽然生了三个孩子，但身材保持得非常好，一年四季就穿旗袍。这穿旗袍可是有讲究的，首先要有一个标致的身材。这个"标致"不是指那种表明特征的意思，而是上海人形容一个女人漂亮的一些条件，特别是女人穿上旗袍后，一定要胸有胸，要屁股有屁股，还要有腰身。如果有一双细长的腿，还有细长的头颈，那旗袍穿在身上是没有啥闲话好讲了，人家就会评论她道："这件旗袍穿在她身上老标致的。"其实这句"标致"在上海话中就是"完美"的意思。

杨菊芳为了要完美地穿上旗袍，就对自己十分苛刻，一早起来就会穿上旗袍，然后再吃早饭。如果觉得那件旗袍穿在身上有点紧巴巴了，她就会少吃东西，甚至不吃。但她毕竟是女人，又是姚福财的妻子，传宗接代是她的责任，否则自己不生别的女人会抢着来生的。所以，她也就牺牲了自己穿旗袍的一些日子，为姚福财生了三个孩子。生下孩子后，杨菊芳为了保持身材就不给孩子喂奶，专门请来奶妈喂养孩子，她则穿上旗袍，每天站在墙角吸紧肚皮，肚子饿了就喝一口白开水，嘴巴实在没有味道了就抽一根烟，硬是把自己的身材恢复到生孩子之前。

当杨菊芳为穿旗袍煞费苦心时，她的婆婆就看不惯她这个样子，认为她是在作践自己，已经是三个孩子的母亲了，还死要漂亮，心也冷酷，居然自己亲生的孩子也不愿喂奶。每当婆婆唠叨时，杨菊芳的公公姚路易就会劝自己的妻子，说女人爱漂亮是没有错的，何况，姚家做的生意都是和洋人打交道的，杨菊芳这样爱美也是为了姚家的面子。

"什么姚家面子？还不是她在诱惑我们福财的心，她想要用自己的妖怪腔来套牢我们的福财，不给福财讨小老婆。"作为同样是女人的老太太，她一言讲到了杨菊芳的要点上。

"难道你同意自己的儿子去讨小老婆？"姚路易说道。他认为自己这一生最成功的就是守着一个妻子过日子，最失落的也是守着一个妻子过日子。作为一个男人，一个有钱有势的男人，娶上三妻四妾是一件非常荣耀的事。何况，姚路易娶妻子时，还是清朝制度，容许一夫多妻。但姚路易不敢娶上三妻四妾，自己的老婆可是虞洽卿的表妹，只要虞洽卿在上海滩上跺一跺脚，谁敢发声？

"你勿可以讨小老婆，但福财可以纳妾。"老太太在姚家一直是很强势的，她有强大的娘家作为后盾，她的话就是真理。

好在姚福财也喜欢杨菊芳，每当杨菊芳穿着旗袍从他身边走过时，他的骨头就酥软了，她要什么就给什么。现在，姚福财听到自己的太太从楼梯上走下来的脚步声和说话声，就对她说："这么热的天，你为什么不扇扇子？"

"心静了，就不热。"杨菊芳说着就把十根葱白般的手指头依次跷起做成兰花手指状，来整理姚福财身上的衣服。姚福财穿着一件法国产的藏青色圆领汗衫，那深色的衣服上已经被汗渍染得斑斑点点。于是，杨菊芳就用她浓浓的鼻音，对在灶披间烧饭的奶妈叫道："奶妈，家里有洗澡的热水吗？先给老爷和少爷洗个澡吧。"

"太太，洗澡水有的，我马上去准备浴缸。"那个被叫着奶妈的人已经从灶披间里走出来了，当她一出现在客堂间，姚思诚和他的弟弟妹妹就马上迎上去围着奶妈亲热起来。这也难怪的，姚家最小的孩子，也就是小妹全是这个奶妈用自己的奶水喂大的，她一边喂小妹，一边照顾姚思诚和小弟，所以，姚家三个孩子对奶妈十分亲热。

父子俩先后洗过澡，就到了吃中午饭的时候。姚家一门，带上奶妈总共是八个人一起坐在八仙桌子上吃起了饭。八个人坐在一起吃饭，饭桌上肃静，没有一个人说话，就连吃饭时用嘴巴嚼东西的声音也没有。这是姚家祖上传下来的规矩，吃饭不准发出声音，意思为闷声大发财。

但今天这顿午饭只吃了一半辰光，姚福财就屏勿牢了，他先干咳了一声，然后看看母亲和父亲，放下手中的筷子，把自己的身子坐坐稳就开口道："我想坐今天晚上的轮船去虎啸周。"

"我也去。"姚思诚一听父亲决定今晚去虎啸周，马上接口道。

"你管你吃饭。"杨菊芳放下了筷子对姚思诚说道。

"像啥样子？规矩还有吗？福财一个人讲话也就算了，都七嘴八舌的，饭还想吃吗？"姚路易也放下了筷子，他索性站起来说话了。

"有话好好讲，坐下来吃饭。"老太太把姚路易拉回了饭桌前，继续说道，"规矩是要讲的，但规矩是死的，人是活的。虎啸周出了大事，福财为自己的兄弟担心，讲几句话没有错。我同意你今晚就去虎啸周，不过思诚不能去。"

"我为啥不能去？"姚思诚有点不服气。

"那里的情况我们还都不知道，你人还小，万一那里流行瘟疫，怎么办？"老太太到底是大户人家出身，知道和考虑的事情总比别人多，何况，大灾以后必有瘟疫也是个规律。

老太太的话一说出来，饭桌上立刻热闹起来，就连姚路易也说道："现在正是夏季，是时疫流行期。俗话说，灾后必有瘟疫。福财去我都不放心，你一个小孩子更不能去。"

"那蓝胞怎么办？"姚思诚心里想着蓝胞。

"蓝胞是我们姚家未过门的媳妇，但还没有到过门的时候，她的事情应该有她的大人来解决。"杨菊芳说道。

"你这话是啥意思？就因为蓝胞阿爸失踪了，你男人才去虎啸周的。"老太太对杨菊芳的话非常不满意，就数落她道。

"让我先去虎啸周，等我了解了情况，我自会有主张的。"姚福财见大家意见不同，就表态起来，"我已经决定，吃好饭，我就去十六铺码头。思诚就待在家，有空的话就去汽车行看看。"

随着姚福财的话音落下，大家又归于平静，继续吃饭了。但姚思诚吃了一半就放下饭碗，对在座的人说了一声："我吃饱了。"

"这个人有心事了。"老太太望着自己的孙子，说了一句。

姚思诚放下饭碗后就上了楼，走进了自己的房间。这是一间右厢房，靠近东边的墙上有一个大橱。姚思诚就把大橱的抽屉打开，取出他平时积下来的零用钱。钱就放在一个木盒子里，都是一枚枚银圆，那银圆上刻着袁世凯的头像，拿在手上沉甸甸的。姚思诚把木盒子捧在手上，走出了右厢房下楼来。

他站在姚福财面前，双手恭恭敬敬地捧上了放有银圆的木盒，对姚福财说："阿爸，把这个带给蓝胞。"

姚福财接过木盒子打开一看，取出一枚银圆，用嘴吹了一吹，放在耳边听了听，就笑道："还真会藏钱。"

"本来是想等蓝胞长大了，来上海了，用这些钱给她买礼物的。"姚思诚红着脸，把头低了下去。

"大哥想女人了。"小妹笑了起来道。

"是男人想女人了。"一直闷头吃饭的小弟也插了一句。

"都没有规矩了。"杨菊芳呵斥着自己的子女道。

"好的，这才是我们姚家的小人，讲义气和诚信。"老太太见姚思诚拿出了银圆就高兴了起来，也回到了自己房间，拿出私房钱交到了姚福财手上，"蓝胞她们正需要钱呢，多带点钱总是好的。"

"我都不要你们的钱，去虎啸周的钱我可以去账房先生那里支取的。"姚福财说。

"这是我们对蓝胞的一片心意，你就带给她，特别是思诚的心意，你一定要带到啊。"老太太的话说出来了，姚福财只能服从。

于是，姚福财让奶妈简单收拾了一下行李就匆忙出门了，他要赶上今天下午四点开往宁波码头的船。如果老天爷帮忙，一路顺风，那么到达宁波的时间也就是明天早上五点左右。问题是从宁波到虎啸周的小货轮要中午十二点才开航，然后小货轮慢悠悠地在江上行走四个多小时才能到达虎啸周。这乡下的交通实在太不方便了，于是，姚福财就想到了宁波那边的同行。那个同行因为业务需要，经常来上海走动，也和姚福财关系非常好。他想叫同行用汽车来码头接他，然后直接把他送到虎啸周，那么他就可以在上午就赶到虎啸周了。所以，姚福财要早点出门，先去十六铺码头买票，然后再给宁波的同行拍个电报。

姚福财走了，家人把他送到弄堂口，弄堂口停着他们家的汽车。姚福财刚要坐进汽车，姚思诚走到父亲身边对他说道："如果蓝胞要来上海，就把她带来吧。"

"自己要小心，多保重。"杨菊芳把行李放进了汽车里，她又伸出了兰花手指在丈夫的衣服上十指跷跷，衣角拉拉，袖子弹弹。

姚福财在众人的关注下坐进了汽车，去虎啸周了。姚家的人就等着他回来，等着他带回确切的消息。同时，也希望蓝胞阿爸能和姚福财一起回到上海。

可美好的愿望并不总能实现，谁也不会料到姚福财去了虎啸周后也一时失去联系，让姚家两位太太担心了很长时间，直到姚福财回来，并给姚家带来了一位童养媳，姚家本就不平静的生活掀起了更大的波澜。

四

　　虎啸周，经过这场洪水浩劫后一片狼藉，倒塌的房屋、光秃秃的桃树、七歪八倒的水稻，还有死猪、死羊、死鸡、死鸭等都陷在一片泥泞里。放眼望去，昔日的鱼米之乡，这个桃花盛开的地方，被这场三百年未遇的洪水凌辱得就如一个少女遭到了强暴，被无情地撕下了罩在身上的美丽光环，不免让人感慨：任何神奇和强大的地方，都是禁不住大自然对其无情地摧残和凌辱的。

　　每当灾难过后，人们都会思索，为什么会有灾难？但那时候的人们想到的是谁触犯了老天爷，让老天爷动了这么大的肝火？于是，很多人聚在一起议论着，越议论，事情就越复杂。本来就是一个自然现象，只是那时还没有天气预报，如果有，蓝胞阿爸肯定不会撑着船冒死沿着虎河出虎啸周了，如果知道会发大水，大家也有个防备。可那时候没有这些条件，只有事后诸葛亮的人，疑神疑鬼。

　　这时候就有人想起了九年前，西坞镇上的二瞎子给蓝胞算过命，说她九岁时命里有个劫数，说她早年丧父，是个不祥之人。这些话就迅速在虎啸周传开了，一传十，十传百，原话的意义也就变了。说蓝胞是个扫帚星，不但克父母的命，也克村里人的命；说她生下来时裹着一个蓝胞，就说明她是一个妖怪，妖怪总是要害人的。现在，虎啸周遭遇的水灾就是妖怪在作怪，说不定哪一天这妖怪又会兴风作浪呢。看看，现在的虎啸周已经是一片灾难的景象，那只是妖怪作怪的开始。

　　有些人是很现实的，在面对自己的财产遭到损失后，就想弥补，就如一个人陷入汪洋大海里，捞到一根稻草也以为是可以救命的。其实人性既有善良的一面，也有丑恶的一面，而生活环境给人一条道，道的一头牵着人性的坠落，另一头牵着人性的升华，这时候，就看一个人的内心平时积累的善良和丑恶各有多少了。虎啸周的人开始分成了两派，有的人认为应该去找蓝胞家人讨回桃子钱，有的人认为，大家都遭到了灾难，不能再火上浇油，雪上加霜。但凡是赊给蓝胞阿爸桃子的人家，有七成以上都认为欠钱还钱是天经地义的事。蓝胞的家已经被大水冲走了，人也不住在虎啸周了，他们肯定住在西坞镇。于是，大家就派了几个代表去西坞镇找大桃花，他们要讨回属于自己的钱。

　　正当大家准备去西坞镇上找大桃花时，闻讯赶过来的族长在周二爷的搀扶下，一步一哼地走到了大家面前，用嘶哑的声音对大家说道："大家都静下心来，心急是做不了事情的。"

　　有人见族长来了，就对他说："我们什么都没有了，只有蓝胞阿爸欠我们的钱了，如果这些钱讨回来了，我们还有生机。"

　　"是的，我们什么都没有了，一场大水冲走了我们的财产，也冲走了我们的血气和亲情。我们都姓周，是一个太公血脉里的。今天，为了几个钱却六亲不认，还要显丑到别的地方去。今天谁敢去西坞镇讨钱？我这条老命就当被大水冲走了，我就死在大家面前。"族长把手中的拐杖往地上一戳，用尽他一生的元气把话说得掷地有声。

　　现场一片肃静。周二爷见没有人发声，就接着说："刚才族长也说出了我的心里话，水灾无情人有情啊。何况，蓝胞阿爸至今下落不明，生死未卜，我们不去想想该帮人家什么忙，却良心被狗吃了去问人家讨钱。还要去西坞镇讨。这不是在坍我们虎啸周人的台吗？坍我们的台不说，还坍了我们老祖宗的台。自太公在虎啸周立下族规，还没有一个人像今天这样不讲情面的。我们周氏家族能有今天，还不是受了恩人的相救，才有我们的后代。大家别忘了，两千多年前，我们的太公被奸臣陷害，遭到灭九族的大祸，是国王的弟弟周救了我们。

我们本来是姓张的，为了感恩周，太公就把张姓改为了周姓。如果当年的周也像你们现在这样无情无义，让我们的太公雪上加霜的话，我们的太公早就被人杀了，而且是灭九族呢，灭九族呢！乡亲们啊，我们的祠堂还在，太公的像还在，恩人周的像也在。大家可以去看看，看祠堂里供奉着的像，我们摸摸自己的心口，问问良心还在吗？我们还是太公的子孙吗？还配不配做太公的子孙？"周二爷说着，他的情绪激动起来。

人们静静地听着周二爷的话，有的人低下了头，有的人抽泣起来。不管在什么地方，什么时候，虎啸周的人只要说起自己的太公，两千年前的宰相，都会感动，更为国王的弟弟周感动，可以想象，当年周是冒着被杀头的危险来救太公的，太公逃走了，但周以后的事情太公就不知道了。也许国王发现了张宰相逃走后，就会查到是弟弟周救了张宰相，那么周会替张宰相顶罪而被杀。所以，太公在虎啸周安身立命后，他在家训中立下了知恩图报，以诚为信，忠孝侠义，扶老爱幼。他教导自己的子孙们千万不能见利忘义啊！现在想想，自己为了几个钱把人性和道义都抛弃了，还真的是没有了血性。

前往西坞镇的人们慢慢地散去了。族长见人群散去了，就对周二爷说："老二，你是村里最有文化的人，你就代我们到西坞镇的大桃花家去看看蓝胞一家人，再打听一下蓝胞阿爸的下落。"

"好的，我这就去。"周二爷答应道。

"顺便关心一下，他们有什么需要帮助的。唉，这房屋也被大水冲走了，这人也没有了下落，真如老话说的：屋漏偏遭连夜雨。还有，千万别让蓝胞知道有人说她是妖怪，这小小的年纪会在众人的口里毁掉的。"族长对周二爷说道。

"是的，众口铄金。"周二爷一字一句吐出这句话。

虽然说周二爷是虎啸周的教书先生，也是一个通晓易经八卦和气象的人。平时，他只要站在天空下，看星空云斗，就能算出风调雨顺的事情。就如那天，蓝胞去拜他为先生的时候，一个响雷从头顶上砸下来，他就知道要发大水了，但他万万没有算出虎啸周会遭遇三百年未遇的大灾，这也是天数。所以，他是不同意虎啸周的人说蓝胞是妖怪、扫帚星之类的话的。其实，在蓝胞生下来后，所有人都在议论蓝胞是裹着蓝色的胎胞出生之时，他就根据蓝胞的落地时辰偷偷为蓝胞卜过一卦，此卦为吉卦。也就是说，蓝胞一生命中自带富贵，虽有劫数，自会逢凶化吉。周二爷卜过卦后，一直没有向外人讲过这个卦。只是在蓝胞拜师时，他故意给她用了她在姆妈肚皮里时就起好的名字周凤仙为字号，避开蓝胞这个名字，也是为了借此让她以后的人生更吉祥。

西坞镇大桃花家，蓝胞姆妈吃了几帖中药后，元气慢慢恢复过来了，但精神还是萎靡不振，不吃不喝。大桃花见弟媳妇下床了，就端着一碗长面站在她面前对她说道："这人是铁饭是钢，你已经几天没有好好吃过东西了，这是我为你下的长面，趁热吃了吧。"

长面是虎啸周人烧给坐月子的人吃的，一碗长面，放进红糖，再加一个水潜蛋，产妇吃了是很有营养的。一般坐月子的人吃上几碗长面，就会面色红润起来，奶水也丰盈，精神头十足。现在，大桃花为自己的弟媳妇烧了这碗长面，那是她疼爱自己的弟媳妇。大桃花心里明白，自己的大阿弟肯定是命丧黄泉了，她也知道弟媳妇肯定也是这样想的，只是彼此之间不说罢了。想到大阿弟没了，只留下蓝胞姆妈和蓝胞姐弟俩，这以后的日子叫他们怎么过呢？想到这里，大桃花就暗暗地掉着眼泪。

"阿姐，蓝胞阿爸如果找不回来了，这以后的日子怎么过呢？一想到这些，我也不想活了。"蓝胞姆妈泪流满面说道。

"你要活，为了蓝胞和红胞你也得活下去。"大桃花抹了一下眼泪，就咬着牙根狠狠地说了这句话。

"我都快撑不下去了，只盼望着自己跟着蓝胞阿爸一起去了。"蓝胞姆妈弱弱地说道。

"胡说，在没有找到我大阿弟的尸骨前，谁也不准说我大阿弟没了。"大桃花的嘴是不饶人的，就是在这种场合眼看着自己的弟媳妇那么伤心，她都不会劝人一句。其实，这是大桃花的激将法，她希望弟媳妇振作起来。因为，以后的人生还有很长的路要走，而作为一个母亲，她的一举一动都是儿女们的榜样。

蓝胞也会受到潜移默化，这就是虎啸周人常说的那句话："什么样的母亲教出什么样的女儿。"大桃花从小就没有了父母，也尝尽了没有父母的苦恼，她不希望自己的命运在蓝胞身上重演。虽然蓝胞的父亲还没有下落，但只要母亲在，这个家还是一个家。

"那我现在就去找蓝胞她爸。"蓝胞姆妈说着就要出门去。

"我已经派了几路人马去找了。"大桃花一把拉着蓝胞姆妈，蓝胞姆妈一下子没有站稳，就倒在了大桃花的怀里，大桃花抱着她，两个人紧紧拥在一起，不由得抱头痛哭起来。

就在这时，门外传来了周二爷的声音："大桃花侄女，我来看你了。"

大桃花听出了是周二爷的声音，就走到外屋，只见一个小童拎着一个礼包出现在大桃花面前，后面是拄着拐杖的周二爷。"你家公公和婆婆呢？"周二爷虽然也是个长辈，但虎啸周人就是讲礼数，无论去谁家，总会带上礼物。何况，这次是去看从虎啸周嫁出去的女儿，那礼数更要讲究，不但是给虎啸周的人长面子，也是给人家公公婆婆面子。所以，周二爷明明是来看蓝胞他们的，但他开口就问大桃花的公公婆婆安好。

大桃花一见周二爷来了，马上让座倒茶，还拿了一个碗，把剩在锅里的长面盛了一碗给周二爷吃。周二爷一看长面上放了一个水潽蛋，就接过碗往四面打量了一下，问大桃花道："蓝胞呢？"

"蓝胞带着红胞在后院呢。"大桃花答道。

"大侄女，我是放心不下蓝胞红胞呢。"周二爷说着，就站了起来，端着长面向后院走去。

后院不大，只见蓝胞抱着弟弟坐在一棵桃树下，那棵桃树上还结着几只水蜜桃，把树枝压得低低的。蓝胞听得周二爷来了，就抱着弟弟站了起来，她的头正好碰到桃树，三只桃子就挨着顺序打在了蓝胞的头上，然后顺着蓝胞的身体滚落到她的脚下，其中一只桃子离蓝胞的脚远远的。周二爷一看，再抬头看看天色，正是午时，他的眉头不由得皱了一下，心里暗道："好一个桃花命的小娘，二瞎子算她有二夫之命，可看此时此刻的天相，这小娘却有三夫之命，只是其中一夫是有缘无分。可惜这蓝胞小娘，这么早没有了爸。"周二爷就把手里的长面递给了蓝胞，对蓝胞说："把长面吃了，吃好后就跟着先生回虎啸周去，族长派我来接你们回家的。"

"虎啸周已经没有我们的房子了，我们还欠着大家的桃子钱。"蓝胞说着，就望着大桃花，因为这些话都是大桃花告诉她的，她不知道自己讲得对不对。

"你是虎啸周的女儿，是我的学生，只要有我们住的地方就有你们住的地方。那桃子的钱，以后可以慢慢还给人家的。"周二爷看着蓝胞，他被蓝胞的话打动了，也为有些虎啸周的人感到羞耻，他想到上午发生在虎啸周的一幕，如果不是自己把族长请出来，平息了这场风波，真不知道会给蓝胞产生什么影响呢。

"姆妈也说过，欠人家的钱是要还的。但我不回去，我回去了，就要被人卖了。"蓝胞没有忘记那天在虎山上避难时，有人对她说过这样一句话。同时，她似乎长大了，她在说每一句话时，大桃花都对着她不停地点头，而蓝胞看着嬷嬷在鼓励自己，就继续讲着，"阿爸在上海有生意，我们会把钱还给大家的。"蓝胞说到自己的父亲，就哽咽起来，一种莫名的伤心侵袭了她那颗小小的心房，她哭了起来，越哭越伤心。

红胞见自己的姐姐哭了，也哭了起来。

"谁说要把你卖了？谁说的？我先劈了他们的头。好了，蓝胞红胞都不哭，你们是乖小人，你们的阿爸在上海会把钱还给大家的。"周二爷说着，自己的眼泪也流了出来。

"阿爸已经没有了。"蓝胞对着周二爷哭道。

"啊哟，大桃花啊，你为什么要对孩子们说这些呢？"周二爷一听蓝胞的话就拿起拐杖对着地上拼命地敲着，他是恨大桃花嘴快，把不该讲的话都讲给小孩子听了。

"二爷，有些事是不该瞒的，今天我说了谎，那以后我要说一百个谎来圆今天这个谎。再说蓝胞已经九岁了，也懂事了，有些事情就该让她知道。"大桃花说道。

"就你心狠，这小小的年纪怎么可以没有父亲呢?"周二爷说着，转身又对蓝胞说，"还是跟我回虎啸周吧，你们生是虎啸周的人，死了也是虎啸周的鬼。"

"二爷，我弟媳妇刚一场大病还没有完全复原，再说虎啸周的房子也倒塌了，就让他们先在我家住一段时间，我公公和丈夫出门在外干活，我也有时间可以照顾蓝胞他们。村里人的好心我们领了，告诉那些欠了桃子钱的乡里乡亲们，我们会还钱的。"大桃花只要一想到那天在虎山上避难时那些人说的话，她就气不打一处来。

大桃花是个爱憎分明的人，谁对她好，谁对她坏，她都会记在心里，搞得她不高兴就会骂人。大桃花的个性和她从小失去了父母有关，从小她就认为自己是弱者，当一个弱者长期处于防守状态，一旦回击就如猛虎下山，而在回击的时候，她尝到了一种淋漓的快爽，让她明白了防守不如攻击。于是，她也养成了这个性格，人不犯我，我不犯人，人若犯我，我必犯人。

但蓝胞姆妈就不一样，她逆来顺受，平时也不大声张，凡事往心里放。所以，她听了那些话后，特别是知道自己的丈夫失踪了，就一下子倒了下来，甚至都有了轻生的念头。此时，她在房里听到了他们讲的话，就走到了院子里，她的身子十分单薄，脚步缓慢，身体不停地摇晃，好像一阵风就会把她吹倒。

"二爷，您说得对，我们生是虎啸周的人，死是虎啸周的鬼，我们会回去的。"蓝胞姆妈说道。

"啊哟，我的大侄媳妇啊，就你明白我二爷的心，如果你们不回去，我也不好向族长交代了。"周二爷看见蓝胞姆妈，顿时就从心里说出了这句话。其实，周二爷来西坞镇的真正目的就是来看蓝胞姆妈的，并要将他们母子三人带回去。虎啸周的人是讲面子的，如果蓝胞姆妈住在西坞镇，这是对虎啸周人的污辱，是往太公脸上抹黑。不管怎么说，虎啸周发生了什么事，那是虎啸周的事，任何事情可以在祠堂里让大家来商量和解决的。

"大侄媳妇啊，你如果身体不好走不动，族长也备了轿子把你抬回去。"周二爷的脸上出现了微笑，语气也变得温柔起来。

"二爷，先让我弟媳妇在这里养几天身体，等她恢复了元气，我送她回来可以吗?"大桃花见蓝胞姆妈准备回虎啸周了,就对周二爷说道。

"可以,你们是姑嫂,顺便也好好劝劝你家弟媳妇。这人啊,只要留着青山在,不怕没柴烧。多为家里人想想,红胞也是周家的后代,长大了也是个顶天立地的男子汉。今天,我是代表村里的人把这些话捎来了,我也要回去向族长汇报这里的情况,就等你们回来。"周二爷说着,就转身向大桃花打招呼,走出了大桃花的家。

"那二爷,我们不送你了。"大桃花把周二爷送到了门口。

就在大桃花转身回家时,她的面前停下了一辆小汽车,下来一个男人,身穿白色的绸缎衣裤,头戴一顶铜盆凉帽,手里拎着一只小皮箱。他站在大桃花面前,随手摘下戴在头上的凉帽,对着大桃花恭恭敬敬地行了一个礼。当他抬起身子时,大桃花愣了一愣,就立马叫了起来:"你就是姚先生?是从上海来的?"

姚福财微微一笑道:"是啊,清晨到的。对了,介绍一下,这是我的朋友,王先生,是他开车把我送到这里的。"

姚福财说话间,王先生已经打开了驾驶室的门,谦和地走到大桃花面前道:"鄙人姓王,名家庆。幸会。"

大桃花马上把来人迎进了家门,然后,就把蓝胞姆妈叫了出来道:"弟媳妇,你看谁来了?"

蓝胞姆妈一见到姚福财就泪流满面起来,什么话也没有说,就坐在大桃花身边默默地擦着眼泪。

"弟媳妇,我也是听说了一些事情,所以就赶来看你们了。"姚福财一见蓝胞姆妈那副伤心的样子,他都不知道说什么好了。

"我们已经找了兄弟好几天了,都没有下落,恐怕……"大桃花说着也流下了眼泪。

"事情已经发生了,我们应该为活着的人多考虑。"姚福财说着就四面张望着,他在找一个人。

大桃花一见姚福财在找人的样子，马上向后院走去。蓝胞在后院陪着弟弟在捉蚂蚁，那一只只蚂蚁从桃树的间缝里爬出来。蓝胞对红胞说："桃树上有桃子滴下来的果汁，这果汁是甜的，所以会引来很多的蚂蚁。"

"那蚂蚁也是甜的？"红胞用他那双天真无邪的眼睛望着自己的姐姐问道。

"我也不知道。"蓝胞回答弟弟道。

"那我尝一尝蚂蚁。"红胞说着就从地上抓起一个蚂蚁往嘴里放。

这时候，大桃花走到他们身边了，见红胞在吃蚂蚁，就举起手一巴掌打在红胞的手上。红胞一见嬷嬷打他，就哭了。蓝胞望向嬷嬷，用疑惑的眼神望着她，在她的记忆中，嬷嬷从来没有打过他们。大桃花一见红胞哭了，马上把红胞抱在怀里哄了起来："嬷嬷错了，是嬷嬷错了。"其实大桃花这些天来也被发生的一切撩拨得急火攻心，她所受的心灵煎熬只有她知道，她想的远远比蓝胞姆妈要多得多。她明白，自己的大阿弟没有了下落，也就意味着眼前这对侄子侄女以后的日子肯定十分艰难。她自己也是早年失去父母亲的人，她知道一个没有亲人的孩子以后的生活不是常人能想象的。但人总要面对现实，只有面对了才能解决问题。于是，大桃花一手抱着红胞一手拉着蓝胞，回到了前屋。

姚福财一见到蓝胞，马上从皮包里拿出了从上海带来的点心，在他把点心递给蓝胞时，看到了红胞，就对大桃花说："他就是红胞？我的大侄子？"

"是的。快叫人。红胞叫伯伯。"大桃花说到这里就停了下来，她看着蓝胞，一时不知道该让蓝胞怎么称呼姚福财了。

姚福财就对蓝胞说："你就按上海人的规矩叫我阿爸吧。"说完他的脸上就露出了慈祥的笑容。

蓝胞没有开口叫，她只是回过头去看嬷嬷，再看了看自己的母亲。这时候，蓝胞姆妈就对蓝胞说："她就是你的公公，是从上海来的。"

"对了，你该叫他阿爸。"大桃花也说道。

"阿爸。"蓝胞怯怯地叫了一声，随着这轻轻的声音落下，蓝胞哭了起来，她想起了自己的父亲。大桃花一见蓝胞伤心，就把她拉进了自己的怀里，对她说："他就是姚家的父亲，在你刚生出来的时候，他就来看过你，还抱过你呢。"

"是呀，真是小姑娘越变越好看了。"姚福财一见蓝胞就从心里升起一股欢喜，她那小小的脸蛋上，一双美丽的眼睛透出清澈的光芒，就如一束灿烂的阳光照进了姚福财的心里，让他为之一振，他马上想到了自己的儿子姚思诚，也为自己未来有这么一个可爱的儿媳妇感到高兴。

但高兴只是片刻的工夫，姚福财的心里马上就十分沉重起来，毕竟自己的兄弟还下落不明。于是，他就坐在蓝胞姆妈和大桃花中间，商量起了事情。商量的结果是，继续寻找蓝胞阿爸，活要见人死要见尸。欠了虎啸周人家的桃子钱也要还给人家，人要讲诚信，虎啸周的房子就等大连的小阿弟回来后再商议。

事情决定后，姚福财就拿出了一笔钱，对大桃花说："找人是要花钱的，我们托人沿着发过大水的河一路打听，哪怕是蛛丝马迹也要抓住不放。"

于是，为了寻找蓝胞阿爸，姚福财决定在西坞镇住下来，并让王家庆先回家去。可王家庆对姚福财说："我先回去和家人打声招呼，完了还会回来陪你。"

"我要你陪什么?"姚福财说道。

"你为兄弟的事，我为朋友的事。"王家庆对着姚福财笑了笑。

"够义气。"姚福财对着王家庆跷起了大拇指。

时间又过去了几天，出去打听的人也都回来了，各人的说法不一，但有个叫阿三的人带回来几个箩筐，他对大家说："在东乡的一条河里散落了一只只空的箩筐，那箩筐上留有几片桃树的叶子，而且几个箩筐上都写着一个'周'字。"

阿三的话音刚落，蓝胞姆妈就哭了起来道："那箩筐上的'周'字就是我写的。"蓝胞姆妈拿过箩筐，看着上面的字，仿佛看见了自己的丈夫一般，捧着箩筐就号啕大哭起来。

大桃花也哭了，她知道，东乡的河就靠近东海，自己弟弟撑的船在经过东乡时正好遇到洪水，那人和船也都被大水冲进大海里了。

姚福财也认为自己兄弟的命已断送在大海里了，人已没了，但魂还在，让死者安息吧。于是，按照乡下人的习俗，一边派人向虎啸周去报丧，一边备了车马带上蓝胞一家人回虎啸周去了。就在一队人马浩浩荡荡回到虎啸周时，只见族长带着很多人候在村口，一见蓝胞他们，几个女人马上拿出了已经准备好的孝服、孝鞋、孝帽等让大家穿上。蓝胞和红胞也披上了麻布，有人递给蓝胞一块灵牌，并告诉她："你阿爸死了。"

蓝胞一听自己的阿爸死了这句话，就大哭起来，双手捧着父亲的牌位，一跪一拜，拜进了虎啸周。大桃花跟在蓝胞后面，看着蓝胞的举动，想起了自己的过去。那时候，两个弟弟还小，她也是和蓝胞一样，披着麻布，举着牌位，一哭一拜，把个膝盖都跪肿了。现在看到蓝胞这样，不免心疼起来，她知道这一路跪拜，蓝胞的膝盖到了晚上肯定会很痛很痛的，于是，就走到蓝胞跟前，从自己的衣衫上撕下几块布条，把它们裹在了蓝胞的膝盖上。

虎啸周的人们为蓝胞阿爸在周氏祠堂里举行了隆重的葬礼，请来了附近的道士们，为蓝胞阿爸唱了三天三夜的经，然后在虎山上为蓝胞阿爸做了一个衣冠冢，正准备吹吹打打送到虎山上去安葬。

就在大家准备上山时，祠堂门口出现了一个人，当他走到灵牌前时，几个守灵的人侧身一看，大惊失色，啊！死人怎么活过来了？但仔细一看，才缓过神来，原来是蓝胞的阿叔回来了。

蓝胞阿叔只比蓝胞阿爸小两岁，兄弟俩的个头和长相就如双胞胎。顺便说一下，虎啸周不但出美女，也出帅哥。只要看蓝胞阿叔的模样，就知道帅哥不但长得英俊，而且身材高大魁梧，一头浓密的黑发一根根竖起，白净的脸上是一双炯炯有神的眼睛，那挺拔的鼻梁下面是一张唇线分明的嘴巴。大家都说，蓝胞长得像嬷嬷，但此时，看到蓝胞阿叔的人都会说蓝胞更像她阿叔。

蓝胞阿叔在接到大桃花的电报后，就从大连日夜兼程地赶回虎啸周。那时候的交通还不是很发达，从大连回虎啸周的那段路上，有的地方可以坐火车，有的地方只能乘轮船，有的地方还要骑马。好在蓝胞阿叔是一个人回来，所以，他以最快的速度回到了虎啸周。可没有想到，一回到家看到的却是阿哥的灵位，顿时，他泪如雨下，挽起穿在身上的长衫下摆，长跪在牌位前不能起来。他想起了兄弟俩相依为命的那些日子；想起了自己在上海学生意时，阿哥对自己的照顾；想到了阿哥留下的一双儿女，没有了父亲的孩子今后该如何度日呢？

大桃花见弟弟如此伤心，就拉着蓝胞的手走到弟弟面前，把弟弟从地上拉了起来。蓝胞叫过了阿叔，然后就给阿叔看她的膝盖，并对阿叔说："有人要把我卖了，来还阿爸欠下的桃子钱。"当蓝胞撩起裤脚管时，阿叔看到了蓝胞那红肿的腿，就蹲下身子对蓝胞说："有阿叔在，谁也不敢卖你，别怕。"

蓝胞点了点头，她第一次感到了阿叔的分量，让她有了一种安全感。

出殡的时候到了，蓝胞阿叔换上了孝服，走在了送丧队伍的最前面，他捧着阿哥的牌位，三步一磕头向着虎山上走去。蓝胞跟在阿叔的身后，望着阿叔那高大的身材，感觉阿叔在自己的面前就如一道屏风，是一座保护她的屏风，她的腿也不痛了，胆子也大了起来。也从这个时候起，阿叔在蓝胞的心目中代替了父亲，她认为父亲没有死，他活在阿叔的身上。

虎啸周经过半个多月的折腾，人们都感觉疲劳了，都想好好休息一下。此时，虎啸周的夜显得十分宁静，夏日的星空下繁星点点，很多人披着薄薄的衣衫，有的躺在树下，有的睡在木床上，有的睡在祠堂里。经过洪水浩劫的村庄，已经归于平静，人们需要休养生息，需要振作起来，因为虎啸周是他们的故乡。在这片土地上，老祖宗已经生活了两千多年，不管虎山多么严酷，虎河多么无情，但在虎啸周人的眼里，虎山虎河就是生养他们的父母。虎山是父亲，虎河是母亲。

蓝胞一家人坐在自家倒塌房屋的宅基地上，红胞被他妈抱在怀里已经睡着了，蓝胞坐在嬷嬷身边，托着腮在听着大人们讲话，一双眼睛在星空下闪闪发亮。只听得大桃花说："欠了村里人的钱是要还的，只是我们不知道欠了谁家多少钱，赊了谁家的桃子。但欠钱是我们面对的现实，我们做人要讲诚信。"

"我们房屋也塌了，钱也没有，拿什么还人家呢？"蓝胞姆妈忧郁的口气里，显出她的无奈。

"我来还钱。"蓝胞阿叔的口气十分坚定。

"我来还。"姚福财也说道。

"哥欠了人家的钱，弟弟还债天经地义。"蓝胞阿叔对姚福财说。

"我是你们的兄长，再说小弟做的是小本生意，又是刚成家，钱也不多。"姚福财说。

"这样吧，大家有多少钱就出多少钱，我也出一份力。"王家庆也开口说话了。

"你就不用了。"姚福财对王家庆说。

"为什么呢？既然我已经和大家坐在一起了，那就是兄弟了。我家的生意也不错，出点钱是应该的。"王家庆这几天一直在虎啸周待着，他已经把自己融入了这个大家庭里。

"那我们总共欠了人家多少钱呢？"蓝胞姆妈问道。

"这个就不知道了，如果按一船放了一百个箩筐的桃子来计算，一箩筐价值十几个银洋钿，那一百个箩筐就是上千个银洋钿了。"姚福财和蓝胞阿爸做过几次水蜜桃生意，就根据以往经验分析道。

"那我们就把身边的钱凑在一起，有多少钱就先还多少钱吧。"蓝胞阿叔说道。

蓝胞听着，就从心里吐出一口长长的气，那颗悬着的心也放下了，她知道自己不会被人卖了，因为阿叔和那个上海"阿爸"他们会把父亲欠下的桃子钱还清的。她望着阿叔，又望了望姚福财，在心里对自己说："好人呐，你们都是好人。"

"这样吧，先把钱还给乡亲们。但大家出的钱算是我们向你们两位借的，等来年收成好了，就会还给你们。"大桃花采取了一个折中的意见，在她的观念中，还乡亲们的钱是天经地义的，只是目前一时凑不上这么多钱。现在姚福财和王家庆都愿意出钱帮助，大桃花就这样决定了。

第二天，周氏祠堂开堂了。族长坐在大厅的上方，他的面前放着一张八仙桌，桌子上放着一大沓银圆。厅的下方坐着蓝胞阿叔，祠堂的左右两边坐着姚福财、王家庆和村里的几个老人，祠堂门口站着乡亲们。周二爷站在中间，他清了清喉咙说道："这里有银圆，是蓝胞家放在这里的，凡是赊过桃子的人家，赊了多少，自己凭良心拿钱吧。"

随着周二爷的话音落下，祠堂里立刻陷入一片肃静，那些每天吵着要讨钱的人，都安静地站着。但安静片刻后就有人抬起眼睛看着桌子上放着的银圆，慢慢地有人向八仙桌走去。有人见别人去拿钱了，也跟着向八仙桌走过去，向桌子上的银圆伸出了手。

族长闭着眼睛坐着，周二爷却睁大眼睛在看人家拿钱，蓝胞阿叔则用他在上海跟着阿哥学生意时学会的心算在计算着每个人拿了多少钱。

有的人走到银圆面前，伸出了手，拿了自己认为该拿的钱；有的拿过一沓银圆，放在手上数了数，然后取出几个银圆又放回到桌子上；有的拿起银圆，看了看自己手中的钱，再看看桌子上剩下的钱，就再拿了几枚银圆。

不一会儿工夫，桌子上的银圆都拿光了。族长这才睁开眼睛，对周二爷说："还有谁家没有拿到钱？"

周二爷说："除了族长家、我家没有拿到钱外，估计还有几家没有拿到钱吧。"

族长就挥了挥手说道："我都老命一条了，又在大水中活了下来，我要钱干吗？钱能换命吗？老二，你的桃子钱也免了吧。"

"是的，族长说得对，如果蓝胞阿爸晚一天收我们的桃子，这桃子也是被水冲走的。"周二爷说道。

"各位乡亲，这次我们的钱不多，也许有的人家还没有拿到钱。但明天，我还会在祠堂里放着钱，只要是欠你们的钱只管来拿，欠债还钱是做人的底线。"蓝胞阿叔站了起来说道。

随着蓝胞阿叔的话音刚落，一个陌生人的声音却响了起来："现在就可以拿钱。"说此话的是王家庆，他提了一个小皮箱走到了桌子前，把皮箱打开，人们看到小皮箱里满满装着银圆。

顿时，整个祠堂都沸腾起来了，他们不是被这箱银圆震惊，而是对这个拿了一箱银圆的人感到好奇，他是谁？虽然这几天在操办蓝胞阿爸的丧事中，大家都看到了一个中等个子的男人，穿着西式的衣服和皮鞋，戴着一副金丝边眼镜，整天开着一辆小汽车在乡间泥泞地上驶来驶去。当时谁也没有注意到这个人，只以为是姚福财带来的汽车司机。可现在大家看见这个人拎着的皮箱里放着满满的一沓沓银圆时，都目瞪口呆了。

"大家拿钱吧。"王家庆说道。

"王先生你?"姚福财和蓝胞阿叔都被王家庆的举动震惊了。

"钱是个生不带来死不带去的东西，只要钱能解决的问题，都不是问题。"王家庆耸了耸肩说道。

"谢谢你，这些钱算我欠你的。日后一定奉还。"蓝胞阿叔对着王家庆抱拳作揖答谢道。

祠堂里发生的事情，很快传遍了虎啸周，有的人为蓝胞阿叔的行为跷起了大拇指，夸他不愧是太公的后代，讲情讲义;也有人在说蓝胞，说她虽然没有了父亲，但有一个好阿叔和好公公;但更多的是对王家庆的举动充满了很多的猜疑:此人是谁? 在做什么生意?

人们的猎奇心是很强的，很快通过各种渠道打听到了王家庆的底细。原来，王家庆是宁波码头上数一数二的富贵人家的大公子，还经营着一家汽车贸易公司，生意远远超过姚福财在上海的生意。但有钱人家也不是十全十美的，王家庆的妻子在为王家庆生下孩子时，不幸难产死了，而最让王家庆痛心的是，不但妻子死了，就连那个刚生下来的孩子也死了，而且是个男孩子。

那时候的女人生孩子是一只脚踩在棺材里，一只脚踩在棺材外，稍有不慎就会一命呜呼。妻子去世后，王家庆也没有续弦，他不敢续，万一续妻再生孩子，又是难产怎么办? 所以，王家庆就把心思放在生意上。他做的生意都是和洋人打交道的，为了生意也经常出国去考察，有时候一走就是一年半载，每天忙得他都忘了女人的事。正巧，姚福财找他帮忙时，也正是他空闲的时候，他就跟着姚福财来到了虎啸周。

王家庆是个生意场上闯荡的人，也是个讲义气的人。然而对一个腰缠万贯的人，有时候一掷千金也是一件痛快的事。所以，那天他把姚福财送到西坞镇后就回到宁波城里，提了一箱子钱又回西坞镇，他知道要找一个在水上失踪的人是要花费很多钱的。就算找到了死尸，那捞尸也是一大笔钱。所以，王家庆是有备而来的。但他内心却藏有一份私情，这份私情对一个渴望亲情的人来说是很正常的。他看到蓝胞红胞还有蓝胞姆妈，内心就有一种说不出的感情，他喜欢这家人家，更同情蓝胞姆妈。

这些内心的事，只要王家庆不说，谁也不知道。但他和姚福财说了，姚福财一听，觉得王家庆的感情很正常，毕竟，姚福财也是一个思想开明的人，认为一个没有妻子的男人同情一个刚刚失去丈夫的女人是人之常情。于是，姚福财去找大桃花说了。

大桃花是什么人？她可是蓝胞阿爸的亲姐姐，一个刚失去亲弟弟的女人啊！她还沉浸在失去亲人的痛苦中，当她听到王家庆喜欢自己的弟媳妇时，脸上立刻布满了乌云，对姚福财说："请王先生走，我不想看到他。"

"请你冷静一下，为蓝胞姆妈仔细想一想。"姚福财劝说起大桃花了。

大桃花平复了一下自己的心情，抬起脸看着姚福财，皱了皱眉头道："莫非我错了？"

"你没错，但你是一个识字懂理的人。你想一想，蓝胞姆妈还年轻，又拖着两个孩子，这孤儿寡母的日子叫他们以后怎么过呢？如果我们真的关心蓝胞他们，就该为他们想。何况，王先生也是失去妻子的人，俗话说这种丧夫亡妇的人一旦结合，就连阎王爷也是网开一面，会让已经死去的人早日投胎呢。"姚福财说着。

"但我弟弟刚走，连个七七都没有过，就叫弟媳妇改嫁，这不是丢人现眼的事吗？"大桃花说着自己的道理。

"没有叫她马上改嫁呀，只是让你做姐姐的同意。再说王先生也经常走码头，却从来没有拈花惹草之事，这样好的男人你到哪儿去找？就是打着灯笼也难找呢。"姚福财还是蛮能说会道的。

大桃花听了，沉默不语，她在回味姚福财的话。毕竟他是自己大阿弟的结拜兄弟，又是蓝胞的公公，还是从大上海来的，是个开过眼界和领过洋世面的人，凭他的为人也不会让自己难堪的。于是，她对姚福财说："容我慢慢和弟媳妇说。"

最后姚福财对大桃花说："事情也都处理得差不多了，我要回上海了，但有一件事我要和你商量，我决定把蓝胞带回上海去。"

"这么快就决定了？"大桃花知道姚福财早晚会提出这样的要求，想到蓝胞刚生出来时，二瞎子曾算过，蓝胞是要离开家人的，离开得越早对她的命运越有好处。但想到自己的宝贝侄女真的要跟着姚福财去上海了，她的心里还是不舍得。

"上海的环境也许对蓝胞会更好些，毕竟她早晚是我们姚家的媳妇。"

"但蓝胞还小，现在就去不是和童养媳妇一样吗？"

"蓝胞是我们姚家的媳妇，也是女儿。我对着我兄弟的牌位起过誓，我对蓝胞会像女儿一样，供她上学读书，不会让她受半点委屈。"

"女儿总是要嫁人的，早嫁晚嫁都是一样。可怜我的侄女小小年纪没有了爸，我把蓝胞托付给你了，看在你和我兄弟是换帖兄弟的情分上，求你对蓝胞如亲生女儿一样，我大桃花会感激你一辈子的。"

大桃花说着，就要对姚福财跪下来。姚福财一见，马上扶起大桃花，对大桃花说道："我就当多生了一个女儿。"

"有你这句话我就放心了。至于，王家庆的事情，我会考虑。现在也是民国了，我们的脑筋也不能守旧，只要有一条好的生路，就该放行。"大桃花毕竟也是在镇上生活着，多多少少也听说了有关民权的事，何况，她也是个女人，她知道女人心里想的是什么。

但现在最主要的是蓝胞的事，姚福财决定要把蓝胞带去上海。于是，大桃花就把蓝胞姆妈和蓝胞阿叔都叫到了一起，向他们公布了这个消息。

蓝胞姆妈一听，就哭了起来，她认为自己刚刚失去了丈夫，现在又要把女儿送到上海，她是一时接受不了的。但蓝胞阿叔却认为上海是个好地方，如果姚家能让蓝胞读书识字，那么将来蓝胞就是一个上等社会的人，她的一生命运也将改变。关于蓝胞的事情，蓝胞姆妈虽然是蓝胞的母亲，但蓝胞姆妈在这个家里还是没有发言权的。

当大桃花和蓝胞阿叔都同意姚福财将蓝胞带回上海时，蓝胞却不同意了。其实她根本不知道自己跟着姚福财去上海意味着什么，她只是不想离开母亲和弟弟，还有自己的嬷嬷，更不舍得离开阿叔，阿叔在她心目中就如活着的父亲，她从阿叔身上看到了自己父亲的模样，于是，她对阿叔说："我不离开虎啸周，我要和你们在一起。"

"蓝胞，你是个娘子头，娘子头早晚是要嫁人的，何况你在姆妈肚皮里时，你阿爸就指腹为婚，把你许配给了姚家的大少爷。现在你阿爸不在了，你的公公把你带回上海去，也是为了你有个好的生活环境。再说，我们现在也不是嫁给人家，你是到上海去读书的，等你大了，变成一个大姑娘了，阿叔和嬷嬷就会让你风风光光地从虎啸周嫁出去，阿叔会为你备上十里红妆，红胞会把你背上轿子。相信阿叔的话，无论你在哪里，阿叔和嬷嬷永远是你的靠山，虎啸周是你的娘家。"蓝胞阿叔对蓝胞说道。

"那阿叔你要来看我的。"蓝胞望着阿叔，她那双清澈的眼睛蒙上了一层淡淡的雾。

蓝胞跟着姚福财到上海去了，蓝胞姆妈站在村口望着自己的女儿，她的眼泪如掉了线的珍珠一样噼里啪啦地往下掉。大桃花没有去送蓝胞，她就等在西坞镇上那个通往宁波码头的路口，她的腋下挎着一个布包，布包里是她这几天为蓝胞赶制出来的衣服，其中有一件是用阴丹士林蓝布做的旗袍。大桃花做事是很周到的，她也为蓝胞想过，蓝胞没有了父亲，她是不能穿大红大绿的衣服。但蓝胞是去上海的姚家，姚家有姚思诚的母亲、阿爷和阿娘，还有弟弟和妹妹。蓝胞的出现会给大家留下最初的印象，而这个印象也会影响蓝胞在姚家以后的生活和地位。所以，大桃花就挑选了阴丹士林蓝布为蓝胞做了一件旗袍。这件旗袍的款式也是镇上的那些女学生经常穿的那种款式，她相信蓝胞穿这样的衣服，也不会失去周家大小姐的风度，她要告诉姚家人，我们蓝胞就是周家的大小姐。

就在大桃花想着时，王家庆开着汽车来到她的面前。蓝胞从车里跳了下来，她穿着那件藕红色的大襟衣服，那件被暴雨淋过的衣服已经黯然失色，于是，大桃花取出那件旗袍对蓝胞说："等船到了上海时，就把你身上的衣服换下。"

蓝胞对着嬷嬷点了点头，顺手接过了衣服。在她的小手碰到嬷嬷的手时，大桃花就捧着蓝胞那双小手看着。这双曾经敷过凤仙花瓣的小手上依稀留有指甲花的痕迹，虽然颜色已经褪去，但那桃子般的色泽仍弥漫在蓝胞那双小手上。大桃花看着，一下子把蓝胞拉进了自己的怀里，她抱着蓝胞，不让自己的眼泪流出来，但蓝胞却抱着嬷嬷哭了起来。于是，大桃花捧着蓝胞的小脸望着她，她觉得蓝胞的脸是那么可爱，那么无辜，这份无辜让大桃花的心生生作痛起来。大桃花抬起了自己的脸，望着天空，天空上飘着几朵洁白的云彩，云彩变成了雨，滴在了大桃花那张脸上，慢慢地顺着她的脸颊流淌着，她把眼泪咽进了肚子里，低下头用双手捧着蓝胞那张粉嫩的小脸说："想哭就哭个够吧。以后到了姚家就不能再哭了，没有一个人会喜欢爱哭的孩子。"蓝胞听了，就点了点头，对嬷嬷说："我会记住嬷嬷对我讲的每一句话……"说到这里，蓝胞已经泣不成声了。

蓝胞走了，跟着自己的上海阿爸去了上海。大桃花呆呆地望着蓝胞坐进车里，渐行渐远。她一动也不动地站在路口，任山野里的风轻轻吹在脸上，让眼泪慢慢地挂满脸颊。山风吹起了她鬓角的头发，那一缕头发渐渐地变白了……当大桃花再也看不到汽车的影子时，她突然觉得自己的心口一阵阵绞痛，眼睛也模糊起来，刹那间，她觉得自己一下子老了，真的老了。

五

　　昨天晚上，上海下了一夜的雨。那雨打在屋檐上，发出滴滴答答的声音，叫人无法入眠。杨菊芳自从生下小妹后，就得了失眠症，晚上睡觉时，倒在床上要翻来覆去很久才能入眠。每每这个时候，杨菊芳就会和姚福财说一会话，说说"大世界"里一些好白相的东西，还有那些摊头上有什么好吃的，姚福财躺在杨菊芳身边就有一句没一句地听着。但不管杨菊芳说什么，他总是抱着她的细腰，用一只手慢慢地抚摸着杨菊芳的背，摸得杨菊芳觉得浑身舒畅了，骨头也酥了，再和姚福财发会嗲，做了夫妻之间该做的事情后，杨菊芳就会睡着，而且一觉睡到自然醒。

　　可昨天晚上，杨菊芳又失眠了。她就一个人睡在床上作死作活作了一番，越作越睡不着，那雨滴落在屋檐上，就如一只小鼓敲打着她的心房。于是，她索性从床上坐起来，走到窗口点了一支烟，靠在窗口吸着。窗开了一条缝，风裹挟着雨丝吹进了房间里，也吹在杨菊芳的脸上。她就用手摸了摸自己的脸，一股烦躁油然而生。于是，她在心里骂了起来："格只赤佬，去了乡下头这么长时间，肯定被哪只狐狸精迷住了。"当她骂了这句话后，又暗暗笑了起来，"乡下头有啥格狐狸精呢？要算狐狸精，也就是我杨菊芳了。"

　　于是，杨菊芳就坐在床头旁的一张贵妃沙发上，掰着手指头数着自己的丈夫离开上海多少日子了。她跷着十根兰花手指，一二三地数着，可数来数去老是把手指头掰错。其实，她已经收到姚福财从乡下发来的电报，说今天早上到上海，而且蓝胞也来上海了。想到蓝胞，杨菊芳不由得皱了皱眉头，但她还是在心里对自己说道："乡下头的小姑娘肯定要做做她的规矩。"想到这里，杨菊芳打开窗子往外看了看，天已经亮了。杨菊芳就把手头上的香烟揿灭了，转身走到衣橱前，打开门。衣橱里挂着一件件夏天穿的旗袍，杨菊芳拿出几件在自己身上试了试，就拿过一件玫红色的丝织料的旗袍穿在了身上，那料子的旗袍穿在身上轻飘飘的。杨菊芳打扮停当，就慢悠悠地从楼上走了下来。

奶妈已经在做早饭了，她知道今天老爷要回来，司机老蔡要早早吃好饭去十六铺码头接人的，所以就把昨天夜里吃剩的冷饭放在锅子里烧一烧，烧成泡饭给老蔡吃。当奶妈把泡饭端到桌子上时，听到楼梯的走动声，就侧起耳朵听了听，那声音是太太的脚步声，她马上走到楼梯口迎接杨菊芳。

杨菊芳穿着旗袍，走路的样子婀娜多姿，只是今天她手里拿了一块手绢，用兰花指把手绢捂在嘴上不停地打着呵欠，一边下楼，一边对奶妈说："昨天夜里罪过呀，我又呒么困着了。"

"那等会儿再去困，老古话说：一夜勿困百夜勿醒。"奶妈操着一口道地的宁波闲话说着，顺手就把一杯白开水递到了杨菊芳手里。

"今天先生要回来了，我要亲自做些点心给他吃吃。他这一走就是十多天，也不知道乡下头有啥东西可以吃。"杨菊芳说着就走进了灶披间。

"太太，你想做什么东西，告诉我就是了，你的身子是金贵的，怎么能进灶披间呢？"奶妈拉着杨菊芳说道。

"嘘，轻点，他们都还在困觉呢。"杨菊芳说着，就竖起耳朵对着后客堂听了听。

这时候，后客堂传来了老太太起床的声音，还有姚路易咳嗽的声音。随后，楼梯口又响起了踢里踏拉的声音。姚思诚趿拉着一双拖鞋，百无禁忌地从楼梯上"噼里啪啦"地下楼来了，一边说着："老蔡来了吗？我也去十六铺码头。"

"你发神经病了，去什么十六铺码头？"杨菊芳骂起了儿子。

"一早就开口骂人，像啥格娘的样子。"老太太奚落着儿媳妇，从后客堂走了出来，"思诚，你是要去十六铺码头接你阿爸，他这一走就是十多天，有人不想你爸，我是天天想自己儿子的。"

"既然姆妈认为思诚该去十六铺码头，那思诚就去吧。"杨菊芳听到老太太说话了，就有气无力地说了一句，然后拿着手绢不停地拍打着自己的嘴，呵欠连连。

"像个鸦片鬼！辰光还早呢，再去困个回笼觉吧。"老太太对杨菊芳说道。

"人家昨天一夜没困呢，烦死了。"杨菊芳把手绢朝身后一甩，用她浓浓的鼻音发了一句牢骚话，头也不回地向楼上走去。

"阿娘，蓝胞会来上海吗？"姚思诚问老太太道。

"你的姆妈没有告诉你？"老太太的口气显然露出了不满。

"哦，我知道了。"姚思诚最怕阿娘在自己面前说母亲的不是，就佯装知道地说着。但他心里在猜想，从阿娘的口气中，蓝胞肯定也来上海了。想到蓝胞，姚思诚浑身上下就如打了鸡血针，马上捧起奶妈放在桌子上的泡饭就吃了起来。奶妈赶紧说道："这泡饭是给老蔡吃的，大少爷你吃的是葱油鸡蛋饼，我还没有做呢。"奶妈有点发急。

"就让他吃泡饭，小孩子吃得太好也不好。今天换一换，鸡蛋饼给老蔡吃。"老太太用慈祥的目光看着孙子吃着早饭。

雨过天晴的十六铺码头上，从宁波码头开来的"江亚号"轮船已经靠岸了，蓝胞在姚福财的陪同下走到了船舷上，她已经换上了大桃花为她做的那件阴丹士林蓝布的旗袍，两根小辫子上扎了橘黄色的丝带。她是按照嬷嬷的吩咐这样打扮的。嬷嬷对她说过："虽然你没有了父亲，应该守孝三年，但你是去上海的姚家，那里是你的婆家，我们不能把丧气带过去。但你又不能穿大红大绿的衣服，所以你就穿中性的颜色吧。"也就是嬷嬷一句话，决定了蓝胞以后的一生无论穿什么衣服，都是以中性颜色出现，这倒也显出了她的高贵和冷傲。真正的美女从来不是靠衣服来陪衬的，而是她的内外兼修显出了她的美丽。

蓝胞走在船舷上，跟着姚福财向甲板走去，她在甲板上看到了黄浦江，江上停着很多的船，还有高大的楼房。这时，姚福财对蓝胞说："等会儿有人会来接我们的。"

"思诚哥哥会来接我们吗？"蓝胞毕竟是孩子，而姚思诚在她的印象中就是一个大哥哥。何况，在船上姚福财对她讲了很多姚思诚的事，说他会开汽车，会骑自行车，还会写一手漂亮的小楷字，并告诉她，上海的家里除了姆妈外，还有阿娘和阿爷以及弟弟和妹妹。所以，蓝胞已经通过姚福财而喜欢上了姚家。

"他呀，肯定在睡懒觉呢。"姚福财说道。

"嘻嘻，思诚哥哥是个大懒虫。"蓝胞如桃花一样笑了。

当他们下了船，走到码头上时，就听见有人在叫着："蓝胞，蓝胞。"

蓝胞听到有人在叫自己的名字，就在想，这里谁会认识自己呢？于是，她抬头去看。就在这个时候，她看见了一个穿着白色衣服的少年朝着自己奔来，他长着一张不胖不瘦的脸，两道浓密的眉毛下是一双细长的眼睛，那双眼睛充满了温情，那张脸上布满了红晕。她就在心里对自己说道："他是思诚哥哥。"

姚思诚也看到了姚福财身边的小姑娘，那姑娘长着一张鹅蛋脸，那脸蛋在清晨的阳光里如刚剥了壳的白煮鸡蛋一样，光洁透明。特别是她望着自己时，那双清澈明亮的眼睛就如挂在天上的月亮，弯弯地照到了自己心上。这时候，他停在了蓝胞面前，望着蓝胞，彻底相信了父亲和周叔叔说过的话，蓝胞长得和水蜜桃一样诱人，她的身上还弥漫着水蜜桃一样的芬芳，她的脸上满是桃花。

姚思诚拉着蓝胞的手，两个人蹦蹦跳跳地向着停在码头上的汽车走去。

姚福财望着他俩的背影，露出了欣慰的笑容。只要姚思诚喜欢蓝胞，那么姚福财所有的愿望也就实现了，也从心里感到对得起自己的兄弟，对得起蓝胞姆妈和蓝胞阿叔，还有一个人，就是大桃花。想到大桃花，蓝胞的嬷嬷，姚福财眼前就出现了一个人影，她跪在姚福财面前，低下了她高傲的头，只是恳求姚福财一定要善待蓝胞。他答应了大桃花的所有要求，一定会给蓝胞一个幸福的未来。

蓝胞跟着姚思诚走进姚家，马上被眼前那一幢幢红墙黑门的房子吸引了。就在姚思诚推开那两扇黑漆大门时，门上那对黄铜的狮子门环发出了清脆的撞击声。不一会儿工夫，姚家的人都站在了天井里，黑压压的一片，让蓝胞看得眼睛都花了起来。她首先看到的是一个和自己长得一样高的小妹，还有一个比自己高了许多的小弟，她知道这个叫小弟的人，其实比自己还大两岁，因为他是姚思诚的弟弟，所以小名就叫小弟了。但他们都有一个非常好听的名字，小妹叫姚思慧，小弟叫姚思杰。人群中有一位梳着高高发髻的老太太在望着自己笑，她的笑容慈祥可亲，让蓝胞感到了一份亲切。再就是，她听到了一个带有浓浓鼻音的女声在耳边响起："啊呀，蓝胞来了，还真是名不虚传呢，果然是来自桃花故乡的小姑娘。"蓝胞随着声音望过去，她的面前站着一个打扮得非常漂亮的女人，这女人的个子不高不矮，白净的脸上略施了点粉黛，蓝胞闻到了她身上的一股香味。就在蓝胞被眼前遇到的一切弄得不知所措，不知道自己的手脚该怎么放时，姚思诚对蓝胞一一介绍了起来，他指着杨菊芳说道："这是姆妈。"

蓝胞就对着杨菊芳叫了一声："姆妈。"

"这是阿娘。"姚思诚把老太太介绍给了蓝胞。

"阿娘。"蓝胞对着老太太弯下了腰。

"都站在天井里做啥？快快进屋。奶妈，倒汰面水，先生回来了。"杨菊芳说道。

"奶妈，把烧好的早点端来给蓝胞吃。"老太太心疼自己的儿子，但她更明白一个从乡下来的小姑娘，刚到一个陌生地方，一定要给她一个好的开端，否则她会记住一辈子的。

当蓝胞双脚正要跨进客堂时，突然停下了脚步，低下头去看自己脚上穿着的布鞋，布鞋上有些灰尘，她就用双脚彼此摩擦了一下，希望这个举动能把鞋子上的灰尘去掉。蓝胞这小小的一个动作让老太太发觉了，她马上走到蓝胞身边把她挽进了客堂，对蓝胞说道："这就是你的家了。"同时，她把奶妈叫了出来，说道，"蓝胞是我们姚家未来的媳妇，但她现在还是小姑娘，是周家的女儿，你以后就称她为周大小姐。"

"周大小姐好。"奶妈对着蓝胞恭恭敬敬地叫了一声。

蓝胞站在客堂里，左右顾盼着。当她的眼神和姚思诚的目光会合时，姚思诚就冲着她笑了起来，蓝胞却低下了头，跟着老太太走到后客堂去了。

蓝胞的到来，给老太太带来了快乐和思念，她听着蓝胞那石骨铁硬的宁波口音就心生欢喜，也从蓝胞身上看到了自己小姑娘时的模样，令她想起了自己的老家，她就把这份思念化成了对蓝胞的喜爱。老太太把蓝胞拉进自己的卧室，她要给蓝胞一件见面礼物。只见她从枕头下取出了一个木盒子，当着蓝胞的面把木盒子打开。蓝胞看见了一对通体透明发亮的白玉手镯，那玉手镯对蓝胞来说就如天上的宝贝。老太太把手镯放在蓝胞的手上，对她说："这是我给你的见面礼，等你以后和思诚圆房了，阿娘只要活着，还会给你更多的宝贝。"

"阿娘，我还小呢。"蓝胞对老太太说。

"就是因为你还小，所以阿娘要做你的保护神，以后谁欺负你了，你只要拿出这对玉手镯，没有一个人敢欺负你，明白吗？"老太太把手镯盒子放了蓝胞手里，继续说道，"这玉手镯是我的表哥送给我的，你知道吗？我的表哥是上海滩的大亨，我们从乡下来上海坐的轮船都是他的。哦，你还小，不一定懂。以后阿娘带你去见舅公。对了，坐了一夜的船也累了，先休息一下，等吃过中午饭后阿娘带你去'大世界'白相。"

"好的。"蓝胞捧着手上的木盒子，她不明白阿娘说的话，但她喜欢这个木盒子，也想去"大世界"白相。她在宁波时就听自己阿爸讲过了，上海的大世界是个非常有趣的地方，是每个到上海的乡下人一定要去的地方。于是，她怀着好奇心又回到了客堂间。

姚福财此时已经洗过澡了。他穿着汗衫，拖着拖鞋坐在客堂中间，边上坐着杨菊芳。姚福财就对蓝胞说道："蓝胞，过来，见过你的姆妈。"

蓝胞一听，就走到了杨菊芳面前，双膝跪下，对着杨菊芳行了母女之礼。杨菊芳听着蓝胞对自己叫了一声"姆妈"，顿时脸上绽开了笑容，马上拿出备好的红包塞给了蓝胞，对蓝胞说："你就是我们姚家的儿媳妇了，快快起来。"

蓝胞又对着姚福财跪下，也对他行了大礼，叫了一声"阿爸"。

姚福财就对杨菊芳说："没有想到吧？我兄弟的女儿还是很有教养的。"

"那当然，周兄弟为人也是人中之杰，只可惜英年早逝……"杨菊芳说到这里，不由得伤心起来，拿起手绢去揩眼泪了。

"唉，今天不谈伤心事。蓝胞，你去找思诚玩吧。对了，菊芳啊，帮蓝胞安排一个房间哦。"姚福财说道。

姚福财让蓝胞去找姚思诚玩，他要和杨菊芳商量一下安排蓝胞的事情。

"蓝胞就和小妹一起住。"杨菊芳随口说道。

"不行，蓝胞好歹也是周家的大小姐，怎么可以和小妹同住？"姚福财说道。

"那？"杨菊芳也想不出还有什么房间可以住人了。

"让思诚和小弟住一个房间，把思诚的房间让给蓝胞住。"姚福财说。

"不行，思诚也是大少爷，哦，蓝胞不能和小妹住，那思诚也不可以和小弟住啊。"杨菊芳有点激动起来。

"蓝胞和思诚不一样，思诚是我们的儿子，对他亏欠一点没有关系的。"姚福财劝着杨菊芳。

"你为什么老是为蓝胞想？她再怎么样，也是我们姚家的童养媳。"杨菊芳的语气加重了。

"怎么可以这样讲？蓝胞现在是我们的女儿。"姚福财说。

"我可没有生过这样的女儿。"杨菊芳说完就起身扭着屁股走出了客堂间，在她身后留下浓浓鼻音的一声"哼"。

姚福财看着杨菊芳离开，只是无奈地摇了摇头。

蓝胞在姚思诚的房间里，看着姚思诚在写字。姚思诚一边写字，一边对蓝胞说："我知道蓝胞这个名字是大家叫你的，其实你有一个非常好听的名字，叫凤仙是吗？"

"是的，凤仙这个名字还是我的字，是我们虎啸周的教书先生为我起的。我应该叫周凤仙。"蓝胞对姚思诚说。

"那你怎么没有去读书？"姚思诚问蓝胞道。

"虎啸周发大水，再就是我阿爸死了。"蓝胞说到这里就没有说下去。

"我阿爸会给你去读书的。对了,我不喜欢你叫蓝胞,我给你起个新的名字。"姚思诚说。

"新的名字?"蓝胞也觉得好奇了,就看着姚思诚拿着笔在纸上写着。

"你应该叫蓝宝。蓝宝石的蓝宝。"姚思诚一边说一边写着,一张宣纸上写下了"蓝宝石"三个字。

"这蓝宝和蓝胞不是一个发音吗?"蓝胞听着就笑了起来。

"那是你们宁波人的发音,但不是一个意思。蓝宝石是一种非常名贵和高雅的宝石,英国很多贵族女人就喜欢用蓝宝石来装饰自己,还有,蓝宝石不但漂亮,而且非常坚硬。告诉你一个秘密,我姆妈就有一枚蓝宝石的戒指,那戒指在太阳底下会发出蓝色的光,非常漂亮。等我长大了,我也送你一枚蓝宝石戒指。"姚思诚说道。

"阿娘已经送我好东西了,姆妈也给了我红包。对了,思诚哥哥,这些东西我就放你这里,等我长大了,你一起给我好吗?"蓝胞把老太太给她的木盒子和杨菊芳的红包都交给了姚思诚。

"这是大家送给你的礼物,你自己放好。"姚思诚继续写着他的字,当他在纸上写下"周凤仙"三个字后就问蓝胞,"你会写字吗?不会我来教你。"

"好的,我要写蓝宝石这三个字。"蓝胞就走到姚思诚面前,姚思诚握着蓝胞的小手教她在纸上写着字。端端正正的"蓝宝石"三个字是蓝胞一生中第一次学会写的字。人生的第一次都会让人难忘,而姚思诚紧紧握着蓝胞小手教她写字的情景就如一颗璀璨的蓝宝石,珍藏在她的心灵深处。

就在蓝胞和姚思诚一起欣赏着"蓝宝石"时,小妹走了进来,她看见哥哥和蓝胞亲昵的样子,就对着他们说道:"喔哟,大阿哥你老面皮哦,人家蓝胞还没有做新娘子来。"小妹说着就"咯咯"笑了起来,笑完就拉着蓝胞的手说道,"蓝胞,我们去玩。"

"叫她蓝宝,蓝宝石的蓝宝。"姚思诚对妹妹说。

"知道了,叫蓝宝。"小妹和蓝胞异口同声地说道。

到了吃午饭的时候了,姚家按照老规矩,每个人坐在自己固定的位子上。

小妹和蓝胞是最后来到八仙桌边上的，蓝胞看见桌子上只有一个空位，她就没有坐，只是站着。也就在这个时候，姚思诚站了起来，对蓝胞说："你坐这里。"

蓝胞也没有坐，她想起了嬷嬷的话："到了姚家，走一步都要回头看一眼，讲一句话都要在心里滚三下才出口。"就在蓝胞犹豫时，姚福财说话了："奶妈，再搬个凳子过来，放在思诚边上，大家挤一挤，以后就这样吃饭。"

奶妈听了就起身说道："我的位子让给周大小姐坐。"

"你还是坐你的老位子，不管怎么说你还是奶妈，是喂我们孩子的妈。"杨菊芳发话了。

"怎么了，奶妈是你要找来的，自己生的孩子都不喂奶，还好意思说。"老太太也说话了。

"奶妈没有功劳也有苦劳，为什么要她让位子?"杨菊芳也不依不饶地回道。

"主仆都不分了。"老太太说着，就把筷子重重地放在了桌子上。

"吃顿饭也有那么多废话讲? 家规呢? 大家安静吃饭。"姚路易发话了，他每讲一句话都伴随着一声咳嗽，他最近身体欠佳。

"就一个童养媳妇，闹得我们一家鸡犬不宁。"杨菊芳说完也放下筷子准备转身走人。

"阿娘、阿爸、姆妈，我有一件非常重要的事情宣布。"姚思诚突然发声音了。

杨菊芳一听自己的儿子在说话，就停下了脚步，站在桌子前，双手抱在胸前听自己的儿子会发表什么高见。

姚思诚郑重地站了起来，把蓝胞拉在了身边，他和她靠得很近，说道：

"第一，以后谁再说蓝胞是童养媳妇，我就离家出走；第二，我给蓝胞取了个新名字，以后大家就叫她蓝宝石的蓝宝，她是一个宝贝；第三，让蓝宝去读书。"姚思诚说完就坐了下来，还拉着蓝胞也坐了下来，随后拿起筷子吃饭，一边吃，一边为边上的蓝宝揉菜。

蓝宝低着头，一只手端着饭碗，一只手拿着筷子，眼泪就含在眼眶里。当姚思诚把一块红烧带鱼放到她的碗里时，她的眼泪再也掩饰不住地流了出来。

她从心里感激姚思诚，觉得自己刚到了一个陌生的地方，姆妈不喜欢自己，嫌自己是童养媳妇。蓝胞知道童养媳妇意味着什么。想到这里她就更伤心起来，但她没有哭出声，她想起了嬷嬷的话："没有人会喜欢一个爱哭的孩子。"她知道，大家是在为她的事情而不开心的。她回味着嬷嬷的话："在娘家是宝，到了婆家就是根草了。"

就在她想到这句话时，她突然明白了姚思诚给自己起的新名字：蓝宝，一种价值无比的宝石。何况虎啸周人对自己喜欢的东西都叫着宝贝的。同时，她想起了虎啸周在发大水时，就因为自己是裹着一张蓝色的胎胞出生，有人就把她看作妖怪，并把遭遇这场三百年未遇的洪水怪罪于自己。于是，她就在心里对自己说："我不叫蓝胞了，我叫蓝宝，是蓝宝石的蓝宝。"想到这里，她抬起雾蒙蒙的眼睛看着身边的姚思诚说道："我喜欢这个名字，谢谢哥哥。"也从这一刻起，无论谁叫她蓝胞或是蓝宝，她都听成为蓝宝。

那么，蓝胞也就变成了蓝宝，只可惜蓝宝这个名字只伴随了她二十年，二十年后，她就再也不想听到有人叫她为蓝宝了。但她心里永远也忘不掉这个名字，因为她一生最爱的人就是姚思诚。如果说，一个女人有所爱是幸福，被人爱是福气，那么，这两者蓝宝都拥有过。

吃过午饭后，杨菊芳拿来了一套花色的短袖短裤，说是为小妹新做的，只是小妹穿着太大，让蓝宝试穿一下。当蓝宝穿上时，大家都惊叫起来，穿着新衣服的蓝宝那模样可爱又俊俏，那花色的衣服衬托着她那张粉红的脸蛋，就如民俗画中那个活泼的小囡。于是，老太太就拿出自己梳头用的刨花水，为蓝宝重新梳了头，把她发梢上那两根橘黄色丝带取下，另扎上了粉红色的蝴蝶结，那粉红的蝴蝶展翅欲飞。蓝宝伸开双臂在原地转了几个圈，小妹也在转圈。这是蓝宝到上海的第一天，也是她到上海后唯一一次穿花衣服。

把蓝宝打扮停当，老太太就对大家说："我们去'大世界'白相好吗？"

大家一听去"大世界"白相，顿时就热闹起来，小弟和小妹更是缠着阿娘不放：我们也要去。

"大世界"是当时上海人的一个重要娱乐场所，一九一七年由沪上大商人黄楚九创办经营。它的建筑也颇具特色，由十二根圆柱支撑的多层六角形奶黄色尖塔构成，主楼分别由三幢四层高的建筑体合璧相连，另有两幢附属建筑。到了一九三〇年，黄楚九把"大世界"转让给上海滩青帮头领黄金荣经营，以上演全国各地戏曲节目为主，每天除演出十多种戏曲外，最具特色的就是放在进口处的哈哈镜了，只要人一走进娱乐场，那十二面大镜子能使人变长、变矮、变胖、变瘦，千姿百态，引人捧腹大笑。"大世界"因而名声大噪，游客不断，成为当时远东地区最大的游乐场。

　　老太太带蓝宝去的"大世界"当时还没有转给黄金荣，估计还没有哈哈镜，但变魔术或是杂技、唱戏那肯定是有的。蓝宝喜欢看变戏法，而姚思诚喜欢看杂技，小妹和小弟却喜欢买吃的东西。于是，他们一群人一会儿看变戏法，一会儿看杂技，一会儿品尝各种美食。姚思诚拉着蓝宝的手在大世界里跑来跑去忙煞。还是老太太笃悠悠，坐在戏台前听越剧，看梁山伯和祝英台的"楼台会"。那凄凉婉转的唱腔，听得老太太眼泪汪汪，恨祝英台父亲为啥要把祝英台许配给马文才，又恨梁山伯在十八里相送时，人家祝英台几次暗示自己是女儿身，这个戆大梁山伯就是呆头鹅一只。

　　从"大世界"回来的路上，老太太不停地哼着越剧的腔调："梁哥哥啊，梁哥哥……"就在老太太哼哼时，蓝宝也唱了起来："三载同窗情如海，山伯难舍祝英台，相依相伴送下山，又向钱塘道上来。"老太太一听，就把大手在自己的腿上一拍说道："蓝宝，明朝阿娘带你去龙凤旗袍店做几件漂亮的衣服，以后你就穿着好看的衣服来陪阿娘听戏。"

　　"我们虎啸周每到不同的季节，祠堂里都会唱大戏的，不但有梁山伯和祝英台，还有孙悟空大闹天宫。"蓝宝如桃花一样笑着对老太太说道。

　　"阿娘，蓝宝以后是要读书的。"姚思诚说道。

　　"晓得了，蓝宝要读书的。是哦，读书要紧。"老太太看到蓝宝就有一种说不出的开心，又见自己孙子老是护着蓝宝，更是有种安心。

　　蓝宝在上海的姚家安顿了下来，虽然她小小年纪就到了婆家，在别人眼里就是一个童养媳，但因为有老太太宠着她和姚思诚对她的喜欢，再加上姚福财对她的照顾，相比之下，杨菊芳平时对蓝宝的苛刻也就变成了是对蓝宝做规矩，毕竟蓝宝还是个九岁的小囡，很多地方是要受教育的。但在蓝宝的上学问题上，杨菊芳又和姚福财唠叨起来。

上海的夏天一到台风季节就会不停地下雨，特别是到了晚上，雨打在屋檐上，响着滴答的声音。这时候也是杨菊芳最受罪的时候，她躺在床上，翻来覆去地睡不着，这人呢，越睡不着想的事情也越多，于是，杨菊芳就翻个身，把睡在身边的姚福财叫醒道："哎，看样子，我家儿子还是很喜欢蓝宝的哦。"

"他喜欢蓝宝，这不是好事吗？"姚福财迷迷糊糊地说着。

"那明天起，我让奶妈好好教她一些家务事。女小囡嘛，总是要学点女红呀、烹调呀……"杨菊芳压低着自己浓浓的鼻音说道。

"我答应过蓝宝的家人，给她去上学。"姚福财翻了个身说道。

"女小囡读什么书呀？再说她也是从乡下来的小姑娘，让她住在我们家已经是很抬举她了。"杨菊芳不屑一顾地说道，她也翻了个身，把屁股对准了姚福财。

"这是什么话？蓝宝是我兄弟的女儿，又是周家的大小姐，要不是她的父亲死了，她会这么早来我们姚家吗？"姚福财说着就坐了起来，对着杨菊芳继续说道，"别那么势利眼看人，人家周家也是宰相的后代，是读书人的后裔，他们周家的女孩子都要读书的。"

"现在不是在虎啸周，是在上海的姚家。姚福财我告诉你，蓝宝将来是我们姚家的儿媳妇，这管儿媳妇的事，谁家是由公公管的？还不都是婆婆管的吗？"杨菊芳是要告诉姚福财，蓝宝是姚家的儿媳妇，她是蓝宝的婆婆，她能决定蓝宝的命运。

"不行，我是姚家的当家人，我答应过周家的人，让蓝宝读书，不让她受半点委屈。"姚福财的声音开始响了起来。

"你什么意思？难道我让蓝宝受委屈了？姚福财，你别忘了，我当初嫁到你们姚家还不是给老太太端尿盆，给老太爷端汰面水吗？你那时候站出来为我说过一句话吗?"杨菊芳说到这里就哭了起来。

"你那时候的情况不一样,现在是民国十四年了,提倡男女平等,国民教育人人普及,还设立了女子学校,你就别和我烦了,困觉吧。"姚福财知道杨菊芳的脾气,喜欢作天作地,一作又要睡不着觉了,她睡不着觉自己就倒霉。何况,姚福财这些天在虎啸周也够辛苦的,他需要好好休息,休息好了汽车行很多事情也等着他去处理呢。

可杨菊芳却不依不饶,偏要姚福财给说出个道理来。这女人呢,一旦不明白,你就是和她说上一大堆话都是废话。姚福财索性起来,拿了一条凉席自己睡在地上了,随你杨菊芳怎么去作。杨菊芳见姚福财不和自己睡了,知道丈夫动了真的。杨菊芳也是个聪明人,她的命运也掌握在姚福财手里,于是她也跳下床挤在姚福财身边,拎着他的耳朵说道:"好了,等开学了,就让蓝宝去上学可以了吗?"

姚福财听了就笑道:"我知道我家太太是识大体的人。"

"我是心疼你。"杨菊芳说着就回到了床上,姚福财也回到床上睡了。

姚福财和杨菊芳说话的声音是很轻的,他们根本没有想到会让别人听到,但睡在右厢房的蓝宝都听到了。她有一副非常敏锐的耳朵,特别是在夜深人静时,在那窗外的雨声打在屋檐上响着滴答声的同时,她还能听到楼下大客厅里的钟走动的声音。这是她到上海的第一夜,也是她有点兴奋的夜晚,她在回想着白天发生的一切,想着姆妈说过的每一句话,这些话有点伤自己的心。但一想到在"大世界"里白相开心的情景,再回想起姚思诚握着自己的手在纸上写着自己的名字,她非常喜欢"蓝宝"这个名字,蓝色的宝石,思诚哥哥也说过了,等他长大了就会送自己一枚蓝宝石戒指。想到思诚哥哥,蓝宝就笑了。她不敢大声地笑,她怕自己的声音惊动了大家,于是,她就用手掌捂着自己的嘴巴偷偷地笑着。但她听到了隔壁前楼传来的窃窃私语声,她听到了姆妈说的话,听到了阿爸说的话,听着听着,她哭了,哭着哭着,就睡着了……

六

　　一转眼，九年过去了，又是一个凤仙花开的七月，空气里弥漫着夏日的温馨。一群女学生从中西女塾学校门口走出来，这所创始于一八九○年的美国教会学校教学用的都是英语，甚至连中国的历史、地理课本也是从美国运来的。宋庆龄和宋美龄都在这个教会学校里读过书，可以说是蓝宝的学姐。学校里的老师们一直拿宋家姐妹的例子向同学们宣讲着，希望她们也能像宋家姐妹一样出色成功。但有一位姓马的女老师却在下课以后用中文向蓝宝她们几个讲中国最早的男女同学的学校是秋瑾创办的，是她为中国女子走进学校读书开创了先河。

　　秋瑾，中国女学和女权思想的倡导者，近代民主革命志士。关于她的故事蓝宝非常喜欢听，并从马老师那里知道了秋瑾是中国历史上第一个向丈夫提出离婚的女子，与同是革命者的徐锡麟成为志同道合的爱人。结婚、离婚、爱人，这些对女孩子充满想象和刺激的字眼，使她感到好奇和不解。但她知道秋瑾是一位伟大的女英雄，她为民族和妇女解放事业付出了自己的生命，特别是她就义时留下的诗篇："秋风秋雨愁煞人，寒宵独坐心如捣……"深深打动着蓝宝，那种壮烈的情怀与她深藏在血液里的两千多年遗传下来的侠气基因相吻合。但那时候她还不完全懂，她只觉得宋家姐妹的例子比较贴近现实生活，再优秀的女子总是要嫁人的，问题是嫁给谁？想到嫁人的事情，蓝宝如桃花一样笑了，她知道，自己要嫁的人就是姚思诚。

此时，蓝宝和一个女同学走在所有同学的前面，她们穿着阴丹士林蓝布做成的上衣，黑色的裙子，脚上是一双黑色的皮鞋，只是蓝宝的胸前挂着两条长辫子。夏日的太阳正照在她们的脸上，蓝宝那张鹅蛋脸在阳光下如桃花开放，她走在几个女生中就如鹤立鸡群。此时的蓝宝，已经出落成一个亭亭玉立的大姑娘了。

走在蓝宝身边的同学叫朱琪洁，她留着一个童花头，一张圆圆的脸上架着一副近视眼镜。她一边走一边用浦东口音对蓝宝说："周凤仙，今天是你十八岁的生日，姚家大少爷会送你什么礼物呢？"蓝宝上学后，她在学校用的就是周二爷给起的学名，也是她在姆妈肚皮里时，姆妈就给起好的。

"我没有想过要他送礼物。但他真的送我了，我当然要的。"蓝宝用双手摆弄着胸前的辫子含情地说道。

"让我来猜一猜哦，姚思诚会送你什么呢？送鲜花？喔哟，这个礼物太俗了。送巧克力嘛？勿好，这个东西太苦。送衣服？"说到这里，朱琪洁就停下了脚步，打量了一下蓝宝，继续说道，"男人最不应该送女人衣服的，因为他们根本不知道我们身体长得怎么样的。"说着"咯咯"地笑了起来。朱琪洁的笑声就如开机关枪一样又快又紧凑。

蓝宝一听也笑了起来，如果说朱琪洁的笑声是机关枪声音，那么蓝宝的笑声就如刚烧开的铜吊里的水冲进热水瓶里的声音：咯……咯……那声音比机关枪更稳点，更慢点。就在她们笑着时，蓝宝听见身后传来了一阵汽车鸣笛声。一听到这个声音，蓝宝脸上就开满了桃花。朱琪洁也听到了，她就对蓝宝说："喂，你心上人来接你哉。"说着就拉着蓝宝要她往后看，但蓝宝就是不回头看。那汽车鸣笛声还是不停地在响着，蓝宝仍在人行道上走着。终于，那鸣笛声停了下来，接着是一阵风从蓝宝身边拂过，一辆德国产的小汽车驶过蓝宝的身边，然后就停了下来。

朱琪洁走到汽车面前，蓝宝也停下了脚步，侧过身子看了看那辆汽车。汽车里下来了一位风度翩翩的青年，他的个子比蓝宝高出一个头，一双乌黑发亮的眼睛在薄薄的单眼皮里炯炯有神。朱琪洁看着姚思诚打开车门走了出来，就对他说：“姚家不愧是开汽车行的，每次来接心上人总是换汽车，今天又换了一部德国产的车子，看样子要带周凤仙去哪里兜风了。”

姚思诚却对朱琪洁做了个鬼脸道：“等你有男朋友了，让他也开着车来接你，然后沿着淮海路去兜香风吧。”他说着，把一只手搭在车门上，一只手拿过了蓝宝背在身上的书包，把书包放进了驾驶室里，再走到副驾驶座的车门边，为蓝宝打开了车门，双手恭恭敬敬地把蓝宝请进了汽车里。朱琪洁就站在汽车外面对蓝宝说：“周凤仙，祝你生日快乐。”然后对姚思诚说，“我要找的男朋友是开轮船公司的，到时候他用轮船来接我，就气煞你。”

姚思诚听了就哈哈大笑起来道：“朱琪洁，你找个开轮船公司的，我就送一辆小轿车给你，作为你的嫁妆。”

“你说的？到时候你和周凤仙结婚，我就送你们一艘轮船作为周凤仙的陪嫁，更加气煞你。”朱琪洁的小嘴噼里啪啦，也厉害地回击道。

“相信你，你叫朱奇迹嘛。”姚思诚的话没有错，琪洁的上海话发音就是“奇迹”。

“你们真会逗人。思诚哥哥，我嬷嬷说过的，人不可貌相，海水不可斗量，说不定朱琪洁真的会发生奇迹的。好了，朱琪洁，他是和你开玩笑的。我们再见。”蓝宝说道。

“周凤仙再见，姚思诚再见。”朱琪洁挥舞着她的双手，站在人行道上目送着他们离去。

姚思诚坐在蓝宝身边开着车，他侧过脸对蓝宝说：“猜猜我今天送你什么礼物？”

“我不猜。”蓝宝笑着，桃花开满脸上。

“你再和朱琪洁玩在一起，你的笑声也要变成机关枪声音了。”姚思诚一边说一边从座椅下拿过一个纸袋递给蓝宝，“你打开看看我送你什么。”

蓝宝打开纸袋，从里面取出了一瓶法国产的指甲油，她把指甲油拿到眼前看了看就对姚思诚说：“怎么想到送我指甲油？”

"本来想帮你去摘凤仙花的，可听朋友说先施公司来了几瓶法国香水，于是就去看了，却发现有指甲油，我一直听你讲在乡下时喜欢用凤仙花瓣来敷指甲，所以就送你这瓶指甲油。喜欢吗？"姚思诚一边开着车，一边说着。

"哥哥送的我都喜欢。"蓝宝这次说话时没有笑，她似乎想起了什么，只是默默地低下了头。

姚思诚就问她："想虎啸周了？"

蓝宝轻轻地嗯了一声，她的脸刹那间红了起来，那脸颊就如一朵桃花含苞欲放，只是花上有露珠闪耀，但她没有让自己的眼泪流下来。这些年来，她已经学会了克制自己的感情，她知道自己不再是当年那个在虎啸周可以任性和发嗲的女孩子了。她现在是在上海，是寄人篱下的一个童养媳妇。只是自己还算幸运，阿爸让她去教会学校读书，阿娘处处护着她，姚思诚也以一个大哥哥的样子来关心她。可她心里十分明白，在姚家她还是一个外人，所以要处处小心，包括对姚思诚。于是，她忍住自己的情绪，冷静了一下，然后抬起头对姚思诚笑了笑就打开瓶子看颜色了，她一看是大红色的，就说道："怎么像血一样的红？"

"小傻瓜，这是蔻丹红，是今年法国最流行的颜色。"姚思诚笑着说。

"不行，这种颜色涂在指甲上，伸出手来让人家看见还以为我是浸在红乳腐里呢。"蓝宝说着就桃花一样笑了。

"亏你想得出说红乳腐的，有这么好看的红乳腐吗？你平时也不穿红衣服的，偶尔涂点红指甲油也可以调节一下心情，再说今天是你的生日，我们可以喜庆一点。"姚思诚说着就想拉过蓝宝的手亲一下。

"太红了，还是给小妹用吧。"蓝宝一边说着，一边扭过手腕躲避着，顺便把指甲油放进了纸袋里。

两个人沉默了一会儿，姚思诚就老实地对蓝宝笑了笑，以掩饰自己刚才的鲁莽，然后接着蓝宝的话说道："不行，小妹要什么有什么的。这个你就自己用。"

"真的太红了，不适合我，我还是喜欢中性颜色。"蓝宝说着。

"你不如直接说，我蓝宝还是个很保守的人呢。好吧，这个你先放着。我带你去郊外兜风，看看农田里有没有凤仙花瓣。"姚思诚说道。

"这还差不多。那我要回去换件衣服。"蓝宝说。

"哦，我忘了，你是周家的大小姐，摘花也要换个行头。"姚思诚笑了起来。

"有什么好笑的？我也就一个星期换一件衣服呀。哪像姆妈她一天要换三件衣服呢。早上要穿旗袍，中午穿短袖，晚上穿西式长裙。"蓝宝毕竟还是一个小姑娘，她一边说着，一边天真地模仿起杨菊芳穿衣服的样子。

"姆妈这样穿是为了阿爸的生意，我们家做的都是上流社会的生意，姆妈这样穿是对大家的尊重。你以后做了我的太太，也要这样打扮哦。"姚思诚得意地说着，又伸出了手去拉蓝宝的手。

这次蓝宝没有躲开，她的手被握在姚思诚的手掌里，她感到了温暖。其实，自从蓝宝九岁进了姚家，就是和姚思诚手握着手一起长大的，那时候，她把姚思诚当着哥哥。可随着年龄的增长，知道自己将来是要嫁给这个一直叫着哥哥的男人时，她却害羞起来，再加上姚家姆妈平时对自己的淑女要求，也使她再见到姚思诚后就有点难为情了。现在，自己的手被姚思诚握着，她的身体里有股异样的感觉。但她要掩饰这份感觉，她努力让自己平静下来，继续刚才的话题说道："我可没有姆妈这样漂亮，也没有她这样的耐心，为了穿旗袍每天要称体重。"蓝宝桃花般地一笑。

"你今天话真多，再多，我不带你去兜风了。"姚思诚把蓝宝的小手紧紧一捏。

"今天是我生日，要以我为主。"

"我可是大少爷，今天却为你做车夫了。"

"车夫是你说的哦，我可没有说哦。"

蓝宝和姚思诚一路开心地说笑着，车已经快到家门口了。就在车子要进弄堂时，姚思诚却猛地一踩刹车，蓝宝一个颠簸，但很快稳住了身子。只听得姚思诚对车外一个人叫道："你神出鬼没的，在这里干什么呀？为什么不去我家等我?"

这时,蓝宝看到了车窗外一个书生模样的人,他穿着一件淡灰色的夏季长衫,一头乌黑的鬈发整齐地堆在他硕大的头颅上,一张国字脸,挺直的鼻梁。蓝宝一见他,就马上打开车门跳下车子,走到他的面前叫道:"李大江,你怎么不进屋去?"

那个被叫着李大江的男子是姚思诚最要好的同学,也是和蓝宝一起玩大的伙伴。现在的李大江已经是《申报》的一名记者,但他一直暗恋着蓝宝。他见蓝宝走到了自己面前,就从拎着的皮包里拿出了一张《申报》送给蓝宝道:"今天是你十八岁的生日,这是我在报纸上发表的一篇写凤仙花的文章,算是送给你的生日礼物吧。"说完,就把报纸递给了蓝宝,不等蓝宝说什么,就转身走了。

姚思诚看着李大江不和自己打招呼就走了,就把头伸到车窗外说道:"做记者了,就神神秘秘了。"然后问蓝宝道,"他搞什么鬼呀?"

蓝宝就把手中的《申报》向姚思诚扬了扬道:"他写了一篇美文。"

"我还以为什么大新闻呢,美文又不是什么新闻,值得他鬼头鬼脑的。不过,记者都有点神经质的,所以,他当时要去报社我坚决支持。哪像我做实业的,要脚踏实地地干。"姚思诚说着,已经把车子开到了自家门口。

蓝宝只是把李大江写的那篇美文粗粗浏览了下,就看见奶妈站在门口。见了蓝宝,奶妈马上迎上去说:"周大小姐,祝你生日快乐。"

奶妈今天穿着干净整洁的衣服,把平时一直套在衣服上的饭单和袖套都取下来了,她带着兴奋的口气对蓝宝说道:"你娘家来人了。"

"是吗?"蓝宝一听自己的娘家来人了,就把报纸放在了车里,快步下车向屋里走去。当她跨进客堂间时,抬头看见了挂在墙上的一幅照片,那是姚路易的遗像,于是,她停下脚步,立在遗像前恭恭敬敬地鞠了三个躬。

每次蓝宝从学校回来,她做的第一件事就是对着姚路易的遗像鞠躬,然后去后客堂间向老太太问好,这已经是她多年来养成的习惯。可今天,她鞠好躬后,就向楼上走去,她不知道虎啸周来了谁。

这时候，老太太从后客堂间走了出来，她手拿一串佛珠，口中念着经，对着蓝宝的背影笑了笑。自从蓝宝九岁那年来到姚家后，老太太的生活也发生了变化，有一个人能和她一起讲宁波话了，还有人陪着她去看绍兴戏。虽然蓝宝是一个童养媳妇，是自己孙子未来的媳妇，但老太太的思想非常开明，她认为一个女孩子不但要拥有美貌，还要有文化，有文化的人才配得上自己的孙子。她也是用这种态度告诉杨菊芳，也让杨菊芳同意蓝宝去读书的。至于蓝宝该去什么学校读书，姚家又是经过一番争论的，最后大家听取了姚路易的建议：让蓝宝去教会学校读书。

　　那时候，姚路易还活着，他知道自己就是在教会学校读书，然后去美国留学的，所以，姚家也同意了蓝宝去教会学校读书，因为在教会学校读书可以寄宿。寄宿的学生生活对蓝宝来讲也是有好处的，至少让蓝宝的心里减少一些压力，那就是自己不是姚家的童养媳妇，而是来上海读书的。随着蓝宝慢慢地长大，加上在教会学校受到的教育，她已经清楚地认识到了自己将来是要做姚思诚妻子的。尽管自己和姚思诚是父母包办的婚姻，但她喜欢姚思诚，姚思诚也喜欢她。特别是这些年来，每逢周日或是学校放假时，蓝宝都会回到姚家，和姚思诚青梅竹马两小无猜生活了整整九年，建立了深厚的感情。在蓝宝的心目中，姚思诚不但是哥哥，也是自己未来的丈夫。而她和姚思诚的亲事在姚家人的心里是铁板上的钉子，所以，今天虎啸周来人了，奶妈就会对蓝宝说："你娘家来人了。"

　　蓝宝十分想念娘家人，她想姆妈，想弟弟，想叔叔，更想念嬢嬢。甚至好多个晚上她都梦见了嬢嬢，嬢嬢穿着那件阴丹士林蓝布的大襟衣服，腋下挎着一个竹篮子，迈着莲花一样的步子走进自家的小院……但这些情景只能在梦中出现。

　　当蓝宝正要上楼时，楼上的人正在往下走，她首先看见的是走在前面的姚福财，然后是杨菊芳。跟在杨菊芳后面的是一个男人，他穿着一件薄薄的西装，一副金丝边眼镜在黑暗的楼道上发出金色的光。再后面还有一个人，因为光线太暗，蓝宝看不清。于是，她就退到了一边，让楼上的人走下来。

就在这个时候，她听见了一个人在背后叫着自己："姐姐。"

蓝宝听出了是个男孩子的声音，带着浓浓的宁波口音，蓝宝听见那亲切的叫声，身上的热血立刻沸腾起来，莫不是自己的弟弟红胞？当她一想到红胞，她的眼泪就从眼眶里滚落下来，立马回身叫道："是红胞吗？红胞……"

红胞和姚家的小弟、小妹从天井里奔了进来，蓝宝看见了一个少年风度翩翩地向自己扑上来。他那双眼睛大大的，一张红红的嘴唇显出了一抹棱角分明的唇线。这是蓝宝家人的遗传因子，也是周家人的特别印痕和符号。蓝宝一看到那双眼睛和那道唇线，她就知道眼前的少年就是自己的弟弟红胞。

"红胞，我的弟弟，姐姐想死你了。"蓝宝一把抱住了红胞，激动地说道。

姐弟俩拥抱在一起，显然，红胞的个子已经超出了蓝宝，弟弟长大了。红胞对蓝宝说："姐姐，我们这次来上海是向你告别的，我们要去美国生活了。"

"去美国？"蓝宝一听就吃惊地睁大了眼睛。

就在蓝宝惊呆时，姚福财一行人都走到了客厅里，蓝宝看见了母亲，母亲的身边站着一个戴着金丝边眼镜穿西装的人，蓝宝认出了这个人是王家庆。

王家庆对蓝宝说："今天是你生日，我们是专程来给你过生日的。祝你生日快乐。"

"王叔叔好，知道你来的话，我肯定要你带水蜜桃的呀。"蓝宝一看见王家庆就桃花一样笑了起来。

"今天你姆妈给你带来了水蜜桃。"王家庆说着，就把蓝宝姆妈引到了蓝宝的面前。

蓝宝姆妈穿着一件宽松的旗袍，脚上着一双绣花鞋。她站在杨菊芳面前显然有点乡下人的味道，但非常有女人味。她对蓝宝说："凤仙啊，我知道你喜欢吃虎啸周的水蜜桃，就特意让红胞去虎山上采来的。还有你最喜欢的凤仙花瓣，你嬷嬷说让你敷指甲。"蓝宝姆妈一直是叫自己的女儿为凤仙的，不管是蓝胞还是后来的蓝宝，她都不这样叫，她从来没有改变自己当初给她起的名字——凤仙。

蓝宝打开母亲递给自己的一个瓷罐，里面放着三种颜色的凤仙花瓣，红的、黄的、蓝的。蓝宝捧着这些花瓣，轻轻地在口中念着："嬷嬷，我好想你啊。"然后，她抬起头问母亲道，"你们要去美国了？"

"是的，你王叔叔想去美国做生意，顺便也想让红胞去美国读书。"蓝宝姆妈说完就红了脸，往后退了一步。

自从蓝宝阿爸死后，王家庆就一直在生活上和经济上接济着蓝宝一家，先是在虎啸周帮着蓝宝家人还清了蓝宝阿爸欠下的桃子钱，然后又盖起了房子。其实，王家庆自从妻子去世后，一直没有续弦，但他接触到蓝宝姆妈后，见她一个人带着儿子，就心生怜悯，然后托姚福财向大桃花求情，终于把蓝宝姆妈娶进了王家。王家庆也没有要求蓝宝姆妈为自己再生个孩子，他对红胞视如己出，就如亲生儿子一样，供他上学读书。

"今天难得亲家来上海看望我们，又逢蓝宝生日，我已经在大富贵酒楼订了宴席，等会儿我们一起去吃饭。"姚福财满面红光地对大家说道。

"姚先生，我在来上海之前就已经在汇中饭店订了房间，也订了宴席，我们就去汇中饭店吃饭吧。"王家庆对姚福财说道。

"啊呀，王先生哦，你们来上海理应是我们招待的，怎么可以叫你们破费呢？"杨菊芳用她的鼻音嗲声嗲气地对王家庆说着。

"亲家母，今天是蓝宝的生日，理应我们娘家人来请的。"蓝宝姆妈也客气地说道。

"亲家母，你这话就是外头人的闲话了，蓝宝是我们姚家的媳妇，要请也是我们请。"杨菊芳说道。

"她现在还没有正式过门呢，还是我们宴请大家吧。"蓝宝姆妈坚持要去汇中饭店，她说定金都付过了。

最后，大家决定去汇中饭店。当蓝宝一听去汇中饭店，就兴奋地对姚思诚说道："我们去汇中饭店吃饭了。"

姚思诚也高兴地对蓝宝说："我们可以去乘电梯了，还有西式的抽水马桶。对了，你把那件西式的长裙穿上，如果今天去汇中饭店都不穿，你就白拥有这条裙子了。"

蓝宝一听，就对姚思诚说："那我穿什么上衣呢？"

"穿姆妈帮你买的那件带有蕾丝的圆领子上衣。"姚思诚说道。

"好，等我穿上了你可要帮我参考哦。"蓝宝说着就"噔噔"地上楼去了。

汇中饭店对当时的上海人来说是一个高档而豪华的地方，它建于一八五四年（清咸丰四年），也就是现在大名鼎鼎的和平饭店的南楼，最早名为"中央饭店"，是旅居上海的洋人在上海建造的第一家带餐饮业的旅社。后来，汇中饭店重建，有了上海最早的卫生设备和最早的两部电梯，还有上海最早的屋顶花园，也是当时上海滩各界名流聚会宴请的地方。

当蓝宝穿着一件白色的带有蕾丝的真丝圆领上衣，下配一条白色百褶裙出现在大家面前时，所有人的眼睛都为之一亮，她那正值青春发育期的少女身材，显出了她该有的丰满和女孩的矜持。她那桃花一样的微笑给人一种青春洋溢的感觉，把那身衣服衬得恰到好处。姚思诚看着蓝宝，他的身体里有一股激情在升腾起来，他真想上去拥抱蓝宝，想去亲吻她，但他还是羞涩了，只是抿了抿嘴唇，嘴角露出了一丝掩饰不住的爱慕之情。

姚思诚心里微妙的变化，却让杨菊芳看得清清楚楚，她知道自己的儿子已经二十二岁了，他心里想些什么，作为母亲的杨菊芳是十分明白的。当年，九岁的蓝宝进了姚家，姚思诚就对她一见钟情，而且处处呵护着她，并为她取了寓意蓝宝石的名字。特别是近几年来，两个孩子都长大了，他们每天生活在一起，耳鬓厮磨，两小无猜，一个口口声声叫他哥哥，一个是蓝宝蓝宝。何况，蓝宝本来就是许配给姚思诚的。如今，他们都到了男婚女嫁的时候。于是，杨菊芳就悄悄把姚福财拉到了一边，对姚福财说："趁今晚的机会，你在饭桌上把两个孩子的婚事挑明了，我们思诚也老大不小了，该圆房了。"

姚福财一听就会心地笑了，他在心里还是欣赏杨菊芳的，不管怎么样，作为一个母亲她还是细心的，她提醒了自己今晚在宴席上该讲些什么重要的话。

当大家来到汇中饭店时，几个孩子就对饭店里的电梯产生了兴趣，红胞和小弟、小妹在电梯内乘上乘下，姚思诚对电器之类的东西更是爱不释手。这个时候，他就一个人站在楼道里，看着电梯的升降，计算着电梯上下的速度和时间。当蓝宝出现在他面前时，他居然没有发现。蓝宝站在他身后，一双手蒙住了姚思诚的眼睛，用一种瓮声瓮气的声音要姚思诚猜猜自己是谁。姚思诚这才发现了蓝宝，就用手去拨开蒙在自己眼上的手，他把蓝宝的手握在自己的手里，欣赏起蓝宝那涂了指甲油的手指，问她："是用凤仙花瓣敷的?"

蓝宝笑着摇头说道："是用你送给我的指甲油涂的。"

"不对呀，我送你的是红色的，你现在是淡紫色的。"姚思诚的口气里露出了疑惑。

"那你猜。"

"我不猜，你就直接告诉我。"

"我先是用了蓝色的凤仙花瓣敷指甲，然后再涂上你那法国的蔻丹红，所以就变成这个颜色了。"蓝宝说道。

"绝顶聪明的蓝宝。"姚思诚说着就想拉过蓝宝的手要亲吻。

蓝宝却把手躲在身后，不让姚思诚看，姚思诚硬要看，并向蓝宝保证不动她一根汗毛。于是，蓝宝就天真地望着姚思诚道："君子动口不动手。"说完就把手伸给了姚思诚。当姚思诚低下头去看时，蓝宝也低下头看自己的手，他们俩异口同声地说了一句："真好看，像水蜜桃。"这时，他们俩的脸碰到了一起，又都马上本能地想回避，就在抬头想回避的刹那间，两人的眼睛又对上了，而姚思诚的手紧紧拉着蓝宝的手，他觉得有一股热量正从这双手传遍全身，不由得浑身颤抖起来。而蓝宝的手被握在姚思诚的手掌里，她也觉得自己的心脏快要跳出来了，她想起了刚才在小轿车里姚思诚拉着自己手时的感觉，她听到了姚思诚那急促的呼吸声，她嗅到了他身上的一股气息，这是一股让自己觉得心脏要停止跳动的气息。于是，两个年轻人，在楼道的电梯口终于拥抱在一起，他们热烈地亲吻着，拥抱着。他们忘记了周围的一切，直到电梯降落在他们身边时，两个人才清醒过来。于是，蓝宝含羞地从姚思诚怀里挣脱出来，她想逃。这时，她听到了姚思诚从心里发出的声音："嫁给我，你是我唯一的女人，非你不娶。"

蓝宝听着姚思诚的话，这些年来压抑着的感情顿时化作滚烫的泪水流了出来，但她知道，现在不是感情用事的时候，自己的母亲和继父，还有亲爱的弟弟和姚家所有的人都在饭厅里呢。

　　当大家围着饭桌坐下来时，姚福财发现少了蓝宝和姚思诚，就在他想叫人去寻找时，蓝宝走了进来，她的脸上似雨过天晴后的桃花。姚思诚跟在蓝宝后面，红着脸，就如夏日里开放的鸡冠花一样。他们俩的微妙表现，杨菊芳看得明明白白，于是，她就用脚踢了踢坐在身边的姚福财的脚，再侧过脸对着姚福财笑了笑。姚福财也回笑了一下，然后站了起来说道：

　　"今天是蓝宝的生日，亲家备了酒席，我想借此机会对大家说一说这两个孩子的婚事。蓝宝到我们姚家也已经很多年了，她就如我们的女儿一样深得姚家上下人的喜欢。我们思诚也老大不小了，我想今天对亲家表个态，应该给他们圆房成亲了。我也考虑到蓝宝还要读书，思诚也要有自己的事业，我已经在思南路为他们购置了一套洋房供他们结婚后居住，那里环境也不错，离我们姚家就几条马路的距离，方便蓝宝读书，也方便思诚创办事业。"姚福财向大家说道。

　　"这些年来，多蒙姚家对我们凤仙的关照。孩子们都长大了啊！既然亲家公已经表态了，那也是我们凤仙的福气。她阿叔和嬷嬷也一直说，当年因为虎啸周遭遇了三百年未遇的洪水，才让凤仙九岁就来到上海。但我们还是要按照虎啸周嫁女儿的规矩，风风光光地把凤仙嫁到你们姚家的。"蓝宝姆妈也站了起来细声回道。

　　"看来我这把老骨头也能喝到我孙子的喜酒了。到时候，再让我抱抱重孙，我可要给菩萨烧高香了。"老太太说着就双手合十作揖起来。

　　蓝宝坐在姚思诚身边，只是把头低得更低了。姚思诚就偷偷地把手伸到饭桌下，抓住了蓝宝的手。蓝宝的小手在姚思诚的手里，她感觉到了姚思诚的心跳声，但她的手心在出汗，她知道大人们在讲话，可她什么也没有听清，她只听到了自己心跳的声音。

这顿宴席，大家都吃得很开心，饭后王家庆还邀请大家去参观了他们下榻的房间。老太太用上了抽水马桶，看着白哗哗的水从水箱里冲出来。从洗手间出来，老太太笑着对姚福财说："你买的洋房也有抽水马桶？"

"不但有抽水马桶，还有浴缸，就是没有电梯。"姚福财回答他的母亲。

"可以了，现在这个生活条件就是宣统皇帝都没有享受过呢。"老太太笑着，忙用手去掩饰自己掉了门牙的瘪嘴。

"我们凤仙的命就是好，她小时候，算命的人就说过，她是皇后娘娘的命，是进皇宫的命。这不，她能嫁进你们姚家，就如嫁进皇宫了。"蓝宝姆妈也笑答。

"那时候的娘娘们也没有书读，我们蓝宝的命还真是蓝宝石的命呢。"杨菊芳笑着说道。她今晚穿了一件高贵的丝料旗袍，把她的身材全部显露出来。但老太太就是看不惯她，听她这样一说反驳道：

"可惜你不叫杨贵妃，是叫杨菊芳，否则也算是在皇宫里生活过呢。"

"姆妈绍兴戏听多了，还真会比喻。"杨菊芳虽然也是个厉害角色，但她不敢和老太太怄气，就佯装没听懂地回应道。

这时候，蓝宝姆妈悄悄地把蓝宝拉到一边对她说道："我要带你弟弟去美国了，也许出嫁的那天，姆妈没有看见，但姆妈永远会为你祝福。有事情多和你嬷嬷商量，还有你阿叔。对不起啊，我是一个不称职的母亲，我也对不起你死去的阿爸……"蓝宝姆妈说着就抽泣起来。

"姆妈，不要这样说，这都是命运的安排。你也是为了弟弟的将来。"蓝宝说着就为母亲拭去那挂在脸上的泪水。

"记得要给我写信啊。"蓝宝姆妈拉着女儿的手不肯放下。

"好的，我会给你们写信的，我也会想你和弟弟的。"蓝宝说着，伤心地流下了眼泪，她想起了九年前，虎啸周发生了三百年未遇的洪水。就在那一天，灾难改变了她的命运，她失去了父亲，失去了家，跟着姚福财来到了上海。虽然说姚家对她也不薄，但对一个当时还只有九岁的孩子来说，一切就意味着寄人篱下，是个童养媳。这个观念一直印在蓝宝的心中，所以，她要保护好自己，她的格局决定了她的理念，我周凤仙、蓝宝是周家的大小姐，将来是要做姚家的大少奶奶的。

第二天上午，蓝宝很早就醒了，她知道王家庆要带着母亲和红胞坐上开往美国的轮船，这一走，母女俩何时能重逢呢？所以，蓝宝早早起床，想去汇中饭店送送母亲。姚思诚听到蓝宝起床了，他也起了床。他十分理解蓝宝的心情，就对蓝宝说："我们去送送他们吧。"

蓝宝看见姚思诚就羞涩地低下了头。这人呢就是奇怪，特别是男女之间的事情更是微妙。平时，蓝宝和姚思诚相处时，就如兄妹一样，两小无猜，可昨天晚上姚思诚吻过蓝宝后，蓝宝那颗少女的心就不知道该怎么收敛起来了，她昨天晚上只要一闭上眼睛，就是姚思诚抱着自己，亲吻自己。她不断地回味着那甜蜜的时刻，她甚至想让姚思诚再多亲自己几下……当姚思诚出现在蓝宝面前时，她都不知道该讲什么话了，只是痴痴地看着自己的手指甲。

昨晚姚思诚也没有睡好觉，他躺在床上想着蓝宝的笑，想着蓝宝的吻，他甚至想着如果把蓝宝抱在怀里一起睡，那该有多好啊。想到这里，他觉得身体里有一种东西让他激情澎湃起来。于是，他已经在心里下了决心，要以最快的速度和蓝宝成亲。

有了这种动机，姚思诚看见蓝宝就自然会和她亲热，何况昨晚已经有了开头了。当他想亲吻蓝宝时，蓝宝却不敢和姚思诚亲热，她怕被人发现，但又拗不过姚思诚。于是，两人趁没有人发现又拥抱在一起了。就在他们亲热时，突然听到一阵干咳声，他们马上放开了彼此。只见老太太站在他们面前。老太太用手指指了指姚思诚，然后又对着蓝宝用自己的手指在脸上做了一个羞的动作，就回到她的后客堂间去了。

姚思诚见老太太走了，他想继续抱着蓝宝，蓝宝却对他说："我们快去送我姆妈和弟弟吧。"

这时候，姚思诚正好看见司机老蔡来了，就对他说："老蔡，送我们去汇中饭店。"

当蓝宝和姚思诚来到汇中饭店时，饭店的人对他们说王先生已经去了码头。

于是，他们赶到码头上，蓝宝姆妈正要上船。蓝宝下了车子就冲着母亲叫了起来："姆妈……弟弟……"

"凤仙……"蓝宝姆妈听到了女儿的叫声，就回头看了看，她看见了蓝宝从人群中向她奔来。

"姐姐……"红胞也听到了姐姐的声音，他站在母亲的身边也停下了脚步。

蓝宝站在码头上，看着自己的母亲和弟弟从船上走了下来，王家庆也下了船，他们向她走来。

"姆妈……"蓝宝拼命地向母亲摇着手，那双涂过指甲油和凤仙花瓣的小手在太阳的光辉里闪着白皙的光。

"凤仙，姆妈不想让你难过的，所以也没告诉你要走的时间。"蓝宝姆妈走到了女儿的身边，"你已经是大人了，要学会为思诚分担所有困难，要尽一个女人的责任，做一个姚家的好媳妇。"

"姆妈，我知道了，我会记住你的话的。"蓝宝已经泣不成声。

姚思诚站在蓝宝的身边，就如一棵高大的梧桐树守护在小树苗旁。

"思诚，请你多多关照凤仙，她还是一个孩子，她还小，如果她有什么地方不懂规矩，你就多教教她。可怜她九岁没有了父亲，我也没尽到一个母亲的责任。对不起啊，思诚。凤仙就拜托你了。"蓝宝姆妈说着话时，她的泪已经流了一脸。

"思诚，我和你父亲也是世交多年的朋友了，如果以后有什么地方需要我尽力的尽管吩咐。希望你能记住我太太对你说的话。"王家庆也对姚思诚说道。

"王叔叔你放心，我姚思诚对你们发誓，我会对蓝宝好的，只要我活着一天，我的命就是蓝宝的。"姚思诚说着就拉过蓝宝的手，他和她的手紧紧扣在一起。

"有你这句话，我们就放心了。大家多保重。"王家庆说道。

这时轮船的汽笛再一次拉响，王家庆看了看手表，就对姚思诚说："我们要上船了，记住你今天说的话，你的命是蓝宝的。"

"君子一言，驷马难追。"姚思诚说着，就伸出手和王家庆击掌为誓。

王家庆携着蓝宝姆妈和红胞一起向轮船走去，蓝宝姆妈三步一回头，步步难舍母女情。蓝宝被姚思诚拉着一只手，她就伸出另一只手对母亲挥动着，每一挥手就是一滴眼泪。当轮船再一次拉响汽笛时，蓝宝的心如同陷入了一种无名的孤独中，她望着自己最亲的亲人在自己面前渐渐地消失了，什么时候才能和母亲、弟弟再相逢呢？想到这里，蓝宝泪如雨下，她终于放声大哭起来。姚思诚从来没有看见蓝宝这样哭过，他又怎么能体会到蓝宝此时的心情呢？

　　如果说，那年蓝宝离开母亲跟着姚福财来到上海，那时候她还只是个九岁的孩子，她还不完全懂，但现在她长大了，知道和亲人生离死别的痛苦，知道美国是个遥远的地方，不知道哪一天再能和母亲、弟弟相逢。而母亲和弟弟是自己最亲的亲人，也是她精神上的支柱。现在这根支柱突然倒塌了，她一时看不见母亲和弟弟了，所以，蓝宝越想越伤心起来。

　　姚思诚被蓝宝哭得心都疼了起来，他急急地安慰蓝宝道："别哭了，我们回家吧。"

　　"我没有家，我没有了父亲，也没有了母亲，就连我最亲的弟弟也走了，他们都离开了我，我一直孤独地生活着，我一直在寻找一个真正属于自己的家。我是有家的啊，我的家在虎啸周。"蓝宝一边说一边哭着，她自从来到上海，第一次感觉到了心灵的孤独，第一次向姚思诚袒露了心底的情感。

　　姚思诚一听，他的眼泪也流了下来，他终于明白蓝宝心里想要的东西了，于是他把蓝宝抱在怀里轻轻地对她说："我们明天就结婚，我会给你一个家。"

　　"那我也要从虎啸周出嫁，阿叔说过的，他会风风光光把我嫁到姚家的。"蓝宝抽泣地说着。

　　"好，我明天就拍电报给你阿叔和嬢嬢，我向他们两位长辈正式提亲，我姚思诚一定要娶你为妻。"

　　"你发电报给他们不是要吓死他们？不好写信吗?"蓝宝的话没有错，那时候的电报不好轻易发的，不是万分火急不能发的。

　　"听你的，写信告知。"姚思诚说。

　　"你要向我求婚。"

“我会送上一枚蓝宝石戒指向你求婚的。”

“我还要开结婚证明书。”

“不但开结婚证明书，我们还要登报申明，向全上海人宣布我们俩结婚了。”

姚思诚说到登报时，蓝宝想起了昨天回家时，李大江在弄堂口给了她一张报纸，让她看那篇写凤仙花开的美文，于是，她就在车里找了起来。但车子显然已经清理过了，昨天一大帮人都坐过这辆车去汇中饭店。蓝宝没有问司机老蔡，也没有向姚思诚说到那张报纸，而姚思诚继续说道，“到时候，我让小妹和朱琪洁做你的伴娘，带你去美国度蜜月。”

“然后，我像所有的女人一样，结婚生子，做个相夫教子的传统女人。”蓝宝诡秘地一笑。

“你才不会呢，说不定什么时候学你那个鉴湖女侠也出国留学了，把我一个人扔在上海。”姚思诚知道蓝宝心中的女神是秋瑾，何况，弟弟红胞也去了美国读书，谁能保证蓝宝会一辈子待在自己身边呢？

想到这里，他突然想起了自己的好同学李大江，也想起了昨天他拿来一张报纸，就向蓝宝道：“那张报纸给我看看。”

“已经找不到了。”蓝宝回答。

“他就喜欢写文章，可字还没有我写得好，等我有兴趣了，也给《申报》写写文章，看谁写得好。”姚思诚说道。

“你怎么能和李大江比？他的文字功底是从小就练下的，字写得好的人不一定文章写得好，你就安心做你的事情吧。”蓝宝在心里觉得对不起李大江，居然把他送给自己的生日礼物给弄丢了。

至于李大江是怎么写凤仙花的，蓝宝没有看到，那只有李大江心里知道了。如果李大江永远不再对任何人提起这篇文章，那他心中那份对蓝宝的暗恋也就永远成为一个秘密了。

七

　　李大江迈着匆匆的脚步跨进了申报馆，他的脚跟还没站稳，门房间的老张就神秘兮兮地对他说道："你那个表妹又来找过你了。"

　　"你没有对她说我什么时候回报社吧？"李大江微微皱了皱眉头。

　　"我啥也没有说，但她留了一封信给你，说她还会回来找你的。"老张说完，就把一个印有青天白日党徽的信封递给了李大江，然后就去忙自己的事情了。

　　李大江拿着信走进了办公室，放下手中的皮包，从里面取出了一架照相机，和那封信一起放进了抽屉里。稍后，他又拿出了信掂在手上看了看，信封是竖直的，左下角写着"唐糖"两个字。李大江眉毛动了动，想打开看看，但犹豫了一下，又把信放进了抽屉里，随手拿过放在桌子上的《申报》看了起来。

　　《申报》于清同治十一年三月二十三日，也就是公元一八七二年四月三十日在上海创刊，一九四九年五月二十七日停刊。这是一张近代中国发行时间最久、具有广泛社会影响的报纸，也是中国现代报业开端的标志。它前后总计经营了七十七年，历经晚清、北洋政府、国民政府三个时代，共出版两万七千余期，出版时间之长、影响之广泛，在中国新闻史和社会史上都占有重要地位，被称为研究中国近现代史的一部"百科全书"。

　　李大江在《申报》担任摄影记者时，也是《申报》最鼎盛的黄金时期，各种时事新闻、言论杂谈、文艺小说、奇闻趣事，还有五花八门的广告，都可以在《申报》上读到，所以，在《申报》当记者，特别是摄影记者，是很吃香的职业。甚至在报馆门口，经常可以看到很多年轻的女学生，手里拿着当天发行的《申报》要找心仪的男记者见面。唐糖就是在《申报》上看到李大江拍的一些电影明星的照片而被吸引的，她并不是被明星所吸引，而是为李大江的摄影水平叫绝。同样是女人，唐糖认为一个男子能把女人拍得如此传神，说明这个男子是非常了解女人的。后来在一次社会公益活动中，唐糖遇见了在现场采访的李大江，就主动上去自我介绍道："李大记者好，我是《中央日报》的记者唐糖。"

李大江对这位女记者的自我介绍感到有点突兀，虽然同是报社记者，但在李大江的心目中，《中央日报》是国民党的党报，它的言论就是为政党服务的。作为一个新闻记者，是以自由、公正、客观的态度去报道身边发生的事情，督促政府，启蒙百姓。他崇拜的办报人就是梁启超。梁启超在上海办了《时务报》，开创"时务文体"，形成独具特色的政论风格，提出了"变者，天下公理也"。特别是梁启超的《少年中国说》，李大江阅来为之震撼。

《少年中国说》以少年来比喻中国，告诉民众，自以为有上下五千年历史的国家若抱着老祖宗的死规矩，负隅顽抗于来自欧洲国家的文明，这个国家就已经垂垂老矣，日薄西山；如要强大，就要有少年之朝气和雄心。他喊出："美哉我少年中国，与天不老！壮哉我中国少年，与国无疆！"李大江每每想起这些话，就会被梁启超汪洋自恣、辽阔奔放、一泻千里的激情感动得热血沸腾。他立志要当一名新闻记者，用自己手中的笔和相机作为武器，对这个专制的政府进行监督和批评。于是，他选择了在《申报》当记者，因为相比别的报纸，《申报》是一张更加客观、公正报道事实的报纸。

当李大江听到唐糖自我介绍是《中央日报》的记者时，眉头微微一皱，但他马上被眼前的唐糖吸引了。这是一个青春活泼的姑娘，一双眼睛闪闪发亮，洁白的面容闪着花的光芒，那是一朵散发着芬芳的白兰花。想到白兰花，李大江就想到了自己的表妹，她叫糖糖，糖糖的家里就种着一株白兰花，每到夏天来临，白兰花开放了，糖糖就把花朵采下，用一根丝线将它们串起来别在衣襟上，那白兰花的芬芳随着糖糖的人影，到处飘逸。于是，李大江对眼前的这位唐糖也有了点好感，脱口说道："我有个表妹也叫糖糖。"

"啊，太巧了，我是唐朝的唐，糖果的糖，你的表妹也姓唐？"唐糖妖媚地看着李大江说道。

"糖糖是表妹的小名，她喜欢笑，笑起来就如糖果一样给人一份甜蜜。"李大江不由得和唐糖聊了起来。

"我也喜欢笑，那我就做你的表妹吧，表哥好。"唐糖大方地叫着，并转过身对身边的几位同行介绍了起来，"这是《申报》的记者李大江，是我的表哥。"说完就亲热地将自己的右手臂搁在了李大江的左手臂上。

李大江被唐糖那种自然大方的态度感染了，也从唐糖身上看到了中国的朝气，感觉前途似海，来日方长。他默认了这位在《中央日报》当记者的表妹，那时候，男女之间彼此有好感的朋友，也如兄弟姐妹一样保持着亲近和友谊。

经过几次接触后，李大江才知道原来唐糖是国民党军统局培养出来的学生，是戴笠安排她进了《中央日报》工作，说是让她历练历练，在党国需要她的时候就要挺身而出上战场。为此，唐糖和同届的军统学生几次要求去东北，要从日本人手里夺回东北三省，可戴笠只是要求唐糖在《中央日报》做好一名记者，所以，唐糖经常有机会来上海采访和学习。只要唐糖来了，她就一定会去申报馆找李大江。每次一到报馆，她就向大家介绍自己是李大江的表妹，以至于门房间的老张再看到唐糖，就知道李大记者的表妹又来了。而唐糖也非常大方地在众人面前表现出对李大江的一片爱慕之心，常常挽着李大江的手臂从申报馆出来，沿着山东路左拐走到南京东路上散步，那样子就如一对恋人。

李大江走在唐糖身边，却有说不出来的别扭。他喜欢唐糖那充满青春激情的样子，每次看到她像快乐的小鸟向自己飞来时，他就如闻到了白兰花的芬芳，就想和她待在一起。可聊到后来，唐糖就跟他宣讲起"三民主义"，希望他放弃在申报馆的工作，去《中央日报》当记者，她告诉李大江，去了《中央日报》就有着无比灿烂的前程，而作为一个有才华和抱负的青年人，就应该为党国服务。但李大江告诉唐糖，他赞成"三民主义"的同时，更要自由，一个国家的公民如果没有了自由，那是一件多可怕的事情。为此，李大江始终和唐糖保持着距离，同时，他的眼前就跳出了满山遍野的凤仙花，有红的、黄的、蓝的，这些花虽然没有白兰花那样馨香，但淡淡的香味里带有几分自由随性。他之所以喜欢凤仙花，是因为一个人，这个人就是自己最要好的同学姚思诚的未婚妻周凤仙。想到周凤仙，李大江的心里就有一股说不出来的悲壮。他是通过姚思诚认识周凤仙的，也知道大家都叫她蓝宝，但他无论在何时何地，一直叫她周凤仙的。在他的心目中女人都是花，只是不同的花而已，如果唐糖是开朗活泼的白兰花，那么周凤仙就是自由烂漫的凤仙花。只是这朵花已经让姚思诚摘走了，他又是自己最要好的朋友，所以，李大江内心那份对蓝宝的爱情除了悲壮还是悲壮，换来了和唐糖相处时，失去了爱情的甜蜜，只能借蓝宝十八岁生日之际，写下对凤仙花的赞美之词，聊慰自己的一份相思之情。

你是一朵凤仙花，开在无人知晓的远方。你是一朵开在我梦里的花，独自怒放。似冬天里的太阳，似寒夜里的火光，照亮了我的双眸，温暖着我的心房，在我生命的血流中奏响了一支优美的曲。这满山遍野的花呀，就这样深深地藏在我的梦中——你却在遥遥的远方。

凤仙花呀，撩起了我的思绪，红的红、黄的黄、蓝的蓝……就像我梦中的太阳。我要升起梦中的帆，让风儿吹遍我的心田。啊！我看见了一片凤仙花，她向我展开笑容，在向我呼唤——那声声的呼唤叩动着我的心扉；那花呀，映红了我的梦幻向着自由……

可惜的是蓝宝没有看到这篇美文，她也根本不知道李大江在暗恋自己，她是一个单纯的人，单纯得就如一朵开在虎山上的桃花，然后结果，奉献给彼此相爱的人。在她的心目中，只有姚思诚是她最信赖最可依靠的人。后来，她上了中西女塾，每星期只回姚家一次，放寒暑假时才和李大江、小弟、小妹们一起玩。玩的时间长了，蓝宝也喜欢李大江，喜欢他身上那份沉稳，喜欢他有独立的思想。但那种喜欢只是喜欢而已，因为她的心早已经给了姚思诚。所以，当决定要和姚思诚结婚后，她就第一时间把这个喜讯告诉了朱琪洁。

"啥？你要和姚思诚成亲了？"朱琪洁听到这个消息时，这个圆脸小姑娘的脸上顿时显出了一副吃惊的样子，并用浦东闲话的那种夸张口气把"成亲"两个字说得重重的。在那时候，有了婚约的人结婚就叫成亲。

朱琪洁和蓝宝同岁，都刚刚十八岁。十八岁正是花季一样的年龄，也是充满梦想的年龄。尤其是朱琪洁，她对任何事物都充满了好奇，也羡慕蓝宝有个爱她和疼她的姚思诚。朱琪洁曾对蓝宝说过，她最大的理想是要做个文学家，等以后长大了，为蓝宝写本自传，书的名字就叫《蓝胞》，讲一个裹着蓝色胎胞的女婴诞生后，怎样变成一个妖怪，又怎样和一个白面书生好上了，然后生了很多小妖怪……蓝宝听了说她不是写小说，而是幻想，和《聊斋》的鬼故事没有区别。朱琪洁也问过蓝宝以后有什么理想，蓝宝却很天真地说道："我有很多理想，我崇拜宋家三姐妹，特别是宋美龄女士的优雅和风度；我也崇拜秋瑾，她是一位敢于为理想和事业献身的人，但我都没有她们能干。我也崇拜你朱琪洁啊，有话直说，敢怒敢喜。不过我现在的理想只想早点和姚思诚成亲，做个体面的姚家人。你听了会不会说我窝囊？"

朱琪洁听了蓝宝要和姚思诚成亲的事，还是觉得突然。虽然，蓝宝和姚思诚是指腹为婚的，成亲也是早晚的事，但朱琪洁还是为蓝宝这么早嫁人感到可惜，于是，她就问蓝宝道："周凤仙，你不想继续读书了？"

"成亲后也可以读书的呀。阿爸已经在思南路上为我们买了一幢小洋房，离我读书的地方很近的。"蓝宝说道。

"我的周凤仙同学，你想得太简单了，你和姚思诚成亲后就会怀上小囡的，难道你挺着个大肚皮来上学？"朱琪洁说。

"啊，这个我没有想过。不过没有关系，我崇拜的秋瑾也生了两个孩子，她不是照样革命吗？"蓝宝说着，脸上的神色有点紧张。

"那是秋瑾，你怎么能和她比？对了，我问你啊，他摸过你的手了吗？"朱琪洁调皮地问道。

"摸过了呀。"蓝宝说着就摸着了自己的手。

"香过嘴吗?"朱琪洁又问道。

"这……"蓝宝不好意思起来。

"坏哉坏哉,我听我家娘姨说过,女孩子被男孩子香过嘴后就会大肚皮的。"朱琪洁的脸上露出了严肃的神情。

"你别吓我。"蓝宝被朱琪洁一说,她被吓着了,声音都发抖起来。

"那你还是快点和姚思诚成亲吧,省得到时候肚皮大了,被学校开除。"朱琪洁说着,就对着蓝宝爽朗地笑了起来,那笑脸就如夏天的太阳花,多姿多彩。

蓝宝听到朱琪洁的笑声后也笑了起来,于是,一个开着机关枪,一个把烧开的铜吊壶水冲进了热水瓶里。笑声是自由而奔放的,就如凤仙花和太阳花,都可以开出五颜六色的花。

"我要你做我的伴娘。"蓝宝道。

"不做。"朱琪洁道。

"我把你当最好的朋友,除了你我没别的朋友。"

"真的?"

"真的,我真想带你去虎啸周玩呢。"

"对了,我一直听你讲起虎啸周,讲起那个当过宰相的太公,还有你的嬷嬷,她有一个非常好听的名字叫大桃花。可我最想的还是在桃花盛开的时候去你的家乡看桃花,那有多嗲。"朱琪洁说着,已经展望起那一片桃花盛开的地方了。

朱琪洁的祖籍是上海浦东召稼楼,那是上海最早垦荒种地的地区,是上海农耕文化的起源点。在元代初期时形成村落,兴盛于明朝嘉靖、万历年间。明代的工部右侍郎谈伦为激励父老不误农时,勤耕细作,特意命自己的长子谈田建造了一座钟楼,每日清晨鸣钟不止,每逢天气有变化时就鸣钟告示。这座钟楼后来题名为"召稼楼",以示重农礼耕。这一带由此人勤田丰,赢得四乡好评,人们便将这块地域呼作"召稼楼"。朱琪洁的曾祖父是从外乡过来的一名秀才,任"召稼楼"一户朱姓员外家的教书先生。朱员外见秀才长得一表人才,就有意招他入赘做朱家的"招女婿"。上海的本地人流行讨大娘子、"招女婿"，一般普通人家，都会让一个儿子去到女方家里做"招女婿"，而男方也喜欢讨个年龄大一点的姑娘做老婆。这个风俗习惯是和当地的重农礼耕有关，因为家家要种田，要体力劳动者。

朱员外将秀才入赘不久，女儿就怀上了孩子。根据当地传统，生下的孩子就随母姓，称外公为大大，也就是祖父。祖父为秀才的儿子规定了朱姓，但名字就随便秀才起了。秀才有学问，就给儿子取名为朱润子，因为秀才在老家的小名就叫阿润，但对员外来说，就是朱家添子带来滋润的生活。

朱润子长大了，也结婚生子，生下了朱琪洁的父亲。这两代朱家男人记住了秀才临终时留下的话：是男人不要做"招女婿"，我已经是倒插门的，好在时间长了，姓已经不重要，重要的是自己的儿子再也不能掉了朱姓。而这朱润子继承了秀才的读书天赋，又秉承了朱员外精明的理财经验，在他成年后就来到上海的南市开了座银楼，并随着金融业在上海的兴起，和外国一家银行合作，搞了有奖储蓄活动刺激了银楼的生意。到了朱琪洁父亲一代时，朱润子已经在法租界拥有了很多房地产，成为沪上的富豪之一。但朱琪洁的父亲生下后就被娇生惯养，不学无术，仗着父亲万贯家财花天酒地。好在他身上还是有点读书人的味道，在朱琪洁该上学时，他毫无顾忌地将女儿送进了学校读书，而且挑的是最好的学校。然后，除了满足朱琪洁生活中的任何物质需要外，别的一概不闻不问，只顾自己吃喝玩乐。

也许朱琪洁遗传了曾爷爷的基因，她读书的天赋很好，从小就能背唐诗宋词。现在，也是她在蓝宝面前炫耀自己才华的时候了："你知道李白的诗吗？'桃花潭水深千尺，不及汪伦送我情。'唉，不和你讲这些了，你根本不懂唐宋诗词，只知道想着你的姚家大少爷，想着要做姚家少奶奶。"

"你也太低估我的智商了，人的才华不一定要挂在嘴上，而是在遇到事情后知道怎么对待，只有勇敢地面对遇到的任何事情，才显出一个人的才华。在我还没有生下来时，我的命运已经决定了我是姚家的人。九岁时，家乡又遭遇了水灾，我失去了父亲，家里又欠下了乡亲们的桃子钱。有人说要把我卖了，来抵债。幸亏我有个在东北做生意的叔叔，有上海阿爸，还有嬢嬢，他们让我安心来到了上海读书。也许在别人的眼里，我是姚家的童养媳，是寄人篱下的乡下人，但我只想安安分分过日子，读好书。虽然我不能和秋瑾比，也不能和宋家三姐妹比，但做个对社会有用的人，这对我而言还是可以的。"蓝宝说着，她的脸上除了桃花一样的美艳，又多了一份宝石的坚硬，就如她第一次看到姚思诚拿着笔在纸上写下"蓝宝石"三个字时对她说的话："蓝宝石不但漂亮，而且坚硬。"

"你呀，现在变得能说会道了，但我不相信你和姚思诚有爱情，你们是摇篮亲，最多也是兄妹之情。"朱琪洁说。

"你自己不懂爱情却妄说别人。虽然我们俩是父母包办的，但我和他生活了九年，亲情也可以变成爱情的。"蓝宝说到这里，就赌气地把朱琪洁一个人留在原地，自己加快脚步走了起来。

朱琪洁一见蓝宝生气了，就走上一步，拉着蓝宝的手说道："我不是故意说你的，我只是认为你应该读一读《红楼梦》，你就知道爱情是怎么回事了。知道吗？我从十六岁就开始读了，已经连续读了两遍。每次看到林黛玉伤心落泪时，我也哭。看到男欢女爱时，我也有一种冲动……"朱琪洁说着，她对男女之事充满了好奇，于是继续问蓝宝，"喂，香嘴是什么感觉呀？"

"感觉？还真说不上来，刚开始的时候，觉得人要晕过去了，后来就身体发抖，再后来……等你以后喜欢上一个人，香了嘴就知道了。"蓝宝说着就转过身轻声对朱琪洁补充道，"今天告诉你这一切，可要为我保密哦。"

"我一定保密。那你什么时候回虎啸周？"

"不告诉你。"蓝宝闪着她那双亮晶晶的眼睛，用狡黠的口吻说着。

"看你现在一脸幸福的样子，到时候别来找我诉苦，说姚思诚欺负你了。不过，姚思诚真的欺负你了，我肯定帮你去打抱不平。"

"为什么？"

"我听我家娘姨说过，男人都不是好东西，特别是成家后的男人都是吃着锅里看着锅外的，老婆都是人家的好。"朱琪洁好像什么都懂。

"你家娘姨是被自己的老公抛弃了，才来你们家做娘姨，她当然要说男人的坏话。"蓝宝说道。

"但我父亲也不是好东西，娶了我妈后又讨了两房姨太太，这两房姨太太还合着伙来欺负我妈。我妈也老是说她自己生的是一个女儿，如果是生儿子，她就不会受这个气了。所以，我对我母亲也说过了，我会像个男人一样来保护她。"朱琪洁一边说着一边和蓝宝向学校外面走去。

"男人为什么要三妻四妾呢？我也听阿娘说过，姚家祖上的男人都是三妻四妾，是阿娘把姚家传统打破了。"蓝宝的脸上露出了不解的神情，随后又笑了。

"男人一有钱就变坏，喜新厌旧是他们的本性。"

"那姚思诚会吗？"蓝宝带着疑惑的口气。

"他应该不会，因为，姚家的传统被阿娘打破了。"朱琪洁笑着，"不过还是要防着男人啊，如果我们女人独立了，不依附男人，就能主宰自己的命运。"

"你怎么懂得这么多？比秋瑾还厉害。"蓝宝说。

"唉，听我们马老师说，秋瑾是因为自己的男人拈花惹草，醉生梦死，她不愿和他一起生活，毅然赴日留学，然后认识了革命党人。"朱琪洁说着，脸色严肃起来。

"我们今天好像讲的都是太严肃的话题。但我求你，我要结婚的事你不要和同学们说。"蓝宝说道。

"放心，你要成亲的事，我会为你保密的。"朱琪洁摘下鼻梁上的眼镜，闭上眼睛继续对蓝宝说，"有些事只当没有看见，有些话就是烂在肚子里也不能说。"

"发誓，不说！但有一件事要和你母亲说的。"

"对，你亲自上门向我母亲讲清楚，她同意了，我才能和你一起去虎啸周的。"

"那当然。我们现在就去。"蓝宝和朱琪洁手拉着手走出了校门。

蓝宝来到了朱琪洁位于淮海路上的家，这是一幢法式的小公馆，走进楼厅，就看到"LUN"的英文大写字母镶嵌在大理石中间。大门进口处有一棵女贞树，树上结着一粒粒的黑色花籽。这幢房子是法国建筑行赉安洋行设计的。这个洋行的作品大都集中在法租界，他们的建筑强调生活，注重细节，将法式风格做到了极致，也缔造了今天法租界的繁华。走进房间里，看到地上铺着黑色的木头地板，家具也是黑色的，只有靠窗的一个角落里放着一台风琴，那洁白的琴键在黑白分明的房间里显出一点生机。朱琪洁拉着蓝宝坐在了风琴边上，她要蓝宝弹一曲。

蓝宝对朱琪洁说："你知道我的音乐课是最差的，还要叫我出洋相？还是你弹吧。"

朱琪洁就坐在了风琴前，她一边弹着，一边对蓝宝说："周凤仙，你的小楷字写得很好，是不是姚思诚教你的？"

蓝宝站在窗前，看着黑色的落地钢窗，窗上挂着白色的纱窗帘，透过窗帘就能看见花园里的景色。蓝宝撩起窗帘，看见花园里有一个秋千在绿色的草地上孤单地摇晃着，一个看上去又瘦又老的女人坐在秋千上，闭着眼睛，想着什么心事，任秋千把她晃来晃去。

蓝宝知道这个女人是朱琪洁的母亲，她一边看着朱琪洁的母亲，一边回答着朱琪洁的话："我从九岁到了姚家，他就教我写'周凤仙'和'蓝宝'这些字，我也是从这几个字喜欢上写字的。"

坐在花园里的朱母听到了房间里传来的琴声，于是睁开了闭着的眼睛，当她透过窗帘，看到了自己的女儿和蓝宝在一起，就从秋千上站了起来，走到了房内。这是一个面容姣好的中年女子，只是单薄的身子站在房内，和偌大的房间产生了很大的反差，但她身上的衣服却显出了她的身份：一件古色古香的大襟衣服，一排整齐的纽扣，都是高级裁缝手工盘出来的。不过也看出了这位母亲的死板和保守，虽然是夏天，朱琪洁的母亲却用衣服把自己裹得紧紧的。

她对蓝宝笑了笑说道："周大小姐是越长越漂亮了。"

"她要成亲了。"朱琪洁对母亲说道。

"哟，这是好事哉。"朱母用她浓浓的浦东口音说着，她说话声音很轻，怕要惊动谁的样子。

这时候，朱家的娘姨端着一个水果盘走到了大家面前，她轻轻地将果盘放下，然后躬着身一步一步地向后退到房间的一个角落，随后双手垂在身前，站在那里，随时听候主人的吩咐。

"吃吧，不客气哉。"朱母说着，就拿起一个水蜜桃，慢慢地剥着皮，那水蜜桃上的桃汁随着她剥着桃子皮的手滴到了地上，于是，她就对着娘姨说道："吃只桃子都这么吃力，还是给她们吃绿豆汤吧。"

"伯母，不用了，我来是向你请求一件事情的。"蓝宝开口说话了。

"喔？那就说出来听听。"朱母说道。

"我想请朱琪洁一起去我的老家。"蓝宝说到这里，觉得有点不好意思起来，她看着朱琪洁。

"周凤仙要回乡下去哉，然后再从老家出嫁，她要我陪她。"朱琪洁是一个说话麻利的人，她把蓝宝要讲的话一口气都讲完了。

"哦，是这样啊。一个小姑娘到人家家里去吃、睡，总是没有规矩的。再说我身体也不好，身边也需要人照顾啊。"朱母不急不慢地说着。

"你平时从来不要我做任何一件事情的，再说你身边有娘姨照顾着哉。"朱琪洁显然不满意母亲的态度。

"你们不是来请求我的吗？既然是请求我的，那我的意思也表明了。都十七八岁的大姑娘了，应该知道做人的规矩。周大小姐，对勿起哦，我们朱琪洁是有家教的女小囡，她和你不一样，你是从小就到了男人家里的，是童养媳妇，是没有爹娘教的。我家的女儿她是不能随便去别人家玩的，否则我这个做母亲的要被人家'钎头皮'了。"朱母阴阳怪气地说着。

"妈，你怎么可以这样说话呢。"朱琪洁觉得母亲讲话太过分了。

"我哪里说错了？周家大小姐给我分析分析。"朱母对蓝宝说着。

"那对不起，我先告辞了。"蓝宝一听就觉得朱母话中有话，她知道朱母在骨子里还是看不起自己，认为自己是从乡下来的童养媳妇，于是，她就对朱琪洁说，"不好意思，打扰你们了。"说完就走出了朱家。

朱琪洁却在身后叫着："周凤仙……凤仙……你等一等我……"

"和你说过多少次了，少跟这种童养媳妇出身的人来往，自己给自己要有个高标准。"朱母开始教训起朱琪洁了。

"妈，我告诉你，周凤仙是我的好朋友，我不容许你污辱她的人格。童养媳妇怎么了？她也是人。你以为我们是大户人家？我是朱家的千金小姐，那人家周凤仙也是大小姐出身，如果不是一场三百年未遇的洪水把她的家冲没了，她会这么早来上海吗？"朱琪洁果断地反驳自己的母亲道。

"你是妈唯一的女儿，我把希望都寄托在你身上，指望着你将来会嫁个好人家，给我争口气，让二房三房她们看看，我生的女儿不输给他们几个儿子。"

"你就想着你自己，从来没有想过我的感受，你就是自私。"朱琪洁说着就转身走出了家门，她要去追蓝宝。就在她转身的一刹那，冲着她妈说了一句，"可怜之人必有她的可悲之处。"

朱母就对着朱琪洁的背影叫道："有你这样说自己妈的女儿吗？"

朱琪洁停下了脚步，望着自己的母亲说道："我今天似乎明白了父亲为什么要讨小老婆，那是怪你自己不争气。"朱琪洁说完就狠狠地把房门关上，迅速奔出了公馆去找蓝宝。

"姐姐，你去哪里？"就在朱琪洁要去追赶蓝宝时，二楼阳台上出现了一个男孩冲着她叫道。他是朱琪洁同父异母的弟弟朱琪福，一个十分淘气的朱家少爷。虽然，这位少爷是二房所生，但因为是朱家的长子，享受着嫡系的待遇，也是朱琪洁最疼爱的弟弟。

刚才还火气挺大的朱琪洁一听到弟弟在叫自己，就眉开眼笑地抬起脸向着阳台上的朱琪福说道："弟弟没有出去玩呀？我去找凤仙姐姐。"

"就是那个裹着蓝色胎衣出生的姐姐？嗯，你不要去找她了，姐姐还是陪我玩吧。"朱琪福说话的声音嗲声嗲气的，这和他一直生活在女人堆里有关。这个院子里除了不常回家的朱琪洁的父亲外，全部是女人围着他，伺候着他，就连朱琪洁的母亲看见朱琪福也以礼相待，毕竟他是朱家的香火传承人。此时，朱琪洁就停下了脚步，对弟弟扬了扬手示意他下来。

蓝宝以最快的速度走出了朱家，在她走到门口时，回头望了望这个深宅大

106

院，院子里的一棵夹竹桃正翻过墙头开着一朵朵白色的小花。她在想着这院子深处那个穿着古板衣服的女人，一想到她那种说话的口气，她就心里有点气，想从心里叹一口气出来。就在她想从胸口深深地叹一口气出来时，她突然想起了自己在嬷嬷面前第一次叹气时，嬷嬷对自己说过的话，于是，蓝宝就把这口气吞进了肚子里。刚咽下这口气，她觉得喉咙口有点塞，塞得她眼泪也要流出来了，但她强硬地让自己把这口气吞进了肚皮里。她抬起了头，望着蓝蓝的天空笑了笑。这份笑意立刻化为了蓝宝从心里发出的由衷的笑，她想到自己将要住进思南路上的洋房了，也会拥有一座大大的花园，自己坐在花园的秋千上，穿着白色的裙子，让长长的裙摆拖在草地上，草地上种满了桃树，树下有很多孩子的笑声……就在她想入非非时，却迎面看见了姚思诚骑着自行车向她而来。蓝宝看见姚思诚，她的心里鲜花盛开，顿时像一只蝴蝶一样向他飞过去。

姚思诚已经把车停在蓝宝面前，他让蓝宝坐上自行车的后座，然后骑上自行车按着铃向着前方而去。蓝宝坐在后座上，双手抱着姚思诚的腰，把自己的脸抬得高高的，让夏日的风轻轻吹拂着脸颊，吹拂着两根小辫子，吹散刚才所有的不愉快。

姚思诚回过头看了看蓝宝，他故意把自行车骑得七拐八弯的，差点把蓝宝从车上摔下来。而蓝宝也知道姚思诚的意图，她就把姚思诚的腰抱得更紧，把自己的脸紧紧贴在姚思诚的后背上。

这是一对幸福的恋人，因为恋爱了，所有的感觉都像这夏日的风充满了甜味，风里弥漫着这对情人身上的味道，有彼此想把对方融化在自己身体里的欲望。而此时的姚思诚在他心里更有一种男人的自豪感，他可以给自己心爱的女人幸福。于是，他扬着头向着前方骑去，一边对蓝宝说："我带你去一个地方。"

"什么地方？"蓝宝把脸贴在姚思诚的背后问道。

"到了那里你就知道了。"姚思诚故意不说。

"你坏。"蓝宝伸出了她的小手去捶姚思诚的后背，她手一松，自行车就歪了一下，蓝宝惊叫起来，然后她就如桃花般笑了，姚思诚也笑着，清脆的笑声在空旷的街道上回荡着。

八

　　一九三五年的上海是个开放、时尚、多元的城市，各种建筑层出不穷，邬达克、赉安、哈同……那些名字造就的建筑或精致实用，或浪漫华丽，为这座国际化的远东大都市增添了无限的魅力。思南公馆始建于一九二〇年。这一年，沿原"法国公园"（French Garden，今复兴公园）南面的复兴中路，首批花园大宅拔地而起。随后的十年里，复兴中路以南、思南路以东、重庆南路以西地区的花园洋房陆续建成，这些建筑中西合璧，又兼具传统与现代风格，吸引了大批当时的军政要员、企业家、专业人士和知名艺术家迁入，使该地区成为当时上流社会的居停和会聚之所。

　　姚福财为姚思诚买下了思南公馆的一幢别墅，这是他经过深思熟虑的。儿子已经长大，并受舅公虞洽卿的影响，一心想以实业兴国。姚福财想到自己的舅舅，这位当今上海滩上的红人、上海总商会会长，心里就有一种说不出来的自豪。

　　虞洽卿一八六七年六月出生于浙江镇海，在家排行老大，六岁丧父，靠每天去海滩捡拾贝类蚌蛤，帮助母亲度日。到十五岁时，虞洽卿跟着同乡来到了上海学生意。也许是天意，他一到上海的十六铺码头，天就下起了雨。于是，少年虞洽卿就脱下了脚上那双母亲为他做的新鞋，把鞋挟在腋下行走在雨中，那双光脚在暴雨如注的街道上，疾步如飞地向"瑞康颜料店"赶去。

突然一个响雷，把天空震得好像豁开了一个口子。雷声把瑞康颜料店老板奚润如从梦中震醒，他一骨碌从床上坐了起来，摸摸胸口，再竖起耳朵，分明听清了屋外的雨声，这才确定自己刚才是做了一个梦。于是，他就伸手把睡在身边的老婆推醒："喂，醒醒了。"

老板娘睡得真香，却被老公推醒，就半醒半睡地翻了一个身。

"我刚才做了一个梦，梦中见一个财神站在店门口。"奚润如说。

"那是你想发财都想疯了，日有所思夜有所梦吧。"老板娘嘟哝着，也从床上起身了。

"可那个财神是赤着脚，双手托着金元宝，笑眯眯地站在我面前呢。"

"这个梦好奇怪呢，财神怎么会赤着脚呢？"老板娘听老板如此一说，就从床上下来，趿着一双拖鞋，走到桌子前，点亮一盏油灯，拿着油灯走到供奉着的财神像前仔细端详起来，一边自说自话道："只见过站着或是坐着的财神，从来没有见过赤着脚的财神，难道是财神爷问我们讨鞋穿？"

奚润如一听马上接口道："有道理，鞋就像元宝……"说到这里，却把话停了下来，只是看着自己的老婆，然后吞吞吐吐继续说道，"不会是问我们要钱吧？"

"财神爷问我们要钱，就说明我们会有钱的。唉，看人家的生意做得红红火火，就我们瑞康颜料店的生意不死不活的。"老板娘说着就叹了一口气。

"女人呢，就知道叹气，一家人家也被你叹穷了。"奚润如说着就穿戴起来，准备一天的工作了。

奚家夫妻叽里咕噜地说着，老板娘为老板倒好洗脸水，就披着一件上衣走到了店堂。她轻轻地把店门打开，门外下着大雨。正当她准备把门重新关上时，突然看见门口站着一个十五六岁的少年，少年的脸很清秀，一双明亮的眼睛仿佛会说话。他腋下挟着一双布鞋，光着双脚站在雨中。

老板娘一见这个赤着脚的少年，不由得想起了老板一清早跟自己说过的梦境，顿时倒吸了一口冷气，忙回身去叫自己老公来看看那个站在店门口的少年。

老板娘一边退回店堂一边叫着："老板呀，快来看看，是谁来了？"

奚润如正坐在八仙桌边喝着茶，听见自己女人在叫他，就站起身来，向店门口走去。就在他走向店门时，那个站在雨中的少年被老板娘的声音惊着了，猛一抬头，正好看见一个大男人朝自己走来，于是，一惊慌，两腿就打了个哆嗦，再加上雨天路面滑，少年的脚在雨中浸泡了很长时间，也变得僵硬起来，就不由自主地滑了一跤，他的手一松，那腋下的布鞋就飞了出去，正好飞到了走到门口的奚润如怀里，少年却四脚朝天滑倒在地上。

奚润如一见如此这般，心想，这不是我梦中见到的赤脚财神爷吗？于是，他马上把滑倒的少年从雨地里拉了起来，上下打量着眼前这个浑身被雨淋湿的少年。见少年一表人才，大大的眼睛、宽阔的前额、整齐的牙齿，一副聪明伶俐的模样，不由得暗生欢喜。

少年惊慌过后，就自报家门道："我是从慈溪龙山镇来的虞洽卿，小名叫阿德，是奉我母亲之命来上海学生意的。阿德见过师父和师娘。"说完，就对奚润如行了一个大礼。

"阿德，好啊好啊，赤脚财神。"老板看着虞洽卿眯眯地笑着。

学徒时的虞洽卿就帮老板挣了很多钱。在"四明公所第二次血案"时，他与法国人斗智斗勇；随后在"大闹会审公堂案""宁绍轮事件""周生有案"中，又彰显出极强的个人魅力，名望如日中天。随着虞洽卿的风头渐起，有关"赤脚财神"的故事在民间广为流传，阿德哥一时成为百姓心目中的传奇人物。

想到这个传奇人物就是自己的舅舅，姚福财的心里是甜滋滋的，更加让他甜到心里的是自己的儿子要结婚了，娶的媳妇就是蓝宝。最主要的是，他心里对得起自己的异姓兄弟，对得起周家的任何一个人，他没有食言，让蓝宝过上幸福的生活。作为长辈，姚福财一直在等着这一天的到来，终于等到孩子们要成家的时候了，于是，他拿出一大笔钱买下了思南公馆的一幢别墅做他们的新房。

姚思诚骑着车把蓝宝带到了思南公馆。只见一幢幢的西式花园洋房坐落在一片幽静的梧桐树之间，不远处的法国公园里飘来一阵阵的花香。姚思诚拉着蓝宝的手，双双停在一座小公馆前。姚思诚取出一把钥匙，打开院门。哗，随着院门打开，蓝宝简直不敢相信这座像安徒生童话故事里的城堡竟然会出现在自己的眼前，那扇镶了红色木框的彩色玻璃门，精致而华贵，玻璃门后面是雪白的纱窗，给里面的世界蒙上了一层神秘的色彩。门前有一个大大的花坛，用一条条铸铁扶拦围着，房屋外墙上攀援着绿色的爬山虎，正慢慢地沿着门窗伸展着枝叶。

她跟着姚思诚走进了房内，先是在一楼，一个大大的客厅，推开落地钢窗扑入眼帘的是一片空旷的草地，姚思诚对蓝宝说："看，这么大的一块草地，我们可以在草地上种上桃花，种上凤仙花。"

蓝宝就对姚思诚说："种什么都可以，我还要种上千年紫檀，然后用小叶紫檀做成家具。太开心了……"蓝宝说着就笑了起来，那清脆的笑声从她心底飞出来。

姚思诚拉着蓝宝沿着旋转楼梯向二楼走去，打开一间间房门，那门窗都是一格格的木头精雕细琢的艺术品，充满了欧式格调，又散发着中国古典之美。蓝宝屏着呼吸，蹑手蹑脚地穿梭在每个房间。姚思诚对每一个房间好像都有了安排，他指着一间间房间对蓝宝说："这间是我们的卧室，这间是你的书房，这间是我的书房。对了，这间是客房，以后有客人来了就住这间。这里就是婴儿房，我们在这里生儿育女。"

蓝宝跟着姚思诚一间间看着，当她听到婴儿室时，脸就红了，但心里的一种羞涩和爱情油然而生，她就轻轻地靠近姚思诚，双手挽着他的臂膀，把头靠在了他的肩膀上说道："我还要养猫和狗。"

"都可以，只要你喜欢，随便你养什么。"姚思诚得意地说道。

蓝宝依偎在姚思诚的身旁，就像做梦一样，这么大的房子竟然是属于自己了？想到这里，她更是紧紧挽着姚思诚的手臂，不敢放开，生怕一放开这双手，眼前的一切就会像梦境一样消失。

姚思诚回过头来在蓝宝的头发上轻轻一吻，再把她带到了三楼。三楼有个大大的阳台，站在阳台上，蓝宝伸出双手向天空轻轻地挥舞着，天上的云彩在柔和的夏风里匆匆地从他们头上飘过。蓝宝情不自禁地在阳台上旋转起来,直到她感到旋得头有点晕了,就倒在姚思诚的怀里,把自己的脸深深地埋了进去,沉浸在幸福中。

姚思诚抱着蓝宝那软柔的身体,他的心也像夏日里的云彩一样,飘飘然起来。于是,他搂着蓝宝一起躺在了阳台上。灿烂的阳光照在这对年轻人的脸上,蓝宝闭着眼睛,觉得自己仿佛在梦里;姚思诚却侧着脸,睁着眼,看着躺在自己身边的蓝宝。蓝宝那张光洁明媚的脸上,细长的眼睫毛弯弯地垂在眼睑上,挺拔的鼻梁下,一抹棱角分明的唇线让那鲜红的嘴唇显得格外性感。姚思诚低下了头,把自己滚烫的嘴唇紧紧地贴在了蓝宝的嘴上……

蓝宝幸福得不想睁开眼睛,她要好好感受这份甜蜜的爱情……她感觉到了姚思诚的手慢慢地伸进她的内衣里,她的身体里有一阵骚动直冲到她的脸颊上,她发觉自己的脸很烫,就把自己的脸紧紧贴在姚思诚的怀里,她闻到了姚思诚身上的气息,一股令她魂牵梦绕的气息。在这股气息里,她就想把自己身上最美好的东西献给身边这个人,想和他的身体紧紧贴在一起。而姚思诚的手摸到蓝宝那光洁软柔的身体时,触摸到了那微微隆起的乳峰,那乳峰就如一座深不可测的大山,把他的思维突然停滞在这座山峰前。他看到了山峰上正开着一朵含苞欲放的玫瑰花,那粉红的花瓣正向他散发着无比的诱惑力,让他回到了婴儿时代,在这座山峰前努力地蹒跚着,想探索这座山峰的奥秘。于是,姚思诚用他鲜红的嘴唇去亲吻了山峰上的玫瑰花。就在蓝宝闭着眼睛感受着身体上那份特殊的感觉时,她那敏感的部位觉得有一万只小虫在蠕动,她甚至都觉得身上的每一件衣服、每一根汗毛、每一条血管在此时此刻都是多余的,她只想随着这种轻飘飘的感觉,让自己的身体融入姚思诚的身体里化为一体。就在她的身体向天空飘去时,就在她想和他融化在一起时,她的眼前突然出现了嬷嬷的影子,那影子正从远远的地方向着她飘来,渐渐地飘到了她的面前。嬷嬷就站在面前,看着蓝宝,留下深情的目光,又向天空飘去了。蓝宝猛地睁开眼睛,喃喃自语道:"我是在做梦吗?"

"你怎么了?"姚思诚以为自己的鲁莽举止让蓝宝受到了惊吓。

"我刚才朦朦胧胧地看到了嬷嬷，她老是看着我。该给嬷嬷和阿叔写信了，我好想他们，想虎啸周了。"蓝宝说着就抱着双膝哭了起来。她把自己的头抵在膝盖上，双肩抽动着。

"我们成亲吧。"姚思诚明白蓝宝的意思，继续说道，"我已经给他们写过信了，我告诉嬷嬷和阿叔我们要成亲了。估计他们这几天就会收到。"姚思诚一边劝着蓝宝，一边用手去拨蓝宝埋在膝盖上的那张脸。

蓝宝慢慢抬起了脸，在她和姚思诚的目光相遇的一瞬间，蓝宝的脸红得如桃花，那明媚的眸子里闪着透明的光泽。姚思诚的脸庞也通红通红，就如鸡冠花。但姚思诚毕竟是个成熟的男人了，他所做错的事情上帝知道了也会原谅的。何况，在一对如此深爱着的情人之间根本没有对和错。他们仍依偎在一起，看着天上的云彩，那粉红色的云彩就如虎啸周桃花盛开时一样美丽，也勾起了蓝宝心中的向往，她对姚思诚说："真的好想虎啸周啊！"

"你想什么时候回去？"

"你希望我什么时候回去？"

"你回虎啸周的日子，就是我向你求婚的日子。"姚思诚说道。

"真的？那我明天就回虎啸周。"蓝宝一听就像小孩子一样叫了起来。

"看你的样子？急着要和我成亲？不知道害羞。"姚思诚说着就伸出手指羞了羞蓝宝的脸。当他的手碰到蓝宝的脸蛋时，他把手停在了她的脸上，他看见了蓝宝那双明亮的眼睛里有一掬清水在流动，他知道蓝宝心里在想什么。

是的，蓝宝九岁就离开了虎啸周，离开了自己的亲人。九年来，蓝宝没有回去过，只有蓝宝阿叔从大连回虎啸周路过上海时来看过蓝宝几次，还有就是最近蓝宝姆妈带着弟弟去美国时来看过她，也是这次亲人相会，在蓝宝心里勾起了对故乡的怀念，对嬷嬷的思念。一个人随着自己的长大，记忆深处的东西会更加清晰，乡愁尤其如此。蓝宝本就是一个多思多虑的姑娘，在姚家这个特殊的家庭里，她需要把自己保护起来，她处处小心，但她再小心也压制不住一个女孩子对爱情的渴望，她深深爱着姚思诚，也因为她爱着姚思诚，她把乡愁和对亲人的思念埋藏在心里。如果她的生命里没有了姚思诚，那她的生活又会是另一个模样。

"阿爸把房子的钥匙都交给我了，他就是希望我们俩早点成亲。我们回去后，我就向父母亲正式提出我俩成亲的事，只要你愿意，我们随时就结婚。"姚思诚说着，就从口袋里摸出手绢为蓝宝拭去了眼中的泪，"以后不能再流眼泪了。"

"那年，我跟着阿爸来上海时，嬷嬷对我说：没有一个人喜欢爱哭的孩子。我之后就再没有哭过，但最近情不自禁地要流泪，这些泪有幸福的，也有回忆的，似乎在告诉我，得到什么东西时又要失去宝贵的东西一样，那是一种复杂的感情。总之是一种说不出来的感觉。好了，我现在也听你的话，我不哭。"蓝宝很乖地低下了头说道，"但我有一个要求，在成亲之前，我要回虎啸周，然后再从虎啸周风风光光地嫁给你。"蓝宝没有忘记在朱琪洁家时，朱母对她的态度，也没有忘记自己在九岁那年跟着姚福财来上海时，阿叔和嬷嬷对自己说过的话：等你长大了，成亲了，我们会像所有的虎啸周人嫁女儿时一样，为你备上十里红妆。蓝宝从小也看到过十里红妆的气势，那出嫁的女儿坐在八人抬的大红轿子里，前面是吹吹打打的乐队，后面是挑着嫁妆的人马，这些人马排成送亲的队伍足足有十里路之长，俗称十里红妆。凡是备了十里红妆的媳妇，到了婆家那身价就不同一般，如果同样有几房媳妇，备了十里红妆的媳妇不但会受到公婆的青睐，将来还是婆家经济大权的继承人呢。所以，蓝宝一定要回虎啸周去，她是一个女人，女人的虚荣心有时候并不是坏事，她要洗清自己身上童养媳妇的印记，她要告诉大家我是虎啸周的女儿，是宰相的后代，是周家大小姐。

蓝宝决定要回虎啸周了，姚家上上下下也为蓝宝准备起各种聘礼。不管怎么说，姚家在上海也是有头有脸的人家，一举一动都会惊动上海滩上那些喜欢看热闹的百姓，并根据各人的喜好再编些小调或是顺口溜，好话不出上海滩，坏话却传遍大江南北，这似乎是个定律。特别是姚家这样的大户人家更是要面子，也就是俗话所说的"死要面子"，何况，姚家有钱，也完全可以做足面子给大家看。对于面子这件事，杨菊芳最有讲究了。自己的儿子、姚家大少爷成亲，那也是要讲排场和面子的，特别是蓝宝回家省亲，不但要准备聘礼，礼物也是一件大事。而购买礼物是杨菊芳的爱好，也是她显示自己品位的时候。这些天，杨菊芳每天一早起来就把衣柜里的衣服轮换着穿，早上起来就穿上旗袍，然后让司机老蔡把她送到永安公司。一到永安公司，售货员马上为她端来座椅，然后根据她的要求，把样品一一呈现给杨菊芳看。

这时的杨菊芳也是觉得做人最有意思的时候，在她等着看样品时，那些伺候她的百货公司员工人人夸她身材好，根本看不出是一个生了三个孩子的母亲，更看不出是个将要做婆婆的人，说她好福气。而杨菊芳听了这些话也很开心，女人嘛，活着就是为了美丽，再加上有人欣赏自己的美，那就更得意了。所以，她在为蓝宝选购礼物时也分享到了快乐，就为蓝宝考虑得十分周到。

自从蓝宝来到上海，杨菊芳和她相处了这些年，在心里也说不出喜欢或是不喜欢她。不管怎么样，蓝宝是自己的丈夫和他的兄弟指腹为婚的儿媳妇，又是小小年纪没有了父亲，母亲又改嫁。作为同样是母亲的杨菊芳她心里是十分同情蓝宝的，再加上蓝宝聪明伶俐，长得又漂亮，儿子思诚又喜欢她，杨菊芳也是以平常心对待蓝宝的。她自己也是十八岁进了姚家，在老太太手下做个儿媳妇要说有多难就有多难。俗话说：十八年媳妇熬出头。指的就是自己的儿子讨媳妇，自己做婆婆了才可以解放。但杨菊芳的思想还是开明的，她甚至赞同姚福财去买了思南路上的房子，让儿子和媳妇搬出去住。她不希望自己的儿子以后在婆媳问题上做"三夹板"。再说，她平时跟着姚福财在生意场上时，经常和洋人打交道，那些有权有势的人家都是让自己的子女独立门户，特别是洋人，更是让子女独立生活。所以，杨菊芳也以开明的思想支持姚福财为儿子所做的一切，让姚思诚独立门户，在思南路买了一幢公馆。

杨菊芳对这一幢公馆是十分满意的，不管怎么说，在蓝宝的娘家人面前，特别是王家庆面前，姚家也不落下风。说到王家庆，杨菊芳的心里还是十分妒忌蓝宝姆妈的。一个乡下女子，一个死了丈夫的女人，带着一个"拖油瓶"，居然会走进宁波城里首富的人家，还去了美国。美国，这个自由富饶的国家，杨菊芳早已经从公公姚路易的口中听到过很多传奇故事，她甚至埋怨过姚福财当时为什么不去美国留学或是做生意。可转念一想，如果姚福财真的去美国读书，那自己也就不会嫁进姚家了。

说到杨菊芳嫁给姚福财，那也是一段美妙姻缘。那天，杨菊芳和母亲去玉佛寺烧香，在拜佛时，遇见了同样陪母亲来拜佛的姚福财。当时，老太太穿着绸缎衣服，手拿一束香，一尊尊菩萨拜过来。这个时候，杨菊芳也拿着一束香在一尊尊菩萨像前插上香。就在杨菊芳插香时，一不小心把手中的香掉在了老太太的衣服上，那火星立刻将老太太身上的衣服烧了个洞。

杨菊芳一见自己闯祸了，马上对老太太说了一声对不起，我让我姆妈来赔你衣服钱。就在杨菊芳和老太太说话时，杨菊芳的母亲，一位举止端庄的老妇人走到了老太太面前。这时候，姚福财也走到了母亲身边，他一见杨菊芳就心生欢喜，就如前世看见过她一样。而两位母亲见过礼，都相互说着对不起，老太太说自己没有站好位置，才让香火烧到了自己衣服上，杨母却坚持说自己女儿失礼，并要求姚家留下家庭地址，日后一定登门拜访赔礼道歉。

隔日，杨母去了"协大祥"绸布店买了一段绸缎料，还在"老大昌"买了上等糕点，就带着女儿杨菊芳去姚家赔礼道歉了。老太太也为杨家母女准备了丰盛的点心，还送给杨菊芳一个"老凤祥"银楼加工的纯金挂件。杨母一见如此贵重的礼物，说什么也不敢收下。但她哪里知道，姚家老太太如此对待杨菊芳，那是儿子姚福财喜欢上了杨菊芳，而老太太见杨菊芳长得聪明伶俐，也知道杨家是大户人家，又知杨小姐尚待字闺中，就托人去说媒。杨母一见姚家托人来说媒，就一口答应了这门婚事，因为杨家也知道姚家是上海滩上数一数二的人家，自己女儿嫁过去不会吃亏的。杨菊芳嫁给姚福财后也享受了无尽的富贵荣华，特别是姚福财视杨菊芳如仙女下凡，夫妻俩恩恩爱爱地生活着。所以，杨菊芳想到这些也没有什么好妒忌和遗憾的了。如果姚福财去美国读书，自己在这个时候、这个年龄，也就碰不到姚福财了。

杨菊芳选好礼物后，就一一让老蔡把东西放进汽车里，嘴里不停地吩咐着老蔡："小心，这些东西都是出大价钱买的，是给蓝宝带回乡下的，这些东西呀，不要说乡下人没有看到过，就是上海人见到的也不多呢。你要特别小心啊，有些东西特别容易碎，车开得慢点、稳点……"自己叫来一辆黄包车稳当当地坐了上去，让车夫拉着，沿着南京东路向西慢慢地回家，沿路看着风景。到了大光明电影院旁边，看见有个苏州女人在卖栀子花、茉莉花。杨菊芳就叫车夫停下来，自己慢慢下车，走到那个苏州女人身旁。只见苏州女人的脚边放着一只竹篮，竹篮上搁着一块小木板，木板上用一色的蓝布铺着，蓝布湿淋淋的，栀子花就静静地躺在木板上，就如一个个刚出生的婴儿睡在摇篮里，呼出悠悠的花香气。在"婴儿"的边上还有淡淡花香的茉莉花，就如浩瀚的天空上闪烁的星星，眨着眼睛看着沉睡的婴儿。

杨菊芳看着就喜欢上了这些花，她让苏州女人为自己挑选了一对栀子花和一些茉莉花。苏州女人用细细的白棉纱线，将一对栀子花缀在一起，再用一根别针穿过线头上的一个小孔，为杨菊芳别在了胸口上。然后，从篮子里取出一根细细的铅丝，把茉莉花串成一个非常漂亮的手镯，递到了杨菊芳手里。杨菊芳看着这个手镯，就把它放在自己鼻子前嗅了嗅，然后优雅地迈着步子跨上了黄包车，继续沿着南京西路兜风，向着淮海路的家而去。

如果说杨菊芳是在看风景，不如说是风景在欣赏她。特别是夏天里，车夫拉着黄包车不紧不慢地走着，风一阵阵吹来，吹在杨菊芳的脸上，吹起她身上旗袍的下摆，吹起别在衣服上的栀子花香味，还有放在小包里的茉莉花，那种雅兴不是一般人会有的。但杨菊芳就是喜欢这样悠然自得，她在心里盘算着自己在儿子成亲那天是穿旗袍还是穿西式长裙？穿中装大褂还是古色古香的长褂？这女人呀，她身上的每一件衣服都倾注了自己的感情，特别是对一个爱美的人来说，但话说回来，为了穿衣服不惜付出一切代价，也只有杨菊芳了。

当杨菊芳带着一脸的春风回到家里时，就看见姚思诚和蓝宝两人手拉着手从弄堂口走进来。午后的太阳照在他们身上，也照在蓝宝那张光洁的脸上。杨菊芳看着蓝宝，突然觉得一阵无名的烦躁从心底升起，一个平时在自己眼里的小姑娘，怎么一下子变成了一个亭亭玉立的大姑娘了？她走路的样子就如一棵杨柳挺立在姚思诚的边上，而姚思诚推着自行车显出一副小心翼翼的样子，就如一棵高大的梧桐树在呵护着杨柳树。自己心爱的儿子将要和这个姑娘永远地生活在一起了？不久的将来，他们会生孩子，自己就做祖母了。啊呀……杨菊芳一想到自己要做祖母了，就想到了老太太，那个虞洽卿的表妹，她一直就像一座大山压在自己头上，让她喘不过气来。只是蓝宝这个小姑娘福气好，虽然是童养媳妇，但上有老太太罩着，中有姚福财撑着，下有姚思诚宠着，这蓝宝还真是一颗蓝宝石一样的命呢。哦，对了，都说她生下来时裹着一张蓝色的胎胞，是皇后娘娘的命。对，我们姚家的经济根基和社会地位不差皇宫呢，论财，城隍庙的一大半店铺是姚家的，论势，上海总商会会长就是自家的舅舅。哼，这只是姚家的，说起自个儿的娘家，从三代前就每年向玉佛寺捐赠大米、香油、各种时令瓜果，就是百来个和尚的衣食父母，做的功德是福不唐捐，自己也嫁进了姚家吃喝不用愁；那赫赫有名的宋家也是外婆家的亲戚，两家逢年过节时都是礼尚往来，宋家三小姐结婚时，自己还跟着母亲去了"大华饭店"庆贺呢。对了，经常听外婆讲宋家姆妈倪桂珍，这位教子有方的上海姆妈在还是一个小姑娘时，一次路过外滩，正好看见有个洋人在欺负中国人，把一位不小心碰到洋人的老人一脚踢在地上，那洋人正要举起手中的拐杖打人时，倪桂珍一步走上去挡着洋人手中的拐杖说道："你凭什么打人？告诉你这是中国人的地方，不容许你蛮不讲理。"就在同时，一位年轻的牧师手拿圣经从倪桂珍身边走过，他听到这句中国话就停下了脚步，用流利的英文把倪桂珍的话翻译给那个洋人听。那个洋人听了脸马上红了起来，灰溜溜地走了。倪桂珍把地上的老人搀扶了起来，用感激的目光看着面前的年轻人，这位年轻人就是宋嘉树。宋嘉树也被倪桂珍大胆干练的作风吸引，又见她年轻美貌，就滋生了爱慕之情，于是邀请她一起在外滩江畔散步。在宋嘉树的宣教下，倪桂珍信了基督教并嫁给了他，成为中国四大家族之一的宋家的掌门人。想到这些，杨菊芳的心里总是得意洋洋，这次思诚结婚，我一定要请宋家姐妹出场，也要把婚礼订在"大华饭店"，也是轮到姚家风光的时候了。我家思诚也是堂堂的大少爷，品貌端正，又有一手修车的手艺，只是你蓝宝命好，在娘胎里就指腹为婚许配给了思诚。如果不是当初姚福财指腹为婚，你蓝宝哪有这份福气呢。

刚才还得意洋洋的杨菊芳想到蓝宝就一个人闷闷地走到家，上了前楼。奶妈见太太回来了，就把老蔡带回来的礼物捧到了前楼上，一一打开给太太查看。可杨菊芳十分不耐烦地把包往桌子上一扔，闷声不响地坐在一边抽起了烟。等她抽了几口，缓解自己情绪后对奶妈说："你年纪比我们大得多了，世间的事也听得多，有没有听说过有人生出来就是裹着蓝色胎胞的？"

奶妈一听，心里想这不是在说蓝宝吗？但她不敢乱说，于是就说道："太太，在我很小的时候，听我家上一辈子人说过，在明朝年间有一个裹着蓝胞的男婴出现过，因为他是出生在书香门第，后来就考中状元的。"

"意思说如果出生在种田人家，那也就是种田了？"杨菊芳说到这里就笑了起来。

"不都是说裹着蓝胞的女婴不但长得漂亮，还有富贵之相吗？"奶妈不敢再说了，她怕自己话多惹事。

"奶妈，先把这些礼物给蓝宝吧，由她去处理。"杨菊芳也觉得累了，就伸了伸懒腰说道。突然又想起了什么，就从手袋里取出茉莉花的手镯递给了奶妈，"这个是给你的。"

"真漂亮。太太，这是小姑娘戴的。"奶妈对杨菊芳说着。

"本来是想给蓝宝的，但不想给她了，你拿去戴吧。"杨菊芳那浓浓的鼻音里拖着任性的口气。

"哎呀，太太，周大小姐戴这个最适合了。"奶妈小心地说道。

"她快要成亲了，你也要改称呼了，以后叫她大少奶奶吧。"杨菊芳说着。

"好的，我把太太买来的礼物全部给大少奶奶送去。"奶妈说着就捧着礼物下楼去了。

杨菊芳一个人站在窗前，她看着蓝宝和姚思诚走进天井里，看着蓝宝掏出手绢拭去姚思诚头上渗出的汗珠子，两个人幸福地笑着。杨菊芳看在眼里，心头更有一种说不出的烦躁，转身一屁股坐回床边的那张贵妃椅子上，双脚使劲地蹬了蹬地板，然后又回到衣柜前，猛地拉开门，把挂在里面的一件件夏天穿的旗袍全部扔在床上。完了便一头倒在床上，望着天花板发呆。

蓝宝一走进家门，奶妈就对她说："大少奶奶福气真好，太太为了你要回娘家，这些天跑了好多家百货公司，礼物都放在客厅里了，请大少奶奶过目。"

蓝宝一听奶妈称自己为大少奶奶就脸红了，她只是含着笑看了看姚思诚。姚思诚却很大方地对奶妈说："奶妈辛苦了。我姆妈呢？"

"大少爷，太太在楼上呢。"奶妈回答道。

"姆妈……"姚思诚一边叫着，就和蓝宝一起上楼了。

当姚思诚看到杨菊芳时，她正斜倚在床栏杆边上抽泣着，身边全是各种各样的旗袍零乱地放着。于是，姚思诚就小心地走到杨菊芳面前道："姆妈什么地方不舒服了？"

蓝宝也忙问道："姆妈怎么了？"她同时看了看摊在床上的各种衣服。

"我就觉得心里好烦，心里好伤心啊。"杨菊芳说着就大声哭了起来。

蓝宝一见杨菊芳哭得伤心，慌忙说："什么事让姆妈伤心了？"

杨菊芳听着蓝宝的话，收住了自己的情绪，她想到自己在蓝宝和姚思诚面前是长辈，那长辈要有长辈的样子。虽然她心里对蓝宝有一种说不出的反感，但她根本找不出任何一条理由对蓝宝发火。再说对蓝宝发火了，对自己一点好处也没有。想当初，蓝宝刚进姚家时，为了蓝宝的卧房和读书的事情，自己就没有占过上风，都是姚福财和老太太做了主。想到这里，杨菊芳也就压住了心中的烦躁，斜着眼睛看了蓝宝一眼就对姚思诚说道："帮姆妈去倒杯冷开水来，我胃不舒服。"

"姆妈，胃不好是不能喝冷开水的，喝了更刺激胃。"蓝宝小心地说道。

"我知道的。但我心头上火，想喝冷的。"杨菊芳从床上站了起来，拉了拉身上的衣服，理了理头发说道。

"姆妈真的没有什么事？那就喝碗绿豆汤吧，我帮你去拿。"蓝宝说着就准备下楼去。

"真的没有什么事，喝点冷开水就好了。你也该准备一下回虎啸周的事，如果觉得这些礼物不够，我再去为你买，都这么多年没有回去了，乡里乡亲的，礼数是不能少的。对了，嬷嬷的礼物我已经备好了，在'宝大祥'买了一匹新出来的丝绸料。你嬷嬷是做裁缝的，肯定会喜欢。给她公公婆婆的礼物是'雷允上'的上等人参，周二爷是'兄弟烟草公司'出产的香烟，还有很多糖果点心，不知道够不够你分呢?"杨菊芳对蓝宝一一数说道。

"姆妈考虑得很周到，我先代嬷嬷他们谢谢了。"蓝宝说道。

"让我休息一下吧，这些天我也没有睡好觉，唉，人也老了，不行了。"杨菊芳说着就把扔在床上的衣服一件件挂回了衣柜里。她在挂着那一件件旗袍时，眼睛却模糊了，她想到自己的儿子将要成亲，要搬出这幢房子和别的女人朝夕相处，自己要孤独了，就觉得连胃也有点难过了。于是，她扶着衣柜的门，慢慢转过身子，走到床边的柜子前，拿起刚才抽过的香烟盒子，抽出一支，点上火，可点了多次都是熄火，蓝宝就帮着杨菊芳把火点上，杨菊芳狠狠地抽了一口，然后从嘴里吐出一团长长的烟雾……

九

　　十六铺码头上，开往宁波的"江亚号"轮船开始放客了，有挑着担子急吼吼上船的上海人，叽叽喳喳就如一群鸭子在叫；有卖香烟桂花糖的小贩在叫着：一只铜板一块糖，三分洋钿一根烟；有拎着大包小包在回头找着小孩子的宁波人，他们操着石骨铁硬的闲话叫着：快眼上船呢，再勿上船，格轮船晃晃要开走了。码头上人声鼎沸，熙熙攘攘。

　　一辆小轿车停了下来，姚思诚从汽车里走出来，他打开后车门，蓝宝从车子里探出身来。跟在她后面出来的是小妹和小弟，还有奶妈也从汽车的前门走出来。蓝宝站在人群中抬头看了看天上的太阳，此时正是下午三点多，夏日的太阳正火辣辣地照着。蓝宝穿着一件白色的短袖连衣裙，腰间束着一条蓝色的腰带，两根小辫子上结着蓝色的丝带，脚上穿着一双黑色的皮鞋。她站在姚思诚边上，望了望他，然后双手挽着姚思诚的臂膀，用深情的语气说道："记得给我写信哦。"

　　姚思诚笑了笑，从口袋里取出了一封信在蓝宝面前晃了晃："现在就给你信，只是要等轮船开了才能打开看哦。"

　　蓝宝就红着脸伸出一只手从姚思诚手上拿过了信说道："我保证在船上看。"

　　"偷看是小狗。"姚思诚说着就侧过脸，在蓝宝的头发上亲了一下。

　　小妹和小弟站在边上偷笑着，小妹对小弟说："大哥看见蓝宝，就像前世没有看见过女人一样。"

"他呀，就是个花痴。"小弟不屑地说道。

"花痴是指见了女人就克制不住自己情绪的人哦，那是有病的表现。大哥只是对蓝宝花痴。"小妹嬉皮笑脸地说道。

"你还笑，我都不明白大哥为什么叫我也来陪蓝宝回虎啸周，你去我能理解，叫我去就不理解了。我可是一个大男人，姚家的二少爷，我学习各种各样的知识还来不及呢。"小弟说着抬头看了看太阳，就不停地拿着纸扇扇了起来。

"稍安勿躁。"小妹也拿着一把纸扇扇了起来。

"你们俩要把蓝宝照顾好，她是你们的大嫂了，有什么事情也要和大嫂商量。"姚思诚转过身子对小弟小妹说道。

"喔哟，大哥，还没有成亲呢，就急吼吼地要我们叫大嫂了，等你叫过娘子啊，拜过堂，我们再叫也来得及。"小妹调皮地用了一句越剧里的"娘子"发音说道。

蓝宝一听就害羞地笑了起来，她一把拉过小妹，把自己的脸贴在了小妹的脸上，她俩依偎在一起。

"你一个小姑娘，说话不知道收敛，这次让你陪大嫂回乡下，也是让你学着点，人长大了，心还跟小时候一样。小弟，你是男孩子，要多拿行李，也要照顾好妹妹和奶妈。"姚思诚显然像个大哥的样子嘱咐着自己的弟妹。

"你不放心，你自己可以去。"小弟不耐烦地对姚思诚说道。

"大少爷放心，大少奶奶和小姐二少爷，我都会照顾好的，到了大少奶奶的娘家，我会记得给你拍电报回来报平安的。"奶妈说道。

"好吧，奶妈就辛苦你了。大家都小心点，准备上船吧。"姚思诚说着，就把自己手里拎着的一个小皮箱交给了蓝宝，"这个你自己保管好，是我们姚家给你娘家人的聘礼，至于怎么处理，你自己看着办吧。"

蓝宝接过小皮箱，她感到了皮箱的分量，就对姚思诚说道："我知道了。时间也不早了，你回去后向阿爸姆妈和阿娘说一声，我会想念他们的，我虽然生在虎啸周，但是在上海姚家长大的，我不会忘记这些年来姚家对我的养育之恩。"蓝宝说到这里，觉得喉咙口有什么东西哽住了。她顿了一顿，侧过脸看了看正在上客的"江亚号"轮船，再回过头对姚思诚意味深长地笑了笑说道，"我会风风光光地嫁给你。"

姚思诚听了蓝宝的话会心地笑了笑，他伸出手抓住了蓝宝的手，紧紧地把蓝宝的小手握在手心里，眼睛直直地看着她。说真的，姚思诚是舍不得让蓝宝离开的，但为了以后能永远地相处在一起，他只能忍痛割爱地让蓝宝回虎啸周。因为蓝宝坚决要回去，她不愿自己就像一个童养媳妇，到了圆房的时候就草草地成亲，她要以周家大小姐的身份，在亲人的祝贺声中，风风光光地嫁进姚家。

就在蓝宝一行人准备上船时，突然听到有人在叫："周凤仙，等等我。"

朱琪洁拎着一个大包，正跌跌撞撞地从人群中跑来，一边跑一边叫着："凤仙同学，我来了。"

小弟一看到朱琪洁，马上冲上去拿过朱琪洁手中的包，同时用好奇的眼光看着眼前的朱琪洁道："四眼，你怎么来了？"

"谁是四眼？姚思杰，我警告你，再给我起绰号，我也给你起绰号了。"朱琪洁气喘吁吁地叫着小弟的大名，然后对蓝宝说，"我跟你一起去虎啸周。"

"你不会是私奔吧？"姚思诚看到朱琪洁气喘吁吁的样子，就和她开起了玩笑。

"我和我妈说过了，不管她同意不同意，我已经年满十八岁了，我有自己选择的权利，反正我决定去虎啸周。"朱琪洁的话里有一份固执和强硬。

"不好吧，你这样一走，朱伯母会怪罪我的。你还是回去吧。"蓝宝不安地拉着朱琪洁的手说道。

"嘿，没有关系，我船票都买好哉。"朱琪洁说着，就把手上的船票在大家面前晃了晃，继续说道，"姚大少爷，不过这船票钱你可要给我报销的。"

"你不是说过吗？以后找个男朋友是开轮船的，以后叫他给你报销吧。"姚思诚显然没有忘记他们之间曾开过的玩笑。

"呵呵，我说过都忘了。"朱琪洁说着就"咯咯"地笑了起来，笑声依旧像开机关枪一样，脸上是太阳花的灿烂。

"什么开轮船的?"小弟好奇了起来,就问朱琪洁道。

"不告诉你。"朱琪洁开心地说道。

"洁阿姐就是喜欢笑,你是越笑脸越圆呢。"小妹也笑了起来。

"姚思慧,不许你说我圆脸,我正在减肥呢。"朱琪洁也叫着小妹的大名道。

"时间不早了,大家该上船了。小弟你是男人哦,你要照顾好大家。"姚思诚还是不放心地说道。

"知道了,现在还多了一个女人,我的责任更重大了。"小弟说着,就把朱琪洁的包背在肩上,双手拿着大大小小的包向船甲板走去。

蓝宝拎着姚思诚交给她的小皮箱,一步三回头地向着姚思诚挥手。姚思诚站在码头上看着蓝宝走上了甲板,看着她那件白色的连衣裙在黑压压的人群中渐渐地缩小。顿时,姚思诚觉得自己心里似乎少了样什么东西。自从蓝宝九岁来到姚家,姚思诚就和蓝宝形影不离,一起吃,一起玩,一起写字。后来,蓝宝上学了,虽然一个星期才回来一次,但姚思诚并没有认为蓝宝是离开了他,而每星期去学校门口接她放学回来已经是姚思诚生活中最浪漫和快乐的事,他可以每次翻着花样去接蓝宝,只要蓝宝高兴,他做什么都愿意。可现在蓝宝回虎啸周去了,是坐着大轮船回去的,等她再回来时,蓝宝就是自己的新娘了,他们是夫妻了,可以每天相守在一起。想到自己要和蓝宝成为夫妻了,这也成了姚思诚心中最渴望,却也是最难熬的事。所以,蓝宝的离开对他来说就如心上失去了一样什么宝贵的东西。

姚思诚给蓝宝他们买的是头等舱,蓝宝一行人上了船就找到了自己的舱位。但朱琪洁是临时买的票,只有五等舱了。于是,朱琪洁就坐在头等舱里不肯下去,她对小弟说:"你是男人,你应该把好位子让给我。"

"凭什么呀?这头等舱是我大哥出钱买的。"小弟不服地说道。

"这钱我给你,反正我就不去五等舱。"朱琪洁说着就把包放在了小弟的铺位上。

"朱家大小姐,做人要讲规矩,不是钱能解决所有问题的,这个你懂吗?"小弟说道。

"这样吧，我把位子让给朱小姐。"奶妈见他们为了舱位争执着，就很识相地说道。

"不行，奶妈要照顾小妹和大嫂的，还是我去五等舱吧。我还真没有看见过这样不懂礼貌的小姑娘。"小弟说着，就拿过朱琪洁手中的票子悻悻地向五等舱位走去。

"谢谢姚家二少爷。"朱琪洁冲着小弟的背影做了个鬼脸。

"洁姐姐，那你和大嫂睡一个房间吧，我和奶妈一起睡。"小妹懂事地说道。

"姚思慧，你真好，等你要嫁人了，我也来陪你啊。"朱琪洁说着又"咯咯"地笑了起来。

"还笑，我都担心死了，万一你妈找到姚家去，那就麻烦了。"蓝宝对朱琪洁说。

"唉！没有关系，她知道我跟着你去了虎啸周。"朱琪洁说着，就把自己的行李放在舱里的固定位子上，舱外是一片开阔的江面，船正迎着风向前开着。突然她转身对蓝宝说道，"我们去看看姚思杰好吗?"

"你不是不要去五等舱吗?"蓝宝说。

"关心一下人家嘛，出于礼节也要向他致谢。"朱琪洁的脸上闪过太阳花的光泽。

"那好，等我整理好行李就去五等舱看小弟。"

蓝宝随手把那个小皮箱放在了她的床铺上，再去另外一个房间看望了小妹和奶妈。她安顿好一切后，就和朱琪洁一起走到了五等舱。只见五等舱躺着黑压压的一片人，一股怪味直冲鼻子。他们在人群中寻找着小弟，却没有找到。于是，他们去甲板上找，终于看到了小弟，他正和一个比他大几岁的男青年在讲话。那个男青年身穿一件薄薄的长衫，瘦长的身体，一双眼睛炯炯有神地望着远方，他在和小弟讲着话："东北已经沦陷，国家正面临着生死的选择。你是有钱人家的少爷，是难得体验到穷人的艰苦，其实在我们身边，有更多的穷人生活在比五等舱更苦、更恶劣的环境下。只有大家团结起来，才能把日本人赶出东北，然后建立一个自由民主幸福的新中国。"

小弟却说道："我只是和一个大户人家的小姐换了一张船票，事情没有你讲的那么复杂。"

"啊？大户人家的小姐也会坐五等舱？"那个青年人的脸上显出了惊奇。

蓝宝看到了小弟就叫道："小弟我们找你呢。"

小弟一看见朱琪洁就对那个青年人说道："就是她。我嫂子的同学，她临时买的船票，就和我换了。"

"你们好，我叫陆心严，浙江镇海人。"男青年见到蓝宝她们就自我介绍起来。

"陆先生好，甲板上风很大，都到我们头等舱来坐吧。"蓝宝客气地对陆心严说道。

"不了，你们是资产阶级的小姐，我是一个贫穷的教书先生，我和你们是两个阶级。"陆心严疏冷地说道。

"陆先生，你说的话很深奥，我们听不懂，但我很想听。凤仙，你先回头等舱吧，等会儿我和姚思杰一起回来。"朱琪洁说道。

"哦，你叫姚思杰，那是姚少爷？"陆心严这才知道了小弟的身份。

"别听她瞎说，她才是朱家的大小姐呢。"小弟对陆心严说道。

"小弟，问陆先生晚饭吃了吗？如果没有，请他和我们一起就餐吧。"蓝宝客气地说道。

"我在上船的时候已经吃过点，不用客气。"陆心严礼貌地回答。

"那你们慢慢聊，我先回去了。不过小弟，你们也早点回来，一起去餐厅吃饭啊。"蓝宝说道。

"大嫂，我肚子也不饿，你先回吧，我想和陆先生聊一聊。"小弟似乎对这个叫陆心严的人产生了兴趣。

"是的，是的，我也想和陆先生聊聊，凤仙，我们马上回来。"朱琪洁也随口说道。

"好吧，别忘了回来吃晚饭。"蓝宝说道。

于是，小弟和朱琪洁就靠着栏杆，站在陆心严身边听他侃侃而谈起来。陆心严说自己在上海一个小学做国文老师，因为认识几个有组织有信仰的朋友，就和他们经常走动，并时常对当下的局势发表些观点。他告诉小弟和朱琪洁，上海看似歌舞升平，灯红酒绿，可政府根本没有想到国家主权丧失，东北三省沦陷，民不聊生。只有民众觉悟起来，中国才有希望。这些有信仰的朋友准备做些大事，但缺钱，于是陆心严就回镇海老家去筹钱……陆心严对眼前这一男一女的情况并不十分了解，也不敢多说，但又觉得这两个年轻人非常单纯，就如自己当初认识的那些朋友一样，充满了激情，渴望中国进步，于是，他就多讲了几句。

三个年轻人站在船舷旁，天已经暗了下来，四面是黑沉沉的，但他们风华正茂，书生意气，特别是小弟正处在成长的叛逆期，他对陆心严所讲的一切特别感兴趣，也是第一次听到这样有感染力的话，特别是听到陆心严参加了一个组织，于是就好奇地对陆心严说道："你能介绍我参加这个组织吗？"

"我也要参加。"朱琪洁也接口道。

陆心严就神秘兮兮地向四面望了望道："等我们以后在上海见面了，再作决定好吗？"

小弟点了点头，朱琪洁也点了点头，他们的脸上充满了好奇和兴奋。也从这一天起，小弟和朱琪洁的生活发生了变化，他们和陆心严成为最好的朋友，甚至成为战友。其实，陆心严是中共地下党在上海的一个联络员，他以小学老师的身份为掩护，进行着地下工作。自从"四一二"反革命政变后，中国大革命受到严重摧残，同时也宣告国共两党第一次合作失败，共产党的活动也从公开化转入地下秘密活动，为领导中国人民把斗争推向新的更高的阶段准备着条件。

就在蓝宝他们上了"江亚号"轮船时，大桃花已经从西坞镇赶到了虎啸周，她在自己的娘家，这个已经没有人居住的家里，里里外外打扫了起来。

大桃花是个喜欢干净的人，她身上穿的衣服也是干净利落，头发也梳得光亮整洁。只是，她那曾经挺拔的身姿已经有点弯曲了，那双周家人特有的明亮的眼睛已经黯然失色，她戴着一副老花镜坐在桌子前捧着一个淘箩在挑米里的小石子，她想做些家乡的点心，让蓝宝尝尝。

想到蓝宝，大桃花就用手去拭了拭自己模糊的双眼，停下了手头的活儿，从一个布包里取出了一沓厚厚的信，这些信是蓝宝写给她的，她一直放在身边。今天她特意带到了虎啸周，她要给蓝宝看看这些信。每封信，大桃花都小心翼翼地放在一起，就如珍宝一样一封一封地码着。自从蓝宝九岁那年跟着姚福财去了上海，大桃花就生了一场大病，连续几天躺在床上起不了床，只要一下床，她就眼发花，脚发软，心口一阵阵发痛。请来郎中看了后，说是大桃花过度疲劳，虚火上升，落下了一个心口犯痛的病。大桃花连续吃了半年多中药才把心口疼的病治好了。但只要天一刮风下雨，一想到蓝宝跟着姚福财走时的情景，大桃花就会心口疼痛起来，眼泪就忍不住地流下来。其实，大桃花在平时的生活中是一个非常豁达的人，也是个做事干脆麻利的人。在周家面临重大决策时，是她决定让蓝宝去上海的，也是她同意了蓝宝姆妈嫁人，是她亲手把自己的侄子红胞送进了王家庆的家里。但她是个要强的人，也是个要面子的人。她知道，自己这样做在虎啸周人面前是大逆不道的，是周家的罪人。但她一直记得在爹妈去世后，自己过的是种什么生活。所以，她同意了蓝宝姆妈改嫁，也支持蓝宝去了上海。

虽然事情都是大桃花自己决定的，但她内心却受着煎熬。好多次，她都走到虎山下了，她想去给山上的大阿弟烧点钱，或是和坟里的大阿弟说说话，可她总是迈不开脚步。她有时候都觉得自己里外不是人，对不起死去的大阿弟和父母亲。所以，她觉得自己都没脸再回虎啸周了。可这次蓝宝要回来了，是要出嫁了，这对大桃花来说是一件喜事，也是她心中一直渴望的事情。九年了，她就一直在等这天的到来，她想借此机会把蓝宝风光地嫁出去，同时也了却她心中多年来的愧疚。那么，以后就是在阴间碰到了大阿弟和父母亲，大桃花也觉得可以向他们交代了，她也对得起娘家的人了。

大桃花把信又原封不动地包起来，当她端着淘箩向灶头间走去时，一个高大的人影挡在了她的面前，那个人影对着大桃花叫了一声："阿姐。"

大桃花站在明里，她看不清这个人影是谁，但她熟悉这个声音。当她再一次听到"阿姐"那声喊时，她手里拿着的淘箩就"啪"的一声落在了地上，她看清了那人影就是自己的小阿弟，蓝宝阿叔。于是，大桃花就向着小阿弟说道："你也回来了，弟媳妇呢？我的侄子呢？"

　　"他们都回来了，阿姐。"蓝宝阿叔说着，就把站在门口的人一一介绍给了大桃花。

　　大桃花首先看见了一个穿着学生装的少年，个子已经远远超过了自己，模样如小阿弟年轻时一般，那张清秀的面孔上留有周家人的印痕，不用小阿弟介绍，大桃花就知道这是自己的亲侄子周孝明。就在大桃花激动地拉着周孝明的手时，一位长得白白净净的女子也对着大桃花鞠了一躬道："阿姐好。"

　　"今天是什么日子？把你们都盼来了！"大桃花顿时悲喜交加，她一手拉着周孝明的手，一手拉着弟媳妇的手，对着蓝宝她叔就眼泪汪汪起来。

　　"我们在接到姚家的信后，就回来了。"蓝宝阿叔说道。

　　"是呀，我们蓝宝长大了，她要出嫁了。"大桃花的声音呜咽起来，然后用手摸了一把自己脸上的泪水道，"啊哟哟，我现在怎么变得那么会掉眼泪？是我老了。孝明，这一路上很辛苦吧？快快进屋。我把房间都打扫干净了，快放下行李，进屋休息吧。"大桃花说着，她的精神头又充足起来。

　　周孝明，一个浑身洋溢着青春活力的男孩子，站在屋里，用他那双明亮的眼睛打量着四周，打量着眼前的嬷嬷。在他还很小的时候，他就听说了在一个桃花盛开的地方，有一个叫虎啸周的村庄，那里有精明能干的嬷嬷，还有一个长得如桃花一样美丽的姐姐，这个姐姐是裹着蓝色胎胞出生的，她的身上充满了传奇的色彩。但今天，他到了这个神秘的地方，却发现一切是那样平常，眼前的嬷嬷和所有这个年纪的女人没有什么区别。只是她看见了自己和父亲后就流泪了，他知道这就是亲情，是血浓于水的亲情，于是，他就问嬷嬷道："姐姐呢？"

　　"姐姐明天就会到的。对了，孝明啊，你是独生子，上无兄弟下无姐妹，蓝宝她就是你的亲姐姐了。无论何时何地，你们俩都要像亲姐弟一样。"大桃花说道。

"嬷嬷，我不明白，大伯母能生两个孩子，而我姆妈却只生我一个。我一直在怀疑，我不是他们亲生的。"周孝明说着就对大桃花耸了耸肩。

"我的乖侄子呀，你怎么会说这句话？你跟我来。"大桃花一听就破涕为笑，她拉着周孝明的手走到了水缸前，她和周孝明一起对着水缸里的水照了起来，"你看，你的脸、你的眼睛和嘴巴像谁？"

"嗯，像嬷嬷。"周孝明对着水缸里晃动的两个影子说道。

水缸里的水清澈地映着两张面影，一张是饱满的洋溢着生命热情的脸，一张是饱经沧桑的脸，但不管怎样，那两张脸上有着一样的印痕，在水里刻下了深深的印记。这是血的印记。"孝明啊，无论你走到哪里，你是虎啸周的人，是我们周家的子孙，你是男孩子，你要照顾好每一个周家人。"大桃花对着水中的影子说道。

"好的，嬷嬷，我知道了。"周孝明的身上明显有着东北人的特性，他说话豪爽，声音洪亮，虽然他只有十六岁，但那气魄已经是个大男孩了。

就在大桃花沉浸在和弟弟团聚的快乐时刻，门口传来了周二爷的声音："听说大侄女和二侄子都回来了？"

说话间，周二爷拄着拐杖走进了周家。周二爷的胡须也白了，但他精神矍铄，说话中气十足，他看见了蓝宝阿叔，又看见了周孝明，就叫了起来："今天是哪阵风把大家都刮回来了？"

"二爷，是蓝宝她要回来了。"大桃花对周二爷说道。

"蓝胞？她要回来了？"周二爷一听就激动起来。

"她现在叫蓝宝，不叫蓝胞了。"大桃花说。

"哎，什么蓝宝不蓝胞的，她还有一个名字叫周凤仙，我们应该叫她凤仙才对。"周二爷说。

"对的，我在大连时一直叫她凤仙的，这才是她真正的名字。"蓝宝阿叔也接口道。

"时间过得真快，一转眼凤仙要成亲了，这是好事啊！是我们虎啸周的大事，我们一定要风风光光地把凤仙嫁到上海去，让上海人看看我们宰相后代的女儿有多风光。"周二爷一边说一边将着他的白胡子道。

"孝明，来拜见二太爷。二爷，这是犬子，这是内人。"蓝宝阿叔把自己的妻子和儿子介绍给了周二爷。

"哦，真是青年才俊，一表人才。侄媳妇也是贤惠达淑，我们周家真是祖宗保佑着呢！"周二爷激动地说着。

大桃花抬头看看天上的太阳，太阳已经偏西了，那火烧一样的云彩覆盖在虎山上的那座塔身上，撩起了满山的金光。大桃花就对周二爷说道："二爷，今晚就在我家吃饭吧。"

"好啊，我叫你婶也做点菜，今晚就和二侄子一起喝个痛快，然后我们商量一下凤仙出嫁的安排，她可是我们村里第一个嫁到上海去的女儿，绝不能坍了我们虎啸周的脸面。"周二爷说的时候，那胡子也抖动着。

这些年来，随着老族长的去世，周二爷被村里的人选为了新的族长，他的威望在虎啸周历代族长中是最高的，凡是虎啸周的人，只要说起周二爷，个个跷起大拇指，说他知识渊博，上知天文地理，下晓阴阳八卦，更懂得做人的道理。凡是村里发生的事情，只要周二爷出面调停，事情就都圆满顺利解决。何况，大桃花在心里也是十分敬重周二爷的，她知道九年前的那场大水，自己的兄弟欠了村里人的桃子钱，要不是周二爷出面斡旋，把那些讨债的人遣回去，那场面会让人更加难堪。再说这些年来，大桃花很少回虎啸周了，她怕看到自己的娘家人去楼空，死的死，离开的离开，改嫁的改嫁，只剩下空荡荡的老屋，她会伤心。周二爷只要去西坞镇，就会去看大桃花，聊聊家长里短的事情。每逢到了清明节，他就会吩咐村里的壮男子们上山去为蓝宝阿爸上坟。可以说，周二爷对大桃花一家是尽了族长之情了。

于是，大桃花就炒了几个菜，硬要周二爷留下来吃晚饭。当大家坐在院子里准备吃饭时，天也暗了下来。大桃花就取来一盏煤油灯，挂在院子里的一棵桃树下，那棵桃树的树龄也只有五六年的样子，院子里几枝凤仙花盛开着，一只小方桌子上放满了各种菜，只是院子里没有了大黄狗和黑猫……

周二爷听着蓝宝阿叔在讲东北发生的"九一八"事变，讲到了张学良少帅的"不抵抗"命令，也讲了很多有关日本人的事。蓝宝阿叔说道："现在的世道非常不安定，日本人的野心也很大，他们已经侵占了东北三省，不知道什么时候还想侵吞整个华北呢。所以，乱世之象已经出现，我想慢慢地把生意转移到上海去。"

这些事情对周二爷来说就如一个非常遥远的故事，他不知道张学良是谁，也不知道"九一八"事变。毕竟，东北离虎啸周太远了，东北还是冰天雪地时，虎啸周已经桃花盛开；虎啸周的晚桃正飘着果香时，东北已经霜打屋顶。所以，东北所发生的一切，对虎啸周这个世外桃源来说，一切都是那么的遥远。周二爷甚至认为，如果日本人哪一天打到了虎啸周，那整个中国也要亡了。但周二爷知道蓝宝阿叔在大连做生意，一定见多识广，也相信了蓝宝阿叔的话。于是，周二爷掐指一算，然后对蓝宝阿叔说道："再过几年，天下将会大乱，还会死很多人呢。"

"是吗？国家将要进入乱世吗？"蓝宝阿叔的脸上出现了不安的神情。

"这是天数，老天爷不保佑我们呢。"周二爷说完就深深地叹了一口气，拿起酒杯一口喝了下去。

"老天爷不保佑我们，也不会保佑日本人的。"坐在一旁的周孝明冷不防地插了一句。

"你是年轻有为的学生，你的话也有道理。"周二爷捋了捋胡子，笑眯眯地看着周孝明。

"但也要怪中国人自己不争气，自从鸦片战争后，中国人仍然没有觉醒，上到当官的下到穷苦百姓都在抽大烟。同样也是被大烟侵入的日本人，他们很少有人抽大烟，特别是知识分子和高级官吏，都忙着在学习，忙着在对付中国，就是和我同学的那些日本学生，也都是军事化的生活状态，个个精神饱满。可看看我们呢？这次我从大连一路过来，看见很多烟馆生意兴隆，就是在街上拉黄包车的车夫也利用空隙时间在抽大烟。一个被大烟侵蚀的国家，一个完全没有战斗力的民族，老天爷当然不会保佑它。"周孝明说着就激动起来，那白皙的脸上闪着红晕。

"你这些话不能乱说，小心被众人骂。"蓝宝阿叔小心地说道。

"大不了被人骂汉奸，可什么叫汉奸呢？躺在烟榻上吸烟，大谈爱国道理的人就不是汉奸了吗？"周孝明说着。

"后生可畏呀，这些话不是没有道理，到底是从洋学校读书出来的，眼界就是不一样，国家有你们这些年轻人在，东北三省肯定能收回来，国家有希望。"周二爷说着，就把杯中酒一饮而尽了，然后抬起头看着天上的星星，大家都沉默着。

此时，东海上的月亮悄悄地爬上了夜空，那辽阔的海面上，"江亚号"轮船正迎着海浪乘风前进。坐在头等舱的蓝宝借着微弱的灯光在打量着姚思诚给她的信。信很薄，蓝宝把信放在手上掂了掂分量，掩饰不住自己的好奇心笑了起来。然后她就把信封打开，小心翼翼地取出了一张宣纸。她以为，姚思诚会为她写上一大段甜言蜜语的情话，可宣纸上只有一行写得恭恭敬敬的小楷字。蓝宝怀着好奇心细细端详这行小楷字。原来，姚思诚写的是一份登报的结婚申明书。他在最后一行写道："亲爱的蓝宝，等你回来的那一天，就能在上海的《申报》上看到这份我们两结婚的申明，我要让全上海人知道，我姚思诚最爱的女人就是你周凤仙小姐，此生我的命就是你的。永远爱你的姚思诚。"

蓝宝捧着这封信，反复看了好几遍，就如捧着姚思诚那颗滚烫的心，她被感染了，她的心也滚烫起来，于是，她用自己炽热的双唇去亲吻着那封信，就如亲吻着姚思诚一样。就在她沉浸在这份甜蜜的爱情中时，只觉得背后有人用双手蒙住了她的眼睛，并有人迅速地从她的手里抢走了那封信。于是，蓝宝就叫了起来："朱琪洁，我知道是你。"

朱琪洁松开了双手，她的身边站着小弟，是小弟抢走了蓝宝手中的信，他好奇地打开信要看，蓝宝就叫了起来："不能看的。"

朱琪洁就对小弟说："姚思杰，这是你大哥写给人家的情书，不能偷看的。"

"我不看了，这是小资产阶级的罗曼蒂克，按照陆大哥的话来说就是'朱门酒肉臭，路有冻死骨'。有钱人家就知道谈情说爱，不知道这世间还有吃不饱饭的人。"小弟说道。

"这是唐代诗人杜甫的诗，怎么会变成那个陆先生说的?"蓝宝有点吃惊的样子。

"人家陆先生是拿杜甫的诗来比喻现今的社会。"朱琪洁对蓝宝说。

"时间不早了，我们去吃饭吧。"蓝宝收过小弟手中的信对他们说。

"大嫂，再不吃我要饿死了。"小妹也走到了蓝宝的船舱里说道。

"你们去吧，我和朱琪洁要单独待一会儿。"小弟说。

"单独?"蓝宝觉得这两个人今天有点反常，但转念一想就又笑了起来。于是，她对小弟说："那对朱琪洁好一点啊，我们先去吃饭。"蓝宝说着就和小妹、奶妈一起走出了船舱。

等蓝宝走远了，小弟偷偷地把姚思诚交给蓝宝的那个皮箱打开。朱琪洁看到了一箱白花花的银圆，一沓沓的钱整齐地排列着。她顿时把眼镜框后面的眼珠子瞪得大大的，然后对小弟："你真的想把这些银圆都给陆先生?"

"你真傻，我全部拿走了，大嫂肯定会发现，我就拿一点，她不知道我大哥给了她多少钱的。"小弟说着就得意地笑了起来。

"姚思杰你真聪明。对! 我们就拿一点点。这点钱对周凤仙来说是微不足道的，但对陆先生来说就起了很大的作用，他以后还可以帮我们介绍参加这个组织。"朱琪洁的脸上满是兴奋的表情。

"但今天这件事情我们一定要保密，你说出去就是小狗。"小弟对朱琪洁说。

"保证不说，我说出去了，你以后就叫我四眼。"朱琪洁的脸上布满了天真的笑容。

小弟就在一箱银圆中取了几沓出来，然后，他再把箱子里的银圆晃了晃，那原来挨得紧紧的银圆又恢复了整齐的排列。小弟做完这些后就把箱子放在了原来的地方，他和朱琪洁快步向五等舱的甲板走去。

甲板上，陆心严站在漆黑的天空下，看到小弟和朱琪洁向他走来。当小弟把几沓银圆交到他的手上时，他那严肃的脸上马上显出了一种愤懑，用他低低的声音对小弟说："我们无产阶级虽然身无分文，但心忧天下，我反对你们给我

135

施舍钱。"

"陆先生，你不是回老家去筹钱的吗？这个钱就算我要加入你们组织的钱吧。再说我们家有钱，这些钱只是小钱，别放在心上。"小弟说道。

"是呀，我家也有钱，按先生的说法，我们的钱都是不劳而获得来的。等我们以后在上海见面了，我也给你钱。"朱琪洁说道。

"你们太年轻了，还没有完全理解我所说的话。钱并不是坏东西，而是要看这钱掌握在谁的手中，我们要'安得广厦千万间，大庇天下寒士俱欢颜'的那种社会。"陆心严一边说，一边收下了银圆。

"我们就听你的，只要你能介绍我们加入你们的组织，你要我们做什么都愿意。"小弟对陆心严说道。

"真的？我现在就叫你们回船舱去，不要老是跟着我了。"陆心严说。

"那我先回去，姚思杰，委屈你睡五等舱了。"朱琪洁说着就向头等舱走去。

"姚思杰，我还是要感谢你对我的支持，但今天我们就到此为止，相信我们后会有期。"陆心严说着就和小弟握了握手，然后消失在甲板上。

小弟看着自己的手，那只被陆心严握过的手，他感到身边有一种强大的神秘力量在感染着自己，他决心要追随陆先生去寻找这份力量，因为他从陆心严的谈话中找到了自己心中一直想到找的那份东西，他要走自己的路。虽然他不愁吃不愁穿，但他总觉得心里少了一样东西。他知道，大哥要走实业兴国之路，可他认为，这个国家积贫积弱，贫富两极分化，如果根本问题没有解决，任何事情也别想做好。可听了陆心严的一番大道理，他似乎觉得"安得广厦千万间，大庇天下寒士俱欢颜"那种美好的社会就是自己想要的。想到这里，小弟为踏上这艘"江亚号"感到幸运，如果不陪蓝宝回乡下，自己就不可能遇到陆心严了。

朱琪洁走到餐厅，找到了蓝宝她们，就坐在一起吃起了饭。但朱琪洁的神情总有点怪怪的，于是蓝宝看了看她，问道："你有什么不舒服吗？"

"没……没有。"朱琪洁听到蓝宝在问自己，就躲躲闪闪地回答道。

"小弟呢？他为什么不和你一起过来吃饭？"蓝宝问道。

"他一会儿就来。"朱琪洁吞吞吐吐地答道。

"我知道你们俩有秘密事情瞒着我，而且我都看出来了。"蓝宝笑着对朱琪洁说道。

朱琪洁一听，就大惊失色起来，手中的筷子也落到了地上。她马上把地上的筷子拾起来，又故作镇定地看着蓝宝把话说完，但她的心都快要跳出嗓子眼了，她在心里说："坏哉坏哉，她发觉我们拿箱子里的钱了。"

蓝宝说道："我发觉小弟喜欢上你了，你们俩就躲在甲板上谈情说爱呢。"

朱琪洁一听，暗暗在心里叫了一声"妈呀！"她庆幸蓝宝没有发现他们偷了钱的事情，就把心放到了肚子里，然后就笑着对蓝宝说："我才不喜欢姚思杰呢，一副纨绔子弟的样子。"

"那是不是喜欢上了那个陆先生?"蓝宝又问道。

"周凤仙，你以为你要结婚了，全天下的人都要恋爱了? 我告诉你，我信奉独身主义，我这辈子不嫁人。"朱琪洁说着，她的圆脸涨得红红的。

"洁姐姐，真的要独身?"小妹好奇地看着朱琪洁道。

"朱小姐，人可以吃满口饭，但不能说满口话。"奶妈也说道。

"不说了，还是让周凤仙给我们讲讲十里红妆的故事吧，我都不知道十里红妆的意思。"

朱琪洁还在为小弟拿过皮箱里的钱感到心虚，于是，就想把话题岔开。小妹和奶妈一听十里红妆也都来了兴趣，就叫蓝宝快给她们讲十里红妆的故事。

于是，蓝宝就给大家讲了一个流行在虎啸周的古老故事。

那是很多年前的事了，虎啸周的一个叫桃子的女孩嫁给邻村一户人家。桃子长得非常漂亮，但她从小就没有了母亲，两个哥哥出门去做生意了，家里只留一个体弱多病的父亲，所以，她出嫁时没有什么嫁妆。于是，在几房媳妇中，桃子一直受到公婆的冷眼。有一次她回娘家，在回到虎啸周的村口时，正好遇见了族长。族长看到了她的脸上有一块青紫色的斑点，就问她这块斑点哪儿来的。桃子就把自己在婆家受到不公正待遇的事讲给了族长听，说她的丈夫经常打她，这脸上的青紫斑点就是挨打时留下的。

族长听完，回到村里，召集了村里所有的长辈在祠堂里碰头，他把这件事情讲给了大家听。大家一听，顿时祠堂里就像炸开了锅，有骂娘的，也有骂畜生的，更有骂天骂地的。虎啸周的人们气愤到了忍无可忍的地步，娘希匹的，太小看我们虎啸周的人了，就因为桃子家没有一个壮男人，就欺负到虎啸周人的头上了。于是，大家商量决定，让族长出面去找桃子的公婆。

族长在桃子的带领下去了桃子的婆家。桃子的公公是个员外，识字，还识人头。他更知道虎啸周的人，不管是男是女都识字。于是，员外就开口道："青山不是青，二人土上在谈心，三人骑头无角牛，草木丛中站一人。"族长一听，就跷起了二郎腿，清了清喉咙道："寺庙门前一头牛，二人扛根大木头，未曾入门先开口，闺房女子盖着头。"随着族长话音落下，员外忙叫人端来红木太师椅子，双手抱拳对着族长说道："请坐。"然后对着仆人吩咐，"为族长奉茶。"于是族长也客气地回敬道："特来问安。"

其实，员外和族长的对话就是一组猜字谜语，但显出了各方的厉害。第一个回合交锋后，族长又挑起了第二回交锋："我们周家的桃子脸上何来青紫斑点？"

"桃子树上结，日晒一半为红，月晒一半为紫。"员外回答得滴水不漏。

"红为娘家，紫为夫家，那姑爷在干吗？"族长问。

"我儿半夜在耕田。"员外答。

"是水稻田还是稗子田？"族长问。

"这个？你问得多了。"员外答。

"是不是周家女儿没有嫁妆？"族长步步紧逼。

"既然说到嫁妆，那我们也就打开天窗说亮话，我家共有五个儿子，其中四个儿媳妇，个个是嫁妆堆成山，只有你们周家女儿，还说是宰相的后代，却是空着轿子抬着人过来的。"员外说道。

"那如果桃子的嫁妆也是堆成山，你又如何对她？"族长又紧逼了一句。

"哼，桃子如是嫁妆堆成山，她就和另外四房的媳妇享受同等待遇。"员外得意地说道。

"那如果嫁妆排成十里长，你又将如何对待?"族长又问道。

"那太阳从西边出来了。"员外骄傲地说道。

"如果太阳真的从西边出来了呢?"

"那我头顶夜壶，跪在路上迎接十里红妆。"

"好，一言九鼎。"

族长说完就回到了虎啸周，以最快的速度为桃子筹备了嫁妆。然后备了车马，叫来挑夫，把各种各样的嫁妆装在箩筐里，然后叫挑夫和车马排成了十里路长，一路浩浩荡荡地向着桃子的婆家进发。

那员外听到外面唢呐声声锣鼓喧天，再一听，什么? 虎啸周的人为桃子重新办了嫁妆，而这些嫁妆排了足足十里路长。员外顿时瘫软在地上，他只好叫来桃子求情，说自己太势利，是有眼无珠，得罪了虎啸周的人，求桃子去族长面前求情，并保证以后一定善待桃子。

从此以后，凡是虎啸周的女儿出嫁，都会为其办上十里红妆，而且无论嫁到哪里，都是一路吹吹打打，甚为壮观宏伟。

蓝宝把这个故事讲完了，她完全沉浸在这个故事中，心中也展开了无限的向往。她仿佛看见了自己坐在八人抬的大红轿子里，前面是吹吹打打的送亲锣鼓，后面是挑着十里红妆的人马，想到这里，她嘴角上扬，露出了桃花般的微笑。

十

上海的马路上万籁俱寂，姚思诚从申报馆走出来，走在他身边的是他的同学，《申报》记者李大江。他的胸前挂着一架德国产的照相机，一张国字脸，浓眉大眼，炯炯有神。他对姚思诚说："我们去云南路吃点心好吗？"

"云南路上好吃的东西多了，随便你吃什么。"姚思诚说着，就伸出胳膊搁在李大江的肩上向云南路走去。

云南路位于跑马厅，也就是后来的人民广场的东面，附近有多家剧院，到了晚上十点多散场时，观众和演员都想吃点东西，于是，就出现了许多小吃摊，有卖茶叶蛋的、卖桂花白糖粥的，也有卖馄饨的，逐渐形成了小吃一条街。

李大江和姚思诚从申报馆出来，向南走个十多分钟也就到了。他们一边走一边聊着。

"大江，我今天刚把蓝宝送上十六铺码头，她回老家了。"姚思诚说道。

"哦，她来到上海后还没有回去过吧？"李大江听到蓝宝回老家了，不免有点失落，在他心里，蓝宝就如一朵美丽的凤仙花，这朵花不在了，整个上海城都失去了光明。

"我已经正式向她求婚了，并备了聘礼，让她带回老家准备嫁妆。今天这么晚来找你，就是要和你商量我们结婚登报申明的事。"姚思诚说道。

"结婚登报申明就按正常秩序走呀，现在登报申明的事情很多，都排着队等呢。"李大江一听姚思诚要结婚的消息,眉头皱了皱,心里泛起一点小小的波澜。他也明白,蓝宝嫁给姚思诚是早晚的事,只是他还没有做好心理准备,他希望随着时间的推移,能给自己一点希望,哪怕让自己能在远远的地方看着蓝宝,就是她的背影也是好的。但凭他的教养和对姚思诚的友情,他还是十分友好地对姚思诚说道,"祝贺你。"

姚思诚说:"我答应过蓝宝的事情都要做到。"

"看不出你这个姚大少爷还真是对蓝宝情有独钟呢。到时候别忘了请我们几个同学一起喝喜酒,但有言在先,我们都是穷读书人,没有礼金送的哦。"李大江说。

"你这次白喝我的喜酒,我也可以白喝你的喜酒哦。"姚思诚说着就笑了起来,顺手拍了拍李大江的背。

"我都不知道自己什么时候可以结婚呢。"李大江神情黯然地说道。

"不是你不知道,是你要求高。你是记者,这个职业多吸引人,听说每天有很多小姑娘拿着《申报》来向她们心仪的男记者求爱,你难道没有心动过?"

"你以为人的心这么容易动?我是一个自由主义者,我想独身是最适合我的。"

"那是你没有遇到自己的真爱,如果遇上了,你再对我说是独身主义者,我就信了你。"说话间,他们已经到了小吃街,找了一个馄饨摊坐下来,姚思诚继续说道,"大江,你帮我参考一件事。"姚思诚想起了九年前蓝宝刚到上海时,自己曾对蓝宝说过要给她一枚蓝宝石戒指。

"你说,什么事?"李大江问道。

"之前我和蓝宝约定要送她一枚蓝宝石戒指的。你说,我是带着她一起去银楼买呢,还是我先买好再送给她?"姚思诚说道。

"你还真是一个有钱不懂情调的人,送女人结婚戒指那当然要先买好了。不过我在这点上没有经验,你是问错人了。"李大江的心里是很不愿意再和姚思诚谈蓝宝的事情了,可姚思诚就是不停地说,这让李大江非常难堪,他又不能告诉姚思诚此时的心情,告诉他说自己也喜欢蓝宝?他只好用应付的口气说道,

"女人都一样，她们对珠宝都有一种天生的喜欢。"

"蓝宝她生活一直很简朴，偶尔送她一束鲜花或是什么舶来品，她都认为是俗气。就是她平时穿的衣服也是中性颜色为主，但无论她穿什么衣服就是漂亮高雅，连我妈都在背后夸她，说她完全可以去做阴丹士林蓝布的模特儿。"姚思诚得意地说道。

"你说到阴丹士林蓝布，我想起来了，前不久，生产阴士丹林蓝布的'德孚洋行'在我们《申报》上刊登过一则广告，想招聘一位十七八岁的女生做模特呢。德孚洋行的意图是想配合国民政府推行的'新生活运动'，让国人在穿着和精神面貌上焕然一新。要不我来推荐一下？让你的蓝宝试一下镜？"李大江顿时来了精神，在他心目中，蓝宝是最适合做阴士丹林蓝布模特儿的，而出于他的某种私心，也想为蓝宝做些事情。

"什么话呀？堂堂的姚家大少奶奶去做模特儿？亏你想得出来的。我们姚家缺这些钱？"

"我知道你们姚家有钱，但可以把这些钱捐献给社会上更需要的人呀。"

"你别提这些高调的理论，我是搞实业的，我只相信实业救国。"

"如果没有一个安定的社会，你有了实业也是空谈救国。"

"新生活运动就能救国了？"

"如果我们的国民一直生活在粗劣的习惯和简陋的生活环境下，何谈国家强大？"

"我的实业只是我的抱负之一，总比有些人空谈主义什么的来得更实际。"

"我只是说让蓝宝试一下，并没有说要她去做模特儿，你激动什么？不和你多讲了，我肚子饿了。"李大江说完就闷头吃起了馄饨。

"吃！"姚思诚憋气地说了一句。

"大少爷陪一个穷记者在马路上吃柴爿馄饨，有意思，可以写一篇报道。"李大江揶揄道。

"你就装穷吧，谁不知道记者是多吃香的职业。你以为少爷的生活就是腐化堕落？你根本不知道，我们家每天的早餐都是用隔夜饭烧成泡饭吃的，吃的酱菜或是咸菜也都是自己腌的，我们的一家一当也都是省吃俭用攒下来的。"

"别哭穷，没有人叫你捐钱。"李大江说着。

姚思诚品尝着柴爿馄饨，忍不住对李大江说："味道真好。"

"想好了吗？让蓝宝出来参加些社会活动？"李大江继续问道。

"大道理我说不过你，但我也赞成让蓝宝多接触社会，至于这个阴丹士林蓝布模特儿的事，也要她同意哦，不同意一切都是废话。"

"大少爷怎么讲粗话？"

"什么大少爷？我也是人呢。废话少说，吃馄饨。"

于是，两个年轻人坐在一根长凳上，吃着馄饨。

夏夜里，有一把火在夜色中燃烧，橘红色的火苗闪烁着星星点点，在火苗中，有一口铁锅翻滚着白水，水面上漂浮着一朵朵的小花，那小花放在碗里，伴着一缕缕的葱香味，就如一盆盛放的白莲散发着清香，那香味和火苗一起弥漫在漆黑的夜幕里。

蓝宝一行人经过一个晚上的海上航行，终于在清晨到达了宁波港，然后坐着三轮车来到一个渡口。这个渡口有专门到西坞镇的船，只是渡船要到中午十二点才开航。这中间要等六个多小时，蓝宝就提议去天一阁。天一阁在宁波市区，由明朝嘉靖年间退隐的兵部右侍郎范钦主持建造，是中国现存最早的私家藏书楼，也是亚洲现有最古老的图书馆和世界最早的三大家族图书馆之一。

朱琪洁一听就兴奋地说道："我一直听别人说起天一阁，我要去。"

小妹却无精打采地说："我在船上一直没有睡着，就担心船会沉，现在我就想睡觉。"说完就倒在奶妈身上伸了个懒腰。

"我也想睡，你们在头等舱都没有睡好，我在五等舱就更不用说了，那马达声不停地在耳边响着。"小弟也睁着红红的眼睛说着。

"被你们一说我也想睡了。"朱琪洁也受了感染，瞌睡起来。

"那好吧，我们就在原地休息。"蓝宝想到回到老家也少不了各种应酬，就放弃了去天一阁的打算，一个人坐在甬江、奉江和余江三江汇合处看着涛涛的江水，想起很多遥远的事情。甬江是宁波境内的主要河流，奉江和余江是从奉化和余姚而来的两条支流，三江在此汇集，然后浩浩荡荡地向东海流去。

蓝宝终于回到了魂牵梦绕的故乡——虎啸周。她站在虎山脚下，眺望着那座象征着老虎尾巴的塔时，夕阳正在西下，玫瑰红的晚霞笼罩在整座山上，山上一片桃树金光闪闪。那茂密的树林倒映在虎河里，虎河的水清澈见底，潺潺地流着。

河岸边，那一棵棵桃树上正结着晚桃，硕大的桃子拳头一样，正沉甸甸地在树上向着河水弯下腰。习习的风里弥漫着水蜜桃的果香味，弥漫着稻草味，弥漫着泥土味，弥漫着炊烟味。蓝宝就这样站着，她没有挪动脚步，她简直不敢相信眼前看到的景色，这是九年前遭遇了三百年未遇的大灾后的虎啸周吗？可那虎山上的塔，那虎的尾巴正高傲地翘起，它告诉蓝宝：没有错，这里就是虎啸周。

于是，蓝宝对着虎山深深地鞠了一个躬，这是她在心里对躺在虎山上的父亲敬上的一片孝心。这些年来，蓝宝没有回来过，也没有为父亲上过一支香，但她的心里没有忘记虎山上的那座衣冠冢，没有忘记自己的家乡。她对身边的朱琪洁说："这就是桃花盛开的地方，是我的故乡。"

朱琪洁一听，兴奋地展开双臂在原地转了几圈叫了起来："啊，我们到虎啸周了，可以吃水蜜桃了。"

"这就是虎山吗？我怎么看不到老虎的脸呢？"小弟也兴奋地踮起脚尖，伸长着脖子打量着眼前的虎山。

"我看到老虎的脸了，还真像。"小妹高兴地叫了起来，她一边拉着奶妈，指着前方那块突出的石头——指点着说道："这是眼睛，这是鼻子，这是嘴巴。"

"还真像，真的是一只老虎的脸呢。"奶妈也说道。

大家都被眼前的虎山吸引着，忘记了一路的辛苦和疲劳。就在蓝宝一行人在村口眺望着虎山时，虎啸周的人已经看见这行衣着整齐、拿着大大小小行李的人。于是，村里人立马报告给周二爷听。周二爷一听就知道是蓝宝回来了，马上吩咐来人快快去通报大桃花，他自己就挂着拐杖走出了家门，坐上了一顶轿子，然后由人抬着向村口而去。

周二爷坐在轿子里闭上了眼睛，他的心随着轿子上下颠簸，心里就像翻滚着的虎河水，往事一幕幕在眼前浮现：他看见了一个裹在蓝色胎胞里的婴儿，在凤仙花开的季节里诞生了。正当大家在议论着这个长得非常漂亮的女孩子时，他却在一个夜深人静的夜晚，望着天上的星星为这个女婴卜了一个卦。当代表着一阴一阳的乾坤两卦在他的书桌上"啪"地落下来时，他看到了一道黄色的光在乾坤中间迅速闪过，那阳的卦不偏不倚地落在了书桌的角落，而阴卦却稳稳当当地立在书桌中间。周二爷一看，心中不由得暗暗叫了一声："奇卦。"

这么多年来，周二爷为虎啸周的人卜过无数次的卦，但从来没有卜到过这个卦象。从卦面上来看，是阴盛阳衰，但命里自带富贵，也就如二瞎子用四椎的算命术来说，蓝宝本命是皇后娘娘的命，只是早年克父离母。可根据周二爷的卦象却是说蓝宝嫁到夫家有旺夫命，但无缘与夫长相守，一生命运多舛，却能独立自主。周二爷看着这个卦象，他真的相信了蓝宝的命还真是带有富贵之相，是皇后娘娘的命。那个年代，一个女子如果能做到独立自主，那就是不同凡响的事情，但周二爷知道，现在是民国了，废除了皇权，也执行了一夫一妻制。当然，个别有钱人家想讨个二房三房也是可以的，但周二爷相信，蓝宝的命肯定是贵命，她不可能去做人家的姨太太，更不可能是做小老婆的人。但此卦是阳衰，也就是说蓝宝的男人不是短命，就有牢狱之灾。但周二爷不认同二瞎子说蓝宝有二夫之命。本来，周二爷也就这样卜过卦后把这件事忘了，没有想到在蓝宝九岁时，虎啸周遭遇了三百年未遇的大洪水，蓝宝阿爸被这场洪水冲走了，同时，也印证了二瞎子的算法和周二爷的卦象——克父。周二爷默默地把这件事藏在了心里，他对谁也没有说。

周二爷是个知识渊博的人，也是个心地善良的人，他教过的学生没有一个不挨他木板子的，他每一次打学生的屁股时总是说着同样的一句话："教不严，师之惰。"但没有一个学生记恨他的，因为他的知识让人信服，而最让人信服的是他的人品。特别是在那场大水中，别人家都拿回了赊出去的桃子钱，就他和族长没有拿这笔钱，他对别人说："如果那些桃子晚一天收下来，一样被洪水冲走了。"同样，在灾难后他又站出来为蓝宝一家人担当着，并为蓝宝的前程护航。他不希望虎啸周的女儿因为裹着一张蓝色的胎胞就被别人当成妖怪或是说成神仙。他知道，这张蓝色的胎胞无非就是血筋多了点形成的。蓝宝她妈在生她时是难产，血凝固成了青淤。然后，在肉红色的映照下，青淤在阳光下变成了蓝色。接生婆又是站在暗处，她第一眼看到的是在一汪鲜血中的胎胞变成了蓝色，大桃花看到的也是这种情景。不过周二爷一直没有向任何人讲明，他知道有些事情还是不讲明为好。但他决定要向蓝宝讲明，因为蓝宝大了，要成亲了，要面对更复杂的人生。

就在周二爷闭着眼睛想时，轿子停了下来。当他睁开眼睛，看见了一个亭亭玉立的娘子头站在自己面前，那娘子头已经认出了周二爷。毕竟九年的时间，周二爷的变化还是不大的。何况，对一个九岁的小姑娘来说，她的记忆是很深的，特别是儿时的记忆是一辈子的。蓝宝永远记得那年去周二爷家拜师时，他在一张宣纸上写下了"周凤仙"三个字，成为自己的名字，而这个名字是她在上海教会学校读书时用的名字，是她学习和得到知识的象征。所以，在蓝宝的童年记忆里，周二爷代表着虎啸周，代表着亲情。于是，她看到周二爷就立马跪在了地上，向周二爷行了一个大大的礼。接着奶妈和小妹也跪了下来。小弟和朱琪洁拿着行李站在一边也向周二爷鞠了一个躬，他们知道，眼前这位德高望重的老人就是蓝宝平时经常讲起的周二爷。

周二爷一看到蓝宝他们，先是愣了愣，但他马上凭着自己的经验就看出了这行人中那个站在自己面前的小娘肯定是蓝宝，她那张鹅蛋形的脸，那弯弯向上翘的眼角闪烁着明媚的光泽，那饱满丰腴的鼻子下是一张唇线分明的嘴唇，微笑时，嘴角微微向两边翘起，就如一朵桃花，一朵开自虎啸周的桃花。周二爷不由得在心中暗暗叫了一声："真是仙女下凡了。"同时他也辨认出了小弟和小妹是兄妹关系，那年龄略大的是娘姨或是仆人。但他把目光停在朱琪洁身上时，他就笑了，他知道这个女孩肯定是谁的朋友，她是个开心果。

周二爷从轿子里走了下来，把跪在地上的蓝宝扶起，眯着他那双饱经沧桑的眼睛仔细打量起蓝宝，不由得想起了很多事情……他的眼睛模糊起来，于是就喃喃自语道："老了，我老了，这个时代以后是你们的了。"

周二爷和蓝宝他们向村里走去，边走边说："知道你回来了，我是专门来接你的，也听说你一到上海，姑爷给你起了一个非常好听的名字叫蓝宝。你就不叫蓝胞了？其实呀，我就想告诉你，你生下来时裹着那张蓝色胎胞也就是因为你妈难产，把血凝结在了胎胞上，血淤比别的婴儿胎胞多一点，再在光线的作用下，人眼看上去就是蓝色的了。"

"先生，我在学校读书的时候也有生理课和化学课，知道些物理和光学的作用，再说我在上海没有人叫我蓝胞的，同学们都叫我周凤仙，这个字还是先生给我起的呢，我非常喜欢这个名字。"蓝宝用她清脆的声音朗朗地说道，虽然周二爷没有教过蓝宝一天的书，但她对周二爷行过师生之礼，所以，蓝宝一口一声叫周二爷为先生。

"这就好，我们虎啸周的女儿不但长得漂亮，还个个聪明伶俐。先生只想告诉你，凤仙啊，你和所有的人一样，也是个平平常常的人。虽然是个平常人，但做人的原则还是要有的，我们要有感恩的心，要有善良的心，如果遇到了逆境也不要怕，这世上没有过不去的坎，只有过不去的心。只要心宽大了，就能容下所有的事情。"周二爷就如面对自己的学生一样对蓝宝循循善诱地讲着人生的道理。

周二爷这些话，对蓝宝来说是很深奥的，但她相信周二爷。蓝宝对周二爷甜甜地笑道："先生，我懂了。"

当大桃花接到蓝宝到村口的消息时，心里有一股暖流猛地穿过自己的心房直冲到脑门，然后是一阵头晕，让她一个踉跄倒退了几步。周孝明一看自己的嬷嬷要晕倒的样子，马上扶着嬷嬷说道："嬷嬷，你怎么了？"

大桃花顿了顿，缓了缓神，对自己的侄子说道："嬷嬷没事，嬷嬷是听到你姐姐回来，太激动了。"她说这句话时，眼泪流了下来，然后又迅速用手掌拭去，并对周孝明说："扶嬷嬷进里屋去。"

周孝明对嬷嬷说："我们应该向外面去，去接我的姐姐啊！"

"嬷嬷想换一件衣服，身上的衣服太脏了。"大桃花对周孝明说道。

大桃花走到了里屋，从自己带来的布包里取出了一件衣服抖了抖，穿上后就走到水缸前对着缸里的水照了照，然后用手拉了拉领子站直了自己的身子。大桃花穿上了一件阴丹士林蓝布的长袖大褂，下摆镶着三种颜色的丝线，那丝线上有金色的光在闪亮。大桃花穿着这件衣服让人瞬间感觉回到了九年前，那个凤仙花开的七月，大桃花穿着这件衣服，右手臂上挎着一个竹篮子，身板笔挺走进了蓝宝的家。她那走路的步法就如戏台上的花旦一步一莲花⋯⋯可眼前的大桃花明显老了，她的身子已经弯曲，老眼昏花，走路已力不从心。但她的那颗大少奶奶的心和周家大小姐的心让她强打起精神，她把自己收拾得干净利索，她要让蓝宝看到，我嬷嬷，还是这个样子。

大桃花走在前面，蓝宝阿叔走在她边上，周孝明和自己的母亲张氏走在他们的身后，周家人沿着虎河那长长的河道，沿着一路的桃树向前走着。此时的大桃花迈着莲花的步子，一步一脚地走着，她只觉得自己又回到了很多年前，她的眼前出现了蓝宝九岁时的模样，蓝宝对她伸出了一双敷过凤仙花瓣的手，那双手粉白嫩红就如水蜜桃啊。可没有想到就在那天，虎啸周发生了三百年未遇的特大洪水，在短短一个时辰里，所有美好的东西都被洪水冲走了，冲走了自己的兄弟，冲走了房屋，冲走了人与人之间平时伪装的东西，人性的善与恶全部在这一瞬间暴露出来。当自己面对失去亲人时，在自己还没有完全缓过神来时，人们就向她伸出了无情的手⋯⋯讨债，并且扬言要把蓝宝卖了。但人性还有美好的东西，虎啸周还有值得赞美的东西，那就是族长、周二爷等那些长辈用他们的威望调停了一场风波。她也在心里感谢着姚福财和王家庆，在周家遇到这样大的灾难时，他们伸出了援助的手。特别是姚福财把蓝宝带到上海去读书生活，大桃花在心里是对他感激涕零的，她相信姚家对蓝宝就如同自己的女儿一样。一转眼九年过去了，啊，我的宝贝侄女，你还是我嬷嬷心中那个美丽可爱的小姑娘吗？大桃花压抑着心中那股激动，她知道自己有心口疼的病，她不能被自己的情绪左右，于是，她回过头对着周孝明说："孝明，过来，扶着嬷嬷。"

周孝明听话地走到嬷嬷身边，大桃花对他说道："蓝宝虽然是你的堂姐姐，但你没有亲姐姐，她以后就是你的亲姐，你要记住嬷嬷的话。"

周孝明对着嬷嬷点了点头，用他似懂非懂的眼神看着嬷嬷。此时，夕阳西下，那金黄色的晚霞照在大桃花那张微微发红的脸上，给了她几分精气神，她日思夜想的侄女回来了。

大桃花走到村口，她看见了周二爷拄着拐杖走在一顶空轿子前，在他身后的一行人中，一个非常亮眼的姑娘走在前面，她穿着白色的连衣裙，腰间束着一条蓝色的腰带，长长的小辫子上结着两个蓝色的蝴蝶结，走在通往村里的小道上，晚风轻轻吹在她的身上，那随风飘动的裙子衬托出了她一身的妩媚和端庄。大桃花努力地睁开眼睛，她想看清楚，这个端庄妩媚的姑娘到底是谁？那姑娘像桃花仙子般向她走来，她已经听到了一个清脆的声音向她叫着："嬷嬷……"

蓝宝看到了村口的一排桃树下站着四个人，中间一个女人穿着一件阴丹士林蓝布的大襟衣服，还有那镶着一条条金丝的下摆在夕阳的晚风里轻轻摆动着。蓝宝一眼就认出了那个女人是自己的嬷嬷，她飞一般地向那排桃树奔去，奔向她的嬷嬷，奔向自己心中的女神。

她站在嬷嬷面前，不敢相信眼前的人就是自己心心念念的嬷嬷。她看到了嬷嬷头上的白发，看到了那双曾经明媚的眼睛已经黯然失色，看到了嬷嬷的脸布满沧桑，看到了嬷嬷那抹唇线分明的嘴唇上泛着淡淡的紫色。但她嗅到了嬷嬷身上的那股亲情，那股儿时留在记忆里的味道，她就是自己的嬷嬷，就是为自己操碎了心的嬷嬷啊。蓝宝抱着嬷嬷哭了起来。

大桃花搂着蓝宝，她的眼泪也顺着她消瘦的脸颊滚落下来，她对蓝宝说："你走的时候，也是抱着嬷嬷哭的，但那时你的个子才在嬷嬷的腰前，现在却比嬷嬷还要高了。"

"我记得嬷嬷说过的话：没有一个人喜欢爱哭的孩子。"蓝宝说着，就抬起头抹去了脸上的泪。

蓝宝阿叔在边上劝道："今天是个相逢的好日子，谁都不哭。"

"阿叔，我到了姚家后就没有哭过，但今天我看见嬷嬷，那是幸福的泪，是感恩的泪。"蓝宝对她的阿叔说道。

"我们凤仙现在真会说话呢。"大桃花也破涕为笑，高兴地拉着蓝宝的手把张氏和周孝明一一介绍给蓝宝，然后转身看着蓝宝身边的一群人问蓝宝："都是姚家的人吗？"

于是，蓝宝也把小弟和小妹介绍给了大家，当介绍到朱琪洁时，朱琪洁就自我介绍起来："我是周凤仙的同学，又称闺蜜。"

"什么叫闺蜜？"大桃花看见蓝宝带了那么多客人，精神也好多了，她的脸也因为兴奋而红润起来。

蓝宝走在嬷嬷身边，搀着嬷嬷的手，一边对朱琪洁笑着说："你自己给我嬷嬷解释吧。"

"闺蜜就是四只眼睛的意思。"小弟冷不防地说了一句。

"姚思杰，你坏。"朱琪洁冲着小弟做了个鬼脸，然后想去追打小弟。

小弟见朱琪洁要来打自己，就逃走了。朱琪洁就去追。小妹见朱琪洁去追自己哥哥了她也去追，三个人在空旷的田野里笑着，追逐着，晚风里都是他们的笑声，充满了青春活力的笑声。

蓝宝走进了自己的家。当她双脚踏进院子时，那绚丽的晚霞如血一样红，把整座院子照得灿烂辉煌。蓝宝就在院子里寻找了起来，她在找黑猫和大黄狗，在她的记忆中，院子里有凤仙花，有姆妈和红胞，还有父亲……顿时，蓝宝的心里空荡荡起来。但她没有把这份伤感流露出来，她长大了，懂事了，她希望自己的归来能为大家带来快乐，给这座院子增添一份喜庆，她将要从这里出嫁，嫁到上海姚家去。想到这里，蓝宝就抬起头看了看天上的晚霞，那火一样的晚霞照在她那张光洁的脸上，使她的脸蛋就如水蜜桃一样润泽。

夜深了，蔚蓝的夜空里星星点着灯，把浩瀚的天穹点缀得就如一片盛开了银色鲜花的草原，晚风里传来了一阵阵的虫鸣声。蓝宝和嬷嬷拥在一张床上，她们面对面坐着。床的中间放着姚思诚交给她的一个小皮箱，蓝宝当着嬷嬷的

150

面把箱子打开。顿时，一箱子的银圆仿佛要从箱子里跳出来一样。

大桃花从箱子里取出几沓银圆放在手心上掂了掂，就对蓝宝说："姚家太客气了，这些年，你在姚家生活，又读书，我们应该感谢姚家才是，他们却还给了这么多聘礼。"

"那当然要给的。我是周家女儿，我可不愿意把自己白白送给姚家呢。"蓝宝调皮地说道。

大桃花对蓝宝说道："凤仙啊，你长大了，也懂事了很多。这些年也委屈了你，在别人家里总是没有在娘家的好，但我还是要感谢姚家，我也知道姚大少爷对你一片真情，我们要有感恩的心，要有善良的心。你要记住嫁鸡随鸡嫁狗随狗，如果遇到了逆境也不要怕，这世上没有过不去的坎，只有过不去的心，只要心宽大了，就能容下所有的事情。"

蓝宝听着，她发觉嬷嬷的话和周二爷的话太相似了，这也许就是老人们的生活经验吧？只是为什么嫁了人要形容成嫁狗随狗嫁鸡随鸡呢？于是，蓝宝就问嬷嬷："如果姚思诚以后对我不好了，变心了，我也嫁狗随狗嫁鸡随鸡吗？"

"瞎说，姚家大少爷不会对你变心的。俗话说三岁行为看到老，姚思诚对你一直是真心真意爱着的，这也是你的福报。"大桃花说。

"我也真心爱着他呀。我相信就是天底下所有的女人都喜欢他，他也只爱我一个人。"蓝宝说着就羞涩地低了下头。

"不知道害羞。"大桃花用宠爱的口气对蓝宝笑着。

"嬷嬷，我在上海学到了很多知识，我会弹琴，还识洋文，姚思诚教我写小楷字，我还知道有个侠女叫秋瑾，也是我们浙江人，是她开创了男女同校，还女扮男装，她是我心目中的女英雄。如果小时候，嬷嬷是我的女神，那秋瑾就是我现在最仰慕的中国女性。"

"人呢，总有自己的信仰，就如一条河，它的目的地就是大海。俗话说人往高处走，上海就是一个好地方，让你学了很多知识，也开了眼界，但你毕竟是平常人家的女儿，是要成亲的人，就要学会相夫教子，弹琴、洋文都不能当饭吃，你要学会做女红。"

"我刚到上海的时候，上海姆妈也是这样说的，要我学点针线活，还要学做烧菜，但阿爸反对，他说姚家可以请娘姨去做这些事情的。"

"话是这么说了，但作为一个女人就应该学会女人该做的事情，我们会做家务事并不是去伺候人家，而是为了能善待自己，保卫家庭。"

"那嬷嬷，这些天你就教我女红吧。"

"心急吃不了热豆腐，你该为自己出嫁做准备了。"

"我要十里红妆。"

"你阿叔都为你准备好了。"

"真的?"蓝宝一听就去亲吻嬷嬷的脸。

大桃花被蓝宝那滚烫的嘴巴亲得都笑得合不拢嘴，她搂着蓝宝，轻轻地拍打着她的背，哼起了当地的《岁时》民调：

正月嗑瓜子，二月放鹞子，三月上坟坐轿子，四月种田下秧子，五月白糖揾粽子，六月吃饭扇扇子，七月西瓜吃心子，八月月饼嵌馅子，九月吊红夹柿子，十月沙泥炒栗子，十一月落雪子，十二月冻煞凉亭叫花子。

大桃花唱着，她那浓浓的乡下腔调钻进了蓝宝的心田，她枕在嬷嬷的臂膀上，伴着那古老悠悠的乡音进入了梦乡。

隔壁的小弟却在床上不停地翻来覆去，满脑子是陆心严的影子，并回味着昨天在轮船上，陆心严对自己说过的话。于是，他翻了个身去看还在灯下看书的周孝明，就问他道："你是从东北过来? 你知道东北沦陷的事吗?"

小弟和周孝明睡在同一个房间。周孝明听到了小弟问自己话，就放下书，看了看小弟，对他说："你叫姚思杰? 我叫周孝明，在回虎啸周时，我在大连的一个学校读书。我当然知道东北沦陷，我的学校现在教的都是日文。"

"什么? 你在学日语? 中国人学日语? 那不是要做亡国奴?"小弟说着，就坐了起来，一把从周孝明手里夺过那本书，一看果然是日语的书，他就气愤地把这本日文教科书扔到了地上，骂了句："汉奸!"

周孝明看了看扔在地上的书，从煤油灯下站了起来，捋了捋自己身上的衣服，对着小弟勾了勾食指道："姚思杰，废话别太多，我们比试一下，谁被撂倒了谁就是汉奸。"

小弟看了看周孝明，这个男孩子虽然看上去比自己要小好几岁，但他长得高大结实，又带着一丝东北的口音，显然是个愣头青。于是，小弟就不理他，继续躺下睡觉。没想到，周孝明走到了他的床前，硬是把他拉了起来，说道："是汉奸，是英雄，咱们比试一下就分晓了。"

小弟一听也怒了，就从床上跳了下来，对着周孝明摆开了架势，迎接周孝明的挑衅，周孝明也摆开了架势跃跃欲试……

就在这个时候，朱琪洁来敲门了，她在屋外叫道："姚思杰，你睡了吗?"

两个正摆着打架架势的男孩子一听门外有人在叫，就放下了架势。周孝明拾起地上的书本继续坐在煤油灯下看书。小弟把门打开，用一种极不耐烦的语气对朱琪洁说道："这么晚了，一个女孩子来男生宿舍干吗?"

"姚思杰，你出来，我有话跟你说。"朱琪洁用神秘的口吻对小弟说道。

小弟就把门掩上走了出去。周孝明看了一眼走出门的小弟随口说了一句："孬种。"

周孝明的一句"孬种"传进了小弟的耳朵里，顿时，小弟转过身来，抡起一个拳头对着周孝明就打了过去。周孝明一看小弟对自己动了真格，也抡起拳头挥了过去，两个人在屋门口就打了起来。

朱琪洁被眼前突然发生的殴打事件弄昏了头，搞不清楚他们之间发生了什么，就大叫起来："别打了，别打了。"

朱琪洁的声音在寂静的山村里犹如一颗炸弹响起来，蓝宝和大桃花都冲了出来，蓝宝她叔和张氏也冲了出来。当大家看清是两个人在打架时，小弟已经被周孝明打在了地上。大桃花一看正想骂周孝明时，周孝明却走到小弟面前，对他伸出了手，小弟看着他，就把自己的手伸给了周孝明，然后对大家说："没什么事，我在向周孝明学习武术。"

"是的，他要我教他几招拳术，我也不会。"周孝明说完，就转头走向了自己的屋里。

大家听了也就放心地回各自的屋去睡了，四周又陷入了宁静。

小弟走到朱琪洁面前对她说道："你一个女生，半夜到男生房间里找人，都不知道害羞。"

"我睡不着，我怕周凤仙在打开小皮箱子时发现银圆少了。我有点怕。"朱琪洁说着。

"你这叫做贼心虚。"小弟说。

"我还在想陆先生回到了老家，他能凑到多少钱呢?"朱琪洁望着天上的星星说着。

"你说到陆先生，我也在想着他说过的话，也睡不着觉呢。"小弟也说道。

朱琪洁和小弟两个人坐在一堆草垛上，他们在回味着陆先生说过的话，陷入了深深的思考中。

夜深得发蓝，星星在天上眨着眼睛，在一个平静的村庄，人们都睡了。但在蓝宝家的院子里，在一堆草垛上坐着一对年轻人，他们开始了自己的思考，开始了对祖国命运的思考。他们决定回到上海后就去找陆心严，去找到那个组织，他们要投身到轰轰烈烈的社会中去，把自己的青春献给祖国。就在他们为彼此的激情感动时，一阵晚风吹来，朱琪洁不由得打了个冷颤，小弟就把自己身上的一件衣服脱了下来，披在了朱琪洁的身上。朱琪洁回过头望了望小弟，握住了小弟的手，在他耳边说了一句："你真好。"

而在屋内看书的周孝明，继续坐在灯下翻着那本日语书，他那少年老成的脸上两只眼睛紧紧盯着书上的一行汉字认真地看着："师夷长技以自强。"随后，周孝明就托着腮，坐在灯下睁着那双明亮的眼睛，看着屋里没有照到灯光的角落，仿佛回到了东北的大连……

十一

蓝宝要出嫁了，她出嫁的日子也就是她回上海的日子。

蓝宝的好同学朱琪洁和代表姚家的小弟、小妹及奶妈他们都在等待着一个场面的出现，特别是蓝宝更渴望自己坐在八人抬的轿子上，前面是吹吹打打的送亲乐队，后面是挑着嫁妆的长长的队伍，从虎啸周出发排成十里红妆。想到这里，蓝宝就激动得心跳加速，那张桃花般的脸上也显得更加妖媚。俗话说，出嫁的女儿临上轿都会变三变，那是越变越好看。

昨天晚上，她梦见姚思诚了，只见他三七分开的奶油包头，一身雪白的西装，西装纽扣上别着一朵蓝色的玫瑰。而她自己也穿着白色的婚纱，头顶一枚镶着无数钻石的皇冠，在亲人们的簇拥下走进了婚姻的殿堂。当她面对姚思诚时，姚思诚从一个盒子里取出了一枚闪着蓝色光芒的戒指，轻轻地戴到了她的手指上。当她想伏下身子看清楚这是一枚什么戒指时，突然被人推醒了。可她不愿醒来，她还想回到梦里继续看那枚戒指，于是，就嘟囔着小嘴闭着眼睛道："干吗把我叫醒呀，人家正在做梦呢，谁那么缺德呀。"

朱琪洁在她耳边不停地叫着："起来了，陪我们去雪窦寺看看，还有千丈岩。"

蓝宝这才睁开眼睛，看见朱琪洁和小妹都站在她的床前。小妹见蓝宝醒了就说道："你为什么在上海时一直没有和我们讲这里有千丈岩？听说千丈岩还是避暑胜地呢。"

"啊哟，我的姚家大小姐，千丈岩我都没有去过呢，凭什么要告诉你们呢？"蓝宝仍嘟囔着小嘴，伸了个懒腰道。

"那起来，我们一起去。"朱琪洁伸手拉起躺在床上的蓝宝。

"我不去，人家要做新娘子了，就该坐在家里等着上轿呢。"蓝宝扭了扭腰，躺下来还想睡。

"凤仙的话没有错，她就要做新娘子了，要把自己关在家里几天。你们几个小娘谁也不要出去玩了，嬷嬷给你们做好吃的。芝麻祭团要吃吗？以后有的是机会去雪窦寺和千丈岩玩呢。再说千丈岩一年四季都可以去，这是一个冬暖夏凉的地方。"大桃花已经做好了早饭，她一边说着一边走进了里屋。

"我一直听说虎啸周的祭团是用来供老祖宗的，是非常好吃的糯米点心。谢谢嬷嬷。我要吃的。"小妹一听有好吃的就不走了，围着大桃花说起来。

"既然嬷嬷不让我们去，我们就不去了。"朱琪洁的样子有点泄气。过了一会儿，她突然开口问嬷嬷道："这里离镇海有多远？"

"镇海？那离这里远着呢。你那里有亲戚？"大桃花用疑惑的眼神看着朱琪洁。

"我是上海浦东人，镇海没有亲戚。"朱琪洁说道。

蓝宝一听朱琪洁说到镇海，就从床上一骨碌爬起来，用惊奇的眼神看着朱琪洁。朱琪洁见大家看着自己，就笑了笑道："没有什么，只是随便问问。"

"大家去吃早饭吧，祭团要趁热吃才好吃。"大桃花说着就向灶头间走去了。小妹也就跟着大桃花向灶头间走去。

蓝宝对朱琪洁说："我们在船上遇到的那个陆先生就是镇海人，你是不是真的喜欢上他了？就想着去看他？俗话说'一日不见似隔三秋'，你们分开才几天，你就急着想去见他？"

"周凤仙，真的没有，我只是随便问一问。但你如果说我喜欢上人了，那还真有一个人呢。"说到这里，朱琪洁就低下了头，她那张圆圆的脸顿时红了起来。

"告诉我，喜欢谁?"蓝宝也低下头侧着脸去看朱琪洁的脸。

"我告诉你，你可要为我保密。我喜欢上了姚思杰。"朱琪洁说完就用双手捂着自己的脸，害羞地逃走了。

"我的天呢，你在船上还在说要独身主义呢，怎么一会儿却有爱人了。我建议让小弟陪你去千丈岩玩吧，那里是情人约会最佳的地方。"蓝宝说着也用双手捂住了自己的脸，她想笑，但不敢笑，就把脸埋在双手里，这才哈哈大笑起来。

小弟走了进来，他一看蓝宝的模样就觉得奇怪，于是就站在边上干咳了几声。蓝宝听到了小弟的咳嗽声就放开了双手，抬起脸看了一眼小弟。可她一看到小弟又笑了起来，但这次她没有捂着脸了，只是用手指了指小弟的脸又笑着。

小弟就用手去摸自己的脸，可没有摸到什么。蓝宝见小弟摸脸的样子就笑得更开心了，她一边笑一边用手在自己的嘴唇边上指了指。

小弟这才按照蓝宝的提示，在嘴唇边上摸到了一粒黑芝麻。当他把黑芝麻拿在手上时，看了看也笑了，原来他在吃祭团时把芝麻馅粘在了嘴边。

"你知道我们这里的千丈岩吗?"蓝宝笑完了就认真说道。

"当然知道。我还知道不少赞颂千丈岩风景的古诗呢。唐宋八大家中就有两位给千丈岩留下绝妙诗句。宋朝宰相、大文豪王安石来到千丈岩观瀑，写下了'拔地万重青嶂立，悬空千丈素流分；共看玉女机丝挂，映日还成五色文'的诗句。大文学家曾巩后来站在千丈岩西边山坡上观瀑时，也想写几句诗，却觉得怎么也没法超过王安石，只得放弃，就顺山道下坡，想走到底下观瀑。他走得热了，擦把汗水，顿生灵感，'玉虹垂处雪花翻，四季雷声六月寒；凭栏未穷千丈势，请从岩下举头看'的诗句就涌上心头。宋朝还有一位宰相、大诗人叫郑清之，他曾先后多次到过千丈岩。第一次，是年少气盛之时，他是带着表妹私奔的。听说雪窦山是皇帝梦见过的名山，便到山上的雪窦寺拜菩萨，求菩萨成全他俩的终身大事。走进雪窦寺，他与表妹烧香点烛后，抽了一签，签书是'上上大吉'。他心情十分开朗，便搀扶表妹，走到千丈岩。美好的风景令他诗兴大发，欣然吟出《千丈岩》绝句：'圆峤移来东海东，梵王宫在最高峰；试将法雨周沙界，千丈岩头挂玉虹。'"

“真没有想到你知道的比我还多，我知道的也就是老一辈人传下来的故事，而你还能背出历代名人的佳句。”蓝宝不由得对小弟夸奖起来。

“我知道自己要陪大嫂回老家了，就去查了有关的地理人文历史，才知道大嫂的故乡与众不同。”小弟腼腆地答道。

“朱琪洁和小妹都想去千丈岩玩，你陪她们去好吗?”

“大嫂不一起去?”

“你看我还有事情要忙呢。再说我以后还有机会，你们就不知道什么时候再能来了。”

“好吧，她们如果愿意，我就陪她们去。”

小弟和蓝宝说着话时，大桃花已经把每个人的早饭都安排好，转身走到了蓝宝阿叔房间里。

蓝宝阿叔坐在一张圆桌子前，边上坐着张氏。大桃花走进房间时，张氏就站了起来，她正要起身走开时，蓝宝阿叔对她说道：“你也是周家的人，一起坐下来吧。”

“是的，弟媳妇呀，这里就是你的家，以后我们姐弟俩商量什么事，你都不用回避的。”大桃花也说道。

张氏听了对大桃花欠了欠身子，拿起圆桌子上的一个茶缸为大桃花和自己的男人沏上了茶，然后恭恭敬敬地把茶端到了他们面前。

“阿姐，凤仙上轿的日子也近了，之前我曾经说过要给她十里红妆，那就要兑现。”蓝宝阿叔对自己的姐姐开门见山说了起来。

“是呀，我也对凤仙说过了，说阿叔会为她办上十里红妆，风风光光让她出嫁的。”大桃花说道。

“所以，这件事情我想跟阿姐商量着呢。”蓝宝阿叔看着大桃花说道。

“说吧，虽然我是你阿姐，但这些年你在外码头闯荡，见多识广，阿姐想听听你的打算。”

“现在国家很不太平，日本人已经侵占了东北三省。我们在大连生意也越来越难做，孝明的学校已经教学生学日文了，看来日本人的野心很大，随时随地会和中国发生战争。一旦发生战争，那国家就会大乱，老百姓就过不上太平日子了。"蓝宝阿叔说道。

"我明白你的意思了，我们的国家将要进入乱世。"大桃花也说道。

"是的，我也准备把生意转移到上海去。所以，凤仙的嫁妆，我有了新的打算。"

"什么打算？"

"我想把十里红妆换成金条。"

"可我们之前讲定是十里红妆的呀，我们不能失信于她。"

"我知道，凤仙虽然是我的侄女，但和我的女儿一样，阿哥死得早，嫂子又改嫁。如果我这个阿叔都不照应她谁照应呢？但我给她的金条足足可以让她坐吃一辈子，也远远胜过十里红妆的代价。"

"我懂了，太平年间我们可以十里红妆，乱世就是黄金了。"大桃花真是一个聪明能干的女人，她完全明白了小阿弟的用意。

"所以，凤仙那里还望阿姐去说服她。"

"除了十里红妆换成黄金，别的照样按老规矩进行。弟媳妇，到时候要孝明背着凤仙上轿和送亲上上海去的哦。"大桃花转身对张氏说道。

"阿姐，我们从大连回来的路上就跟孝明说过了，凤仙的亲弟弟在美国，我们孝明就是做舅爷了。"张氏微微一笑道。

"好，那就这样定了。"大桃花说完就干脆地站了起来，就在她站起来时，她的身子晃了晃，她便立马用手扶住了桌子。

张氏和蓝宝她叔见状，马上扶住了大桃花问她怎么了。

大桃花摆了摆手对弟弟说："已经是老毛病了。"

张氏就对大桃花说："阿姐，你太累了，还是我去烧饭烧菜吧。"

"也好，你是阿婶，就是凤仙的妈。"大桃花看了看张氏说道。

大桃花缓缓地走到了院子里，坐在了一把竹椅上，把自己的身体放松，闭上眼睛想休息一下，可耳边不时传来小弟和小妹还有朱琪洁他们嬉闹的声音。

她喜欢听这声音，特别是此时，在自己娘家的院子里，闭着眼睛听这些孩子们欢快的笑声，那是一件多么美好的事情啊……可这样的笑声已经好久没有听到了，周家需要这样热闹，需要这样生气。她幻想着若干年后，蓝宝有了孩子，红胞也有了孩子，孝明也有了孩子，他们都在院子里玩，那有多好呀。

就在大桃花想象着美好的未来时，蓝宝和奶妈一起走到了院子里。奶妈刚从河边洗好衣服回来，蓝宝就想和奶妈一起把衣服晾起来。可奶妈对蓝宝说：

"大少奶奶，你是金贵的身子，又是要做新娘子的人了，你不能动这种粗活的。"

"奶妈，你就让我做吧。"蓝宝拿起木盆里的衣服要晾。

"奶妈，你就让少奶奶学着点做吧。"大桃花说道。

奶妈就让蓝宝帮着自己晾衣服了，一边晾一边教她怎么把衣服晾平，晾整齐。蓝宝依样学着，一一把衣服晾在竹竿上。奶妈看着她把衣服晾好后，就对蓝宝说："衣服要反着晾，这样衣服的颜色不会褪色。特别是夏天，太阳火辣辣的，更容易把衣服晒坏。"

"看不出吧，晾衣服也有讲究呢，以后好好跟着奶妈学习。俗话说，家务一条线，做了看不见。但你不做，这个家就不像样子。"大桃花看着蓝宝那笨手笨脚的样子就说道。

"嬷嬷的话说重了，大少奶奶命好，她不用学，会有人侍候她的。"奶妈说。

"不是这样说的，一个女人，不管她的命好与坏，投胎女人了就命中注定是苦命的人。老话说过：'七世女人才投胎一个男人，七个丫环命才投个猫命。'听听这些老话就明白了，男人可以讨个三妻四妾，可以寻花问柳，女人就是连看其他男人一眼也不行，还要守着本分。但我们做女人的，只要守住自己的底线，做人正派，相夫教子，再坏的男人也不敢休了你。"

"嬷嬷，为什么说男人休女人的事？我跟你说的那个秋瑾，就是她休了男人的。"蓝宝笑着说道。

"这世间只有秋瑾一个不寻常的女人，更多的是你我这样平凡的女人。"大桃花说着。这时，她才想起自己的侄子孝明一早就没有看见他，连早饭也没有吃，于是，她就对蓝宝说："我去找孝明了。"

在大桃花走出院子去找周孝明时，蓝宝阿叔在屋里就当着张氏的面打开了两个箱子，他对自己的妻子说："这些钱是我十多年来做生意攒下来的，其中有卖掉哥哥在上海生意行的钱，还有大嫂跟着王家庆去美国时留下来的钱，她对我说过，这些钱是给凤仙的嫁妆。我想把这些钱全部交给凤仙，作为她的陪嫁。"

张氏看着满满两箱的金条，微笑道："是的，凤仙就是我们的女儿，你做阿叔的想怎么办就怎么办。"

"我们以后还可以赚的。"蓝宝阿叔用一种非常宽慰的语气对自己的妻子说。

"我明白的。"张氏答。然后又问，"孝明呢？怎么一早就不见他人呢？"

周孝明一早就爬上虎山了。此时，他坐在那个塔下，拿着一本日文书大声念着"あ、い、う、え、お……"这时，他突然听到有人正在靠近他，等他发现来人时，马上把日文书藏在了屁股下面，昂起头看着来人。

小弟站在周孝明面前，问周孝明道："凡事都有个理由，我想问你为什么要学日文？"

"师夷长技以自强。"周孝明回答道。

"那你还准备去日本学习？"小弟的口气明显带着挑衅。

"有什么不可以？当年中国和八国联军签署了《辛丑条约》，国家还不是派了三百多名学童去了美国留学？国家的很多文人不也去了日本留学？难道，我去就是汉奸了？"周孝明振振有词道，"我非常想要了解，同样是黄皮肤的亚洲人，日本这个小小的国家为什么比我们厉害？当年的甲午海战，清朝的北洋舰队，一支亚洲最强大的海军竟然会被日本人打得全军覆灭。'九一八'事变，日本人只派出了一个小分队就把号称东北虎的张学良的大本营给端了。你想过这些问题吗？我知道你也爱国，但爱国不是空喊口号，是要动脑子的。"周孝明说着，就用手指了指自己的脑子。

小弟听着，他的神色由最初的反感到认真听着周孝明的讲话，他觉得眼前这个看上去比自己小好多岁的周孝明，原来是如此厉害，他竟然能把事情放到这么高的层面上来讲，而且还讲得非常有道理。于是，他用友好的口气对周孝明说："你喜欢学习什么专业？我家是开汽车行的，我大哥抱着实业救国的雄心，正打算把企业搞大，生产我们自己的汽车。"

"我目前就想多学习，然后条件允许就去日本留学。"

"你不怕人家骂你汉奸？"

"我不是已经说过了吗？师夷长技以自强。这是我们的先哲魏源先生说的。"

"我知道，他是湖南人，写了一本《海国图志》。他是林则徐的朋友，而林则徐是中国第一个睁眼看世界的人，他在广东禁烟时就看了大量西方图书，在他被撤职流放新疆去的途中，与老朋友魏源相逢，把他苦心搜集来的图书给了魏源，魏源的《海国图志》就是在此基础上写出来的。哦，我理解你了，你也要走出中国去看世界。"小弟说着。

"对的，有句话是这样说的，可怜之人肯定有他的可悲之处，可恨之人肯定有他的强大之处。我只是想知道我们中国人为什么老是挨打。"

"那是中国落后，落后就要被人打。"

"从鸦片战争到现在，我们一直挨打，难道都怪我们落后吗？是我们没有吸取教训。人家西方的船只在日本沿海兜了一圈，日本人就开始觉悟了，再死了一个坂本龙马，日本就推行了'明治维新'。而我们的'戊戌变法'死了六个人，再软禁了一个光绪皇帝，都唤醒不了一个民族，还在夜郎自大。好不容易辛亥革命成功，不料袁世凯又当上了皇帝，后来张勋复辟，又是军阀混战，东北沦陷，现在人人喊着打倒汉奸，反对日本人。可想过没有？当时的改良派梁启超就是在日本人的掩护下逃到了日本，你能说他是汉奸吗？而他的战友谭嗣同因为要以血来告诉民众，唱着'我自横刀向天笑，留取肝胆两昆仑'从容就义，而他为之去牺牲的同胞们却在菜市口向他扔菜片，骂他是叛逆，是乱臣贼子，都想喝着他流出来的血来延年益寿，这还有公道吗？"周孝明说着，激动地握着自己的拳头，愤愤地向山上一块石头击去，血立刻从他的手上流了出来。

"那是为什么呢？是我们民族的劣根性？还是上下五千年的文化历史缠住了

我们的脚步？"小弟说道，同时他更相信了陆心严的话："只有砸碎这个旧世界，才能创造出一个新的世界。"

两个少年，站在虎山上，对国家的命运陷入了深刻的思考，并根据不同的世界观走上了不同的道路。但目前他们毕竟年轻，所经历的人生道路根本没法让他们有能力来揭开这深层次的道理。于是，就和自古以来的多少英雄豪杰一样，他们只能彼此抱在一起以慰自己的雄心壮志。

小弟对周孝明说："我非常欣赏你的想法，我真的找不出任何道理可以说服你不向日本人学习，我想要和你交朋友。你的大伯和我父亲是异姓兄弟，如果你愿意，我们也做个兄弟吧？"

"不做，道不同志不合，不相为谋。"周孝明很果断地拒绝了。

"周孝明，你太自负了。你以为就你有抱负？我告诉你，我这次回上海后也要加入一个组织，我要投身到轰轰烈烈的社会大熔炉中去的，到时候看看谁是真正的爱国。"小弟觉得自己的自尊心受到了伤害。

"我不和你做兄弟，但我们可以做朋友呀。"周孝明说着，就向小弟伸出了手。

"这才像个男人说的话。"小弟也伸出了手。

两个人的手紧紧握在了一起，他们站在虎山上眺望着远处的四明山脉，山峰相叠，青翠欲滴。他们谁也没有想到，从此以后，上海人的小弟会和四明山结下一生的情缘，虎啸周的儿子周孝明却在上海滩上成为一名日本商人，为中国人做了很多好事。现在，周孝明答应了小弟的请求，一起去千丈岩游览自己家乡的大好风光。

第二天一早，小弟和周孝明带着小妹和朱琪洁去千丈岩了，蓝宝在自己的房间里，坐在嬷嬷面前，带着十分期盼的心情等着嬷嬷对自己开口。

大桃花坐在蓝宝面前，她挺了挺身子，又把身上的衣服捋了捋。这时，蓝宝才发现，嬷嬷一早换了一件阴丹士林的蓝布大褂，那衣服穿在嬷嬷身上简洁明亮，为嬷嬷那黯然的面色增添了几分亮色。

"凤仙啊，你回来也有几天了。也许你一直在纳闷或是期待着那十里红妆。刚才你阿叔也和我说过了，我们会把你风风光光地嫁到上海的姚家，实现我们当年的承诺，为你陪嫁十里红妆。但我和你阿叔商量决定，把嫁妆全部换成金条，而这些金条足足可以养活你一辈子。"

　　蓝宝一听，顿时用不解的眼神望着嬷嬷，她感到失望。这些年来，她在姚家能够生存下来的力量就是想熬到今天，能从虎啸周风风光光地出嫁。蓝宝也明白自己是嫁到上海去的，那十里红妆的队伍也不可能去上海，但最起码在自己乘上轮船前，那些仪式还是要的，否则还有什么脸面回上海呢？但嬷嬷已经这样说了，蓝宝也没有权利说不好。于是，她沉默了片刻就对大桃花说："我听嬷嬷和阿叔的安排。"

　　"我知道你失望了，但我们这样做都是为你考虑。你阿叔在东北，见的事情要比我们多。他说日本人已经侵占了东北三省，国家将要进入战乱，你阿叔也想把生意做到上海去。我也认为，太平年间，我们嫁女儿就要讲个派头和排场，就应该是十里红妆，经济条件允许十八里红妆都不为过。可我们是实在人家，是讲究过日子的，万一发生什么灾难，这些嫁妆是换不成黄金和钱的。老古话也是这样说的，'盛事红妆，乱世黄金'，况且阿叔给了你两箱金条，这些金条你拿着，无论想做什么事都可以去做，只要钱在自己的手里。俗话说'爹有娘有，不如自己有'，这些黄金是你的，只要你不交出去，谁也不能把这些钱抢走。记住嬷嬷给你说的话，爹有娘有不如自己有！"大桃花说完，就用她那双坚实的手握着蓝宝的手。

　　大桃花的话句句钻进了蓝宝的心里，她明白了阿叔和嬷嬷的用心，也知道黄金在货币流通中的地位，知道金钱的价值所在。她想起了自己九岁时，父亲赊了人家的桃子钱，居然有人说要卖了自己，那时候她就在想，钱是个什么东西。此时，嬷嬷紧紧握着自己的手，她感到了嬷嬷手上的力量，这股力量通过手掌心迅速传遍了全身，她看着嬷嬷很乖地点了点头。她是一个乖孩子，一直很乖，何况是嬷嬷这样说的，她也就认可了。

　　蓝宝出嫁了。她没有坐八人抬的花轿，只是按照当地人的风俗习惯，在穿上红色的嫁衣前，把两根长长的小辫子盘在了脑后，由村里专门为人开面的老婶子，用两根长长的线绞着蓝宝脸上的汗毛，把她本来就光洁的脸蛋绞得更加透明光亮。她双脚踩在铺着的红色地毯上，堂弟周孝明走到蓝宝面前，他弯下了腰，蓝宝就让堂弟把自己背在身上，沿着红地毯走出了自己的家。她的身后跟着朱琪洁、小弟、小妹、阿叔和嬷嬷，还有周二爷等村里上了年纪的老人们，他们是来送蓝宝的。

当周孝明把蓝宝背出院子时，蓝宝从他的背上下来，站在大家面前。她看着眼前黑压压的一批人，心里有一股说不出的孤独感涌上心头。九岁那年，自己跟着姚福财去了上海，那时她还是个孩子，虎啸周对她来说还是自己的家。可如今，自己却嫁为人妇，那虎啸周就是自己娘家了。想到这里，蓝宝就对着大桃花跪了下来，同时也对站在嬷嬷身边的阿叔连磕了三个响头。嬷嬷一见蓝宝跪了下来，马上对她说："你有喜事在身，跪不得。"

蓝宝抬起头看着嬷嬷，嬷嬷今天穿了一件有点喜庆的衣服，她的头发梳得整齐而光滑，站在自己面前就如一尊菩萨，用她慈悲的眼神望着自己，仿佛要看穿自己的内心。蓝宝用她深情的目光看着嬷嬷，向她心中的女神深深鞠了三个躬，然后穿上阿婶递上来的新鞋子，脱下了穿在脚上的旧鞋子，意味着新人穿上新鞋再也不走回头路，意味着不把娘家的财气和福气带走，意味着嫁出去的女儿今后无论遇到什么事情也不能回家哭诉。蓝宝都懂这些道理，就因为都懂，明白自己穿上这双新鞋子就再也没有回头路可走了，只能和姚思诚相守一辈子。于是，她向着自己渴望的生活，向着心中的爱人走去，她也带着所有人的美好祝福回到了上海。

上海的姚家，姚思诚已经几天没有睡好觉了，他每天忙进忙出，为自己的婚礼准备着。那天早晨，他好不容易迷迷糊糊睡着了，却被父亲姚福财叫醒："太阳都照到屁股上了，时间不早了还不起来？新娘子马上要到家了。"

姚思诚一听，马上从床上一个鲤鱼翻身跳了起来，看了看手腕上的手表，就对姚福财说："为什么不早点叫醒我？我说过要去十六铺码头接蓝宝的，这下时间都来不及了。"姚思诚的口气充满了对父亲的不满。

"你不能怪你阿爸，是我不让他叫醒你的。你今天就要做新郎官了，要好好养精神。你看你的气色，哪像个小伙子？分明像个叫花子的脸色了，又黄又黑。好好养好身体，我还等着抱大胖孙子呢。"杨菊芳手里摇着一把扇子，站在姚思诚的床边说着。

"蓝宝今天进门，我这做新郎官的怎么可以不去码头接她呢？再说她下了码头没有见到我，她肯定要哭的。"姚思诚说着就下了床，一边穿衣服一边说。

"哟，还真的一日不见似隔三秋呢。你放心吧，老蔡和你的同学李大江已经去码头接人了，你就等着做新郎官吧。"杨菊芳说着，就坐在了床边一边用扇子为儿子扇着，一边用一种欣赏的目光打量着自己的儿子，她对站在一边的姚福财说："儿子长得是越来越像你了。"

"什么？让李大江去码头接蓝宝？这是谁的主意？"姚思诚一听就问道。

"我的主意。李大江是你最好的朋友，也是蓝宝一起玩大的伙伴。新娘子进门了，应该有个男人去接的，可小弟又不在，只好请李大江帮忙了。"姚福财一边回答儿子的问题，一边用一种得意的口气对杨菊芳说，"我的儿子不像我像谁？"

"不行，蓝宝是我的新娘子，怎么让李大江去接呢。这不是抢了我的风头吗？不过，姆妈，我比父亲长得神气。"姚思诚说。

"呀呀，老子和小子说得都有道理，不过李大江不会抢你风头的，他是一个谦谦君子，为人严谨，处事应变能力肯定行。不过，今天你们父子俩还真的拽呢，说你们胖，你们就喘。我可要说明的啊，没有我杨菊芳的漂亮，哪来儿子的神气和女儿的美。"

杨菊芳今天显然很高兴，因为今天是儿子的大喜日子，等会儿蓝宝从十六铺码头回到家，就要在这里举行拜堂仪式，然后下午就去大华饭店布置宴席，准备晚上的宴请，宴请结束就是新人进入思南公馆，也就是所谓的洞房了。讲到思南公馆，杨菊芳的脸上就有一种说不出的自豪，要知道，在上海的思南路上有一幢这样的洋房是要有身价和地位的，住在那里不是达官贵人就是政府要员。所以，今晚的喜宴也请来了很多名人。

　　想到宴请，杨菊芳就来了精神头。她是一个喜欢热闹爱出风头的人，也是个爱美的人。平时，姚家在生意场上的应酬，也是杨菊芳最得心应手的时候。她总是把自己打扮得漂漂亮亮，穿上她心爱的旗袍。为了更好地穿出旗袍的效果，她就会提前几天，让自己饿上肚子，再每天把要穿的旗袍穿在身上对着镜子不断地照来照去。更别说今天是在大华饭店举行喜宴，大华饭店那可是蒋夫人和蒋先生举行婚礼的地方呢。想到蒋夫人，宋家的三小姐，杨菊芳就浑身来劲，因为她的娘家和宋家有点私交，当然这些私交说起来也是陈年芝麻的事。但人总是喜欢往上攀，何况那宋家出来的三个小姐个个是有来头的，特别是三小姐宋美龄嫁给了现在的国家元首，那就是第一夫人。想想能在第一夫人举行婚礼的饭店举行姚家的喜宴，那是何等的排场呀，也是该杨菊芳大显身手的时候。

　　现在，杨菊芳坐在儿子的床边，整个身子都是笔挺的，那身旗袍穿在她身上是不瘦不肥。而这身旗袍只不过是今天的第一件，她早就对自己今天一天的穿着都精心准备过了。

　　一想到晚上要在大华饭店举行的喜宴，她从床边站了起来，对姚福财说："宋家的请柬送过去了吗？"

　　"早就送去了，宋家大小姐礼金也送来了，但她们有国事在身，就不来参加今晚的喜宴了。"姚福财说道。

　　"那英国领事馆的查理先生和美国贸易行的约翰先生呢？"杨菊芳仍问道。

　　"他们都携夫人参加的。"姚福财一一回答着杨菊芳的话。

　　"我们姚家好歹也是上海滩上数一数二的人家，你的舅舅也是上海滩的大亨之一，我们思诚更是一表人才的新郎，想想今晚的场面我就心跳得好快呢，你摸摸我的心口。"杨菊芳说着，就跷起兰花指抓着姚福财的手来摸自己的心口。

　　"儿子在边上呢。"姚福财说道。

　　"我没有看见。"姚思诚说着，他已经穿好衣服准备下楼去了。

　　"思诚，你今天不能穿这样的衣服。"杨菊芳一看儿子穿着一件短袖的衬衫，就将儿子叫住了，"平时你喜欢穿什么衣服，姆妈不管你，但今天是你大喜的日子，姆妈还是要对你说说规矩的。"杨菊芳的鼻音显然更浓重了。

"又是规矩，阿娘一直在讲，规矩是死的，人是活的。"姚思诚站在他母亲身边说道。

"你阿娘对我一直是拿规矩来要求的。"杨菊芳笑着说道。

"不成规矩何成方圆？"老太太手拿一串佛珠，一边念着经，一边走了进来。

姚思诚一看阿娘来了，他怕自己的母亲和阿娘在一起就会针尖对麦芒，于是，马上搀着老太太的手说道："阿娘今天准备了多少红包给新娘子？"

"当然给的，我就等新娘子端茶给我，我能喝上你的喜茶，说明阿娘的身子骨好着呢。我还想抱重孙呢。"老太太说着就呵呵地笑着，如一尊弥勒佛。

"姆妈，你今天是主角，舅舅也来参加思诚的婚礼，我们姚家可是蓬荜生辉了。"杨菊芳说着也笑了起来。

"真的是读书少，用词也会错，自家舅舅来怎么能说蓬荜生辉？"姚福财讥讽起杨菊芳刚才说的话。

"我用错了？和舅舅家比，我们算老几？对吗？姆妈最明白这些道理了。"杨菊芳想到自己也可以做婆婆了，于是底气十足起来道。

"你呢，就是一张鸭嘴巴，说起话来呱呱地叫，精神呀。平时的样子就如抽鸦片，为了要穿旗袍，饭也不要吃。你这样子下去，是短命相哦。思诚，陪阿娘下楼去拜菩萨，告诉你啊，这世道什么都不可信，唯有信菩萨才有盼头。"老太太只要和杨菊芳对上了，就要数落这个儿媳妇。说真的，这个媳妇什么都好，就是死要漂亮，像个狐狸精，一天到晚迷着姚福财。老太太也是个女人，她知道女人的心思，杨菊芳是怕姚福财哪天在外头找女人，然后带回家来和她一起分享自己的男人。所以，杨菊芳施展自己的本事，用美丽来套牢姚福财。说来也怪，姚福财在生意场上总是带着杨菊芳进进出出，也没有一个女人掺和进来。这也应验了一句话：篱笆扎得紧，野狗钻勿进。不过老太太还是欣赏杨菊芳的，她很爱自己的丈夫和子女，只要姚福财发声了，杨菊芳是绝对听话，更不用说敢顶撞自己的婆婆。这也是杨菊芳聪明的地方，难怪连老太太也不得不佩服自己的儿媳妇。

杨菊芳见老太太带着姚思诚下楼去了，就对姚福财说道："姆妈的精神头真好，再这样下去我要死在她前头了。"

"今朝是啥日子？怎么说你死你活的？告诉你杨菊芳，不要以为蓝宝做你儿媳妇了，你自己就升级了，只要我姆妈活着一天，你就是姚家的媳妇，要懂一个媳妇的义务。"姚福财还真是一个男人，说话一刮两响。

"我就知道，只要一说到你姆妈，你就跟我没有好话说。"杨菊芳的鼻音变了调地说道。

"这是你自己寻上来的，你自己听听，你姆妈？我姆妈就不是你姆妈了？亏你说得出口。好了，快去换你的衣服吧，等会儿新娘子到了，看你又要急着换什么衣服好了。等新人拜堂时，你要穿喜庆的衣服，最好传统一点的。平时你穿旗袍也穿得太多了，我都看厌了。"姚福财说着就下楼了。

杨菊芳一听，觉得自己丈夫说得有道理，于是，她也回到前楼自己的房间里，站在衣柜前猛地打开橱门，看着整齐排列着的一排排旗袍，就把旗袍一件件取下在自己身上比画着，再一件件把旗袍扔在床上……她回头一看，在床边的衣帽架上挂着一件大襟的长袖长褂，充满喜庆的颜色。那件衣服早在几天前就在"龙凤旗袍"店定做了，就是为了今天的新人拜堂时穿在身上的，顿时，她笑了起来，她知道自己在穿衣着装上总有点神经质，总觉得少了一件衣服。

杨菊芳从衣帽架上取下衣服，穿在身上，照着镜子，发觉自己的头发披在肩上不妥，就把头发挽在脑后，再对着镜子照照，满意地笑了。于是，她冲着楼下的灶披间叫道："奶妈……"突然她想起，奶妈已经跟着蓝宝去虎啸周多日了。但一想到今天他们都要回来了，杨菊芳的心里还是高兴的，只是自己的头没有人来梳了。

就在杨菊芳感到失望时，老太太却笑吟吟地走到杨菊芳身边，用一种很少见的口吻对自己的儿媳妇说道："菊芳，我请了梳头娘姨来了，是你先梳还是我先梳？"

杨菊芳一听，自己婆婆请来了梳头娘姨，还来征求意见哪个先梳，顿时感到十分荣幸，但她明白，就算今天自己是正式做婆婆的人了，在自己婆婆面前她还是要低调的，于是就对老太太说："姆妈是长辈，当然姆妈先梳头的。"

"我知道你讲究'标致'，穿什么衣服就讲究什么发式的。今天你是姚家的主角，还是你先梳，梳得不好还可以叫梳头娘姨重新梳的。等一歇蓝宝进门了，梳头娘姨还要为新娘子梳头呢。"老太太讲得句句入理，杨菊芳听了心里暖洋洋的。不管怎么说，这对婆媳也做了二十多年了，婆婆了解杨菊芳，杨菊芳也了解婆婆。但婆婆和儿媳妇之间再亲也不会胜过亲娘和女儿的关系，最大的和睦也就是客气。今天老太太对杨菊芳是十分客气的，那杨菊芳也顺水推舟让梳头娘姨帮自己先梳头了。

当一位中年妇女手挽一个竹编的篮子走到杨菊芳住的前楼时，杨菊芳知道此人就是梳头娘姨。其实，梳头娘姨即是给人梳头的女佣。在民国的各种行当中，做梳头娘姨的大都是中年妇女，她们长得干净灵巧，嘴也能说会道，眼能鉴貌辨色，心灵善揣人意。那个梳头娘姨一见杨菊芳就用她那张三寸不烂之舌说了起来："恭喜太太贺喜太太，太太早得孙子，太太一家吉祥平安。"

杨菊芳一听，马上拿出一个红包放进了那个竹篾篮子里。竹篾篮子是漆过红色油漆的，看上去油光灿亮，充满喜庆。梳头娘姨轻轻捧起杨菊芳一头乌黑的长发，用一把篦子沾上刨花水，然后一层层地把头发盘起来。一边梳着，一边说开了话："当年呢，慈禧太后她用的却不是单单的刨花水，她是用榧子、核桃仁、侧柏叶一同捣烂了，泡在雪水里和凝刨花水兑着用。据说，慈禧太后是油性头发，每天早上起床枕头上全是掉的头发，她还专门请了太医看掉发病，于是御医专门为慈禧太后给配了抿头的方子。这方子用的是薄荷、香白芷、藿香叶、当归等中药。慈禧太后一直按照这个药方子让小李子为她梳头。结果，慈禧太后到了七十多岁时，她的头发还像黑色的天鹅绒一样漂亮。太太啊，我现在给你用的就是过去慈禧太后用的方子，如果一直用这配方梳头，我保证太太的头发比慈禧太后的头发还要好看呢。"

杨菊芳坐在梳妆台前，一边欣赏着梳头娘姨那双又白又胖的手灵巧地在自己的头发中穿过，一边听着梳头娘姨的话，不一会儿工夫梳头娘姨就为杨菊芳梳好了一个高高的云髻。杨菊芳对着镜子左右照了照，还真发觉自己梳了这个发型非常高贵。于是，她就叫梳头娘姨把那件大襟的长褂帮她穿起来，再在自己脸上略施了点粉黛，在耳垂上戴上一副吊坠，对着镜子一照，那梳头娘姨就夸了起来："太太一穿戴就像一品夫人的模样了，真是大气和富贵呢。"

"现在是民国了，否则我还真是一品夫人的命呢。"杨菊芳说着，就抿住嘴巴笑了起来。

"太太已经用了慈禧太后梳头用的方子了，那可是宫廷秘方。我可听说了，太太的儿媳妇从娘胎里生出来时，就是裹着一张蓝色的胎胞，说是裹着蓝胞的女人不是皇后娘娘的命就是一品夫人的命，我还从来没有看到过裹着蓝胞生出来的人呢。今天我可看到了蓝胞的婆婆，不用说也是富贵之相，那是太太家的风水好，好东西都归太太家了，说不定将来再生个大胖孙子，那就是头名状元呢。"梳头娘姨巧舌如簧。

杨菊芳听了也开心起来，就对她说："以后你就经常来我家梳头吧，我们有几个女眷，总有需要你的时候。"

那梳头娘姨一听，马上对杨菊芳行了一个礼。就在她挎起梳头工具要下楼时，只听到楼下传来了热闹的声音："新娘子来了。"

杨菊芳一听马上就站了起来，走到窗前，从楼上往下一望，只见一个穿着一件大红斜襟上衣、下着一条石榴裙的女人撑着一把太阳伞站在石库门外面，她的手上戴着一副真丝的白手套，鹅蛋脸的鼻梁上架着一副墨镜，一张小小的嘴唇上涂了一层薄薄的口红。杨菊芳一看就知道她是蓝宝，但她被蓝宝的这身打扮惹得要笑出了声。因为这些年来，她从来没有见蓝宝穿过一件红色的衣服，也没有看见过蓝宝涂过口红，唯有凤仙花开时，蓝宝才会用凤仙花瓣敷指甲，但也是淡淡的红。可现在，杨菊芳看着蓝宝那身红衣服，还有那副墨镜戴在那张稚气的脸上，她就抑制不住地笑了。但她笑过之后，明白了自己的身份，马上收敛了脸上的笑，把自己收拾停当，缓缓地向楼下走去，她要摆出一种架势，一种当婆婆的架势，让所有人看看我杨菊芳今天总算熬出头了。

十二

　　蓝宝从轮船上下来后，她的脸上就没有露出过笑容。虽然，她知道姚思诚不会来码头接自己，但在心里还是渴望着他的出现。她已经和自己的堂弟周孝明说过了，见到姚思诚就叫他姐夫，并对周孝明说，只要堂弟想在上海读书，她一定会在姐夫面前说情，让姚思诚去找个好的学校供他上学。但周孝明却对她说想去日本留学，当他在船上把自己的想法告诉给蓝宝听时，蓝宝是坚决反对的。

　　蓝宝对日本的事情并不是很了解，她只是从自己的嫁妆由十里红妆换成了两箱金条的过程中，从嬷嬷的口气中，知道了日本人已经侵占了中国东北三省，国家将会发生战乱。虽然她也明白黄金的价值，但从她懂事开始就梦想着十里红妆。每一个女孩子都有自己的梦，都希望自己嫁个好人家，陪嫁多一点。但就是因为日本人，阿叔和嬷嬷才以黄金取代了十里红妆。所以，在蓝宝的心目中，她已经不喜欢日本这个国家了。

　　此时，她已经下了轮船，却是一肚子不高兴。不高兴的原因很多，也许是下了船没有看见姚思诚？也许是为了周孝明去日本留学的事情？也许是为自己身上那件大红的衣服？反正，蓝宝就是不高兴了，反正她就想要要大小姐脾气，趁在做姚家大少奶奶之前任性一把。况且在她九岁来到姚家后就没有任性过，只是看人脸色，夹着尾巴做人。不过她在下船之前就已经不高兴了，在船上时，都不知道自己该扮演的是什么角色，就稀里糊涂地被小妹和奶妈她们给打扮得花枝招展，还戴着一副墨镜，嘴上擦了口红，像个什么样子呢？如果说今天是自己正式嫁进姚家，是个新娘子也不用穿得这样花里胡哨的，她不喜欢穿红色衣服，但她知道自己今天一定要穿红的。

蓝宝在虎啸周时，嬷嬷对她说过："做新娘子就要穿红的，何况你是大姑娘出嫁，不但要从头到脚一身红，还要顶着红日出嫁。到了夫家也要踩着红地毯进门，还要跨过烧得红红火火的火炉走进婆家的门，你要让大家知道，更要让管这方土地的菩萨们知道，你是姚家明媒正娶的媳妇，你是姚家的大少奶奶，谁也抢不走你在姚家的地位。当你走进姚家大门时，一定要等到你的婆婆和公公出门来接你，要姚思诚挽着你的手跨过红地毯一步一步走进姚家，以后无论遇到什么事，你就胆子大大地对自己说，我是土地公公都认可的姚家人。"

蓝宝虽然不喜欢自己这身打扮，但她喜欢做姚家人，做姚思诚的妻子。所以她就忍耐着，让奶妈帮自己打扮成这个样子，让姚思诚喜欢。为了姚思诚，她还从虎啸周带回了麻糍、盐炒豆、冬米糖等小吃，她要给思诚尝尝自己家乡的味道。所以，除了没有十里红妆外，蓝宝回上海的行李也是大大小小的一大堆。

当船靠岸后，蓝宝还是以一个女人特有的细腻和感情在人群中寻找着姚思诚，但她没有看见心中想念的人，却看到了司机老蔡和李大江。一看到李大江，蓝宝的心里不由得"咯噔"了一下，她想起了生日那天，李大江送给她一张《申报》，可惜给弄丢了，她觉得对不起李大江，于是，便带着一丝愧疚走到了李大江身边。

李大江一看见蓝宝，就从随身拎着的一个皮包里，拿出了一份当日的《申报》交到蓝宝手中。蓝宝以为是李大江又给了那天的报纸，正想对他解释什么时，却闻到了手中报纸的油墨清香，便把报纸打开，一看是当天的报纸，就对着李大江灿烂地一笑。李大江指着报纸上的一块版面给蓝宝看。蓝宝一看到内容就笑了起来，原来报纸上刊登了一则结婚启事：姚思诚先生和周凤仙小姐结婚启事——兹承媒妁之约，并征得双方父母和本人同意，谨于中华民国二十三年八月二十八日，假座上海大华饭店举行结婚典礼。特此敬告诸亲友。

这则结婚启事就是我们故事开头所提到的。那时候，结婚登报声明是属于一种西方贵族的浪漫方式，也是民国时期的一种新潮。虽然蓝宝在教会学校受过高等教育，并受西方文明的影响，但看到《申报》上登了自己结婚的申明，还是觉得新鲜和好奇，就不停地看着这一小块版面。自己的名字居然和姚思诚的名字一同出现在《申报》上，那么全上海人就都知道我周凤仙嫁人了，成为姚思诚的妻子。再说自己一回到上海就受到姚家这样的款待，是不差于娘家的十里红妆的。蓝宝觉得自己很幸福，就对李大江道："辛苦您了。"

李大江的脸上很平静，内心却有说不出来的痛苦。这世界上还有谁像自己一样，帮着把一直爱着的姑娘嫁出去，还亲手把她的结婚登报申明拿给她看？但他是一位绅士，只要他爱着的姑娘认为自己是幸福的，那他也会为她而高兴，于是，李大江说道："周小姐，今天是你的大婚之日，我想借你的吉祥，再给你看一份报纸。"李大江说着，从包里又取出一张报纸递到蓝宝手里。

蓝宝打开纸一看，一则很大的阴丹士林蓝布广告启事赫然醒目地掠过眼帘：穿阴丹士林蓝布的女性充满了快乐，因为它的颜色最为鲜艳，炎日暴晒不褪色，经久皂洗不褪色，颜色永不消灭不至枉费金钱。为阴丹士林蓝布诚招一名开朗活泼热爱生活的女性为模特儿。

蓝宝对阴丹士林蓝布也是喜欢和有感情的，特别是那天嬷嬷在和自己谈十里红妆时，她就穿着这种布。还有自己九岁时，第一次走进姚家大门，也是穿着阴丹士林蓝布做的衣服，再后来自己在学校读书时，穿的也是用阴丹士林蓝布做的学生服。于是，她抬起了脸问李大江："你是想让我去应聘阴丹士林蓝布的模特儿？"

"是的，周小姐的气质和美丽非常适合阴丹士林蓝布的广告要求。"李大江对蓝宝说。

"思诚知道吗？"蓝宝问。

"当然知道，他已经同意让你去试镜。"李大江回答道。

"好的，我也想借此机会接触社会。这次回宁波老家，一路上看到很多穷困潦倒的人，有的甚至饿死在路上都没有人过问，好可怜呢。"蓝宝说。

"这个社会有很多不公平的地方，你不走出去看看就永远无法知道外面的世界是什么样的，但你走出去后却永远无法知道前面还有什么事情在等着我们。以我个人建议，周小姐不是为了名和利去应聘的，是为了显示你自身的价值。"李大江用一种成熟温和的语气说道。

说话间，蓝宝已经坐进了老蔡开来的轿车里，和李大江的一席话后，她已经忘记了自己在船上的那股不高兴，只是兴奋地对李大江道："好的呀，我们有你这样的朋友，真是幸运。"并冲着朱琪洁叫道："快进来，坐在我身边。"

朱琪洁却对着小弟笑了笑道："你坐吗?"

小弟扭过头不屑一顾地说道："我才不坐呢。"

"你不坐我也不坐。"朱琪洁说道。

"我坐不坐关你什么事?"小弟说道。

"哎，姚思杰，你讲道理吗? 人家是关心你，你却狗咬吕洞宾不识好人心。"朱琪洁对着小弟就扯开嗓子说道。

"好男不和女斗。"小弟说着就走到周孝明身边。

周孝明站在码头上，看着远方的黄浦江上停泊的一艘艘轮船，就问小弟道："上海有开往日本的轮船吗?"

"当然有，上海是远东第一大港口，开往世界各地的船都在这里聚集。你真的想去日本留学?"小弟看了看身边的周孝明问道。

"我有这个想法。我真想去看看'甲午海战'中的日本战舰，这个当时救了梁启超的国家，又是侵占我东北三省的日本鬼子，亚洲第一强国，他们究竟强在哪里?"周孝明说道。

"我现在理解你了，我支持你去日本。"小弟紧紧握了一下周孝明的手。

"都上车吧。"司机老蔡在叫着。

"孝明、小妹，还有你四眼，都快上车把蓝宝送回家。我和李大记者叫辆黄包车赶回去。"小弟这才想起自己是姚家的人，肩负着小叔子要把新嫂嫂接回家的重任。

李大江就站在车子边上，看着蓝宝走进轿车，看着轿车驶远，他的眉毛动了动，心不由得抽紧了一下，但他很快陷入了沉思中，沉思中有一份是对蓝宝的祝福："亲爱的凤仙，我在心里永远爱着你。"

不多时，蓝宝就站在姚家的门口，她看见那扇黑色的大门在自己面前慢慢打开，打开的是两扇门，每一扇门上都有一个张开大口的铜狮子，两只铜铃的吊环镶在狮子口中，随着大门的打开，那铜铃就响起清脆的声音，悦耳动听。蓝宝撑着一把太阳伞，戴着一副墨镜，嘟着一张小嘴。此时，谁也看不出蓝宝脸上的任何表情。其实，这个时候蓝宝的脸上什么表情也没有，心里什么也没有想，她脑子是一片空白，只记住自己此时什么话也不说，什么事情也不做，她在等。

杨菊芳看到蓝宝站在大门口，就迅速下楼，走到蓝宝面前，前后看了看，像是在检查什么的样子。当她确认自己什么也没有看到，就轻轻地在嘴角上露出了一丝鄙夷的笑，并向后退了几步。

姚福财和姚思诚都已经站在门口了。司机老蔡和李大江及小弟几个男人就把放在门口的一卷红地毯沿着大门向着天井和客堂铺开，奶妈马上端来一盆烧得火红的炭炉子放在地毯上，姚思诚走到蓝宝面前，向她伸出手，准备把她接进家。就在这时，蓝宝摘下了墨镜，对站在身边的周孝明说道："备上十里红妆。"

"你是不是做新娘子高兴糊涂了？哪儿有十里红妆？"朱琪洁和小妹一听说蓝宝要出示十里红妆，就急了起来道。

"是啊，蓝宝一直对我们说，她回虎啸周，要以十里红妆的陪嫁，风风光光地嫁进姚家，做我们姚家的媳妇。"杨菊芳终于开口说话了，她那浓浓的鼻音此时听起来就有点阴阳怪气的样子。

"没有十里红妆也是我们姚家的媳妇，当年，我嫁进姚家就带着几条被子，姚家照样人丁兴旺，生意兴隆呢。"这时候，老太太穿戴整齐地站在大家面前说道。

蓝宝看着眼前的人，让她想起了九年前，自己跟着姚福财从虎啸周走进姚

176

家时，也是这样一群人站在自己面前，也是这个地方。只是岁月变化得太快，自己已经成了新娘子，而对自己最好的阿娘已经是白发苍苍，小弟和小妹也都长大了。于是，蓝宝把手上的真丝手套摘下来，她用更响亮的声音对自己的堂弟说道："孝明，十里红妆。"

"是，姐姐。"周孝明应声答道。

周孝明拎着两个皮箱子走到了众人面前，把箱子放在地毯上，打开箱子，顿时，一片金光从箱子里闪烁出来，边上看热闹的人都叫了起来："金条！这么多金条啊。"

杨菊芳也看得目瞪口呆起来，这两箱金条都是真家伙，而且都是硬通货呢。

就在杨菊芳望着金条发呆时，周孝明已经把金条从箱子里倒了出来，然后，把一根根黄金铺在了红地毯上，地毯上只留下够蓝宝双脚能够走过的空隙。当周孝明把金条铺成一条金光大道时，蓝宝才把自己的手递给了姚思诚，然后微笑地对姚思诚低语道："我们俩可谓是门当户对了吧？"

"岂止是门当户对，实是三世情缘今生相逢。"姚思诚用调侃的语气回答了蓝宝的话。

此时的姚思诚陷入无比的兴奋中，俗话说：洞房花烛夜，金榜题名时。这是形容一个男人最得意的时刻。再说，当他看到周孝明用金条在红地毯上铺成长长的金光大道时，男人的虚荣心和自尊心让他为身边的这个新娘感到骄傲，我姚思诚不但娶了美女，而且美女的娘家是个殷实之家，正可谓是门当户对，旗鼓相当呢。

蓝宝在姚思诚的搀扶下，一步一步走在红地毯上，当她走到正厅时，姚福财和杨菊芳正襟危坐在高堂上。蓝宝向公公婆婆献上茶水，再向坐在边上的老太太也献上了茶水。老太太接过蓝宝递上的茶说道："现在是民国了，那些陈旧的套路大家就免了吧。"

杨菊芳一听就说道："姆妈，有些规矩还是要的，拜高堂、夫妻对拜这些规矩是不能少的。"

"规矩是死的，人是活的。"老太太喝了一口茶，用眼睛斜了斜杨菊芳说道。

"姆妈的话就是规矩，要它活就是活，要它死就是死。"杨菊芳面带微笑地用浓浓的鼻音说道。

"蓝宝一行人刚下船，没睡好吃好。再说晚上还要在大华饭店举行西式婚礼，这些孩子吃得消吗？我的话是规矩？那在大华饭店举行婚礼穿白的衣服，一身白，老规矩中有这个吗?"老太太的话说得杨菊芳只能干瞪着眼，她就用眼睛瞟了瞟蓝宝说道："现在的媳妇都流行新派了，比我们那时候不知道轻松了多少呢。"

"你就不能少说几句话?"姚福财对杨菊芳说道。

杨菊芳就把自己的身子坐端正了一点，又用手摸了摸身上那件衣服，脸上露出了不屑的表情。就在这时，她听到了老太太说话的声音：

"蓝宝，今天是你和思诚的大喜日子，阿娘很高兴，之前我也对你说过，等你和思诚圆房时，阿娘会送你一件更贵重的东西。来，到阿娘身边来。"老太太说着，就从怀中取出一个布包，一层层打开着。蓝宝看见了布包里有一块用黄金铸成的金匾，匾上有一只展翅欲飞的凤凰。老太太把这块金匾挂在了蓝宝的脖子上，对她说道："古人说，凤凰于飞，翔翔其羽。不管你是裹着蓝色的胎胞还是天上飞的凤凰，其实你就是开在乡下田野里的一朵凤仙花，是一个平常的小娘子。如果放在过去，佩戴凤凰的只有皇后娘娘，但现在是民国了，漂亮的女孩子都可以佩戴凤凰。这个是阿娘送给孙媳妇的新婚礼物，只求菩萨保佑你们夫妇新婚快乐，恩爱到老。"

蓝宝一听，马上对着老太太跪下，行了大礼。姚思诚见蓝宝跪下了，也对着老太太磕头，再向坐在高堂上的父母拜了拜，感谢父母养育之恩。

杨菊芳见老太太给了蓝宝这么宝贵的东西，于是，她也从怀里拿出了一件宝贝，递到了跪在面前的蓝宝手里，说道："这是我刚过门时，老太太赠我的碧玉簪，说是老太太嫁进姚家时，姚家祖先赠给老太太的。现在我把这个祖传家宝再赠给你，希望你能为我们姚家传宗接代。"

蓝宝看着这枚碧玉簪，一根用金子镶嵌的白玉，在自己眼前闪烁着洁白的光泽。这让蓝宝想起了九年前，阿娘见到自己时送的见面礼就是一对白玉手镯，莫非这手镯和眼前的碧玉簪是一起的？但蓝宝没有说，只是伸出手接过了杨菊芳手中的碧玉簪，轻轻地插进了自己的头发上。

这时候，姚福财说话了："今天虽是姚家娶媳妇，但蓝宝就如我们姚家的女儿，现在按姚家祖上的规矩，富家金台面，穷家银台面，摆上八仙桌，放上金台面。"

随着姚福财的话音落下，八仙桌上迅速放上了用黄金铸成的金碗、金筷子、金调羹、金杯子等。蓝宝望着眼前的金台面，顿时，感动得眼泪在眼眶里打转。她在上海待了这么多年，她也知道上海本地人嫁女儿的风俗习惯，姚家完全是按嫁女儿的规格来对待自己的。

就在蓝宝望着自己面前的"金山银山"时，姚思诚当着众人的面也拿出一个盒子。他让蓝宝闭上眼睛。蓝宝听话地把眼睛闭上了，她感觉到姚思诚抓住了自己的左手，将一枚戒指轻轻地戴到了自己的无名指上。当她再把眼睛睁开时，看见自己的手上戴着一枚闪着蓝色光芒的戒指。姚思诚对她说道："这就是蓝宝石戒指。"

蓝宝默默地端详着自己手上的戒指，自从自己生下来，就和蓝色结下了很深的缘分，也喜欢上了蓝色的东西，可真正蓝得这么好看的东西，也就是现在戴在自己手上的这枚蓝宝石戒指了。蓝色的透明的宝石戒指，在阳光下折射出无与伦比的光彩，那光彩夺目的蓝光把蓝宝的眼睛照得大大的。蓝宝知道，这是姚思诚送给自己的结婚戒指，象征着爱情，象征着婚后美好的生活，也象征着姚思诚是个说话算数的大男人，他实现了自己当年对蓝宝许下的诺言：等我长大了，我也送你一枚蓝宝石戒指。自己现在的名字就是出自这枚蓝宝石戒指。于是，蓝宝对着姚思诚微微一笑，那笑容就如四月盛开的桃花，蓝宝的脸上布满了桃花般的美妙。

蓝宝沉浸在结婚带给她的喜悦中，突然听到了小妹和朱琪洁欢快的声音："亲一个、亲一个。"

然后老太太的声音也在她耳边响了起来："思诚，香一记蓝宝，香呀，香呀。"

姚思诚不好意思地说:"阿娘,你是长辈呀,也跟着她们起哄呀?"

"今天是大喜的日子,新婚之日没有大小。小妹叫大哥和嫂子香一记。"老太太笑得像个年轻人一样。

这时候,杨菊芳也说道:"我们姚家好久没有这样热闹了,老蔡,快放鞭炮。"

姚福财对老蔡说:"放响点,让左右邻居都听到,我们姚家讨媳妇了。"

"好的,恭喜老爷,贺喜太太。"老蔡红光满面地拿起鞭炮走到大门外放了起来。

在所有人都沉浸在快乐中时,只有李大江一个人默默地走出了姚家的大门,走到弄堂口时,耳边仍响着鞭炮的声音,天空里飞扬着鞭炮纸屑。他抬起脸,望着半空中飞舞的红纸屑,却感到心里空荡荡的,眼前只有一个人的影子在晃动,那个人正向他笑着,那美丽动人的笑容让他暂时忘记了自己的孤单,给了他一丝温暖。于是,李大江在心里对这个人影默默地祝福道:"周小姐,祝你幸福美满。"

太阳慢慢地向西倾斜,蓝宝已经换上了一套洁白的婚纱出现在大华饭店。她在姚思诚的陪同下,一一见过了前来贺喜的宾客。当姚思诚把蓝宝引荐给美国贸易公司的约翰夫妇时,约翰太太望着蓝宝那张桃花似的脸蛋,不由得惊叫起来:"我的上帝呀,我看见天使下凡了?"约翰太太一边说着,就拉起了蓝宝的手,"宝贝,你是我见过的最美丽的上海姑娘。"

"谢谢夫人的夸奖,夫人也是我见过的美国女性中最优雅的。"蓝宝用英语回敬了约翰太太的话。

"我的上帝呀,你的英语讲得这么完美。"约翰太太把蓝宝的手拉得更紧了,说完就去亲蓝宝的小脸,同时对约翰先生说道,"她是我见过的上海女子中的天仙,我要认她做干女儿。"

约翰一听,就笑着问姚思诚道:"你同意你的太太给我们做干女儿吗?"

姚思诚一听,顿时大喜,他也不顾蓝宝同意不同意,自己就对着约翰太太叫了一声："干妈。"然后又冲着约翰先生叫道，"干爸。"

蓝宝见姚思诚叫了他们，也就乖乖地叫起了干妈干爸。

姚福财和杨菊芳站在一边，见约翰夫妇如此喜欢蓝宝，又要认作干女儿，杨菊芳的脸上顿时露出了得意的笑。她春风满面地走到约翰夫妇面前说道："今天是姚家大喜日子，承蒙约翰夫人看重我家孩子，真是喜上加喜，不胜荣幸。"杨菊芳说完，就给了约翰夫妇一个万福之礼。

约翰夫人被杨菊芳说得也满面笑容，随手摘下手腕上的一只金表递到蓝宝手中说道："如不嫌弃，这只表就当作认干女儿的礼物，日后再重礼相赠我可爱的干女儿。"

蓝宝见状，甜甜地笑答道："谢谢干妈，谢谢干爸。"

"真是太好了，今天我们蓝宝喜上加喜呢。蓝宝不但有我们这个上海阿爸和上海姆妈，还有美国阿爸和美国姆妈呢。从现在起，蓝宝就叫他们为爹地和妈咪。"姚福财说着就哈哈大笑起来。

是的，美国人在当时的上海人心目中，就象征着权力、金钱，还有自由。况且，姚家做的也是美国人的生意，从美国进口汽车零件、汽车的新式技术。如今，姚家和美国在上海的最大贸易公司的大老板都攀上了干亲的关系，那姚家在上海是何等的风光啊。

可老太太不是这样认为的，她看见杨菊芳那副得意的样子，就用她的眼睛白了白自己的儿媳妇，在一边腹诽："认了个美国干妈干爸的有什么稀罕？还不是借了蓝宝那皇后娘娘的光，连美国人都想沾点皇亲国戚的关系呢。我表哥虞洽卿他还是蒋介石的干爸呢，蒋介石是谁？他可是中华民国的元首呢，是个皇帝老儿呢！"想到这里，老太太自己也笑了起来。

正在老太太得意洋洋时，突然发觉饭店大厅里一下子热闹起来，所有的宾客都向着一个穿着长衫的长者拥去问候。那人中等个子，宽宽的额头留着整齐的板刷头，一双深邃的眼睛在灯光下闪烁着智慧的光芒，脸上露出大家风范的微笑。老太太一看，就知道是自己的表哥虞洽卿来了，马上走到虞洽卿面前，请过安问过好后说："阿哥，你刚才打喷嚏了吗？"

"哦哟，我刚刚打过喷嚏，还是三个呢。"虞洽卿笑着回答着自己表妹的话。

"格咋办办呢？一只喷嚏是有人想你了，两只喷嚏是有人背后讲你坏闲话了，三只喷嚏嘛，你是真的感冒了。"老太太风趣幽默地说道。

"嗯，我这些天为了要喝你孙子的喜酒，在家修身养性，一不小心感冒了。"虞洽卿更加幽默地回答道。

"啊呀，舅舅来了。舅舅大驾光临，我们姚家真是蓬荜生辉呢。"杨菊芳也看见了虞洽卿，于是拉着姚福财一起风度翩翩地走到了虞洽卿面前。"思诚，蓝宝，快见过舅公。"杨菊芳随即扭过身子叫了起来。

虞洽卿，风靡上海滩的风云人物，航运界的老大，上海商会会长，蒋介石的干爸。此年他已六十六岁，刚吃过了女儿们为他烧的六十六块肉，所以精神焕发，声音洪亮。当他看到蓝宝时，就立马从怀里掏出一个红包塞给了她，并对姚思诚说："你准备开个汽车厂的事情筹备得怎么样了？"

"舅公，俗话说男子成家立业，先成家，后立业嘛。"姚思诚笑着回答道。

"好，后生可畏。如果开厂需要资金或是需要投资股东，你来找我就是。"虞洽卿说道。

"我要向舅公学习，也望舅公多多提携。"姚思诚说道。

"还是你福气好，讨了个这么漂亮的老婆。蓝宝，你可是舅公见过的上海女子中最漂亮的哦。你要为思诚多生孩子，多生男孩，就生一个女孩。老话说女孩像爸金打墙，男孩像妈富三代。以后你生的男孩子个个像你，那有多好呢。"虞洽卿用他慈爱的口吻说着。

"谢谢舅公的夸奖。"蓝宝羞涩地说道。

"不过舅公我有句不该说的话还是要说的，现在有很多富人闲了没事情做，搞了什么'上海小姐比赛'，你可不要去参加，你是姚家的大少奶奶，我虞洽卿的孙媳妇，我们有些规矩你明白吗？"虞洽卿用一种长辈的口吻说道。

"那如果是带有慈善内容的活动能参加吗？"蓝宝想起了自己曾答应过李大江去应聘阴丹士林蓝布模特儿的事，就问道。

"当然，有些规矩是死的，人是活的。慈善活动是我们宁波人最热衷的事情，你是我的孙媳妇，当然要参与的。"虞洽卿笑了起来。

大家见虞洽卿那么开心，也都开心地笑了。今天是蓝宝和姚思诚成亲的好日子，又来了这么多的贵宾和嘉宾，当然要开心了。

只有一个人不开心，他坐在饭店的一个角落里，手中捏着一本日本书。周孝明一边翻着书一边不耐烦地向四周张望着，他简直搞不明白，姚家可以认识这么多外国人，也宴请了他们，为什么不请日本人呢？这姚家搞的是什么鬼名堂？你姚思诚会说几句英语也没有什么稀罕，我周孝明会讲日文，什么你好呀，请多多关照呀。想自己在大连时，学日文在全班同学中也是最好的。可到了这个鬼地方，连个说日文的人也没有。

就在周孝明独自咕哝着时，他听到了有人正说着日本话朝着自己走来，便马上抬起头寻找这个声音。他看见两个穿着日本和服的男人小声说着日本话，正从自己身边走过。周孝明就迅速站了起来，对他们说道："你们好。"

那两个日本男人见面前站着一个男孩子，用日语向他们问候，就和气地回敬道："你好。"

"初次见面，请多多关照，我叫周孝明。"

"你日语讲得非常好。"其中一个留着八字胡的日本男人对周孝明夸奖道。

"我是在大连跟着日本老师学的。"

"原来如此。我叫藤泽。"那个留着八字胡须的日本人对周孝明说。

"我想去日本学习，你们能帮助我吗？"周孝明开门见山就把自己的想法讲给日本人听。

"你还是孩子，乖乖地回家，听父母亲大人的话。"另外一个后脑勺梳了个小辫子的男人对周孝明说道。

"我父母不反对我学日语。"周孝明撒起谎来。

"不好，孩子，你是在撒谎。"藤泽满面带笑地对周孝明说道。顿了顿，藤泽又对周孝明说，"我们在虹口的四川北路上有个会馆，如果你不介意，可以来坐坐，喝喝茶。"

"好的。谢谢！"周孝明听了藤泽的话，觉得自己有了方向。然后，他对藤泽说道，"先生，我已经年满十六岁了，我有自己选择生活方向的权利，我喜欢日本这个国家。"

"嗯？喜欢我们的武术还是文化？但这些东西都是你们中国人的，你应该在中国好好学习。"藤泽用一种长辈的口吻对周孝明说道。

"我在大连时有很多日本同学，我一直听他们讲日本的富士山和樱花……"

"呵呵，可爱的孩子，你早点说你是从大连来的，我也不和你绕这么多弯子了，我理解你，年轻人。"藤泽说道。

"爸爸，我们可以去看新娘子了吗？"就在这时，一位穿着日本和服的小姑娘从别的地方穿到了藤泽身边，她看见了周孝明就对他鞠了一个躬，然后对她的父亲说道，"听说新娘子从她的娘胎里生出来时穿了一件蓝色的衣胞，我好奇怪呀，我们都是红色的，新娘子的胎胞怎么会是蓝色的呢？"

"那是她妈难产，血凝结了太多，所以，胎胞上带着这些凝血，给人的感觉就是蓝色的。"周孝明觉得眼前的小姑娘非常可爱，就对她说道。

"你怎么知道她妈生她时难产呢？"小姑娘好奇地问周孝明道。

"节子，不能这样没有礼貌。"藤泽温和地对小姑娘说道。

"我叫藤泽节子，初次见面，请多多关照。"这个自称节子的日本小姑娘对周孝明自我介绍了起来。

"我叫周孝明，是那个新娘子的弟弟。"

"哗，太奇妙了，能给我讲讲她的故事吗？"节子天真地笑了起来。

"孝明，我到处在找你，你怎么在这里？"小弟走到了周孝明面前，他看见了日本人和周孝明在一起，就用疑惑的眼神望着周孝明。

"我坐在这里看书，正巧遇到了他们。"周孝明耸了耸肩说道。

"你今天是新娘子娘家的代表，不见你人，大家都急死了。对不起，我们失陪了。"小弟说着，就拉着周孝明离开了日本人。

周孝明被小弟拉着衣服觉得十分不爽，他一边挣脱一边回头对节子说："我会来找你玩的。"

"没出息的家伙，你莫非要找她做老婆？"小弟骂道。

"我根本没想过这回事，但你提醒了我。"周孝明说完这句话，就哈哈大笑起来。

"神经病。"小弟轻轻骂了一句。

婚礼进行得非常圆满，杨菊芳在婚礼上也出足了风头，她已经换上了她心爱的旗袍，那是一件大富大贵的牡丹图案的绸缎子旗袍，穿在杨菊芳身上尽显出女人的风韵，那原由梳头娘姨盘起的发髻，现在已经放下，长长的头发披在肩上，那长长的波浪随着杨菊芳的走动，一步一波动。

约翰夫人见杨菊芳如此妖媚，就对自己的先生低语道："不知道的人还以为今天是姚太太结婚呢。"

"女人就喜欢出风头。"约翰也笑道。

"特别是中国女人的虚荣心最大。"约翰夫人随着丈夫的话，又加了一句。她看着杨菊芳，就如在看戏。

杨菊芳和姚福财对每一桌宾客一一敬酒。当杨菊芳走到朱琪洁面前时，就笑着对朱琪洁说道："朱小姐什么时候请我们喝喜酒呀？"

朱琪洁一听，顿时，那张圆圆的脸红了起来。她拿起酒杯对杨菊芳说道："借伯母大人的吉言，只是我年纪尚小，还没有男朋友。"

"哦，你是我们蓝宝的同学，她都结婚了，你也快了，等你的喜讯啊。"杨菊芳说着，就用酒杯碰了碰朱琪洁手中的酒杯，用她的浓浓鼻音笑道。

这时候，朱琪洁就用她的眼神瞟了瞟坐在周孝明身边的小弟。此时的小弟穿着一件白色的衬衫，那张青春张扬的脸庞上洋溢着快乐的光芒。他和周孝明坐在一起，看上去就像两座巍峨的山峰，但周孝明比小弟长得更英俊。可俗话说"情人眼中出西施"，此时的朱琪洁眼中，小弟就如西晋的美男子潘安。想到潘安，朱琪洁的心就跳得更快了，她想起了在虎啸周，在周凤仙家的院子里，她和小弟一起坐在草堆上，天上的星星微微闪烁着光芒，一阵清风吹来，自己不由得打了个哆嗦，姚思杰就脱下身上的衣服，披在了自己的身上。一想到这一幕，朱琪洁就感到全身温暖，心里也暖洋洋的，就想每天待在姚思杰身边。

她也知道自己做了一件对不起周凤仙的事情，但她却鬼使神差地做了。只要一想起自己在船上帮着姚思杰偷了蓝宝箱子里的银圆，想起姚思杰对陆心严的崇拜，朱琪洁就控制不住自己了，她知道自己已经完了，她深深地爱上了姚思杰。

蓝宝和姚思诚的婚礼在不同人的不同心情下圆满结束了。当大华饭店的灯光渐渐暗淡下来，当所有的嘉宾一一离开时，姚思诚这才空下来，有时间仔细地打量着面前的蓝宝。

蓝宝站在姚思诚身边，如果说姚思诚是金童，那蓝宝就是玉女。一对金童玉女如此恩爱地站在一起，十指相扣着，然后相视一笑。就这淡淡一笑，这对新人就如干柴遇到了烈火，顿时在两个人心中燃起了熊熊的爱情之火。姚思诚不顾周围有人，抱起蓝宝就向着自家的轿车走去。

蓝宝一进车厢，趁着姚思诚还没有把自己放下，她就把姚思诚紧紧地抱住，用自己滚烫的嘴唇去亲吻姚思诚的额头，吻他的眉毛、眼睛、鼻子、嘴巴。她觉得自己深深爱着姚思诚，爱他胜过爱自己的生命。

当姚思诚的手被蓝宝抓住时，他感觉到了蓝宝心中的那份爱，其实也是他的爱。他们忘我地亲吻着，同时因一种含糊不清的话语说道："我们回家吧。"

"我们回家吧"，似乎在此时，只有这句话才是这对新人所有的寄托和最好的归宿，因为家才是他们最安全的地方，是自由的地方，是他们营造爱和浪漫的地方，也是安放灵魂的地方。

汽车向着思南公馆的方向开去，夜已深，天上的月亮正圆圆地照在大地上，四周传来了阵阵的虫鸣声还有草木的清香。在树影婆娑的光影里，一个英俊的男子站在梧桐树下，望着这辆轿车驶远，眼角闪过一丝复杂的光亮，他说不出自己是在妒忌这对新人还是在祝福他们，一时找不出任何一个形容词来表达此时的心情。但他明白自己的人生目标——他要成为一名优秀的记者，要用独立、客观、公正的态度对待身边发生的事情。同样，面对自己的老同学及暗恋的爱人，也要客观公正地对待。想到这里，李大江迈开大步向着报馆的方向走去，他要抛开儿女情长，用自己的笔来实现自己的抱负，为中华民族的振兴和富强献出自己的青春。

十三

　　蓝宝的这场婚礼在众人的期待下隆重举行，虽然，宋家姐妹没有一个出场，但上海总商会会长虞洽卿、美国贸易公司的约翰夫妇、英国领事馆的查理先生、日本商行的藤泽先生等一大帮上海滩有头有脸的人物都出席了婚礼，也见证了这场颇为新式的婚礼场面，低调而奢华。酒席上以白开水为饮料、茶水为酒，在现场，作为上海市孤儿院理事长的虞洽卿提议，将婚礼上收到的礼金全部捐给孤儿院。他的提议得到了姚家的支持，并引得了全场的赞同，大家还捐出了带在身上的现金和首饰。最后虞洽卿指着自己手中的高脚酒杯，晃了晃杯中的白开水说道："我是一个喜欢喝酒的人，在我还是学徒时，拿一瓶酒灌醉了我的师傅，偷走了他的店契，去钱庄典了四百两银子，让我做成了一笔大生意。今天也是我孙子结婚的大好日子，但我要响应蒋委员长'新生活运动'的号召，提倡简朴生活，喝白开水。各位嘉宾，请举起我们手中的水杯，为新人干杯。"

　　全场响起了碰杯的声音，夹带着"以茶代酒，天长地久""新郎新娘早生贵子""新生活运动万岁"的祝贺声。

　　"新生活运动"是民国政府为改善国人的生活状态和精神面貌而提倡的。早在几个月前，蒋委员长在南昌就"新生活运动"发表了演讲，蒋夫人宋美龄女士大力宣扬妇女要成为改造家庭生活的原动力，她向全国女性呼吁："知识较高的妇女，应当去指导她们的邻舍，如何管教儿女，如何处理家务，并教导四周的妇女读书识字。"但她也承认，"中国的妇女，非但多数没有受教育的机会，而且大半仍过着数百年前的陈旧生活。"为此宋美龄在推行"新生活运动"时是不遗余力的，她开会、撰文、宣传、演讲、督导和接受国内外媒体访问，忙得不可开交。

虞洽卿是蒋介石忠诚的追随者，而杨菊芳是宋美龄的忠实粉丝，蓝宝这场婚礼充满了蒋宋的意识氛围，也在情理之中了。但李大江却用冷冷的目光把一切看在眼里，他认为这是一场作秀，一场台面上的风光而已。真正响应国府号召，就应该唤醒更多的人去响应"新生活运动"，走上社会。于是，李大江提前退出了现场。

今晚，李大江的心情是沉重的，也很复杂。作为新人的朋友，他在心里为他们祝福；而作为一个正常的男人，看着自己心爱的姑娘成为别人的新娘，那种心情就如天要塌了一样。但李大江是一个有思想和定力的人，他克制了自己的悲哀，让自己冷静下来，因为，在他认识蓝宝之前，蓝宝就已经和姚思诚定下了终身，这一切都是命，冥冥之中也注定了他和蓝宝有缘无分。

李大江回到了申报馆，他刚走进办公室，编辑室黄主任就来找他说："李大江，派你一个去南京采访的任务。据最新消息，国民政府已经在全国上下开展'新生活运动'，你今晚就坐火车去南京采访。给你两天时间采访和写稿。两天后，我要看见你的文章上报。"

"我去采访谁?"李大江一时还没有明白过来黄主任对自己讲的话，就问道。

"作为一个记者，采访任务明确了就该知道采访对象了。难道，这也要我对你讲明白?"黄主任回道。

"我和国民政府里的人没有关系呀，你让我去找谁?"李大江皱了皱眉头道。

"你不是有个表妹在《中央日报》当记者吗? 她肯定会帮你的。"黄主任说着，脸上露出诡秘的笑意。

李大江听后就摸了摸自己的后脑勺，冲着黄主任笑了笑，回到自己的办公桌前，拉开抽屉，取出一封信件。这是唐糖写给他的信，这封信李大江一直放在抽屉里没有看。现在，他打开信封，信封里滑出一张照片，照片上戴着国民党军帽的唐糖对着李大江在笑，李大江也对着照片上的唐糖微微一笑，就把照片放回了信封里，再抽出信看了起来。唐糖给李大江的信内容很简单，就是告诉李大江自己回南京了，但心里却放不下他这个"表哥"，期待下次再见。李大江看完就将信揣进了一沓文稿里，拿起文稿放进了公文包，然后拎起包就走出了编辑室。

李大江走到了报馆外面，迎面驶来一辆人力黄包车，就坐了上去对车夫说道："北站。"

就在李大江向着火车北站方向去的时候，他突然看见了路上有两个熟悉的人影向自己走来，定睛一看，原来是小弟姚思杰和朱琪洁他们两个。于是，李大江就叫黄包车夫停了下来，他问小弟道："这么晚了，你们俩是唱的哪出戏？"

"李大记者，我们想登报找个人。"朱琪洁看见李大江，就快嘴快舌地说了出来。

"想找谁？"李大江看着小弟问道。

"是这样的，想找个叫陆心严的教书先生，我们是在'江亚号'轮船上认识的。"朱琪洁又抢着回答道。

"素昧平生的人为什么要找他？"李大江仍看着小弟问。

"她都说了，你就问她好来。"小弟幽默地说道。

"登报找人是件很容易的事情，你们去报社找负责刊登寻人启事的张先生就行了。"李大江说完就要坐回黄包车里，他又像想起了什么事情似的，转身对朱琪洁笑着说道，"女孩子对人对事要矜持一点哦，不要遇见一个男人就忘记自己是大小姐的身份。"

"李大江你说话好听点可以吗？你以为我是那么随便的人吗？我是陪姚思杰来找人的，要不是他想找陆先生，才不关我什么事呢。"朱琪洁觉得自己受了委屈。

"你老是说为了我什么的，我的事不用你管。"小弟的脸红了起来。

"嗯嗯，姚思杰，有姑娘喜欢你了。"李大江似乎发现了什么秘密似的笑着，"不过现在的社会很复杂，不能随便认识了一个人就作为朋友的。"李大江继续说道。

"听说，那个陆先生还是一个什么组织的人。"朱琪洁说道。

"什么组织？会不会是共产党？"李大江顿时警觉起来。

"不是的，她老是瞎说。"小弟马上打起圆场。

"是的，我是瞎猜的。"朱琪洁发觉自己说漏了嘴。

"你们都是我认识的朋友，我希望你们好好读书，将来为建设自己的国家献出我们的青春。交朋友不能随便交的，比如我和姚思诚那是同学的关系，大家知根知底，这样才能做朋友的。"李大江以一个大哥的口吻对面前的姚思杰和朱琪洁说道。

"我们明白了。"朱琪洁又抢在小弟之前回答道。

"真是一个快嘴快舌的小姑娘。对了，我要去南京采访，还要赶火车，失陪了。"李大江说着就叫车夫拉起黄包车走了。

"你什么时候不管我的事有多好。"小弟对朱琪洁说道。

"不是我要管你的什么事，而是我也要找陆先生呀。"朱琪洁觉得自己受了委屈。

"好了，不生气了。"小弟用一种友好的口气对朱琪洁说道。

"为了你们姚家的人，我都离家出走了这么多日子了，也没有听到你一句感谢的话。"朱琪洁说道。

"那真的对不起你了，要不，等会儿我送你回家？"小弟说。

"我不回家。"朱琪洁发觉小弟对自己的态度有了转变，就开心地笑了起来。

"你疯了，你是一个女孩子，怎么老是野在外面？"小弟说道。

"我才没有疯呢，我就跟着你。"朱琪洁说。

"我到哪儿你也到哪儿？我去杀人你也去？"

"嗯，你杀人，我帮你扛枪。哦，对了，你偷东西，我帮你一起偷。"朱琪洁说到这里，就哈哈大笑起来。

小弟一听朱琪洁的话，想起了在"江亚号"轮船上拿了蓝宝的银圆，他也哈哈大笑起来。这两个人一起笑着，笑成了一团，朱琪洁就顺手搂着小弟的胳膊，一边笑得浑身发抖，一边拉着小弟的胳膊往他身上倒。

小弟被朱琪洁的肢体摩擦着，他的身体碰到了朱琪洁的胸部，就这样轻轻一碰，小弟的身体就像被电击了一下，他慢慢地把自己的脸向朱琪洁靠近，伸出了双手，从朱琪洁的脸上摘下了戴着的眼镜。这时候，朱琪洁就叫了起来："摘我眼镜干吗？姚思杰，我看不见了。"

小弟不管朱琪洁怎么叫，把自己的嘴唇猛地一下子贴在了朱琪洁的嘴唇上。朱琪洁被小弟那突然的亲吻一下子激动起来，她感觉自己要晕过去了。于是她闭着眼睛，双手紧紧拉着小弟的胳膊，只觉得自己的身子轻飘飘的，飘到了一个什么也看不见的地方。她拼命地拉着小弟的胳膊，她想呼叫"救命呀"，可她叫不出来，因为她的嘴被小弟的嘴唇紧紧封住了。朱琪洁也就启开了自己滚烫的嘴唇，热烈而激情地回应着小弟的亲吻。

如果说，一对年轻人的相爱是由互相产生爱慕之情而升华到爱情，那只是爱情的开始，是一种灵魂的沟通，只有通过肉体和津液的交融，才会产生真正的男欢女爱之情。这世界上所有的爱情不是空洞的想象，而是肉身与灵魂的沟通，这才是爱情的目的。如果这两者都得到了，那么爱情才算是完美。

说真的，小弟最初并没有真正喜欢上朱琪洁，但他是一个男人，任何一个男人都抵抗不了女性身上散发出的魅力，何况朱琪洁是一个纯朴天真的少女，有她自身的魅力，有她少女特有的气息。比如，朱琪洁敢说敢做，往往小弟想说又不敢说的话，朱琪洁已经帮他说出来了。特别是小弟吻着她时，他发觉自己原来是喜欢朱琪洁的，喜欢她的率真，喜欢她的身体和她的味道。

"做我的女朋友。"小弟用含糊的语气对朱琪洁说道。

"就做女朋友？"朱琪洁一听，马上从小弟的怀抱里挣脱出来。

"先做女朋友。"小弟又补充了一句。

"你吻过我了就要为我负责。"朱琪洁说着就突然哭了起来。

"哭什么呀？"小弟觉得奇怪了，以为自己把她弄痛了。

"我听我家娘姨说过的，女孩子被男人吻过了就要怀孕的。"朱琪洁仍用她的天真语气说道。

"哈哈，这是骗人的话，不会的。"小弟笑了起来道。

"如果我怀孕了怎么办？"朱琪洁又追问道。

"那我们就结婚，我是你肚子里孩子的父亲。"小弟说道。

"你吃我豆腐，姚思杰你是大坏蛋。"朱琪洁一听就笑了起来，那是一种开心的笑，因为她是在试探姚思杰对自己的态度，现在她终于试探到了姚思杰的心。原来，男人吻过你后就会喜欢上你。想到这里朱琪洁就感到兴奋起来，她想起了周凤仙对她说过的话："要想知道亲吻的滋味，自己亲身体会后就知道了。"是的，周凤仙没有说错，她也尝到了爱情的伟大力量。在爱情甜蜜的氛围中，朱琪洁被包围在一团白雾弥漫的世界里，她看到的都是姚思杰的世界，忘记了自己的存在，忘记了自己的价值，因为从现在开始，她已经疯狂地、迷失了自己地爱上了姚思杰，这也为她以后的命运注上了浓浓的一笔。现在，这对年轻人在申报馆办完寻人启事后，就沿着山东路向北走，一直走到了苏州河边。他们的脚步轻盈，沐浴着河边的微风，心里在等待着明天《申报》出版后，又会是怎样的奇迹出现？陆心严会看到这则寻人启事吗？但此时，爱情之火在他们胸中燃烧，可以用陈歌辛创作的一首歌来形容他们：夜留下一片寂寞，河边不见人影一个，我挽着你，你挽着我，岸堤、街上来回走着；夜留下一片寂寞，河边只有我们两个，星星在笑，风儿在妒，轻轻吹起我的衣角，我们走着迷失了方向，尽在岸堤、河边彷徨，不知是世界离弃我们，还是我们把它遗忘；夜留下一片寂寞，世上只有我们两个，我望着你，你望着我，千言万语变作沉默……

每一个人的命运都有各自的归宿，在走向归宿的道路上讲述着不同的过程，这过程是由喜剧和悲剧组成的。但在当下，最幸福的人就是蓝宝了。

蓝宝和姚思诚回到了思南公馆。姚思诚从车子上下来后，蓝宝就拉着姚思诚的手一起走到了那座有着红色木框玻璃门的公馆面前，她仿佛还沉浸在一种梦境里，她怕失去眼前的一切，所以，她紧紧拉着姚思诚的手。

夜色已经完全降临，夏日里的风吹来了花园里的芬芳，静静的夜幕下，那一幢幢的花园洋房里透出微弱的灯光，那暗淡的灯光射出的光环笼罩在像童话世界一样的城堡上，空气里弥漫着草木的清香，在丝绸一般的梦境里袅袅升起风的声音，在梦境里有轻轻的钢琴声穿过花香的空气，给思南路上的雅致更增添了几分浪漫。

　　蓝宝依偎在姚思诚的怀里，她不愿迈开脚步，她怕自己那细小的步子一不小心就会踏碎眼前的宁静，同时也怕失去身边所有的人和事，于是，她只是紧紧地把自己的身子贴在姚思诚的怀里。

　　姚思诚的心也被眼前这片美好的景致迷醉，不知说什么才好，但他完全明白蓝宝此时的心情。是的，他们是一对新婚夫妇，他们想做什么，谁也没有权利来干涉他们，他们是自由的，是幸福的。于是，他弯下身子，把蓝宝抱起，用一只脚踹开了阻挡他们前进的房门，大步地跨进了属于他们的新房。

　　蓝宝紧紧搂着姚思诚的脖子，她听到了自己的心跳声，也听到了姚思诚那急促的呼吸声，但她还是不敢动，只是紧紧地闭着自己的眼睛，她相信奇迹马上就会出现。就在她的企盼中，她听到静静的房内有一声清脆的声音响起来，接着眼前一片光亮。她立马睁开眼睛，天哪，她看到了一个精彩的画面，她的头顶上吊着一座晶光锃亮的水晶灯，那灯上的每一个光环就如一颗天上的星星。蓝宝一下子从姚思诚的怀里跳了下来，站在屋子中央，拉起穿在自己身上的裙子的下摆就在原地打起了旋，她不停地旋转着，仿佛置身于一个童话世界……

　　姚思诚看着蓝宝那兴奋的模样，又随手拉了一下房里的电闸总开关，刹那间，整幢楼里的灯光都亮了。随着整幢楼的灯光亮起，楼梯上传来了婚礼进行曲，那优美的旋律回响在房子里。这些美丽的灯都是姚思诚从洋行买来的，全是从美国进口的。听说，美国的拉斯维加斯（Las Vegas）就是以这样的灯光吸引了全美甚至全世界的目光，成为世界旅游胜地，也是有名的赌城。作为追求新潮的一对新人，除了理想上向往文明，在物质上也是同理。姚思诚迈着绅士的脚步，轻轻走到蓝宝面前，他弯下了腰对蓝宝行了一个文明礼，说道："周凤仙小姐，你愿意嫁给姚思诚为妻吗？"

蓝宝昂起她那张充满幸福和甜蜜的笑脸看着姚思诚，对他伸出手说道："我愿意。"

"不管我以后贫穷还是疾病，你都对我不离不弃？"姚思诚学着神父的口气又说道。

"不离不弃。"蓝宝激动地说着。

"你生是姚家的人，死是姚家的鬼。"姚思诚又说道。

"你不会让我说嫁鸡随鸡嫁狗随狗吧？"蓝宝突然想到了嬷嬷对自己说过的话，就笑着问姚思诚。

"唉，这句话多难听，什么狗呀鸡呀。你是凤凰，凤凰于飞，翙翙其羽。"姚思诚学着老太太说话的语气说道。

"我不知道凤凰于飞的意思，你的学问比我高，这是出自哪里的诗句？"蓝宝问姚思诚。

"是诗经里的，它还有下句叫：翙翙其羽。《诗经·大雅·卷阿》：凤凰于飞，翙翙其羽。意思指凤和凰相偕而飞，比喻夫妻和好恩爱。"姚思诚说道。

"你以为我真的不知道《诗经》？姚思诚你也太小看我了，呵呵。还有唐代的颜真卿在《和政公主神道碑》中如此写道：凤凰于飞，梧桐是依。嗪嗪喈喈，福禄攸归。"蓝宝说着就调皮地笑了起来。

"你爱我吗？"姚思诚望着蓝宝问道。

"我会爱你一辈子的。那你现在也来回答我的话啊：姚思诚，你愿意娶周凤仙小姐为妻吗？"蓝宝觉得非常有趣，她就和姚思诚像玩家家一样闹着玩。

"你已经是我的妻子了，从现在起你就给我生孩子。"姚思诚说着就把蓝宝拉进了怀里热烈地吻着。

"姚思诚你不讲道理，还封建，我坚决反对男人以爱的名义让女人为他生孩子，告诉你，女人除了生孩子，还可以做很多事情。"蓝宝在姚思诚的怀里挣扎着说道。

"我现在是你的丈夫了，不许再叫我姚思诚，也不许叫我哥哥了，就叫我思诚。"姚思诚放开了蓝宝，用他温和的手轻轻地抚摸着蓝宝的脸说着。

"我想去参加阴丹士林蓝布模特儿的应征，我想去接触社会。这次去宁波乡下，看到很多人在受苦，特别是在渡船上，看到一个小姑娘拉着两眼瞎了的爷爷一路卖唱，他们身上没有一件好衣服，也没有住的地方，就以船为家。可我们却住着这么好的房子，还在大华饭店举行隆重的婚礼，虽然我们的礼金全部捐给了孤儿院，可这些钱能解决天下所有孤儿的温饱吗？"蓝宝躺在姚思诚的怀里，这是她和姚思诚从分别到重逢，直到今晚成为他的新娘后第一次畅所欲言。

姚思诚望着自己的新婚妻子，只见蓝宝那张布满幸福和快乐的脸上多了一份成熟，并在水晶灯光下闪烁着无比的光彩，不由得再一次低下头去亲吻蓝宝："我同意你去接触社会，但现在你是我的妻子。"

蓝宝迎着姚思诚的热吻，他们拥抱在一起，并顺势滚到了地上。

地上铺着羊毛地毯，软软的，柔柔的。姚思诚把蓝宝放在地毯上，睁大着眼睛从头到脚看着蓝宝的身体，一边用手抚摸着，一边说道："真美。"

蓝宝却闭着眼睛，把头抵在姚思诚的胸前，轻轻说道："把灯熄了，我怕这光。"

四周一片黑暗，让蓝宝觉得自己一下子从天堂坠落到地狱般，觉得自己被一座大山压得喘不过气来，但接着的就是兴奋，是兴奋带给她身体里的一种高潮。刹那间，她浑身觉得发烫，再是一阵阵隐痛，但很快她就感觉到了一种快乐。于是，她抱着姚思诚的身体，用她自己一生所有的努力，迎合了他们之间第一次的交媾，她在性交的过程中尝到了一种神奇的感觉，她以为只有她自己才会有这种感觉，同时，她相信他也享受到了这份感觉，也只有她才会给他这种享受。蓝宝在第一次的性交中就如此自信，她更自信自己这一生永远是姚思诚的女人，没有任何一个女人能取代她，也没有任何一个男人能取代姚思诚。

姚思诚从来没有感觉到女人的身体是如此的神秘，又觉得蓝宝就如一座隐藏着无尽宝藏的高山，他一时无法占领，但他必须去占领，否则此山不占领，那他就会死。

蓝宝顿时觉得自己的身子里有一股暖流，随即流进了心里，她就抱着姚思诚喃喃自语道："我要死了。"说完她就哭了。

"我们一起死。"姚思诚亲吻着蓝宝，这对新人的洞房花烛夜，在浪漫和激情的肉体和情欲中得到了完美的释放，甚至让姚思诚都忘记让蓝宝欣赏这座公馆里的所有设计。

不过，姚思诚不急，他本来就是一个设计师，还是一个修理师，思南公馆里的所有设计和布置都是姚思诚趁蓝宝回虎啸周时进行的，他要给蓝宝一个惊喜。可洞房花烛夜却是在最激情的高潮中到来，也是最完美的演绎。但姚思诚的心里非常欣慰，因为，从今天开始，蓝宝每天要生活在这里，她是这个公馆的女主人，是姚思诚的太太。他们以后有的是时间去欣赏。不久的将来，他们还会有孩子，他们会成为父母亲，再随着孩子们的长大，他们就会携手到老恩爱永远。如果，现在思南公馆是他们的娇屋，那么将来就是他们养老送终的地方，他会和蓝宝手拉着手一起走在公馆的梧桐树下看夕阳西下，看梧桐树叶飘向土壤。

此时，朱琪洁和小弟已经从苏州河边回到了淮海路上的朱公馆，可他们俩躲在朱家的花园里亲热地不愿分手。

"你先回家，我看着你走进去，我再回去。"小弟对朱琪洁说。

"我看着你离开了，我再回家。"朱琪洁对小弟说。

"我不回去，我要看着你进家门口，我再回去。"小弟固执地说着。

"我不忍心让你一个人站在花园里。我要看着你先离去我才进家。"朱琪洁也偏强地说着。

"那我们都不回去了。"小弟笑了起来说道。

"真的？那我们就在花园里过夜?"朱琪洁说着就用她的手去搂着小弟的脖子道。

"我怕你会受凉。"小弟说着，就脱下穿在自己身上的一件衣服，披在了朱琪洁的身上。

"我人胖，不怕受凉。"朱琪洁取下小弟披在自己身上的衣服对小弟说。

"那我们就挤在一起吧。"小弟说着也伸出了手把朱琪洁抱在了怀里。

"刚才我们在《申报》登的寻人启事，那个陆先生会看到吗?"小弟问朱琪洁道。

　　"他是读书人，应该会看报纸的，只要看报纸他就会看到我们寻他的启事。"朱琪洁分析道。

　　"如果陆先生真的是共产党，他会接受我们吗?"小弟又问朱琪洁道。

　　"陆先生肯定是共产党了，这个你不用怀疑。"朱琪洁说道。

　　"我想也是。听他讲的一些话就是共产党人的语气。不过我真的崇拜共产党人，佩服他们的勇气，那种全世界无产者联合起来，解放全世界被压迫的人类。你听听，这种话的气概多么伟大和霸气。就凭这种气概，这世界早晚是共产党的。"小弟说着就激动起来。

　　"我不崇拜任何主义，因为我母亲信仰基督，她希望我也相信耶稣，但我还没有接受洗礼。不过，你如果信仰共产主义，我就跟着你一起信仰共产主义，就不信基督了。"朱琪洁激动地对小弟说道。

　　"共产主义和基督教应该不是一个派系，宗教是虚无缥缈的事情，你看到过天堂吗? 可共产主义是真的，是一个叫马克思的德国人提出来的，这是一个社会发展趋势，人人有饭吃，有衣穿，消灭贫富差异，是全人类奋斗的目标。"

　　"你怎么知道得这么多?"

　　"在我很小的时候，我看到了上海马路上那些被杀的共产党人，他们临刑前高呼共产党万岁，还高唱《国际歌》。其中有一个和陆心严长得十分像的人，戴着镣铐，大义凛然地对观看的人群演讲，他说英特纳雄耐尔一定会实现。"

　　"所以，你一见陆心严就有一种似曾相识的感觉?"

　　"是的。其实那个高唱《国际歌》的人影一直在我脑子里出现，等我长大了，就特别留意这方面的事，并知道了有一本《共产党宣言》的书。"

　　"你有这本书? 小心被杀头啊。"

　　"我不怕，一个国家就应该容许各种声音存在，有国民党，也应该有共产党，为什么要大肆屠杀发出不同声音的人? 你说对吗?"

　　"你说的都对。我听你的。"

"你什么都好，就是喜欢跟着我的观点走，这点不好。"小弟笑着对朱琪洁说道。

"我可是有主张的人哦，你没有看见我，为了陪周凤仙回虎啸周，我竟然离家出走。现在，又陪着你。我嘛，是喜欢你呀。"朱琪洁说着就在小弟的脸上亲了一下。

小弟被朱琪洁一亲，心里升起一股悲壮，对朱琪洁说道："我们的信仰也许会让我掉了脑袋。"

"不，我不允许你这样说。"朱琪洁说着，就把脸靠在了小弟的胸前，然后一起躺在草地上，望着天上的星星，天上的星星也望着他们。

朱琪洁把头枕在小弟的胳膊上，望着蔚蓝的天空，望着星星，她突然有一种悲怆的感觉，她想起了一首散文诗，就用英文朗诵起西班牙诗人麦斯特勒思的《夜莺》：

一

当年轻的夜莺们学会了"爱之歌"，他们就四散地在杨柳枝间飞来飞去，大家对着自己的爱人唱着——在认识之前就恋爱了的爱人——唱着。

大家都唱给自己的爱人听，除了一只夜莺，他抬起了头，凝望着天空，并不歌唱着地过了一整夜。

"他还不曾懂得那'爱之歌'哩！"——其余的夜莺们互相说着——他们就用了轻快的声音欢乐地杂乱地唱着讥刺的歌。

二

他其实是知道那"爱之歌"的，然而，唉，这不幸的夜莺却在上面，在群星运行着的青青的天空看见了一颗星，她眨着眼睛望着他。

她望着他，慢慢地往下沉着，在黎明之前不见了；这不幸的夜莺望着她，目不转睛地望着——当那颗星下去了之后，他仍是出神地、悲哀地等到夜间。

198

黑夜来了，这夜莺就歌唱着，用了低低的声音——极低的——向着那颗星；歌声一天一天地响了起来，到盛夏的时候，它已经用响响的声音歌唱着了，很响的——他整夜地唱着，并不望一望旁边。而天上呢，那颗星眨着眼，永远地望着他，似乎是快乐地听着他。

等到这爱情的季节一过去，夜莺们都静下了，离开了杨柳树，今天这一只，明天别的一只。这不幸的夜莺却永远停在最高的枝头，向着那颗星歌唱。

三

许多的夏季过去了，新爱情赶走旧爱情，而那"爱之歌"却永远是新鲜的，每一只夜莺都向着自己的新爱人歌唱……但是这不幸的夜莺还是向那颗星唱着。

在夜里，他并不注意在他的周围已经有比他更年轻的声音歌唱着了。在夜里，简直并不想到他的兄弟们全都死掉了；这向天上望着的、向那颗星歌唱着的夜莺，从最高枝头跌下来死了。

那时候，那些年轻的夜莺们——每夜每夜向着他们的新爱人唱着歌的那些——不再歌唱了，他们用了杨柳叶掩盖了他，说他是一切夜莺中最伟大的诗人。可是他们却永不曾知道，他正是在杨柳树间的一切夜莺中受了最多的苦难的。

朱琪洁念到最后时，已泪流满面，她仿佛看到了那颗在天上对着自己眨眼的星星，她就是站在杨柳枝叶上不停地对着天上的星星歌唱的夜莺，最后，从最高的枝头上跌下来死了。她就是那只为了爱情跌死的夜莺，但她愿意，为了姚思杰，她愿做这只夜莺。她也知道这是麦斯特勒思的一出悲剧性的文学艺术创作。但所有伟大的艺术都是悲剧，因为它揭示出了人类生存的真相——境遇的悲哀。而麦斯特勒思的散文诗《夜莺》是一出悲剧中的完美的悲剧，所以，悲伤既是它的过程又是它的结局。

想到这里，朱琪洁就扑在小弟的身上失声痛哭起来。

小弟没有听懂朱琪洁在念什么，但他看到朱琪洁那副悲伤的模样，就对她说："以后有我在，就不要哭。这世界是不相信眼泪的。"

"好的，我会跟你走到天涯海角。"朱琪洁马上擦干了眼泪说道，然后，她就告诉小弟，自己刚才念的是西班牙诗人麦斯特勒思的《夜莺》，她对他说《夜莺》体现了诗人对爱情和生命的悲剧表现，但是以崇高和优美完美地表达了诗人对生活的释义。

小弟听着，把朱琪洁搂在了怀里，在她的耳边轻轻说道："我会每夜对着星星对你唱'爱之歌'的。"

此时，夜风中传来了鸟鸣声，如夜莺在歌唱。在这样美丽的夜晚，小弟拥着朱琪洁在朱家的花园里甜蜜地睡着了。人们都怀着不同的美梦进入了梦乡，只有周孝明一个人睡在姚家的后厢房里，对着天花板发呆。周孝明睡在姚思诚睡过的床上，隔壁的床是小弟的，他一直在等小弟回来，他想和小弟聊聊。

从某种角度来说，他并不喜欢姚家的人，更不喜欢姚思诚。但说不出自己为什么不喜欢这个姐夫的任何理由。在他从虎啸周送姐姐回上海的一路上，姐姐就不停地讲姚思诚的事情给他听。按理说，他喜欢自己的姐姐，那么，姐姐喜欢的人他也应该喜欢。可一看到姚思诚他就从心里对他产生了反感，横看竖看就是不对眼。特别是那个杨菊芳，周孝明一想起她那个样子就想呕吐，她那走路的样子就像一条蛇，一个妖精。相比之下，他对老太太还是喜欢的，特别是老太太对自己笑时，他感到了一份亲情，就像看见了自己的阿娘一样。他没有看见过自己的阿娘，但从老太太的身上和说话的口气里他感觉到了。尤其是老太太用了石骨铁硬的"小顽"那句话称呼他时，让他觉得自己就是宁波人，不是东北人。

想起东北的大连，他就觉得自己十分委屈，我明明是个南方人，家乡还是个山美水美桃花盛开的地方，还是宰相的后代，奶奶的，命运却把我生在了东北这个冰天雪地的地方，而且是日本人管辖的地方。一想到自己的出生地，他就想骂人，骂自己的一些东北同学，骂那些只会耍嘴皮子、遇事就一溜烟逃走的人。

想到东北的同学，周孝明只有苦笑，他的同学有长得五大三粗的，有已经讨了媳妇的，也有年龄可以当爷爷的，他们坐在同一间教室里。当然也有日本人的孩子和自己坐在一张课桌上。

说到日本同学，周孝明还是欣赏他们的，一样年纪的孩子，他们有志向，有抱负，有团结精神。比如，中国学生和日本学生放学后在一起玩时，经常为了一件事碰到一起就打架。男孩子嘛，总是顽皮的，不顽皮就被人当傻瓜。每当一个日本孩子和一个中国孩子对打时，日本人是打不过中国人的。于是，那个日本孩子在被打后，用手揩了揩被打得出血的鼻子对中国孩子说："你给我等着，等我叫来朋友再和你打。"

不一会儿工夫，那日本孩子叫来了他的朋友，于是，几个日本人就来打一个中国人，边上几个中国人，一看自己的同学被日本人打了，也就上去帮忙打，结果被几个日本人打得落花流水，只能仓皇而逃。更奇怪的是，边上那些看热闹的中国学生，不但不帮自己的同胞，还在一边冷嘲热讽地说打架的同学是孬种，说什么早知道打不过人家就不要去惹人家。周孝明每当听到这些话，就会抡起拳头去打这些只会说风凉话的同学。于是，他经常被自己的同学打得头破血流。而在这个时候，没有一个同学出来帮他，相反的，倒是日本同学为他打抱不平，帮他打中国同学。

每当遇到这种事情，周孝明的心里是很痛苦的，那时候，还没有发生"九一八"事变，他还是一个小学生，可他已经感觉到日本人的强大。日本人在清末就和中国政府签订了《马关条约》，中国割让辽东半岛、台湾岛及其附属各岛屿、澎湖列岛给日本，赔偿日本二亿两白银，还增开沙市、重庆、苏州、杭州为商埠，并允许日本在中国的通商口岸投资办厂。《马关条约》使日本获得巨大利益，刺激其侵略野心；使中国的民族危机空前严重，半殖民地化程度大大加深。当然，周孝明知道日本人中也不都是坏人，他崇拜比自己聪明和强大的人，他在心里对日本这个国家产生了强烈的探索欲望。他已经从自己身边的日本同学中看到了日本人的团结、合作、认真的态度。于是，周孝明暗暗下了一个很大的决心，他要去日本留学，他想到了梁启超、秋瑾、孙中山等成功人士都到过日本。但他知道，自己的父母是不会同意他去的，于是，他想趁这次陪姐姐回上海的机会，瞒着家人偷偷到日本。但去日本是要钱的。

想到钱，他只能求助于小弟姚思杰了。他在上海，除了姐姐，只有姚思杰是他的朋友了。俗话说：不打不成交。自从在虎啸周，小弟骂他是汉奸，然后两人又打了一架，周孝明反而认为小弟是个男人，他不管怎么样把自己的观点讲出来了，而且讲完了也不记仇。所以，周孝明认为小弟肯定会帮他的。

夜已经很深了，周孝明却没有等到小弟回来睡觉，就已睡着了，毕竟他还很年轻，心里有再大的事情，瞌睡是战胜一切的。

每个人都睡着了，只有李大江坐在开往南京的列车上，他没有睡。

火车剧烈地晃动着，车厢里灯光暗淡，空气里弥漫着雾气和烟味，还伴有不同的打鼾声。李大江把身子坐得笔直，他在思考着。在这样嘈杂的环境下，他不愿和那些昏昏沉沉睡着的人一样，丑态百出。他是一个记者，一个对任何事情持有独立、公正、客观态度的记者，可他往往觉得自己力不从心。他想去前线采访，特别想去东北采访，可报社不允许他去。他也曾采访过几位从东北流浪到上海的流亡学生和军人，也写出了几篇呐喊的文章，比如《我们何时打回东北去？》《我的家在东北的松花江上》，但主编都以莫须有的理由退稿了。现在倒好，让他去南京采访蒋委员长提倡的"新生活运动"。

"新生活运动"旨在改变中国几千年遗留下来的劣迹，但李大江心里一直有个疑惑，这个国家的根本没有改变，政府搞再多的运动都是空的，有时候只不过是走走场面为政客服务。他是一个自由主义者，对当下国民党的独裁统治深恶痛绝，也为二十多年前的某个晚上，在上海北火车站响起的那声枪声感到悲伤，北上共商国事的国民党代理理事长宋教仁遇刺身亡。杀手杀死的不仅仅是一个宋教仁，而是中国的民主政治，从此，中国又重新回到了几千年以来的权益集团的局面中，随着党禁、报禁的开始，民主只是一个空空的口号。所以，李大江不相信此次"新生活运动"能改变中国多少命运，但他认为一个运动或是活动能改变个人命运，也就是机会。于公于私，他就想到了蓝宝，如果让蓝宝出来应聘阴丹士林蓝布模特儿，也是让她认清社会的性质，无论以后发生什么事情，对她的人生只有好处而没有坏处。

那么，现在李大江思考的是去采访宋美龄呢，还是去采访一般的平民百姓？当然，作为一个资深记者，知道写好一篇报道，内容是决定一切的。但他也知道采访宋美龄是有一定难度的，于是，他就从公文包里的一沓文件夹中取出了一张照片。

照片中的女郎就是自称为李大江表妹的唐糖。唐糖几年前就报考进了由戴笠领导的女子特别培训学校，成为一名女军人。毕业后被派到《中央日报》做了一名记者，虽然是记者，但带有军衔，属于一名少校。这位少校是在《申报》上看到了李大江的报道后，对他产生了爱慕之情，就自称为表妹对李大江展开了热烈的追求。她也曾几次写信邀请李大江来《中央日报》任职，也随信寄给他自己的玉照，并向李大江大胆地表露出自己喜欢他的意思。

可李大江志在新闻自由，也深知一个好的记者如果受任何一个党派和集团的控制，就会失去新闻的价值和意义，那就是客观、公正、自由。所以李大江没有接受唐糖的邀请，也善意地回避着她对自己的一片芳心。他喜欢留在《申报》，这个相对比较自由和客观的报纸。当然他也明白唐糖对自己的好感，也曾试着和她通过几次信，但发觉自己和唐糖这个表妹在思想意识形态上有着很大的距离。只要一说到国家的未来，唐糖就认为"三民主义"是未来中国的方向，而李大江则认为应该倡导新闻自由，提倡民主，开放各党派的言论，并把象征国家权力的"三权"，即立法权、行政权、司法权放开，这样国家才能得以发展。

可唐糖强调将党放在国上是中国国民党"一大"以后的宗旨，也是推动国民革命的纲领，以党治军、以党治党、以党治政，党权高于一切，一切权力属于国民党。

每当谈到这些，李大江就发觉唐糖已经不是一个女人的样子了，她就像一个受过特种训练的机器人，在她眼里，党国利益高于一切。李大江心里明白，如果自己和唐糖订下了男女恋爱之事，那他今后的理想和事业都会因为唐糖而消失。李大江是个成熟的男人，他有自己的理想，故一直没有向唐糖表白。

其实，他心目中的女子就要像蓝宝一样，不但长得漂亮，而且更要有女人味。但蓝宝已经是自己最好的朋友姚思诚的妻子了。古人说过：朋友妻不可欺。

想到这些，李大江已经对此次南京采访任务有了腹稿，他准备去找唐糖，如果条件允许就让唐糖为自己引荐去采访宋美龄女士，然后根据"新生活运动"的各项规则，请出蓝宝参加阴丹士林蓝布的宣传，让国人一改在衣着行为上的不文明习惯，也配合宋美龄女士为"新生活运动"在上海的推行做些宣传活动。

想到蓝宝，他的眼前就出现一个身穿阴丹士林蓝布做成的旗袍，站在自己面前微笑的女子，他看见了原野上的一片凤仙花，自由地开放着，有红，有蓝，有黄……

十四

　　天亮了，太阳悄悄挂上了树枝，几只欢乐的小鸟在枝头上飞来飞去，发出叽叽喳喳的声音。蓝宝在一阵鸟叫声中惊醒。她睁开眼睛时，看到天花板上映着从窗外反射进来的树叶子，影影绰绰。窗外的风轻轻一吹，那婆娑树影反射在天花板上，折射着光线的美，犹如凤凰在天花板上飞来飞去。她突然发觉自己到了似曾相识的地方，但一时想不起来这是什么地方。

　　蓝宝仔细打量起四周的环境，她看见一只大大的衣柜、梳妆台，还有自己睡的床，这张床就如一个戏台，四面是雕刻了象牙饰品的柱子。这些家具全是红色的，在阳光的照耀下透着云丝一样的纹路。当蓝宝看出了家具的颜色后，就想起了自己小时候就睡在这样的床上，也有这样大的衣柜。她记得母亲曾告诉过她，这些家具全部是祖上传下来的，是一种叫小叶紫檀的红木。可惜的是，这些祖传宝贝在那年的洪水中全部毁了。

　　蓝宝一想到九年前的那场大洪水，就想起了姚思诚。这时，她才朦朦胧胧想起了一些事情，想起了昨天晚上发生的一些事情，但这些事情都发生在哪里呢？于是，她低头去看自己的身体，发觉自己已经穿上了一件睡衣躺在床上。她马上警觉地伸手去摸边上的枕头，枕头边空空如也，她又伸出一只脚去摸索身边有什么人在，又是什么也没有。难道昨天晚上发生的一切都是幻觉？蓝宝迅速用她那种敏感的思绪让自己回到昨天晚上经历过的一切。终于，她想起来，现在自己就躺在思南公馆里，睡在属于自己和姚思诚的床上。于是，她马上起床，披了一件外套走到房门口，当她正想要拉开房门时，突然听到了楼下传来有人说话的声音，她就驻足聆听起来。

这一听，她听出来是姚福财和杨菊芳在和姚思诚说话，马上害羞地用手捂住了嘴巴，然后偷偷一笑，迅速返回房内，对着梳妆台整理了一下自己的发型，准备下楼。可她发觉自己身上穿的是睡衣，马上停住了下楼的脚步，再返回房内，打开衣橱挑了一件小黄花的碎花布料的旗袍穿在身上，左右打量了一下，这才迈着轻盈的步子下楼去见自己的公公和婆婆了。

姚福财和杨菊芳一早就来到了思南公馆看自己的儿子和儿媳妇了，特别是杨菊芳，做妈的还一时舍不得自己的儿子，担心儿子一早醒来没有吃的。于是，杨菊芳就早早起床，亲自到灶披间和奶妈一起为这对新人做了可口的早饭。同时，杨菊芳还为这对新人带来了一个娘姨，一个看上去才三十来岁的女人，那女人长得眉清目秀，一双眼睛看人时骨碌碌转，一看就是个聪明伶俐的娘姨。

"思诚啊，姆妈担心你们年轻不会安排生活，怕你们吃了上顿没有下顿。所以，在你们要成亲时，就托奶妈为你们找了个娘姨，是奶妈的同乡，她姓王，为人厚道，以后就让她来照顾你们的起居饮食，这样姆妈和阿爸也放心了。过来，王娘姨，见过你的主人吧。"杨菊芳说着，就让王娘姨来见姚思诚。

"见过大少爷。"王娘姨对着姚思诚行了个主仆之礼。

"王姨，你的年龄比我们大，以后我就叫你王姨可以吗？不要叫我大少爷，就叫我先生吧。"姚思诚笑了笑对王娘姨说道。

"谢谢先生。"王娘姨说着，就把杨菊芳带来的早点从一个竹提篮子里一一摆到饭桌上，对姚思诚说，"先生，趁早点还是热的，就先吃吧。"

"不，等我的太太下来了我们一起吃。"姚思诚说道。

"好的。"王娘姨把早点又放回竹篮子里，然后戴起袖套和饭单整理起客厅来。

"思诚，你也成家了，接下来有什么打算？"姚福财说道。

"蓝宝高中已经毕业，如果她还想读书，就让她继续求学。"姚思诚说道。

"已经结婚的人了，还读什么书呀，快给我生孙子吧。"杨菊芳笑了起来道。

"我不是问蓝宝的事，我是问你。你是男人，又是姚家的长子，姚家的事业你有什么新的打算?"姚福财说道。

"我一直想把我们的汽车修理业务扩大，根据现行汽车行的经济条件和技术实力，我们完全可以从修汽车到生产一些汽车零件，我最大的目标想开个造汽车的工厂，生产出我们自己的汽车。俗话说实业救国，只有国家强大了，姚家的事业才会兴旺。"姚思诚对着自己的父亲说出了自己的宏大目标，也是他的人生目标。

"是呀，俗话说大河满了小河才有水。实业救国也是你舅公一贯奉行的生意之道，他从一个油漆店里的学徒到现在上海滩上的大亨，靠的就是经济实力和做人，他从小就有一种高人一等的远见，看见海滩上的海贝就说是金子。一个男人就该有这种宏伟的胸怀，心有多大，事情也就能做得多大。好，我同意你这样做，你把自己的想法写个书面预算给我，再让你舅公给评估一下，我们不做亏本的生意，但做事情还是要有魄力的。"姚福财用一种很满意的口吻对姚思诚说着。

这时，姚思诚看见蓝宝从楼上下来，马上迎了上去对她说："睡醒了吗?"

"嗯。"蓝宝冲着姚思诚点了点头。当她看到姚福财和杨菊芳时，脸不由得红了起来，就如初开的桃花。她怯怯地站在自己的公公和婆婆面前，手脚都不知道放在哪里好了。

杨菊芳见蓝宝站在自己面前低着头，也没有叫她一声，就走到蓝宝面前说了起来："蓝宝呀，你已经是成亲的人了，是这个家的女主人，以后有人上门来拜访，接待客人就是女主人的事情，不能让我们思诚代劳哦。"杨菊芳的鼻音中带着教训的口吻。

"你不能少说几句吗?"姚福财说着杨菊芳。

"我今天不是说她，是给她提个醒，也是为了她好。"杨菊芳对姚福财笑了笑，又对着蓝宝说道，"蓝宝，你从九岁进了我们姚家，看见我们一直叫姆妈和阿爸的，现在成了亲，却不开尊口叫我们呢。"

"姆妈，是我不好，是儿媳妇不懂规矩，儿媳妇给婆婆磕头了。也给阿爸磕头，恕我不懂规矩，我错了。"蓝宝说着就立马跪了下来对着姚福财和杨菊芳磕起了头，她一边磕着头，一边说着，眼泪就不由得流了出来，她感到委屈。

"是我不好，昨晚让蓝宝睡得太晚了，求姆妈饶了我们吧。"姚思诚一见蓝宝跪了下来，他也跪了下来求情道。

"好了好了，蓝宝你也别觉得委屈，我一直把你当女儿看的，你一哭我也心疼，起来吧。今天说你是为了你好，这以后的日子长着呢，等你当了妈就知道做妈的一片苦心了。"杨菊芳一见蓝宝哭了，又见自己儿子也跪在自己面前，她的心也就软了。

"蓝宝，你姆妈是刀子嘴豆腐心，你别放在心上啊。"姚福财也安慰说。

"思诚，你昨天在喜宴上忙进忙出也没有好好吃过东西，带着蓝宝去吃早饭吧。对了蓝宝，以后有什么不懂的地方就问新来的娘姨，她会照顾你们的。"杨菊芳毕竟心疼自己的儿子，就一一吩咐着，并把王娘姨介绍给了蓝宝。

王娘姨见过蓝宝，亲热地叫了一声："太太吉祥。"

"以后我们是自己人了，不客气。"蓝宝红着眼睛对王娘姨说道。

王娘姨就给蓝宝倒了一碗蜂蜜水，对蓝宝说："喝了它吧。"

蓝宝接过蜂蜜水，慢慢地呷了一口，那水很甜、很润，就如她小时候喝的桃凝水一样，于是，她就冲着王娘姨甜蜜地一笑。这就是缘分，从此，王娘姨和蓝宝的情分就如蜂蜜一样。

杨菊芳突然对蓝宝说："你跟姆妈过来一下。"

蓝宝就跟着杨菊芳走到了另外一个房间，杨菊芳随手把房门关上，上下打量了一下蓝宝后就说道："蓝宝啊，你从小就离开了母亲，这次回虎啸周，不知你嬷嬷有没有和你说过那些事？"

"什么事？"蓝宝用不解的眼神望着杨菊芳道。

"你嬷嬷没有教过你？"杨菊芳又问道。

"教我什么？"蓝宝用疑惑的口气问道。

"真的没有对你说过这些事？"杨菊芳又紧逼着蓝宝问道。

"姆妈，你有什么事就说吧。我真的不知道你说的是什么事。"蓝宝被杨菊芳问得有点糊涂起来了。

"如果你嬷嬷什么也没有教过你，那我可说了。"

"姆妈你说吧，我听着。"

"蓝宝，你和思诚成亲了，成亲了就是夫妻，和平时的相处完全不一样了。但老话说过，床上是夫妻，床下是君子。特别是女人，在夫妻生活时要有节制，男人在夫妻生活中是个贪得无厌的人，何况你们又年轻，精力充沛。但男人不能太过纵欲，你还记得昨天拜堂时，我给你那个碧玉簪，知道是派什么用场的吗？就是让你插在头上，在和夫君过床上生活时，控制男人的性欲，在他贪得无厌时，你就用头上的碧玉簪戳他的屁股，让他醒悟一下。唉，这些呀，都应该是做母亲的教女儿的，哪有做婆婆的教儿媳妇啊。"杨菊芳说着就斜了一眼蓝宝。

蓝宝听着杨菊芳的话，脸都红到了耳根子。但她知道乡下很多结过婚的女人，头上为什么老是插着一个簪。这些簪有金的也有银的，各种材料做成的簪也成为女人嫁出去的陪嫁之一。想到这里，蓝宝就对杨菊芳说道："我知道了。"

"不过，你也不能让我的儿子抱着枕头睡觉啊，我可等着抱孙子呢。"杨菊芳说完就用她的兰花手指戳了戳蓝宝的额头，带笑地看着蓝宝。

"姆妈。"蓝宝的脸红得像桃花，羞涩地低下了头。

姚福财在客厅里也在和姚思诚说着话："成亲了就是一个男人了，要负起家庭的责任，要保护好蓝宝。以后，在外有什么应酬都要和蓝宝打声招呼，更不能在外玩女人。俗话说，衣是风光、喝是豪爽、赌是对冲、嫖是一场空。"

"我记住了。"姚思诚对自己的父亲恭恭敬敬地说道。

蓝宝跟着杨菊芳回到了客厅里，姚思诚看着蓝宝就对她做了一个鬼脸。突然，姚思诚想起了一件事，就对姚福财说道："阿爸，我的同学李大江曾对我提过一个建议，说让蓝宝去应聘阴丹士林蓝布的模特儿，说是为了配合国民政府的'新生活运动'，倡导有教养的妇女带领附近或是身边的妇女们，让大家的生活都好起来，这也是一件善事。"

"你的意思是说让蓝宝去参加这个德国洋行的广告宣传？亏你想得出来？我们姚家的大少奶奶就这样出去抛头露面？"姚福财听了姚思诚的话，脸上露出了不满的神色。

　　"所以，我想征求阿爸的意见。"姚思诚见自己的父亲没有同意，马上随和道。

　　"我认为蓝宝可以去。"杨菊芳一听，就用她浓浓的鼻音发表了不同的观点。

　　"女人头发长见识短，你懂什么？"姚福财对杨菊芳说道。

　　"你才懂什么呢！这'新生活运动'是蒋委员长今年二月十七日在南昌提出来的，又是蒋夫人宋美龄女士身体力行的，上次我和宋家大姐霭龄碰面时，她就对我讲起这件事情，宋家大姐还叫我出来为大家示范平时的行为规范和穿着打扮，我都想出去参加这个活动呢，蓝宝有什么不可以出去宣传的？"杨菊芳振振有词地说道。

　　"别人家的女人可以出去，我们姚家的就是不行。"姚福财说着口气就重了起来，并用手指不停地敲着桌面。

　　"别忘了你舅舅昨天还对蓝宝说过呢，我们不能去参加什么'上海小姐'的比赛，但有益于社会的活动我们还是要参加的，昨晚婚礼上已经把全部礼金都捐给了孤儿院，为什么不可以让蓝宝继续做善事呢？你去看看那些上海滩上的大亨，哪个不是在做慈善？再说我们也是上海滩数一数二的大户人家，我们思诚今后还要在上海滩上做人呢，让蓝宝出去练达练达，只有好处没有坏处。"杨菊芳也不依不饶地对着姚福财说道。

　　"我现在说话没人听了，这个家是你当家？还是我当家？"姚福财听了杨菊芳的话觉得也有点道理，口气就软了下来。

　　"当然你当家呀，只是儿子问你做父亲的，我可是母亲呀，我也有权利回答儿子的问题呀。"杨菊芳能说会道起来。其实，杨菊芳是个非常聪明的女人，只是平时有老太太压在头上，她不敢随便发出声音。但今天是在自己儿子和儿媳妇家里，老太太又不在，所以她就可以和姚福财平起平坐了。

　　"姚家女人就是不能在外抛头露面，这是规矩，我们姚家祖上传下来的规矩。"姚福财说着，就用手指头戳着台面说道。

"规矩是死的，人是活的。"杨菊芳马上学着老太太的口气说道，然后从怀里掏出了一块手绢，跷跷兰花指抿住嘴角得意地笑了起来。

"那就问蓝宝，她愿不愿意去？"姚福财没有办法说服杨菊芳，就问蓝宝道。

"我想去。"蓝宝对着姚福财说道。

"你真的不怕有人说你是花瓶？"姚福财又问了一句。

"阿爸，你的思想也该改一改了，现在是文明时代了，提倡妇女和男人同耕同学，你还抱着陈旧观点，说什么花瓶呀，这句话就是歧视女性。况且，蓝宝可以把挣来的钱再捐给社会上需要的人，何乐而不为呢？"姚思诚向姚福财亮明了自己的观点。

"我本来想继续求学的，但结婚了就误了上学的时间，那就利用这个机会参加一些活动。平时我一直生活在学校和家里，对外面的事情一点也不了解，让我出去看看，也是我了解社会走向社会的一个机会。"蓝宝开口表明自己的态度。

"你们都对，就我一个人是顽固派。既然如此，那我就保留意见。"姚福财见大家的意见和自己相左，只能顺水推舟给自己留一个台阶。

杨菊芳见自己胜利了，就用得意的口气对姚福财说："其实呀，思诚已经成家了，老话说，男子成家立业，指的就是我们家的儿子。你看看我的儿子真可谓是一表人才，再加上蓝宝相夫教子嘛，这好日子都在后头呢。你说是吗？女子是水，水是财运，你看蓝宝她浑身上下那水灵灵的桃花模样，就是来帮我们思诚助运的呢。所以呀，有些事情也不用我们多操心，孩子们也都是知书达理的人，相信蓝宝会掌握好分寸的。"

"这次好人都给你做了，我这个当阿爸的是猪八戒照镜子，里外都不是人呢。"姚福财被杨菊芳一说，也就笑了笑。

"哪里？你是姚家的当家人，我们都听你的。"杨菊芳用讨好的口气对姚福财说着，就站起了身子对姚思诚说道，"我也累了，和你阿爸先回家了，你有空就多回来看看我们，可不能有了老婆，就忘了亲娘啊。"

"姆妈。"蓝宝冲着杨菊芳甜甜地叫了一声。

"哦对了,对了,蓝宝也是我的女儿,你也不能有了夫君就忘了我姆妈哦。"杨菊芳似乎开心了很多,就用手中的手绢在空中扬了一下,然后跷着兰花指捂着自己的嘴角得意地笑着。

"像个大人样子好吗?"姚福财说着也站了起来,对姚思诚说道,"现在你是个大男人了,要对家庭负责,要对蓝宝好。"

"放心吧,阿爸,我会对蓝宝比你对姆妈还要好呢。"姚思诚说着就把站在身边的蓝宝搂得紧紧的。

"好了,别当着我们亲热,等我们走了,你们该干吗,就干吗。"杨菊芳说着,也挽起姚福财的胳膊,像蛇一样走出了思南公馆的小楼。

蓝宝和姚思诚把他们送到了门口,望着他们离开时,却看到杨菊芳又回头说道:"别忘了吃我带来的早点,趁热赶紧吃掉啊。"

蓝宝望着杨菊芳,看着她那婀娜多姿的背影,一股暖流缓缓地从心底升起,她想起了自己从九岁到了姚家,和她唇齿相依了九年,也叫了她九年的姆妈,自己在这个家还是得到了温暖。不管怎么说,这个姆妈不能和生育了自己的母亲相比,但姆妈的身上也具备了母性的光芒,当那份光芒在照耀着自己的孩子时,也让蓝宝分享到了一份温暖。

蓝宝和姚思诚站在公馆门口,看着杨菊芳夫妇俩走远了,她仍一动也不动地站着,只是眨着眼睛,想着十分遥远的事情,想着想着,她的眼泪就要流出来了。

姚思诚回头看见了蓝宝眼眶里含着眼泪,知道她在想什么了,于是,就携着蓝宝的手对她说道:"如果你想你姆妈了,我就带你去美国看他们,顺便去美国度蜜月好吗?"

"好呀好呀,不过上海还有很多事情要处理,我堂弟的事情,你这个做姐夫的要多关心他一下。还有你要开工厂的事情,是需要资金的,我想把娘家给我的那两箱金条给你做投资用。只要你对我好,我们就是天天在度蜜月。"蓝宝一边说着,一边亲热地跟着姚思诚回到了公馆里。

"先生，太太，可以吃早饭了。"王娘姨站在门口迎接他们道。

"谢谢，我不饿。"蓝宝对王娘姨说道，"咦，听你的口音像是我同乡？你是哪里人？"蓝宝一听王娘姨的口音就好奇地问道。

"我是镇海人。"王娘姨回答道。

"哦，镇海人。"蓝宝略有所思地说道。

"王姨，以后就辛苦你照顾我们的生活起居了。"姚思诚对王娘姨打着招呼。

"哪里，是我托你们的福，看先生和太太多恩爱，我就有万福了。"王娘姨说着，就把早点放到了饭桌上。

"嗯，鸡蛋饼和豆浆，都是我喜欢吃的，蓝宝你也吃了吧。"姚思诚坐在了饭桌前一边吃一边对蓝宝说。

"我想上楼去洗个澡。"蓝宝说着就对姚思诚甜蜜地一笑上了楼。

蓝宝走到自己的卧室，就看到放在衣柜边上的两个皮箱子，于是她走到皮箱前，打开其中一只，只见箱子里码着一沓沓整齐的金条。同时，她的耳边响起了嬷嬷的话："爹有娘有不如自己有。"但她对自己说："思诚现在是我的丈夫，我的就是他的了。"想到这里，她就把箱子盖上，脸上流露出一种幸福，快乐地向浴室走去。

当她想向浴室走去时，姚思诚却像个幽灵一样出现在她面前了。顿时，让蓝宝惊吓得叫了起来。姚思诚却趁机在她的背后一把将蓝宝抱起，在房内不停地旋转。蓝宝感到一阵头晕，但很快她被这旋转所感染，就欢快地叫了起来："啊……"

"我喜欢你疯的样子，其实人最美的时候就是随性而为。"

"我也喜欢做一个真实的人。"

"但有时候我还是希望你能够多爱我一点。"

"你自私。"

"爱情就是自私，你知道美国的哲学家说过这样一句话吗？"

"什么话？"

"爱情就是自私的。"

"你太坏了。"蓝宝听了就伸出小拳头捶打着姚思诚的背，夫妻俩快乐地嬉笑着，然后亲热地拥抱在一起……

就在夫妻俩如胶似漆地黏在一起时，楼下传来王娘姨的叫声："先生，太太，二少爷来找你们了。"

姚思诚听到王娘姨的声音，他觉得好没劲，真想狠狠骂小弟一顿，可蓝宝马上催促道："小弟来找我们肯定有什么事情，你快下楼去看看。"

姚思诚这才扫兴地放开蓝宝，从床上起来，懒洋洋地下楼去了。

蓝宝走进浴室，打开水龙头，准备洗澡。

姚思诚下了楼，看见小弟就问道："你来干什么呢?"

"大哥，周孝明不见了。"小弟对姚思诚说道。

"什么? 周孝明不见了? 你不是和他睡一个房间吗?"姚思诚立马紧张起来道。

"我昨晚……昨晚我没有回家睡觉。"小弟怯怯地说道。

"你昨晚去哪儿了? 怎么没有回家睡?"姚思诚被小弟一说，他有点糊涂起来了。

"我在哪儿睡，这不是大事情，现在是周孝明不见了，我们一家上下人都在找他。"小弟说道。

"他昨天才到上海，人生地不熟的，会去哪儿呢?"姚思诚立马急得像热锅上的蚂蚁团团转。

"我怀疑他去找日本人了。"小弟轻声对姚思诚说道。

"你不要瞎说，周孝明堂堂一个中国男人，他去找日本人干吗?"姚思诚一听周孝明去找日本人了，急得瞪起眼睛看着小弟，仿佛小弟在骗自己。

"因为他想去日本读书。"小弟又说道。

"周孝明去日本读书? 小弟你也是读过书的人，讲话要有逻辑思维的，不能凭空想象，你拿出说服我的理由来，他为什么要去日本?"姚思诚一听到周孝明要去日本读书的事情，就觉得事情闹大了，刚才蓝宝还在和自己说周孝明的事情呢，安排他在上海找个学校继续念书。这下好了，周孝明居然想去日本读书，还玩起了失踪。这是什么年头呀？日本人侵占了东北三省，而且日本对整个中国的侵略意图也昭然若揭，全国人民都在同日本人作斗争，也在准备着和日本人打一仗呢。我姚家就是有再多的钱也不会支持他去日本招来是非的。可一想到周孝明是蓝宝的堂弟，万一让蓝宝知道了周孝明失踪的事情，那可怎么交代呢？不管怎么说，周孝明是在姚家失踪的，是陪着姐姐出嫁来到了上海的，姚家还是有责任要找到周孝明的下落。这一想，姚思诚马上就对小弟说："赶快去找周孝明，暂时不要让你大嫂知道这件事。"

"可纸是包不住火的，周孝明是大嫂在上海唯一的亲人，她不见自己的弟弟肯定会问我们要人的。"小弟也急了起来。

"能瞒一时就一时，再说我们可以去日本的会馆或是场地找周孝明的。我相信他还在上海。"姚思诚继续用一种兄长的口吻对小弟说道，"我暂时不问你昨晚在哪里睡的事情，但你要给我记住，我已经成家了，也不和家人生活在一起，你现在是姚家的大男人，你要照顾好家里的每一个人，特别要照顾好小妹，她是一个女孩子，最容易被人欺负。现在的世道很复杂，你要多待在家里为阿爸和姆妈分担点责任。"

"知道了。"小弟低着头内疚地答道。

"还不快去找周孝明。"姚思诚命令小弟道。

小弟愣了一愣，马上转身离开了思南公馆，向着四川北路的方向走去。

姚思诚坐在客厅里，陷入了沉思。就在他想入非非时，蓝宝已经下了楼，身上换了一件淡紫色的旗袍，一头乌黑的长发如天鹅绒般柔软，轻轻松松地飘在胸前，如桃花沾着露水，轻盈地走到姚思诚面前，用她天真的微笑看着姚思诚说道："小弟走了？"

"嗯，他是来看看我们的，我告诉他现在是家里的大人了，要照顾好小妹和阿爸姆妈。"姚思诚为了不让蓝宝知道周孝明的出走，就撒谎道。

"现在的小弟正幸福着呢，他恋爱了。"蓝宝说着就在姚思诚的边上坐了下来。

"什么？他恋爱了？和谁？"姚思诚心里还揣着周孝明的事情，又听说小弟恋爱了，不由得吃惊道。

"还会有谁？我的同学朱琪洁。"蓝宝轻松自如地答道。

"天哪，怎么是她？"姚思诚惊叫了起来，"是不是他们去虎啸周的路上好上了？千不该万不该，小弟任何一个姑娘都可以去爱，怎么会爱上朱琪洁呢，我的天哪。"

"有什么不可以？他们是自由恋爱，总比我们从小就指腹为婚的要强一百倍了。"蓝宝用嗔怪的口气对姚思诚说道。

"我们有什么地方不好了？我们也是自由恋爱，而且是青梅竹马，是羡煞旁人的一对鸳鸯。他们怎么能和我们比？"姚思诚说着就在原地不停地打转，仿佛有很多心事的样子，但为掩饰自己内心的恐慌，就故作镇静地拉住了蓝宝的手，把嘴伸到蓝宝的耳边说道，"你这样子太美了。"

"我想去看看孝明，他初来上海，人生地不熟的。再说刚才姆妈和阿爸都来看过我们了，按理说我们也要回门去看看，还有阿娘，她是姚家的老祖宗，我们做小辈的不可以没有礼数的。"蓝宝微笑地对姚思诚说道。

"那下午去好吗？"姚思诚想到了周孝明失踪的事，他怕蓝宝一回到姚家就会发现这件事情。

"女儿回娘家，都是上午的事情，哪有下午的？你说好吗？陪我回去看看阿娘和小妹吧，我想他们了。"蓝宝说着就对姚思诚撒起了娇。

姚思诚觉得蓝宝的话很有道理，他根本没办法拒绝，只能收拾停当陪她回到淮海路上的姚家，心里却在盼望着小弟赶快把周孝明找回来。

那么，周孝明去哪里了？其实他一早醒来，睁开眼睛还是没有看到小弟回来，于是，就一个人悄悄起来，趁姚家人还在睡梦里，穿戴整齐地出了门，向着四川北路上的日本会馆走去。他从淮海路一直向东走，走着走着，看见路上有行人，就问四川北路怎么走？在路人的指点下，周孝明走到了苏州河桥旁，跨过了四川路桥，他知道自己已经到了四川北路了。周孝明是个非常聪明的孩子，他知道自己如果问中国人日本人的会馆在哪里，肯定没有一个中国人会回答自己的，他就一边走一边找，他相信自己对方向的判断，凭着自己会讲几句日语，一定能找到一个日本人。

他就这样走着，终于走到了一个三岔路口，看见一家书店，门楣上挂着"内山书店"四个字，他就猜想：这是日本人开的书店。可时间还很早，书店还没有对外营业，但他由此判断，附近肯定有日本人居住区，于是，继续沿着三岔路的一条小路向前走着。走到一条小弄堂口，突然听到一种充满运动节奏的号子声此起彼伏地响起来："一二一、一二一。"周孝明一听，这是日本人的声音，是广播体操的节奏。于是，他走进小弄堂一看，几个日本人正排着队在做广播体操，他们整齐划一的动作和十分严谨的态度，顿时让周孝明产生了一种威严感，他从心里对日本人更充满了敬仰。看看，就连生活在最基层的日本老百姓都有军人一样的严谨作风，这个国家的老百姓都如此这般，我周孝明还有什么理由不去日本学习呢？

就在他呆在一边想着心事时，耳边突然响起了一个小姑娘的声音："你好，我认识你的，昨天我们在大华饭店见过面了。"

周孝明随着声音望去，不由得惊喜地叫了起来："节子小姐。"

"中国哥哥好，新娘子的弟弟好！"节子看到周孝明认出了自己，就兴奋地和周孝明说了起来。

"节子，他是谁？你认识他？"这时，一位穿着日本和服的妇人跂着木屐走到节子身边，小心翼翼地问道。

"母亲，他是昨天那个新娘子的弟弟，我们是在酒宴上认识的。"节子用她天真可爱的笑脸转身对自己的母亲说道。

"哦，你好。我女儿不懂事，喜欢瞎嚷嚷。请不要见怪，多多见谅。"节子母亲对周孝明鞠了一个躬说道。

"你是藤泽夫人吗？我是中国人，我叫周孝明，请多多关照。"周孝明用日语说道，然后转身对节子说，"我想去日本的会馆找你父亲，你能带我去吗？"

"当然可以。只是我还没有吃早饭呢。"节子说话时扭头看了看自己的母亲。

"那我等你。"周孝明说。

“如果哥哥还没有吃过早饭，就跟我们一起吃吧。”节子用邀请的口吻说着。

“我……”周孝明被节子一说，才想起来自己早饭还没有吃过呢，他已经听到自己的肚子咕噜噜地在叫，不由得咽了一下口水。

“哥哥肯定没有吃过，来尝尝我们家做的饭团，我母亲做的饭团可好吃了。”节子说着就把周孝明拉进了自己的家。

“不用客气，就尝尝我的手艺吧。”藤泽夫人非常有礼貌地在前面为周孝明引路。

周孝明坐在榻榻米上，品尝着这对母女为他端上来的饭团和酱汤，他先把饭团慢慢地送到嘴边，轻轻地咬一口，细细回味着。其实周孝明在大连时经常吃日本人做的饭团，这些饭团都是用海苔或是鱼子等海货做成的，周孝明非常喜欢吃这些海产品。他现在肚子很饿，一只饭团一口就能吞下肚里，但他不想让日本人看出自己狼吞虎咽的样子，他要装出一副文明的样子给日本人看看，但又克制不住自己的饥饿感，于是，他看了看节子就说道：“饭团非常好吃。”说完快速地嚼了起来。

“哥哥慢点吃，再喝一口汤。”节子欢快地笑了起来。

“不能这样随便和哥哥说话，小心哥哥噎住了。”藤泽夫人说道。

“我吃饱了，谢谢你们的盛情款待。”周孝明用最快的速度吃完了，就对藤泽夫人鞠了一个躬。

“不用客气，请喝茶。”藤泽夫人为周孝明端上了一杯茶，又对自己的女儿说，“节子吃好了，就陪哥哥去会馆找你父亲吧。”

“好的母亲，我吃好了就陪哥哥去。”节子说道。

不一会工夫，周孝明在节子的陪同下来到一座楼房前，此楼房看上去十分平常，就像一幢住家的公寓。可周孝明随节子走进去，却看到里面是一个大大的铺着榻榻米的客厅，很多穿着黑色和服的日本武士正相互对持着一根长长的木棍在练武术，嘴里不停地发出“嘿嘿……”，他们看见周孝明和节子走进来，仍无动于衷地练着，每个人的脸上都毫无表情。

节子把周孝明带进了二楼一个房间，她跪在走廊上，用双手把木门轻轻移开。木门打开了，藤泽先生正端坐在里面，他穿着和服，双腿盘成了金刚座，微闭着眼睛对站在门口的周孝明说道："我知道你会来找我的，但没想到会这么快。"

"藤泽先生，我想去日本读书。"周孝明在节子的陪同下走进了房间。

"年轻人，能说说你要去日本的理由吗？"藤泽睁开了眼睛，一脸严肃地看着周孝明。

"我想去看看这个被中国人痛恨的国家，它究竟坏在哪里？为什么同样是黄皮肤的亚洲人，它却是亚洲最强大的国家。"周孝明半是日语半是中文地说道。

"你就用中文说吧，我听得懂。"藤泽的脸上露出了微笑，"你就不怕我们日本人会杀了你？"

"不怕，怕就不会来了。"周孝明用中文说了起来，"也许我去日本会被自己的同胞骂成汉奸，但我认为汉奸不是我这样的人，我是明知山有虎，偏向虎山行。"

"不入虎穴，焉得虎子。但你去日本的意图不是你讲的那么简单，我知道你心里充满了对自己国家的爱，可英雄无用武之地，你就想师夷长技以制夷。当年很多中国青年用退回的一部分'庚子赔款'留学海外，学成后纷纷回来报效自己的祖国。很好，年轻人就应该热爱自己的国家，日本也希望中国强大，互惠贸易，平等对待。我欣赏像你这样的年轻人，敢说敢做。今天晚上就有一艘轮船回大阪，你考虑清楚了，再回答我去不去日本。"藤泽用一种长辈的口吻慢条斯理地对周孝明说着。

"谢谢藤泽先生，我现在就可以回答你，我要去日本。"周孝明不假思索地回答了藤泽的话。

"年轻人血气方刚，这是好事情，但我不喜欢你这样很快地回答我的话。以后你要学会思索，不要对任何事情马上就做出草率的决定，这是我对你的建议，会让你受益一辈子的。"藤泽已经站了起来，走到周孝明面前轻松地拍着他的肩膀。

"谢谢先生的指导，我会记住一辈子的。"周孝明对藤泽先生深深地鞠躬道。

"如果你愿意，从现在起，我就是你在中国的日本老师，等你到了日本，会有专门的人员来接待你，让你去找自己喜欢的学校读书，祝你好运，年轻人。"藤泽说着。

"是的，您是我在中国的日本老师，老师的话我都记住了。"周孝明对着藤泽磕了一个头，作为拜师之礼。

"节子，今天看见或是听见的事情不允许讲给任何人听，明白吗？"藤泽非常严肃地对自己的女儿说道。

"明白了。"节子对藤泽回答道。

"你先下去吧，我和周孝明再说些话。"藤泽命令自己的女儿退下。

"周孝明，为了便于你到日本学习，我给你起了个日本名字叫藤泽明浩。以后你在日本时就叫这个名字，把你的周孝明这个名字全部忘掉。"藤泽对周孝明说道。

周孝明一听藤泽为自己起了个日本名字，并且规定自己不能再用周孝明这个名字了，有点不高兴。但转念又一想，立马明白了过来，就对藤泽说道："好的，我叫藤泽明浩。"

"真是一个非常聪明的孩子，长得又英俊帅气，好好学习，在日本会让你学到你想学的任何东西，你将是中国最有出息的青年。"藤泽用满意的目光打量着眼前的周孝明。

藤泽在十多年前就来到中国上海，他是以商人的身份买下了这幢位于四川北路最北端的公寓，对外经营日本的医疗器械、药品等，平时，这个公寓就作为日本人在虹口的会馆。藤泽其实是一个潜伏在上海的日本间谍，除收集中国的军事情报外，还收集美国人和各国政要在沪的情况。但再怎么样，他还是一个父亲，作为一个父亲，他是非常疼爱自己的女儿和妻子的。特别是妻子在生节子时是难产，急需剖腹，可孩子的头已经到了产门口，如果这时用麻药，那孩子就会有死亡的可能，于是，妻子硬是咬着一根木头忍受着剖腹手术的巨痛，把节子生了下来。节子活泼可爱，又长得漂亮如仙，被藤泽视为心头宝贝。昨天晚上，藤泽看见节子和周孝明的那份亲热劲儿，一份父爱油然升起，他希望节子能嫁给自己喜欢的男人，可日本男人的个子都比较矮，何况日本的男人早晚要上战场的，如果节子嫁给日本男人，也就意味着要成为寡妇。周孝明的出现，让藤泽看到了一份希望，为了节子的幸福，藤泽愿意付出任何代价。

周孝明不知道眼前这个自己叫着老师的人是个老奸巨滑的日本间谍，更不知道自己已经落入了藤泽的阴谋圈套。此时，他的嘴角微微向两边翘起，显出了他身上的一份自信和男人的魅力，他为自己能去日本而感到得意。

这时，门外有人轻轻地咳嗽了一声，有人来找藤泽了。

藤泽就对周孝明说："如果你想要让家人知道自己是去了日本读书，那我就会取消你今晚去大阪的决定。你是想要做我的学生还是做个普通的中国人，你自己决定吧。"

"老师的话，明浩明白了，我现在就叫藤泽明浩，我一切听从老师的指点。"周孝明对藤泽说道。

"那你先在这里休息一会儿，准备去大阪吧，祝贺你，藤泽明浩。"藤泽说完独自走出了房内。

周孝明一个人独坐着。正在他为自己的愿望实现而得意时，突然想起了蓝宝，自己的姐姐。他觉得十分内疚，如果自己突然失踪，对姐姐来说是个沉重的打击。还有自己的父母亲，他们都在虎啸周等着自己的儿子回去呢。可他又不想放弃这次去日本的机会，他一定要去日本，于是，他就从随身带着的包里取出了笔和纸，他想写些什么，又无从下笔。就在他犹豫时，节子走了进来，她为周孝明端来一杯茶水。周孝明就对她说："我今晚就去日本了。"

"你去日本？那你家人知道吗？你父母亲如果找不到你了，他们会有多担心呢。还有那个新娘子姐姐，她肯定会哭的"节子紧张地说道。

"你真是一个好姑娘，你帮我做一件事情好吗?"周孝明用他真诚的眼光看着节子道。

"我知道，你是想要我帮你通风报信。这是不可以的，让父亲知道了会惩罚我的。"节子悄悄地看了看四周，然后严肃地对周孝明说道。

"我现在是你的哥哥，我叫……"周孝明刚想告诉节子自己的日本名字时，突然想起了藤泽先生对自己说过的话，要对自己的日本名字保密，于是，他马上对节子道，"那个穿着蓝色胎衣的姐姐，你还认识她吗?"

"当然认识，她是我在中国见过的最漂亮的姐姐。"节子脸上立刻显出兴奋的样子。

"她的名字叫周凤仙，但大家都叫她蓝宝。以后你遇见她就告诉她我去了日本的事情好吗?"周孝明对节子恳求道。

"不好，你自己都不说，我怎么能说呢。"节子乖巧地说道。

"你就帮哥哥做一件好事，等你长大了，哥哥帮你从日本带你最喜欢的礼物回来好吗?"周孝明对节子说道。

"无功不受禄，何况中国男人的礼物更不能收，母亲说过了，中国男人都是东亚病夫。"节子脱口而出，她根本没有想到这句话深深刺激了周孝明内心一份男人的自尊心。这句话就像一把钻子，猛地刺进了周孝明的内心深处，让他受了重重的创伤，也更坚定了他要去日本读书的想法。于是，他咬了咬嘴唇对节子说："相信你看见蓝宝姐姐，就会告诉她的，因为她不见了自己的弟弟，会很伤心的，你愿意让自己最喜欢的姐姐伤心吗?"

节子被周孝明这样一说，就对他点了点头道："那好吧。"

于是，周孝明迅速地在一张纸上写了几行字，他把纸折成了一个千鹤，然后慎重地交到了节子手上，对她说道："拜托了。"

节子接给千鹤纸，小心地放进了自己的贴身口袋里，然后端起桌子上的茶水递给周孝明道："你和我看到的中国男人完全不一样，我相信你不是东亚病夫。"

周孝明刚喝了一口节子端上的茶，一听此话，就被茶水呛了一口，然后就瞪眼看着节子，他觉得这个小姑娘什么都懂，却什么也不懂……

十五

从思南公馆到淮海路是很近的，走几步路就是了，但姚思诚还是想开车去。蓝宝掀开汽车后盖准备放些东西时，意外发现了一张《申报》，就是那天她生日时，李大江给她的报纸。那天是司机老蔡在准备送姚家人去汇中饭店时，将车厢整理干净，顺手把报纸放在了汽车后盖里。于是，蓝宝拿起报纸递给姚思诚说道："这就是上次我们要找的报纸。"

"什么报纸？"姚思诚显然已经忘记了这件事。

"我生日那天，李大江在弄堂口给我的。"蓝宝提醒道。

"哦，你先看吧。"姚思诚想起确有此事，就对蓝宝说道。

蓝宝就坐在汽车里看起了报纸，她带着好奇找到了那个版面，看到了李大江的名字，就把那篇文章轻声朗诵起来：

> 你是一朵凤仙花，开在无人知晓的远方。你是一朵开在我梦里的花，独自怒放。似冬天里的太阳，似寒夜里的火光，照亮了我的双眸，温暖着我的心房，在我生命的血流中奏响了一支优美的曲。这满山遍野的花呀，就这样深深地藏在我的梦中——你却在遥遥的远方。

蓝宝朗诵着，她的声音慢慢地轻了下去，越来越轻。姚思诚开着车，他听着，发现蓝宝不念了，就问她道："怎么不念了？"

"你自己看吧。"蓝宝就把报纸递给了姚思诚。

"凤仙花呀，撩起了我的思绪，红的红、黄的黄、蓝的蓝……就像我梦中的太阳。我要升起梦中的帆，让风儿吹遍我的心田。啊？我看见了一片凤仙花，她向我展开笑容，在向我呼唤——那声声的呼唤叩动着我的心扉；那花呀，映红了我的梦幻，向着自由……"姚思诚念着就哈哈大笑起来道，"看不出李大江不但是个摄影记者，还是个大诗人呢。不过，他好像是在赞美你呢。"

"这是一篇非常好的美文，可我不知道他为什么要写。"蓝宝低着头，摆弄着自己的指甲慢慢地说道。

"这还用说，他是喜欢你的。"姚思诚说着，"这很正常，我的女人如果没有别的男人喜欢就有问题了。"话中带着一份自豪和自信。

"算你开放，我想李大江没有你这样开放吧。"蓝宝有点羞涩，她的脸也红了起来。

"他是上海有名的大记者，每天有很多小姑娘在追他，可他对我说是抱独身主义的，他要自由、平等、公正。你想想，这样的人我当然相信他。再说，他是在写凤仙花，一点也没有别的意思，知道我们也都喜欢凤仙花，赞美几句没有错呀。我们是十多年的朋友加老同学，他的为人我知道。"姚思诚劝说着蓝宝。

"李大江也是我的朋友呀，也是和我从小玩到大的，他喜欢我也正常的。"蓝宝也带着笑意对姚思诚说道。

"他喜欢你正常，你不可以喜欢他。"姚思诚用严肃的口吻说道。

"你霸道，我为什么不能喜欢他？我难道就不可以有男性的朋友吗？"

"当然可以，我知道你心中藏着一份女权主义，你崇拜秋瑾……"姚思诚的态度转为温和，他了解蓝宝，她的心如镜子一样明澈，他相信蓝宝喜欢李大江那是一份友情，男女之间这种友情是十分宝贵的。

蓝宝听了姚思诚的话就笑了起来，对着姚思诚的脸颊亲了亲，对他说道："我爱你。"

夫妻俩说话间就到了姚家。小妹一见嫂子回来了就叫了起来："大嫂回来了，我想死你了。"说完就向蓝宝的怀里扑去。

蓝宝见小妹就问她道："我弟弟住在这里习惯吗？怎么不见他人影呢？"

这时候，姚思诚知道周孝明失踪的事情肯定是瞒不住蓝宝的，于是，他就把小弟说给自己的话全部讲给蓝宝听了。蓝宝一听，立马就对姚思诚说："孝明肯定去找日本人了。"

"我也是这样猜的，不过你先别急，我已经让小弟到四川北路的日本会馆找孝明去了。"姚思诚怕蓝宝一时受不了，就安慰她。

蓝宝心思不定地坐在姚家的客厅里，但她的脸上没有一丝惊慌的表情，只是睁着一双大大的眼睛看着姚思诚，她在等他拿出一个好的方案来面对眼前发生的事情。但姚思诚只是不停地在原地打转，他一会儿问小妹："姆妈呢？怎么不见阿爸呀？"一会儿又对蓝宝说，"小弟也该回来了吧？"

蓝宝见姚思诚一副没有头绪的样子，心里也十分焦虑。

这时候，姚福财和杨菊芳回来了，他们从思南公馆出来，就直接去拜访了几家亲戚，以感谢他们昨天来参加姚家的婚礼。一进家门，才知道家里发生了事情，周孝明失踪了。于是，大家坐在客堂里商量着怎么办。蓝宝的心比任何人都着急，但她还是在等姚思诚的主意，现在姚福财回来了，那就多了一个人商量，于是，她在等着这两个男人的反应。

姚福财和杨菊芳坐在客厅的八仙桌子前，他们两人的脸上充满了焦虑。特别是杨菊芳，一边扇着扇子一边不停地说道："孝明这孩子也真是的，早不去找日本人，晚不去找日本人，偏偏到了上海，到了我们家就去找日本人，这不是给我们添麻烦吗？"

"你呀，就是话多。"姚福财摇头说杨菊芳道。

"蓝宝，你的堂弟太自说自话了，真是没有爹妈教训的孩子。"杨菊芳想着就气上来了，又见姚福财数落着自己，就怪罪起蓝宝来。

"姆妈、阿爸，事情已经发生了，怪谁都没有用了。不如我们想想法子把孝明找回来吧。"蓝宝见大家不是想办法解决问题而是在埋怨，就用不急不慢的语

225

气说道。

"我们先等等小弟，说不定等会儿小弟就把周孝明带回来了。"姚思诚对蓝宝说。

"我认为事情不会那么简单，我们得有两手准备。阿爸，你看这样行吗？我们托舅公到上海的各大码头去打听一下，今晚有没有开往日本的船？"蓝宝见大家尽说些无用的话，就开始发表自己的想法了。

"对呀，还是蓝宝聪明，舅舅是开航运公司的，他和上海的各个码头公司都有业务往来，打听个日本船不会有问题的。"杨菊芳一听蓝宝出了这个主意，就对姚福财说道。

"也只有这样了，我现在就去找舅舅。"姚福财也认为蓝宝的话没有错，说完就站了起来道。

"叫上老蔡，让他开汽车送你去，我也跟你去，这些天忙东忙西的，看你累得够呛。"杨菊芳说着，就不放心地跟着姚福财走出了客厅。

"思诚，我和你一起去四川北路找小弟和孝明。"蓝宝用十分镇定的语气对姚思诚说道。

"小弟已经去四川北路了，我们还去干吗？"姚思诚不理解蓝宝的意思。

"我怕小弟没有找到孝明，他自己也许遇到了什么事，否则这么长时间了还没有回家？"蓝宝用她的聪明和能干迅速判断了这件事情的复杂性和有可能发展的趋势。

姚思诚看着蓝宝，他本以为她知道自己的堂弟失踪了，肯定会号啕大哭起来，或是十分伤心地扑到自己的胸前，捶胸顿足地叫着，可蓝宝在知道了这件事情后，却表现出一份镇定和冷静，她善用正确的逻辑思维，拥有迅速处理事情的能力。这让姚思诚十分吃惊，他简直不相信眼前遇事如此冷静的女人竟然是蓝宝，自己的妻子。但蓝宝所做出的决定无疑是正确的，于是，姚思诚只能服从蓝宝的指令。

蓝宝的判断完全正确。小弟在去四川北路找周孝明时，突然遇到了陆心严。

当小弟从思南公馆出来，向北走时，正好迎面来了一辆黄包车，小弟就叫住了黄包车。就在这时，一个穿着长衫的年轻人也在叫这辆黄包车，小弟就用眼睛去瞟了一下这个穿着长衫的人，这一瞟，小弟就认出了他是陆心严，于是兴奋地冲着陆心严叫了起来："陆先生。"

　　"姚少爷。"陆心严也看到了小弟，"真是有缘呢。"陆心严说着，就走到了小弟身边向他打着招呼。

　　"哈哈，真是说曹操，曹操就到呢。"小弟想起了昨晚和朱琪洁去《申报》登寻人启事的事就笑道。

　　"我在船上说过的，后会有期，只是没有想到这么快就见面了。"陆心严说着，使劲地握着小弟的手。

　　"我们昨天晚上还在《申报》登了寻找你的启事呢。"小弟对陆心严道。

　　"是吗？我还没有看到报纸呢。"陆心严马上用一种十分警觉的语气对小弟说。

　　"陆先生有急事吗？那你先坐黄包车吧。不过，你要留个地址给我，日后我可要来找你的。"小弟对陆心严说道。

　　"我也没有什么急事，要不，我们去大壶春坐坐，一边吃生煎馒头，一边聊聊好吗？"陆心严对小弟提出了建议。

　　"好呀，我肚子也饿了。"小弟说。

　　"你没有什么要紧事吧？"陆心严问小弟。

　　"本来是想去找个乡下过来的亲戚，不过也不是很重要，还是找你要紧呢。"小弟说着，就对黄包车车夫道，"我们去大壶春。"他已经把要找周孝明的事情抛在了脑后，何况，遇见陆心严是他梦寐以求的事。凭他在船上对陆心严的感觉，觉得陆心严会带着他干出一番大事来，而男人就是干大事，成就自己，也就是成就自己的国家。

　　"好嘞，两位坐好了。"车夫把黄包车停在他们俩面前，见他们坐好了，就拉起车子飞奔了起来，不一会儿就到了大壶春。"大壶春"是专门卖生煎馒头的店，它的金字招牌在上海滩上家喻户晓，无论老一辈还是小年轻，都喜欢大壶

227

春的生煎，可谓老少咸宜，也是沪上唯一因没有汤而出名的生煎。它发酵过的面皮厚实松软，裹着少少的油水和多多的馅料，几只下肚就让人吃饱，因此广受欢迎。

在大壶春里，陆心严和小弟坐在一起，他们一边喝着牛杂汤，一边吃着生煎馒头。陆心严对小弟说："十分感谢你在船上赠给我的那些银圆，你这是在支持我们的事业，我代表我们的组织向你表示感谢。"

小弟就用神秘的口气对陆心严说道："你说的组织是不是共产党？"

陆心严用警觉的眼神扫了扫四周，对小弟笑笑，然后低下头继续吃起生煎馒头来。

"我在学校里偷看过《共产党宣言》，一个幽灵，共产主义的幽灵，在欧洲游荡……"小弟对着陆心严轻松地背诵着。

"这里不是说话的地方。"陆心严用食指封在了自己的嘴唇上，他在向小弟暗示有人来了。

小弟回头一望，看见了几个养鸟的人提着鸟笼子走到煎着生煎馒头的摊头前，吆五喝六地大声说着话。

于是，小弟压低声音对陆心严说着："我知道'四一二'的事情，我也看到过一个和你长得很像的人在被押上刑场时，慷慨地发表演讲，他高唱《国际歌》，挥舞着手中的铁镣大声说道：野火烧不尽，春风吹又生，共产主义的光芒一定会照亮整个世界，英特纳雄耐尔一定会实现。那时候，我不知道共产主义是什么，但我从那人身上看到了英雄的气慨，我崇拜英雄。"

陆心严安静地听着，他停下了手中的筷子，那双手随着小弟话语的深入，不由得颤抖起来，最后，他放下了筷子，把头深深地埋进了自己的双手里。小弟见陆心严的样子就问道："陆先生，怎么了？"

陆心严抬起了脸，缓了缓神后对小弟说道："这里不是讲话的地方，我们走。"

小弟就跟着陆心严一起走到了外滩，他们靠在黄浦江边的栏杆上，眺望着被太阳照耀得波光粼粼的江水，那江面上停泊着一艘艘外国轮船。陆心严对小弟说道："刚才你讲的那位共产党人就是我的父亲，他是共产党在上海的一个联络小组的重要成员。蒋介石发动了'四一二'反革命政变后，大肆屠杀共产党员，我父亲也被捕并英勇就义。那时候我才十六岁，正在读书，随着父亲的牺牲，家里断了经济来源，是组织把我培养起来，继续让我读完书。共产党人是杀不完的，杀了我父亲一个，还有更多的共产党人站起来，英特纳雄耐尔一定会实现，中华民族的解放事业需要我们中国共产党来负起这个责任。"

陆心严讲着，小弟一脸虔诚和崇拜地听着，他的心里已经对陆心严佩服得五体投地，原来眼前的人就是英雄的儿子，是个共产党人。我也要跟着陆心严，为共产主义事业和中华民族解放赴汤蹈火，甚至献出生命。

如果说，小弟成了一个共产党员，那么陆心严就是他的引路人，而且他们是单线联系，并且由小弟去发展朱琪洁也成为一个地下党员，这样，陆心严和小弟还有朱琪洁三个人就可以成为一个党小组。陆心严看着小弟浑身充满了青春飞扬的激情，就激动地对小弟说："我会把你的要求向组织报告的，希望你能成为我们的战友。其实，你已经通过了我们组织的考察，我们非常欢迎你这样有文化有知识的青年加入我们的组织，你就等候佳音吧。"

小弟也兴奋地对陆心严说道："我要用自己的热血来染红我们的党旗。"说完，他就掏出了自己身上所有的钱交给了陆心严道，"这是我的党费，我想马上参加工作。"

"好的，我先收下你的钱，我们就以大壶春为接头点，每星期见两次面。"陆心严说道。

"好的，我现在就去找朱琪洁。"小弟回应道。

"中国共产党是个危险而崇高的组织，希望你和朱琪洁讲明，不要凭一时的冲动盲目加入，再说我们也是要考验每个申请人，我作为你们的入党介绍人，更要严格要求你们，明白吗？"陆心严严肃地向小弟说道。

"明白，陆心严同志。"小弟也严肃地答应道。

"下次你约上朱琪洁，我们一起在大壶春见面吧。"陆心严说完，就甩开大步朝着外白渡桥方向走去。

小弟也跳上了一辆公共汽车，向着淮海路方向去了，他要去找朱琪洁，要把这个振奋人心的消息告诉给她听。他已经把寻找周孝明的事情忘得一干二净了。其实他是带着侥幸的心理，以为周孝明找到了日本人，也就可以回家了。

　　小弟来到了朱琪洁家。他没有直接进门去找朱琪洁，因为他想起了自己上午才和朱琪洁分手的，而且是在花园里被朱家的娘姨发现的。

　　昨天晚上，小弟和朱琪洁就睡在花园里，他们头挨着头、脚碰着脚一起望着天上的星星睡着了。朱家起得最早的人就是娘姨，那个娘姨起来后的第一件事就是去扫花园。她知道朱家少爷起来就要在花园里踢球，想到这个调皮的少爷，娘姨就头疼，为自己要服侍一个横蛮无理的人而感到恼心。那少爷虽然是二姨太所生，可二姨太仗着自己为朱家生了个儿子就嚣张跋扈，不但欺负大房三房，更不把娘姨当人，只要发现自己儿子身上有一点点磕碰的小伤就泼口大骂。小孩子喜欢在草地上玩，碰上个树木疙瘩也是正常的，何况，外面的小孩子也野，朝花园里扔几块小石子进来是谁也阻挡不了的。但娘姨就要吃不了兜着走，还被逼着跪在草地上把隐藏在草垛里的石头、木棍、树枝拾清。所以，娘姨提着扫帚就早早来到花园里了。

　　当娘姨在草地上发现躺着两个人时，还以为是外面的叫花子翻墙进入了花园，可上去仔细一看，却发现是自家的小姐躺在花园里，抱着一个陌生男人一起睡在草地上，马上就惊叫起来："啊哟……"女人的声音尖锐而响亮，在清晨的寂静里，那声音穿破了整个公馆，立刻惊动了整幢楼里的人，大房、二房、三房都出来了，除朱家老爷昨晚在外打了一个通宵的牌还没有回家外，连家里养的猫都穿到了花园里。少爷朱琪福直接走到了小弟身边看着热闹，二姨太就在阳台上对着自己的儿子说道："儿子，用脚踢醒那个野男人，是谁家的男人勾引我们朱家大小姐呀？这朱家的脸面不都给丢尽了？"

　　朱琪福就用脚把小弟踢醒，一边踢一边对娘姨说："快把姐姐拉起来，草地上睡久了要生病的。"这个少爷一边在对小弟恶作剧，一边心疼着他的姐姐。

　　朱琪洁的母亲见二房在奚落自己，也就抬起脸对站在阳台上的二房回道："朱家小姐永远是小姐，她可不是从四马路来的。"一边用严厉的口吻对蒙蒙眬眬的朱琪洁说道，"给我回家去！"

朱母说完再回头看了看小弟道："我会去找你家大人的，我到时候要讨个说法的。你现在给我滚出去！"

小弟一听朱母的话，本来还处于一种迷蒙的状态，这下立刻清醒过来了，再看看自己身上全是露水和草木，见朱琪洁也是一脸的尴尬，就不顾一切地逃回了家。他一口气奔回到自己的家，气还没有缓过来时，就听阿娘说周孝明不见了。于是，他赶紧洗漱了一下，就跑到思南公馆去找姚思诚和蓝宝了，他要把周孝明失踪的事情告诉自己的大哥和大嫂。

现在，小弟又出现在朱公馆了，时间才隔了一个上午，他怕朱家的人还在火头上，不敢冒然去找朱琪洁，就站在门口，他在等朱琪洁出来。

朱琪洁却在自己闺房内呼呼大睡呢。她是一个开心果，事情过后就忘的人。再说朱母再怎么生气，毕竟就这么一个宝贝女儿。何况听女儿说，这个陌生男孩子是住在淮海路上开了汽车行的姚家二少爷，女儿喜欢他，他也喜欢女儿。朱母一听气也没有了。姚家的少爷，这对朱家来说也是门当户对的，何况女儿也不小了，也到了谈婚论嫁的年龄。于是，朱母立马心疼起女儿在花园里睡了一夜，怕她受凉感冒，叫娘姨为她烧了姜汤，再让女儿洗了个澡。朱母看着自己的宝贝女儿喝了姜汤，催她睡下，就拿把扇子坐在女儿身边，一边为她扇着扇子，一边看着她入睡。

小弟就在朱公馆前等了很长时间，等得他汗流浃背腰酸背疼时，才看见娘姨出来倒垃圾，于是，就胆怯地走了上去对娘姨说："你好，请帮我把朱琪洁叫出来好吗？"

"我不认识你。"娘姨一看，面前站着的青年人就是自己早上在花园里发现的那个人，吓得她把垃圾随地一扔就逃了回去。

娘姨一回到楼里就对着朱母一五一十地说了起来，朱母一听是姚家二少爷来了，马上对娘姨说："赶快请姚少爷进来。"

小弟被娘姨请进了朱家。

朱母上上下下打量着小弟，这时候的朱母一改她平日里病怏怏的样子，呆板的眼神里透出了一丝光泽，心里掠过了几分喜悦。她看着面前的小弟，充满青春活力，满脸朝气，又有一副男人的气魄，她就从心眼里喜欢上了小弟，同时在心里暗暗说道："这么帅气的小伙子，我家朱琪洁真是前世修来的好福气呢。"

于是，朱母就吩咐娘姨道："快给这位少爷倒茶上点心。"

"不用了伯母，我就坐在一边等朱小姐吧。"小弟很有礼貌地对朱母说道。

"我去看看她醒了没有。"朱母说着就微笑地走到了朱琪洁的闺房，她见女儿还在睡，就用手推了推朱琪洁道："快醒醒，你的心上人来找你了。"

朱琪洁正在做梦呢，她梦见了小弟正站在花园里对自己招手，她也在向他招手，正要向他扑过去时，却被自己的母亲推醒了。她用一种十分不耐烦的口气对母亲说道："我还想睡呢。"

"别睡了，姚家二少爷在客厅等你呢。"朱母再一次说道。

"啊呀，我的母亲大人，你为什么不早点叫醒我呀，坏哉坏哉，姚思杰肯定等我等得急坏哉，啊呀呀，我的母亲大人呀。"朱琪洁一边说着，一边穿上衣服，就迅速向客厅飞了出去。

当她站在客厅里，看到小弟时，立马像个蝴蝶一样扑向了小弟。小弟却害羞地把身子躲了躲，朱琪洁冷不防扑了个空，眼看着一个趔趄倒了下来，小弟马上伸出手把她扶在了怀里。朱琪洁这才想起自己没戴眼镜，她看不清小弟的脸，于是，就用手去摸小弟的脸，小弟一把抓住了她的手，把她往自己的怀里拉了拉，两个人就深情地望着。这时候的小弟却发觉，不戴眼镜的朱琪洁更漂亮，特别是那双微微眯起的眼睛十分迷人，她看着小弟时，那双水汪汪的眼睛似秋水荡漾，让小弟的心也随着秋波泛起涟漪。但他很快放开了朱琪洁，他看了看四周就对朱琪洁说道："我见到陆先生了。"

朱琪洁一听，立马跳了起来道："我们的寻人启事真的有这么快的效果？"

"有缘总会相会的。"小弟说道。

"他是共产党吗？"朱琪洁十分严肃地问小弟。

小弟也严肃地对朱琪洁点了点头，然后用一个大拇指指了指自己说道："我已经通过了组织上的考核。"

"那我可以吗?"朱琪洁也用大拇指指了指自己道。

"只要你听我的话,我就是你上级。"小弟用手做了上下的动作。

"我都听你的,只要你带着我走,无论叫我干什么,我都愿意。"朱琪洁说着就激动起来,她回转身进了自己的闺房,又马上出来。这时,她已经戴上眼镜,就坐在窗前的那架风琴前饱含激情地弹起了贝多芬的《欢乐颂》。

朱琪洁认真地弹着,她的身心全部倾注在这首《欢乐颂》里,她仿佛看到了神正在向她召唤,向她走来,她看到神的边上站着姚思杰,浑身散发着太阳的光芒,让她热血澎湃。

这时候,朱母走了进来,郑重其事地坐在沙发上,让朱琪洁停止了弹琴,她对小弟说:"现在虽然是民国了,男女恋爱自由,但我还是老派人的作法。今天早上,我们朱家公馆上上下下的人都看到了我家小姐和你在一起,你有没有打算? 能说出来给我听吗?"

"妈,你说这些干什么呀?"朱琪洁被母亲一说,那张圆圆的脸顿时红了起来。

"你是妈的宝贝女儿,又是朱家的大小姐,妈妈所做的一切都是为你好。"朱母对朱琪洁说道。

"伯母,我喜欢她。"小弟喃喃地对朱母说道。

"好,真是个好孩子,只要你对我们朱琪洁好,为她负责任,你们想去哪儿都可以。我们朱琪洁也是个好孩子,我一直想把她送到美国去留学,如果你也愿意去美国,我就帮你们俩早早办了婚事,一起去美国读书。姚家少爷,你认为怎么样?"

朱琪洁一听,兴奋地跳了起来对母亲道:"妈,你同意我出国了? 当初我要陪周凤仙去虎啸周,你都不同意我出门,现在反而同意我去那么远的地方?"

"你是妈的女儿,但总是要嫁人的,早晚要离开妈的。一样要离开,就去一个好地方,让你去美国不是更好吗?"朱母得意地对朱琪洁说道。

"姚思杰,你认为去美国好吗?"朱琪洁在爱情面前已经完全失去了自己,心里只有小弟。所以，她就问小弟道。

"这是一件大事，我也要回去同父母商量。"小弟说道。

"对的，姚思杰的话没有错，他不去美国的话，我也不去。"朱琪洁对自己的母亲说道。

"你是一个女孩子，还没有嫁人呢，怎么就听起男朋友的话了?"朱母见这对年轻人如此恩爱，也就笑着嗔怪着。

"伯母，不打扰你了，我是有事来找朱小姐的，现在事情办完了，我先告辞了。"小弟说着就要起身告辞。

"吃了晚饭再走吧。"朱母越看小弟越是从心里喜欢，这应了那句"丈母娘看女婿，越看越欢喜"。她想要挽留小弟在朱家多待一会儿。

"妈，我送送他。"朱琪洁说着，就当着自己母亲的面挽着小弟的手臂，脸上闪着太阳花的光芒走出了朱家公馆。

朱母望着自己的女儿和小弟一起走出了花园，她在欣赏这对年轻的恋人，一颗心也受到了鼓舞，那张古板的脸上露出了难得的笑容。

蓝宝和姚思诚沿着四川北路走着，他们不放过任何一条有日本人痕迹的弄堂，包括每一个日本人开的店铺，但都打听不到周孝明的消息。走到内山书店时，蓝宝感到筋疲力尽，就想在书店里坐一坐，突然，她的眼角边闪过一个日本小姑娘的影子，她穿着一件粉红色的和服，正从马路上向一条小弄堂穿进去。蓝宝马上睁大眼睛寻找这个影子，那小姑娘却又不见了。于是，蓝宝就拉着姚思诚迅速穿进这条小弄堂，同时，思索着这个影子曾经在哪里见过?很快，她的记忆存储就像放电影一样，一幕幕发生过的事情以最快的速度在眼前闪过。她想起了昨天晚上的大华饭店，当自己穿着白色的婚纱穿过饭店的大厅时，在一群看热闹的人中，就有一位穿着日本和服的小姑娘看着自己，当她从她身边走过时，小姑娘对她灿烂地笑了笑。

蓝宝凭着女人特有的第六感觉，认为这个小姑娘肯定和周孝明见过面了，她一定知道周孝明的事情，于是，她就和姚思诚分头从弄堂的两头，挨家挨户地找寻过去，希望能找到这个日本小姑娘。就在蓝宝找了多家没有结果而感到失望时，突然听到有人在身后叫她道："蓝宝姐姐。"

蓝宝猛地一回头，看到那个人向她示意小声。于是，蓝宝马上镇定了下来，她向那个人弯了下腰，用自己那双美丽的大眼睛看着她。

"我叫节子，这是你弟弟让我转给你的千鹤纸。"节子说完，从自己的衣服里取出千纸鹤交给了蓝宝后就迅速地向弄堂深处奔去了。

蓝宝接过节子手中的千纸鹤，打开一看："姐姐，我去日本了，等我回来。"蓝宝看着周孝明给自己的留言，顿时，一直压抑在内心的那份伤心和担忧一起涌上了她的心头，眼泪就像夏日里的暴雨，噼里啪啦地从眼眶里落了下来。但她很快把眼泪忍住了，只是把那张千纸鹤再整齐地叠回原形，放进了口袋里。这时候，她看到了姚思诚从弄堂的另外一头向自己走过来，就在心里对自己说：不能把孝明去日本的事情告诉任何一个人，包括思诚！

为什么不能告诉姚思诚呢？蓝宝自己也不明白为什么要对姚思诚隐瞒这件事情，但她已经决定了，既然决定了，那就先不说。

这时，姚思诚已经走到了蓝宝身边，看到了一个日本小姑娘和蓝宝说过话后就走了，他不知道蓝宝究竟遇到了什么事情，只是看着自己的妻子一副很伤心的样子，就关心地问她道："那个日本小姑娘对你说了什么？"

蓝宝对姚思诚说："还是没有孝明的消息。"说完，就拿过姚思诚递给她的手帕拭去了脸上的泪水。她缓了缓神，抬起头对着天空看了看，然后对姚思诚说："我们回去吧。"

等姚思诚和蓝宝回到淮海路上的姚家后，姚福财已经从他的舅舅虞洽卿处打听到了消息，他告诉蓝宝道："今晚八点，在公平路码头上，有一艘日本人的船开往大阪。码头上的人说了，那些日本水手都已经上船在做准备工作了。"

"那我们现在就去公平路码头找人，不放过任何一个像孝明的人。"姚思诚对蓝宝说道。

"不用找了。"蓝宝对大家说道。

"怎么不找了？"姚福财见自己辛辛苦苦打听来的消息又被蓝宝否定了，就觉得奇怪。

"我在想，孝明有可能不习惯上海的生活，说不定他已经回虎啸周了。"蓝宝说道。

"对，我也这样认为。很多乡下人来到上海，不适应这里的生活，住上一天都会叫头痛呢。"杨菊芳也自作聪明地说了起来。

"那也要去十六铺码头找一找，就是在回乡下的船上看到了孝明，这样我们才放心。"姚思诚还是用不放心的口气说道。

"唉，人家当姐姐的都这样说了，就当他回虎啸周了吧，省得我们多操心呢。"杨菊芳阴阳怪气地说道。她突然想起了什么地叫道，"我家小弟呢？早上出去说是找周孝明的，这下可好，我的小儿子也失踪了。"

"格咋办办呢？"老太太手拿佛珠从她的佛堂里走了出来，"小弟一早就出去的，我让他去思南公馆找人的，这下好了，我家小孙子人影也没了。"

正在姚家上下为小弟着急时，只见小弟和朱琪洁一起回到了姚家。朱琪洁见姚家人都在，就一一叫过，轮到姚思诚时，朱琪洁不好意思了，正想和蓝宝开句玩笑时，姚思诚却冲着小弟说了起来："你对我说到四川北路找孝明去的，孝明人呢？"

"啊，他没有回来？我还以为他会回来呢？"小弟这才想起自己误了大事。

"你这个混账东西，只知道谈女朋友，就不知道关心别人的事。"姚思诚说着就抡起自己的一个拳头对准小弟的脸晃动着。

"有你的父亲在，还轮不到你来教训他呢。"姚福财一看姚思诚要对小弟动武，就开口说话道。

"阿爸，你看他像个什么样子？"姚思诚收回了拳头。

"我像什么跟你没关系，不像你讨了老婆，就护着老婆家里的人，没有出息。"小弟对姚思诚说。

"你有种给我找个漂亮一点的女朋友带回来给我看看呀？"姚思诚终于说出了他对小弟不满意的地方了。

"思诚，你不能这样说。"蓝宝见兄弟俩为了自己的事情吵起来，就劝姚思诚道。

"姚思诚，你这话是什么意思？你是嫌我长得难看？"朱琪洁一听姚思诚的话，立马用她的尖嘴巧舌回击起姚思诚。

杨菊芳一听，立马走到朱琪洁面前，上下打量起来。眼前站着一个胖乎乎的圆脸姑娘，还戴着一副眼镜，居然在和自己的小儿子谈恋爱？这……杨菊芳顿时涌上一股莫名其妙的怒火，那股火直烧到心头。她虽然认识朱琪洁，知道她是蓝宝的同学，平时也来姚家玩，可真的和自己的小儿子谈恋爱，这……杨菊芳的心被那股火烧得要晕过去了。于是，她跷着兰花手指头用她的浓浓鼻音对着朱琪洁断断续续地说道："你为什么要勾引我的小儿子？"

"伯母，我没有勾引姚思杰，我们是自由恋爱。"朱琪洁觉得自己十分委屈。

"你们凭什么这样对待我们？"小弟见自己的哥哥和母亲都不喜欢朱琪洁，就觉得委屈。

"你和谁家姑娘都可以谈恋爱，我就是不同意你和她谈恋爱。"杨菊芳用手捂着自己的胸口，对小弟说道。

"都别激动，有话慢慢说。"姚福财眼看家里快要乱成一锅粥了，他想做和事佬。

"你们如果不同意我们俩的事，那好，我现在就走。我和你们这个资产阶级家庭决裂，你们就当没有生我这个儿子。"小弟说完，拉着朱琪洁的手向大门外走去。

"朱琪洁，你劝说小弟一下。"蓝宝见事情闹大了，马上对朱琪洁说道。

"伯母，你不要生气。我可以走，以后也不会在你眼前出现。"朱琪洁说着，就一个人向门外奔了出去。

"朱琪洁……"蓝宝和小弟都不约而同地叫了起来。

小弟叫着，也向门外奔了出去，他去追朱琪洁了，他在奔出门外时，回过头对着所有的人说道："从今天开始，我和你们没有任何关系。"

"你是我生的，我是你母亲……有种你就别回来。"杨菊芳看着小弟向门外奔去，伤心地用一只手护着自己的胸口，另外一只手指着小弟的背影说道。

"你们说话也太尖刻了，朱姑娘有什么地方不好？"姚福财见事情发展到这个地步，就斥责着杨菊芳和姚思诚。

"阿爸，别理小弟，他还是孩子，发会儿脾气就会回来的。姆妈，那个朱琪洁也真是的，一点也没有小姑娘的矜持，时间长了，小弟也不会喜欢她的。"姚思诚劝说着杨菊芳。

"话不能这样说。"蓝宝说道，"朱琪洁是真心爱着小弟，小弟也喜欢朱琪洁。如果我们不赞成他们俩谈恋爱，也要尊重小弟的感情，再说现在是民国时代，男女婚姻恋爱自由，我们不能干涉别人的爱情。"

"就你会说话？难道委屈你了？"杨菊芳把一般怨气全发泄在了蓝宝身上。

"谁也别说了，让小弟独自去反思一下也好，人大了，心也大了，等他冷静下来了，就会回来的。现在还是去找孝明吧。"一直坐着的老太太这时也发声了。

"姆妈，你早就该说话了，刚才小弟对我们发脾气时，你为什么不说？"杨菊芳对老太太说道。

"你是做妈的，教育儿子是姆妈的事，还轮得到我这个做阿娘的人？"老太太对杨菊芳说道。

"好了好了，都少说几句。先把最要紧的事情做了。这样吧，蓝宝和思诚去公平路码头找孝明，我和菊芳去十六铺码头找。不管怎么样，孝明是蓝宝的兄弟，也是我的侄子，事情就这样定了。我们分头去找吧。"姚福财对大家说道。

"大嫂，我也去公平路码头。"这时候，小妹从外面走进来，对蓝宝说道。

"你瞎掺和什么呀？你去找你二哥，晚上把他找回来吃晚饭。"姚思诚心里还是对小弟不放心，于是叫小妹去找小弟。

"我才不去找他呢，他现在是重色轻友，连这个家都不要了，还会在乎我这个妹妹？"小妹说道。

"不可以没有规矩，去找你二哥。"杨菊芳的脸色非常难看。

"好吧。我去找找看，可找不到别怪我啊。"小妹说着就向大门外走去。

"今天是什么日子呀？怎么事情都搅和到一起了？"杨菊芳摸着胸口缓缓地坐回原来的位子。

"姆妈是不是不舒服？"蓝宝问杨菊芳。

"都是被你们气的。"杨菊芳对蓝宝说了一句，然后转过脸对姚福财说道，"福财，我十六铺码头就不去了，你叫上老蔡，让他开车送你去吧。"杨菊芳的脸色蜡黄，她只觉得头晕，心慌，浑身无力想睡觉，说完就站了起来，向楼梯口走去。

"姆妈，我送你上楼去。"蓝宝说着就上去搀扶杨菊芳。

"思诚，你搀姆妈上楼。"杨菊芳随手把蓝宝往身边一推，对姚思诚说。

蓝宝的身体被杨菊芳一推，差一点倒了下来，但她马上站稳了。她看着姚思诚搀着杨菊芳向楼梯口走去，内心泛起一股强烈的疼痛。蓝宝明白，杨菊芳从开始就不喜欢自己，平时对自己的好，全是她的伪装，因为，在姚家还是两个男人当家的，女人的命运也掌握在他们的手里。同样，蓝宝的命运也掌握在他们的手里。

于是，蓝宝觉得自己更要把周孝明去日本的事情瞒着，万一发生了什么事情，周孝明也不会成为姚家谈笑的资本，但她决定和姚思诚一起去公平路码头找周孝明，她要看到自己的弟弟，只要看到他出现，不管他去不去日本，都是周孝明自己的决定，他已经是成年人了，有自己的选择权。

当蓝宝和姚思诚赶到公平路码头时，开往大阪的日本轮船已经放客了，三三两两的乘客陆陆续续地在上船。蓝宝就在码头上一一查看着上船的人群中有没有周孝明。

姚思诚已经混在旅客中上了船，他沿着船舱一一寻找着周孝明，但始终没有找到。于是，他下了轮船走到了码头上，回到蓝宝的身边。他看着蓝宝，发觉她的神色很淡定，和中午在四川北路上找周孝明时判若两人，于是，就伸出自己的手臂给蓝宝，蓝宝挽起了姚思诚的胳膊，朝他微微一笑，然后，她目不转睛地看着从自己身边走过的每一个人。

时间就这样很快地过去了，晚霞覆盖在了公平路码头上，天上的云彩就如夏日里的西瓜瓤，红得让人觉得口渴。这时的周孝明已经乔装改扮，穿上了日本和服。当他大摇大摆地从蓝宝身边走过时，看见了姚思诚和蓝宝伸长着头颈在人群中找人，也看见了蓝宝那双明亮的眼睛里带着一丝焦虑，他感觉到了自己姐姐内心的焦急。周孝明犹豫了片刻，想停下脚步，叫她一声姐姐，可他看见了姚思诚，犹豫了一下，便加快脚步从他们身边走过了，他不想让姚思诚知道自己去了日本，万一形势发生什么变化，就会让姐姐处于尴尬的地位，当然，他知道自己这一走会让姐姐非常失望，甚至担心。

周孝明上了船，他站在甲板上，看着姐姐穿着一件淡蓝色的旗袍，站在人群中熠熠生辉。他突然发觉姐姐原来长得如此美丽，那淡蓝色的旗袍就像家乡明净的天空，给周孝明带去了一份乡愁。周孝明望着蓝宝，不由得举起了手向自己的姐姐挥着，挥着，他的喉结颤动着，眼眶湿润了，他知道自己如果再这样看姐姐几眼，就会奔下船去，紧紧拥抱自己的姐姐。可他明白，自己是一个男人，有着雄心壮志的男人，不能被眼前的亲情误了自己的大事。于是，周孝明毅然地转身走回舱里，在心里对站在码头上的姐姐说了一声："再见了，姐姐。"

开往日本大阪的船拉响了汽笛，蓝宝没有找到周孝明，但她相信他肯定在船上。她明白一个人如果决心要做一件事情，是不会让人阻挠的，而一意想去日本的周孝明又怎么会动摇自己的决心呢？此次周孝明的日本之行，也决定了他的命运，那么他的命运又掌握在谁的手里呢？

十六

　　南京，六朝古都。登上紫金山眺望，山水城林融为一体，江河湖泉相得益彰。中华民族的母亲河——长江，穿城而过，缔造千古传奇的秦淮河、金川河萦绕其间，秀丽的玄武湖、莫愁湖点缀城中。民国之父孙中山如此评价南京：南京为中国古都，在北京之前。其位置乃在一美善之地区。其地有高山，有深水，有平原，此三种天工钟毓一处，在世界之大都市诚难觅如此佳境也。

　　历史上南京既受益又罹祸于其得天独厚的地理位置和气度不凡的风水佳境，过去曾多次遭受兵燹之灾，但亦屡屡从瓦砾荒烟中重整繁华。且在中原被异族所占领，汉民族即将遭受灭顶之灾时，通常都会选择南京休养生息，立志北伐，恢复华夏。

　　如此江南风水宝地，也是国民政府的首都、中国的政治中心，孙中山的陵墓也在此地，成为钟山风景之一。对于生活和工作在南京的唐糖来说，她身上有一种说不出来的优越感。作为一名女性，上马能射击，下马能吟诗，对镜理红妆，提笔抒豪情，从古到今也只有女中英雄花木兰可以相比，可花木兰是代父从军，女扮男装，而唐糖，民国的女性，一代天骄，脱下戎装就是旗袍高跟鞋，长发飘飘，羡煞古往今来多少美女和才女？当她知道李大江来南京采访的消息时，马上放下手头所有的工作，热情地接待了他。只是宋美龄国事繁忙到处演讲，无法接受李大江的采访，但唐糖已经得到消息，蒋介石将在"美龄宫"

对中外记者召开"新生活运动"新闻发布会，于是，她从总编那里要来了一张记者入场证，提供给了远道而来的李大江。

此时，李大江正在美龄宫参加记者招待会，唐糖开着一部军用吉普车一会儿从中山陵脚下开到美龄宫，一会儿又从美龄宫开到中山陵脚下，她在等李大江。

美龄宫位于钟山风景名胜区内，此时正式名称为"国民政府主席官邸"，有"远东第一别墅"的美誉。美龄宫于一九三二年竣工，原定为国民政府主席的寓所，后改作中山陵谒陵的高级官员休息室。国民政府从重庆迁回首都南京后，此处为蒋介石官邸，蒋介石常与宋美龄来此休息和度假，因三四十年代，宋美龄经常在这里做礼拜，便称之为"美龄宫"，为了便于大家了解这座位于钟山风景区的别墅，这里就提前称它为"美龄宫"。美龄宫和中山陵的距离只有两公里多，可唐糖觉得这段路很长，她希望早点看到李大江，然后带他去参拜中山陵。

在唐糖还没有成为戴笠的部下前，就对孙中山佩服得五体投地，也崇尚"爱读书、爱革命、爱女人"，当然，对唐糖来说就是"爱读书、爱革命、爱男人"。唐糖是浙江江山县人，是戴笠的老乡。一个偶然的机会，她报考了一所学校就读，校长问她认识戴雨农吗？唐糖说不认识。又问她认识戴笠吗？唐糖还是说不认识。过了几天，校长又找她，告诉她有个同乡想找她谈话。

这个同乡就是戴笠，他正好回老家省亲，顺便去找自己的老师，也就是那位校长。校长就向戴笠推荐了唐糖，说她浑身洋溢着一股革命的激情，并常常把孙中山的"三爱"挂在嘴边。戴笠听了就想见唐糖。不料一见唐糖，戴笠内心不由得一惊，这辈子他见过很多美女，但唐糖不但长得妩媚，还显露出一份天真。她记忆力好，脑子反应快，完全具备了一个女特工的所有条件，何况，唐糖是自己的老乡，同是江山人，于是，戴笠问唐糖，愿意为孙中山的"三民主义"献身吗？唐糖一听，不假思索地一口答应了戴笠，愿意为"三民主义"赴汤蹈火。唐糖就这样成为戴笠的学生，也从一名普通的女学生，成长为会射击、密码，具备医治、暗杀等各方面技能的一名间谍。但唐糖毕竟是一位天真活泼开朗的女性，她视这些为自己的工作，戴笠就是自己的老板，员工对老板就是绝对忠诚。而工作之外就是生活，生活就该浪漫多情，甚至是波西米亚的自由。虽然，间谍生活没有自由，但内心追求自由是唐糖的人生目标，包括自己的爱情。

自从在上海的那场慈善活动中邂逅了《申报》记者李大江，唐糖就掩饰不住自己对他的爱慕之情，每次去上海，就去申报馆找李大江，并对外自称是李大江的表妹，借此和李大江多接触。可她发现李大江对自己不冷不热的，心里不免有点遗憾，不过她相信经过自己的努力，只要真心对待李大江，就是一块石头也会被自己的爱情焐热的。所以，这次李大江来南京采访，而且是直接来找唐糖的，这让唐糖十分兴奋，完全可以用"受宠若惊"来形容她的心情。她不但为李大江的采访提供方便，还精心设计了几个游览南京名胜古迹的方案，参拜中山陵就是其中之一。她都预算好了，从美龄宫出来，只要开车几分钟就能到中山陵，拜谒完孙中山陵园后，隔壁就是明孝陵，然后在夕阳西下时到直渎山的燕子矶看长江滚滚而去，那是一种多么壮观的景象，她相信李大江一定会欣赏自己的安排。

就在唐糖把车开回美龄宫时，才发现新闻发布会已经结束，李大江等了她几分钟，唐糖就抱歉地从吉普车上跳了下来，微笑着走到李大江身边问道："新闻发布会有什么好内容吗？"

"类似在南昌的讲话，没有什么两样，还发了统一稿。"李大江说着，就把手中一张铅印纸递给唐糖看。

"嘿，有了统一稿不就方便了很多？不管这么多了，我带你去中山陵。"唐糖说着，就挽着李大江的胳膊向吉普车走去。

"不去中山陵。"李大江坐在了车上说道。

"为什么不去中山陵？这是国父的陵园，一般人到了南京都会来拜谒的。"唐糖觉得李大江不去中山陵有点不可思议。

"那是你们国民党人的政治需要，我不是国民党。"李大江说。

"你这是什么话呀，孙中山是我们的国父，他提出的三民主义是我们的政治纲领，他在遗嘱里叮嘱'革命尚未成功，同志仍需努力……'"

"他还讲道，'联俄联共，辅助农工……走民主之路'。可事实呢？你们杀了很多共产党人，老百姓还生活在贫困线上，还执行了党禁和报禁……"

"表哥，就去个中山陵呀，何必发这么多牢骚。"

"不是牢骚，是我的观点。就说中山陵吧，谁死了能躺在陵园里？这里还有个明孝陵呢，所谓的陵就是古代帝王坟墓的称谓，何况，中山陵共有三百九十二级，近三十层楼高，让民众瞻仰孙中山一步一步地往上攀爬，真有一种朝圣般的感觉……"

"孙中山是伟人。"

"华盛顿也是伟人，可他只树了一个碑。孙中山最崇拜的领袖人物就是华盛顿，现在这些与他毕生所追求的民主主义，与他倡导的自由平等大相径庭。"

"说这些话，不怕掉脑袋吗？"

"作为一个国家的公民，连说话的自由也没有了，这不是独裁是什么？"

"你今天是怎么了？参加了蒋委员长对中外记者的招待会应该对你的工作有帮助的，怎么像是吃了炮仗。"

"他就是独裁，民众的生活水平都不能改善，还搞什么'新生活运动'，那是表面文章。"

"好了，你是自由主义者，我再问一遍：中山陵去吗？"

"不去。"

"那我们去直渎山好吗？"唐糖见李大江执意着自由的态度，就对着他妩媚地一笑道。

李大江这才发现唐糖穿着一件飘逸的旗袍，胸襟上别着一朵散发着清香的白兰花，她的脸也如白兰花一样静谧。此时，李大江觉得一个绅士是没有权利拒绝一位美女的要求的，但李大江建议先去吃饭，他请她。

唐糖的脸上绽出白兰花的芬芳，她把垂肩的长发潇洒地往后一扬，用脚上穿着的高跟鞋猛地一踩油门，吉普车冲出了道路，向着夫子庙去了。在车上，唐糖对李大江说着："今天你要好好帮我拍几张照片。"

"我还第一次见你穿旗袍的样子，到了燕子矶，我一定帮你好好拍几张。"

"这话，我爱听。"唐糖一边开着车，一边笑着，她那朗朗的笑声穿越了钟山，穿越了一个男人的心，此时，李大江的心被眼前这位真性情女人感染了，他想在她身边多待一会儿……

吃了饭，再喝了茶，天色向晚，李大江和唐糖来到了直渎山。西边的晚霞把位于南京郊外的直渎山染成一片橘红色，江水滔滔向东而去，有一座石峰突兀江上，三面临空，势如燕子展翅欲飞，故而得名燕子矶。燕子矶总扼大江，地势险要，矶下惊涛拍石，汹涌澎湃，是重要的长江渡口和军事重地，被世人称为万里长江第一矶。

燕子矶也是南京的一个名胜古迹，它三面悬绝，远眺似石燕掠江，特别是黄昏时分，夕阳满天，彩霞鎏金，江水滚滚东流，美景衬托照赤壁。"燕矶夕照"，也是"金陵四十八景"之一。

在如此美妙的风景里，李大江站在这万里长江的第一矶石上，用照相机对着"燕矶夕照"的风景"咔嚓咔嚓"地拍着照，然后眺望着远方的长江之水浩浩荡荡地向着自己奔来，不由得满怀激情地念起了苏东坡的《念奴娇·赤壁怀古》：

大江东去，浪淘尽，千古风流人物。故垒西边，人道是，三国周郎赤壁。乱石穿空，惊涛拍岸，卷起千堆雪。江山如画，一时多少豪杰。

当李大江念到这里时，站在他身后的唐糖走到了李大江身边，挽着他的胳膊，就如一朵白兰花亭亭玉立，她也念道：

遥想公瑾当年，小乔初嫁了，雄姿英发。羽扇纶巾，谈笑间，樯橹灰飞烟灭。故国神游，多情应笑我，早生华发。人生如梦，一樽还酹江月。

"这是一首豪放的词，是苏轼所有诗词中最浪漫和最有激情的，你听：乱石穿空，惊涛拍岸，卷起千堆雪。江山如画，一时多少豪杰。古代的文人都有这种气概，你是军人，我是记者，却只能眼睁睁看着日本人侵占我们东北三省，很多流亡的学生和东北军都流落在关外，我们不能发挥各自优势，反而忙着搞什么'新生活运动'。"

"我知道你今天参加了蒋委员长的中外记者招待会，一肚子不高兴，但你不了解'新生活运动'的意图，就不知道政府想做什么。这场运动是为了提高中华民族整体素质而兴起的。蒋委员长也在准备着战斗，但就现在国家的实力和民众素质，还不足以应对这场战争。所以，'新生活运动'只是备战的一个部署，旨在让全国人民团结起来，做到我中华民族本来就具备的'礼义廉耻'之道，也就是今日的建国之道。此'新生活运动'也是今日立国救民的唯一道路。"

"礼义廉耻？"

"对。表哥，这四个字就是'国之四维'，是治国之本。"

"那三民主义又是怎么执行的？看其结果却是一个领袖、一个政党、一个主义的威权政治体制。"

"表哥，我们不谈政治好吗？"唐糖见自己是说服不了李大江的，就把话题转到了别处，"你谈过恋爱吗？"

"没有，但暗恋过。"

"啊，看不出表哥曾经暗恋过，说给我听听好吗？"唐糖觉得十分惊奇，眼前这位独身主义加自由主义者竟然暗恋过。

李大江看着唐糖那张洋溢着青春激情的脸，就如白兰花一样，便诚实地将自己怎么喜欢上同学的未婚妻，怎样暗恋着她，告诉了唐糖，并说她有一个非常好听的名字——凤仙，还有传奇的身世，是裹着蓝色的胞衣出生的。

唐糖听了就缠着李大江道："以后我来上海时介绍我们认识好吗？"

"可以呀，你们俩身上有很多相似的地方，也可以做朋友的。"

"太好了，谢谢表哥。"唐糖说完就轻轻地在李大江的脸上吻了一下。

李大江被唐糖突如其来的亲吻弄得有点局促，但他很快缓过了神，正好眼前有一条小溪，李大江就伸出手挽着唐糖的手跨了过去。

"我还是希望你能来中央日报社工作，如果你愿意来，我完全可以向戴局长推荐你作为人才加盟，为了备战，国民党宣传部想从各报社培养一批战地记者，到时候一边随军作战，一边向民众报道战况。"唐糖仍然没有放弃争取李大江在自己身边工作的机会。

"我已经说过了，我是个记者，我崇尚记者是自由、客观、公正的象征。"李大江书生意气地说道。

"表哥，在记者生涯上你虽然是我的前辈，但你还很幼稚，你都不看看现在的世道是谁的天下？你在为谁公正？为谁客观？你以为新闻自由就是一个国家进步的表现？但对任何一个记者来说，如果涉及国家的利益，就由不得你的自由和客观了。"唐糖对李大江道。

"所以，我不来贵报可以吗？"李大江对唐糖道。

"我不和你说政治了，以后你会明白的。好了，时间也晚了，我请你去吃南京板鸭吧。"唐糖知道自己说服不了李大江，就看看戴在手腕上的手表说道。

"不吃了，我要赶今晚的火车回上海。"李大江拒绝道。

"什么？今晚就回上海？我本来打算吃完晚饭就去秦淮河上划船呢，还想让你好好给我拍几张照片呢。"唐糖显然不高兴了。

"以后我们找个晴空万里的好天气，一边陪你划船，一边为你拍照好吗？"李大江安慰着唐糖。

"我知道，你心里就没有我，在想你暗恋的女朋友呢。"唐糖带着少女般的口吻说着。

李大江什么话也没有说，他只是挪动了脚步，沿着燕子矶的崖壁走着。

江风徐徐吹来，唐糖依偎在李大江身边，夕阳的余晖在江边洒下了最后一道霞光，把江水染成一片红色。这是一九三四年的初秋，秋天已经悄悄来临，冬天也会跟着而来。但谁也没有想到，只过了三年，三年后的冬天，一九三七年十二月十三日，发生了"南京大屠杀"惨案，日本人杀害了我们三十万同胞，血流成河，汇进长江，把燕子矶江水都染成了一片红色。那么，唐糖又会怎么样呢？李大江去了南京吗？他们在"南京保卫战"中是死还是活？

人的一生永远有无数的未知，也不知道命运是怎样安排的，只有经历过了，才知道生命中的缘早就在未知的路上注定了。

上海，思南公馆。蓝宝坐在客厅里，客厅外面是一个大花园，太阳正照在花园里的草坪上，反射到吊在天花板上的水晶灯泡上。每个灯泡闪烁着灿烂的光芒，高端大气的客厅里放着一架钢琴，钢琴侧面放着的是一对意大利真皮沙发。此时，她就坐在沙发上，用一只手托着腮看着花园里的情景，想着这些天来发生的事情。

这些天来，蓝宝经历了太多事情。先是自己从虎啸周出嫁回到了姚家，名正言顺地嫁给了姚思诚，圆了自己多年的梦想，风风光光地嫁进姚家。但堂弟周孝明的出走，特别是去日本，这对蓝宝来说是一件十分痛心的事情，她为自己不能找到孝明无法向阿叔和嬷嬷交代而难过。但最令她伤心难过的是小弟也离家出走了，而且这一走已经多天，无论谁去找他，他都不见。

蓝宝知道小弟就住在朱琪洁家里，她作为姚家的大嫂，理应要去找小弟，更要去找朱琪洁，她想通过自己的好同学一起把小弟劝回来。但她想和姚思诚一起去，不管怎么说是姚思诚说话太损人，伤了小弟的自尊心。现在，蓝宝在等姚思诚回来。

这时，王娘姨轻轻走到蓝宝身边对她说："太太，先生一早出去时就吩咐过我，说他今天不回来吃午饭。"

蓝宝这才缓过神来对王娘姨说道："先生说是去看工厂厂址了是吗？"

"他什么也没有说，就叫你别等他吃饭。"王娘姨回答道。

蓝宝听了娘姨的话后，就走上楼去，在卧室里为自己换了一件旗袍。这是一件短袖的印有蓝色细小格子的旗袍，如果拿在手里看，是一点也不起眼的衣料，但穿在蓝宝身上，那衣服顿时亮了起来，衬托着蓝宝，就如一朵桃花盛开。

她下了楼，王娘姨就站在客厅里对她说了起来："太太的模样真的是太标致了，让人看了就是舒心，也是我的福气，能服侍太太和先生。"

"王姨说得太客气了。"蓝宝笑着对王娘姨说道。她突然想起了那天王娘姨说她是镇海人，就想起了在"江亚号"轮船上也遇到一个镇海人，她就问娘姨道："镇海很大，不知王姨是哪里的？"

"我住小港。"王娘姨随口说道。

"小港？哦……王姨，我去同学家里。"蓝宝略一沉思后对王娘姨说道。

"太太回来吃饭吗？"王娘姨为蓝宝开了门，一边送蓝宝出去，一边问道。

"你不用等我，到吃饭的时间你就先吃吧。"蓝宝说道。

蓝宝走到了马路上，她看见一辆黄包车从她身边经过，就叫住了黄包车，让车夫把自己拉着向淮海路上的朱公馆而去。

快要到朱公馆时，天突然下起了毛毛雨，秋天裹携着雨丝悄悄到来。蓝宝没有带雨伞，她就让车夫把黄包车上的雨篷撑起来，自己从小包里取出一块手帕，把手帕的四个角各打了一个结，手帕就变成了一顶小花帽，她把小花帽戴在了头上。在蓝宝做完这些事情时，朱公馆也到了。

蓝宝站在墙外，那棵夹竹桃爬在墙角上，树枝上的小白花已经泛黄，一只小猫咪在雨中趴在树干上看着蓝宝。蓝宝对着它叫了几声"喵呜"，那猫就迅速从树干上逃走了，随着猫咪的脚步，树干上的雨水溅在了蓝宝身上。蓝宝望着猫咪逃走时的模样，她笑了，在秋雨的细纱中透出了优雅和妩媚。蓝宝走到了朱公馆的台阶上，她看见了女贞树上的花已经结籽，就驻足望了望那棵女贞树。她想起了不久前，自己受到朱母的奚落，在走出这幢高墙时，她没有看到这棵树，而是看着夹竹桃。那时候，她在心里为朱母生气。可没有想到今天，为了小弟的事情，她又走进了朱公馆的大门。

就在蓝宝凝望着女贞树时，朱家的娘姨看见了蓝宝，就对蓝宝说："周小姐是来找我家小姐的吗？"

娘姨说话的当口，朱母也出现在门口了，她今天穿着一件西式的灰色衬衫，领子上结了一只大大的蝴蝶结，下身着一条窄长的西式长裤，倒也衬出了那娇小的身材。朱母一见蓝宝就抢过娘姨的话说道："不是周小姐了，应该是叫姚太太了。姚太太光临寒舍，有什么大事吗？"

蓝宝一听，觉得今天的气氛对自己是不利的，于是她对朱母淡淡一笑道："伯母，我是来找朱琪洁的。"

"找她有什么贵干？她不在。"朱母盛气凌人地说道。

"我们是同学呀，想她了，就来找她了。"蓝宝不卑不亢地说道。

"你们过去是同学，现在不是同学了。你已经嫁人，她也要去美国留学了。你们呀，一个是井水，一个是河水，犯不到一起了。"朱母说道。

"她要去美国留学了？"蓝宝一听，就想着，如果朱琪洁去美国的话，小弟也去美国，那也是一件好事，就对朱母说道："朱琪洁真的打算去美国？"

"对我们朱家来说，不要说供朱琪洁一个人，就是再多一个人去美国读书，我们照样供得起。"朱母说完回过头对娘姨道，"娘姨，我回屋了，你就帮我送客吧。"说完朱母就走进了房里，把蓝宝一个人冷在了一边。

蓝宝知道自己吃了闭门羹，但她相信了朱母的话，因为凭她和朱琪洁多年的同学关系，知道朱琪洁的脾气，如果她在家，听到蓝宝的声音肯定会出来的。现在，蓝宝就想知道朱琪洁去了哪里。于是，她就问娘姨道："你知道我的同学去哪里了？"说话间，她已经从小包里取出了一个银圆塞进了娘姨的手里。

娘姨接过银圆，对蓝宝轻轻地说道："她和你家小叔子一早就出门了。"

蓝宝听了就笑了笑，对娘姨说道："他们回来了，就说我来过。"

蓝宝离开了朱公馆，雨也停了，她就取下了戴在头上的小花帽，独自一个人沿着淮海路走着。秋天的风轻轻地吹起了她身上的旗袍下摆，她的脚步踩在路面上，踩到了几片从树上飘下来的梧桐树叶。于是，她踮起脚尖踩住地上的树叶子，弯下腰，拾起了一片落叶，拿在手上欣赏着。她舒展着双臂，深深地呼吸了一下，在原地打了一个圈，随着她的旋转，她的两根小辫子灵巧地从她的身后转到胸前，那片拿在她手上的落叶在她的手掌心，随着她的舞动，在微风中习习飘逸。

其实，蓝宝的内心还沉浸在新婚带给她的快乐中，如果没有孝明和小弟的事情发生，那么，蓝宝心里想得更多的是对姚思诚的爱，还有对未来生活的憧憬。但眼下，孝明已经去了日本，这是一件木已成舟的事情，蓝宝也只能随他去了。但小弟和朱琪洁毕竟还在上海，如果要去美国的话也不会马上就走，那么他们现在去了哪儿呢？

这些天，小弟经常和陆心严在一起，听他宣讲共产主义的纲领，再把听到的道理讲给朱琪洁听。特别是经历过从家庭出走后，小弟觉得自己的行动就是投奔共产党的一种义举，是和自己资产阶级的家庭决裂。于是，他觉得时机已经成熟，该是让朱琪洁和陆心严重逢了。在征得陆心严同意后，他带朱琪洁来到了大壶春。

就在朱琪洁和小弟找了个座位刚坐下来时，陆心严来了。朱琪洁一看到陆心严就兴奋得像遇见了老熟人一样，马上站了起来对着陆心严热情地招手道："陆先生，来来，这里坐。"

陆心严对朱琪洁笑了笑道："表妹，有男朋友在身边，就和我生疏起来，表哥也不叫了，就叫我先生了。哈哈……"说着，就在朱琪洁边上坐了下来。

"我……"朱琪洁一时被陆心严的话弄懵了，她马上看向小弟。

毕竟小弟跟着陆心严学习了一个地下党员必须具备的很多条件，他就大大方方地对陆心严叫了一声："大表哥好。"

朱琪洁见小弟开口叫陆心严为大表哥，她好像明白了点什么，就对着陆心严嘿嘿地笑道："大表哥好。"

"这里不是谈话的地方，人太杂，我们换个地方。"陆心严压低了声音对他们两个说道。

于是，三个人随便点了几两生煎馒头，胡乱地吃了。随后出了店堂，每人叫了一辆黄包车，向着一条幽静的小马路驶去。

到了小弄堂后，他们都下了车，小弟和朱琪洁随着陆心严一起走到了一个简易的棚户房里，房里只放着一张床和一张吃饭用的桌子。陆心严告诉他们道："这里是我住的地方。"说完就把房里的一扇窗户打开，小弟这才发现，外面就是苏州河。陆心严对小弟说："万一发生什么事情，我们就从窗户外面脱身。"

这时，朱琪洁对小弟说："窗户外面是河呀，我不会游泳。"

"这是万不得已的时候才从窗户口脱身，我在这里住了很长时间，也没有发觉可疑的人出现过。但我们要随时提高警惕，保护自己就是为了保护我们革命的种子。自从上海发生了'四一二'反革命大屠杀后，我们的党遭受了严重的损失，从去年的九月下旬开始，蒋介石调集约一百万兵力，采取'堡垒主义'新战略，对中央革命根据地进行大规模'围剿'。而党内的'左'倾机会主义用所谓'正规'战争代替以往党内采取的人民战争，使我们的红军完全陷于被动地位。据中央苏区传来的情报，苏区终未取得第五次反'围剿'的胜利，已经率部命令中央领导机关和红军主力退出根据地。目前形势非常严峻，但也是考验我们的时候。所以，在党最困难的时候，你们的加入为我们的组织注入了新鲜的血液。"

"姚思杰同志，组织已经对你进行了考核，朱琪洁同志也通过了组织的批准。今天，我正式向你们俩宣布，我代表党小组欢迎两位加入中国共产党，成为一名光荣的党员。"陆心严说完，就伸出了自己的一双手，紧紧握住了小弟和朱琪洁的手，并用力地摇了一摇。随后，他抓起他们俩的手举到了半空说道："我们宣誓！"

小弟和朱琪洁同声说道："我们宣誓！"

朱琪洁举起了拳头，她被一种神圣和庄严的氛围感染了，那张圆圆的脸蛋因为兴奋而涨得绯红，她根本没有完全理解中国共产党的意义，甚至党章里写了什么，她都不知道。但她崇拜陆心严，相信并爱着姚思杰。在她的心目中，姚思杰想要走的路就是她要走的路，现在姚思杰跟着共产党走了，我朱琪洁也跟着共产党走。

而小弟的内心比起朱琪洁来得更汹涌澎湃，他那颗年轻的心，早在学校读书时就受到过《共产党宣言》的熏陶，再加上他内心的一份对家庭的叛逆，使他对陆心严崇拜到了五体投地。其实，他这次敢于出逃家庭并拒绝和家人见面，就因为他在心中立下了雄心壮志，他要跟着共产党干一番大事情，他要让姚思诚看看，要让自己的父母亲看看，姚家的老二绝不输给老大的。

于是，小弟就对陆心严说道："我希望组织尽快安排我的工作。"

朱琪洁一听也马上说道："我也是，赶快安排我们的工作吧。"

陆心严看了看小弟和朱琪洁，缓了缓语气说道："姚思杰同志，组织现在考虑到四明山刚成立了游击队，那里需要一个经常和上海保持联络的交通员，这个任务就由你担任了。"

"我什么时候动身去四明山？"当小弟明白了自己担任的工作时，还是很满意的，他以为这样他就可以脱离家庭了。

可没想到陆心严对他说道："你就以自己的家庭为掩护点，平时，你该干吗就干吗，一旦组织需要你的时候，你就是交通员了。"

"啊……"小弟有点失望。

"我们的工作以服从组织的安排为主，从今天起，你就是组织的人，并要严格保守秘密。朱琪洁，你要改一改自己的脾气。刚才在大壶春，你就大大咧咧地冲着我叫着，万一有国民党特务在，他们就会怀疑我们。所以，目前暂时不安排你的工作。"陆心严对他们说道。

"不，我要求组织安排我的工作。姚思杰都能担当交通员，我为什么不能工作呢？"朱琪洁一看自己不能和小弟一起工作了，就急了起来。

"你看你的脾气，我们是地下党的工作者，我们做的每一件事情，不但关系到我们同志的安危，还关系到上海地下党组织的安危。你就听从命令。"陆心严用非常严肃的口气对朱琪洁说道。

"你们都是资产阶级的少爷和小姐，以后一定要把身上的少爷小姐脾气也改掉，一切听从党的指挥和安排。今天就到这里，三天后，我们还在这里碰头，如果看见我住的门口没有放着一盆花就不要进来。见花再进，明白吗？"陆心严又加重了语气说道。

"明白了。"小弟响亮地回答道。朱琪洁却无精打采地回答着。

小弟虽然有了一份为党工作的名分，但还是不能离开上海，离开家庭，这让他有点失望。而朱琪洁见小弟失望的神情，她甚至后悔自己为什么要崇拜陆先生。就在他们俩各自想着自己的心思时，陆心严对他们说道："从今天起，你们就是党的人了。其实那天在轮船上，你们已经开始为党工作了。你们知道吗？由你们赠送的那些银圆，我都转交给了四明山上的游击队，为壮大游击队队伍，你们作出了非常大的贡献，我代表四明山上的游击队感谢你们。"

陆心严的一番话，让小弟和朱琪洁又兴奋起来："真的吗？早知道是支援游击队，我们就多拿点了。"

"以后会有需要你们这样做的时候。朱琪洁同志，过几天我会安排你的工作的。"陆心严对朱琪洁叫了一声同志。

"同志？"朱琪洁一听陆心严叫自己为同志，就对小弟说道，"姚思杰同志。"

"不过，在大庭广众时，我们不能称呼同志。你们继续称我为陆先生，或是陆老师，当然表哥也行。"

"我们明白了。"小弟严肃地说道。

"姚思杰同志，你要利用好你现在的家庭条件，保护好自己，随时听从组织对你的安排，明白吗？"陆心严对小弟说道。

"我……"小弟带着犹豫的口气说着。

"他……"朱琪洁欲言又止的样子。

"有什么困难吗？"陆心严问道。

"没有什么困难。我坚决服从组织的安排。"小弟回答道。

这人有时候是很奇怪的，当小弟怀着抵触情绪离家出走时，家里任何一个人对他的劝说都是徒劳的，但往往一个和家庭毫不相干的人，一旦说一句话，就如醍醐灌顶让小弟猛地醒悟过来。是的，连陆先生都说了要利用现在的家庭条件为党工作。如果当初没有那些银圆，能为陆先生提供方便吗？这些银圆给了四明山游击队，那就是我姚思杰对组织交的第一份成绩单。想到这里，小弟已经做好了回家的打算，所以，他就爽朗地回答了陆心严的话。

秋天的风轻轻地吹过了窗外，掀起了苏州河上的水，也掀起了年轻人的心潮。朱琪洁为自己一下子成为小弟的同志而莫名地兴奋，但谁也不知道此时她的内心对共产主义的信仰远没有比爱着小弟更真诚，她深深爱着小弟，别无选择。但随着她对这个组织的了解不断深入，以及被小弟身上体现出来的一个革命战士的情怀所感染，直到她的生命在遇到最不幸的遭遇时，她都没有后悔自己今天的选择。她是一个早在一九三四年就加入了中国共产党的党员，在十八岁时就成为党的地下工作者。所以，时隔三十多年后，在她和蓝宝一起被打成反革命分子时，她都拒绝和蓝宝站在同一个被批判的舞台上，她仍高昂着她那张圆圆的脸，用不屑一顾的眼神瞟了一下蓝宝，从鼻子里哼了一声，对红卫兵说道："我情愿被你们打死，也不和资产阶级和国民党特务的家属站在一起。我在十八岁就参加了中国共产党，我是烈士的妻子，我为革命献出了一生，你们不能这样对待我。"

但是，历史的机遇在朱琪洁十八岁时，给她的是最美好的爱情，她爱上了小弟，同时也爱上了共产主义。这两者对一个处于恋爱时期的姑娘来说，都是神圣而美好的。

同样，朱琪洁的好朋友蓝宝，此时比朱琪洁更觉得幸福。她从朱公馆出来后，就忘记了朱母带给她的不悦，也一时忘记了小弟带给她的担心，只是沉浸在秋风秋雨带给她的一份清新中。此时，她走在淮海路上，街上的橱窗里摆放着各种时尚的商品。蓝宝走到一家橱窗前，透明漂亮的橱窗里放着一面镜子，镜子里闪过蓝宝的身影。她站在一家理发店前，店门口有一个红白相间的柱子，在不停地旋转，蓝宝就驻足看着。这时候，店里走出来一位中年男性理发师，他穿着洁白的大褂，手里拿着一把梳子，大褂的口袋里放着一把剪刀，看见蓝宝站在门口，就对她说："小姐，你的头发长得真好，如果烫了会更加漂亮。"

蓝宝不由得用手去摸了摸自己的两根小辫子，再伸展着自己的身体对着橱窗里的镜子探视着。理发师又对她说："小姐的脸形长得十分标致，如果让我再帮你设计一款发型，那小姐更加妩媚动人了。"

蓝宝听了，就用两只手摆弄着自己胸前的小辫子对理发师道："现在的淑女都流行烫头发了，我也想烫。"

"好呀，快请进来坐。"理发师马上把蓝宝请进了店堂，为她端来了一把椅子让她坐下，然后用一面镜子对着蓝宝的头发前后照着。他告诉蓝宝，如果把头发剪到耳朵下面的话，那你这张鹅蛋脸就会更加彰显出一个女人的美丽。理发师说话时，就已把蓝宝的小辫子解开了，他捧着蓝宝一头乌黑的头发挽到她的耳朵边示范着。说话间，又把那头像瀑布一样的长发从她的耳朵边垂了下来。蓝宝从来没有看见过自己的头发在理发师手上能摆弄出这样优美的弧线，于是，她闪着那双亮晶晶的眼睛对理发师说："我烫头发。"

"好嘞，一位女宾烫发。"理发师马上亮起了他清脆的嗓音叫了起来。

蓝宝就坐在理发椅子上，她闭上了眼睛，只听着耳边有剪子在剪自己头发的声音，随着那沙沙的剪发声音，蓝宝感觉到了自己头上的发丝正一缕缕地从自己的脸上掉下来，她觉得脸上痒痒的，就伸手想去挠脸上的痒痒，但她又不敢动一下身子，她怕自己一动，那把在自己脸边飞舞的剪子会碰到自己的脸。蓝宝就紧紧闭上眼睛，一动也不动地坐着，她在心里想："反正伸头一刀，缩头也是一刀，随理发师怎样剪好了。"蓝宝这样想着，就睁开了眼睛，随手拿起了放在边上的一张《申报》，看到了一篇报道："阴丹士林蓝布最适合民国新时代女性的新生活。"蓝宝这才想起了李大江对自己说过的一些话，要求她去应聘阴丹士林蓝布的模特儿。她立马扭过头对理发师说："我不烫发了。"说话间，她发现自己的头上已经罩上了一个大吊篮，那篮子上吊着很多的夹子，这些夹子就夹在自己的头发上。

"小姐，等会儿你就能看到烫过的头发，你会觉得和明星一样漂亮。"理发师用他最和蔼的笑脸对蓝宝说。

蓝宝看着自己的头发一根根被吊在夹子上，她知道木已成舟，也只能罢了。于是，她继续看着报纸，她看到了一篇文章：《新生活给妇女们的启示》，是李大江写的，还配有图片，仔细一看，是一位衣着大方、面容姣美的女性。她穿着深色的旗袍，烫着一头整齐漂亮的头发，手拿一沓稿纸站在一个麦克风前讲话。于是，蓝宝就把李大江的文章读了起来，读到一半，蓝宝的脸上露出了笑容，再仔细去看这张图片，这才看出，图片中的女性正是宋美龄女士。她就捧着宋美龄的照片欣赏着她的头发，对理发师说："我要烫成和她一样的头发。"

理发师对蓝宝说："她是宋美龄女士，她的发型就是我师傅设计的。"

"真的？"蓝宝一听就笑了起来，她仿佛看到了自己那头漂亮的头发和宋美龄女士一样，她问理发师道："还要多少时间？"

"快了。"说话间，理发师已经去掉了吊在蓝宝头上的电夹子，蓝宝看见自己的头发一缕缕弯曲地垂在自己脸上，她发觉自己的脸蛋真的很漂亮，就像很多照相馆里放着的电影明星艺术照片一样美。一想到自己的美，蓝宝的脸就红了起来，她那颗小小的心房顿时有了一种莫名的虚荣，她幻想着自己如果去应聘阴丹士林蓝布的模特儿，那不也和电影明星一样吗？

就在蓝宝想入非非时，理发师已经帮她打理好了头发，她对着镜子照了照，情不自禁地笑了起来，因为她发觉自己的两根小辫子还留着，只是短了点，被理发师梳成两个发髻缀在耳朵边上。她觉得非常漂亮，于是，对着理发师说了声"谢谢"。

理发师却拿着从蓝宝头上剪下来的一些头发对她说："这个如果小姐不需要了，就留给我们派别的用场好吗？"

"我的头发能派什么用场呢？"蓝宝好奇地问道。

"可以做假发。"理发师说完，就看着蓝宝身上那件蓝色细小格子的旗袍对她说了一句，"小姐的气质非常适合去做阴丹士林蓝布的模特儿。"

"真的吗？"蓝宝问道。

"真的。别以为女人穿上花花绿绿的衣服就是美，如果穿出朴素和简洁的美，那才是真正的美，是一种高雅和精致的美。你是我看到的上海女子中最漂亮和优雅的，你会永远幸福的，小姐。"理发师说道。

蓝宝满怀着新奇和兴奋离开了理发店，继续沿着淮海路走着，走着走着，又在一家店的橱窗前停了下来。这是一家照相馆，橱窗里放着一张张艺术人像照，她觉得放在这里的照片每一张都很有个性，特别是几位绅士和小姐的照片，还着了彩色，那人物也就显得更加逼真动人。蓝宝站在橱窗前，对着那几张照片，正模仿着他们的笑容和姿态时，突然听到身后有人对她说道："周小姐，想拍照片？"

蓝宝猛一回头，看见了李大江，他正手拿着一架照相机从照相馆里出来。

蓝宝就用惊奇的目光看着她，似乎有很多的疑问。

"我是来这里印照片的。"李大江对蓝宝解释道。

"李大记者家里没有暗室印照片?"蓝宝同时想起了那篇文章,写凤仙花……她觉得自己在李大江面前有点别扭。

"我们当记者的,永远追求最好的。听说我师傅进了一批德国进口的影印器材,就过来试试。啊,你烫了头发?"李大江说着,马上看出了蓝宝那头烫过的头发,就赞美道,"这个发型太适合你了,不如你拍张照片留作纪念吧。"

蓝宝用手摸了摸自己的头发,她也感觉到了那一层层有波浪的发型让自己的手很有一种舒服感,于是,她对李大江说:"那就拍一张吧。"

"小姐想拍照吗?"这时候,照相馆的老板满脸笑容地从里面出来,热情地对蓝宝说道。

"师傅,她是我同学的太太。"李大江对这位老板说道。

"啊,这么年轻的太太呀,你那同学艳福可不浅呢,简直还像个中学生的样子呢。"老板笑了起来道,"请进请进。"

蓝宝端坐在镜头前,李大江和老板一起在镜头里看着,并不时地纠正蓝宝的坐姿,老板索性就走到了蓝宝面前摆弄着她的头发,整理着蓝宝身上的那件蓝色细小格子花纹的旗袍,对蓝宝说:"别紧张,自然点。一个女性穿一件这么素雅的衣服也能穿出韵味来,这才是真正的美女。"

蓝宝听了不由得一笑,那笑容就如一朵桃花盛开,她的眼睛在灯光下闪闪发亮。老板抓住这一瞬间,按下了快门。

"师傅,你认为周小姐去做阴丹士林蓝布模特儿合适吗?"李大江说道。

"还真是的,周小姐,你去是最合适的,如果你不去应聘,那上海女子中再也找不出一个像你这样美丽大方的姑娘了。"老板回答着就转过身来,对蓝宝说道,"我想和周小姐商量一件事,今天的照片我不收你钱,但如果照片印出来了,我想把你的照片放在橱窗里好吗?"

"这?"蓝宝望了望李大江,她觉得把自己的照片放在橱窗里让大家看有点难为情,但又不好意思拒绝老板的好意。

"师傅,周小姐可能有点顾虑,以后再说吧。"李大江为蓝宝圆了场。

"那好,今天我还是不收你的钱,欢迎你经常光临本店。"老板也是个通情达理的人。

天已经暗了下来，路上的行人也渐渐稀少起来，街上的店铺亮起了五颜六色的霓虹灯。李大江和蓝宝一起在淮海路上走着，蓝宝笑着对李大江说道："你怎么叫老板为师傅的?"

"我经常来这家店冲印照片，他在德国学的照相技术，所以他是我师傅呀。"李大江说道。

"哦!"蓝宝的心里还在想着那篇文章，写凤仙花的，她觉得自己走在李大江身边很不自在，已经没有了小时候那种两小无猜的感觉了。李大江心里也在想着那篇文章蓝宝看了没有? 她是怎么想的? 但他已经明确告诉自己，为了蓝宝的幸福，他会做自己应该做的事，所以，他坚持要蓝宝出来，参加阴丹士林蓝布的活动。这时，天又下起了毛毛细雨，李大江就为蓝宝叫了一辆黄包车，对她说道："周小姐今天烫了头发让我的眼睛一亮，我仿佛看见了一位穿着阴丹士林蓝布旗袍的女子在向大众宣扬，那份美丽就你独有。"

蓝宝一听，羞涩地低下了头，轻轻地对李大江说道："谢谢李先生的美言，我会去申报馆报名的。"说完，就上了车，对李大江轻轻地挥手。

李大江站在雨中，看着蓝宝远去，他的心隐隐作痛，于是，抬起脸望向天空，天空的雨落进了他的眼眶。

蓝宝回到思南公馆时，姚思诚也已经回家了，他正坐在客厅里等蓝宝回来。当他听到开门声，就对王娘姨说道："王姨，太太回来了。"

王娘姨一听，马上把门打开，她一看见蓝宝就叫了起来："太太烫头发了?"

"过来，我的太太，让我好好欣赏你烫过头发后的模样。"姚思诚说着就盯着蓝宝看，不由得就要将蓝宝往怀里拉，他已经一天没有看到蓝宝了，可蓝宝觉得身边有娘姨在，就害羞地对姚思诚说："王姨看着我们呢。"

姚思诚就笑着对王娘姨说道："王姨，你什么也没有看见啊。"

"我去准备晚饭了。"王娘姨说完就笑着扭转身子进了厨房。

"你今天忙了一天有结果了吗?"蓝宝拉着姚思诚的手亲热地一起坐在了沙

发上。

"舅公说，他在闸北有一块空着的地皮，可以租给我做厂房。"姚思诚抚摸着蓝宝的头发说道。

"那好呀，开汽车厂面积一定要大，有舅公的支持我们就可以顺利很多了。"蓝宝闪着她那双亮晶晶的眼对姚思诚说。

"虽说如此，但还是需要资金的，舅公说他可以入股，也可以再向朋友们募集资金。这是我的第一个事业，我想把它搞好。"姚思诚说着。

"我楼上还有两箱金条在，全部给你拿去投资。"蓝宝说道。

"这是你的嫁妆钱，我不能动的。"

"什么话呀，我们早已经是一家人了，再说我这个陪嫁就是给你姚思诚的，不要说钱了，我人都是你的了。"蓝宝说着，就在姚思诚的脸上亲了一下。

"对对，你的人都是我的，我不要钱，就要你人。"姚思诚说着也去亲蓝宝的脸。

"你弄疼我了。"蓝宝说着。

"对不起。"姚思诚说着就想抱起蓝宝向楼上走去。

"我有件事想和你说。"蓝宝在姚思诚的怀里温柔地说道。

"什么事?"姚思诚抱着蓝宝走到了床边，放下蓝宝问道。

"我今天在一家照相馆里碰见了李大江。"蓝宝对姚思诚说道。

"他是一个非常喜欢拍照的人，去照相馆很正常。"姚思诚略有所思地说。

"他希望我去报馆报名参加阴丹士林蓝布的活动。"

"好呀，阿爸和姆妈也同意你去了，你就去吧。"

"那我明天去报馆看看，听说去报名的人很多。"蓝宝说道。

"你是所有报名的人中长得最漂亮的，小心我会吃李大江的醋啊……"姚思诚抱着蓝宝亲吻着。

就在两人缠绵得如漆如胶时，蓝宝那敏锐的耳朵听到了楼下客厅里有人说话的声音，她就从姚思诚的怀里挣脱出来，竖起耳朵认真听了听，她激动地对姚思诚说："是小弟，小弟回来了。"

姚思诚一听是小弟来到自己的家，也激动起来，毕竟小弟是自己的亲兄弟，这些天一直没有他的信息，姚思诚的内心还是十分焦虑的。何况，小弟当时负气出走也是自己出言不逊。他马上对蓝宝说："你慢慢穿衣服，我先下楼去看看。"

当姚思诚走到楼梯口时，已经看清了客厅里除了小弟外，还站着一个人。这个人正是朱琪洁。这次，姚思诚看见朱琪洁就不敢再造次了，他怕自己万一说错了什么话，把小弟逼急了，再一次出走。于是，他走到客厅对小弟说："晚饭吃过了吗？没有吃过，我们一起出去吃？"

"喔哟，姚思诚，你早就该请我们去吃大餐了。"朱琪洁一见姚思诚就快嘴快舌地说了起来，似乎之前的不愉快全部烟消云散。

"好呀，我们一起去。"姚思诚对朱琪洁非常客气地说道。虽然姚思诚不是很喜欢她，但他想到，朱琪洁毕竟是蓝宝的同学，又是自己弟弟的女朋友，他不想再得罪她了。

蓝宝已经换了一件衣服下来了，她看见了朱琪洁就马上迎了上去对她说道："我想死你了。"

"好了，我们出去吃饭吧。王姨，我们晚饭出去吃了。"姚思诚对王娘姨说着，他走到小弟面前问他道，"今晚想吃什么？"

"其实我最想吃奶妈烧的红烧肉，好多天没有吃了。"小弟说着。

"我也想吃奶妈烧的红烧肉。对了，我们明天一起回家去吃红烧肉好吗？"姚思诚对着大家说。

"好的呀。"蓝宝一听明天回姚家吃红烧肉，也兴奋地叫了起来。

当姚思诚和蓝宝、小弟和朱琪洁一起走出思南公馆时，天还在下着淅淅沥沥的秋雨。于是，他们一对一对地撑着雨伞并肩走在了路上。一阵秋雨一阵凉，但他们的身上仍穿着夏装，每一个人都怀着不同的心情，迈着不同的步子，走在一条道路上，向着一个方向走去。因为，只要目的是一致的，不管每个人心中是怎么想的，都殊途同归。

十七

　　姚家又恢复了往日的生活状态，一张八仙桌上坐满了八个人。这是自从蓝宝和姚思诚成亲后，姚家的第一顿团圆饭。为此奶妈精心做了满满一桌子的菜，什么八小蝶、十大盘，还有一锅老鸭汤和一道酒酿圆子水果羹。

　　在这里，有必要讲讲那个奶妈的厨艺活了。奶妈是浙江镇海人，在她刚生下一个儿子时，那婴儿不幸夭折。正好，杨菊芳要生小妹了，急需找个奶妈。后经同乡介绍，奶妈来到了姚家喂养小妹。那时候，姚家有一个娘姨的，那娘姨是苏州人，会烧一手好菜，只是菜的味道不合老太太的口味。老太太是宁波人，口味重咸，最好带有鲜味。所以，奶妈进了姚家后，一边哺乳着小妹，一边也就帮着那个娘姨做些菜。时间一长，老太太发觉奶妈做的菜非常适合自己的口味，在小妹哺乳期结束后，老太太就将奶妈留了下来。

　　苏州娘姨见奶妈已经取代了自己在姚家的地位，也就识相地辞去了这份工作，奶妈就此名正言顺地成为这个家庭的保姆加管家了。奶妈的脑子非常聪明灵活，她知道老太太喜欢偏咸的口味，老太爷和太太都是本地人，相比之下比较喜欢清淡的，于是，她在做菜时将两地的口味综合在一起，知道什么菜口味要重，什么菜口味要淡。比如，大家都喜欢吃的红烧肉，奶妈就用浓酱白糖，烧得来又香又酥，甜而不腻，入口即化，唇齿留香。

　　红烧肉是一定要放酱油和白砂糖的，问题是这个酱油什么时候放？糖在什么时候放？放多放少？都是有讲究的，最重要的是奶妈用心地花上几个小时来烧红烧肉。她在烧的时候，整条小弄堂里都能闻到红烧肉的香味，引来很多的野猫小狗蹲在姚家的屋檐下，偷嗅红烧肉的香味。

奶妈烧红烧肉是非常讲究的，她先选材，最好是带皮的五花肉，洗干净，然后把肉带骨头一块块切成寸金大小，放在油锅里煸一煸，等到肉皮上泛起一点点小泡时，就倒点黄酒，最好是绍兴黄酒，这种酒烧菜很香的。然后再倒温开水进去，让水和肉在大火里焖烧到水滚开了。这时候，奶妈才放进酱油，而且是要红酱油的，然后盖上锅盖继续大火烧。就这样，一会儿加水，一会儿掀锅盖，要足足烧上一个多小时后，看看肉的块头要比原来的一寸大小稍微缩小了点，再用筷子在肉的身上戳一记，看看酥了，这时候就可以放糖了。

红烧肉放进糖后，那火就要开小了，不能大火烧，否则要烧糊的。只有在小火的情况下，那糖和酱油发生溶解，原本红色的酱油在小火的作用下立即黏稠起来，并在光线下发出油光异彩，一口咬下去，肉是肉，骨头是骨头，皮是皮。最主要的是，连杨菊芳这样一个讲究吃的人，为了保持身材凡是油脂和长肉的食物都是忌口的，但奶妈烧的红烧肉她是吃的，因为经过这样烧的红烧肉已经没有肥腻的感觉，像是在吃红烧豆腐，又远远胜过豆腐的味道。更别说老太太了，她的牙齿也已经掉得差不多了，硬的东西是咬不动的，但吃块红烧肉是老太太的喜好。不过老太太平时要念佛的，不能天天吃荤的。老太太自姚路易去世后，她就守五戒，吃十日斋。什么叫十日斋呢？就是一个月中有十天是吃素的，但每天早上也就是说在念佛的时候要漱口，特别是早上十点之前是不吃荤菜的，包括大蒜、葱等五辛的东西。

所以，姚家八仙桌子上的那碗红烧肉一出现，大家就知道，老太太可以吃荤菜了。而奶妈也掌握好时间，把这碗红烧肉放在老太太的面前。

可今天，这碗红烧肉就放在小弟面前。其实，桌子上的八个冷盘也是道道精品：白斩鸡、油焖烤麸、葱油拌海蜇皮、糟花生、熏鱼、糖醋小排骨、五香牛肉、醉蟹。说到醉蟹，那是奶妈的绝活。九十月份，正是海蟹上市的时候，那些从舟山群岛捕捞起来的蟹，个个青白肚皮，十只蟹爪还会动。清蒸时，蟹壳鲜红，剥开蟹壳，那蟹肉一丝丝吃在嘴里是鲜美无比，调料都不用。奶妈见市面上蟹多了，价格也便宜，她就买回来，洗净，将水沥干，再将整只蟹一只一只放在一个瓮里，用七宝大曲浇进瓮里，放点海盐，然后就用盖子盖好。这样大约放个一星期，再开瓮。喔哟，这个时候，那香味就如一缕神仙的精灵从瓮里飘出来，如果酒量不好的人，只要闻到这个香味立马会醉倒。虽然姚家的人平时不喝酒的，但喜欢吃这种醉蟹，而且吃到最后大家会抢着去吃留在盘子上的蟹糊，用它来拌饭吃，用蓝宝的话来说，吃了蟹糊，饭也会多吃几碗。奇怪的是，姚家没有一个人因为吃醉蟹而醉倒的。所以，只要奶妈在开瓮时，必定会有人在边上等着嗅这第一股的醉蟹香味。

这次是蓝宝闻到了第一股的神仙香味，因为，她在虎啸周时，嬷嬷就对她说过：作为一个女人一定要学会做家务事，学会烧菜……所以，她今天也高兴，看着奶妈烧好红烧肉，又看着奶妈开瓮取出了醉蟹，于是就帮着奶妈把八个冷盘一一端上了八仙桌。

冷盘吃得差不多了，奶妈就把红烧肉端上来，老太太就对奶妈说："把它放在小弟面前。"

小弟一看见红烧肉，就如一头饿狼，立马用筷子去搛肉吃了。他闷着头一连吃了几块肉后，才想起了什么，抬起头对着一桌子的人看了看，发现大家都没有吃，只是拿着筷子在看他吃。当他把目光停在杨菊芳身上时，发觉自己的母亲眼泪汪汪地看着自己，于是，小弟放下了筷子，慢慢地嚼动着嘴里的肉。

杨菊芳见小弟放慢了吃的节奏，就拿起筷子搛起一块红烧肉放进了小弟的饭碗里，对小弟说道："多吃点，这些天在外头肯定没吃好、没睡好吧？"

小弟被母亲的话感动了，就冲着杨菊芳点了点头。

"金窝银窝不如自己家里的草窝。"老太太说着，也为小弟搛了一块白斩鸡放进他的饭碗里。

"家里好久没有这样热闹了，今天难得一家人团聚在一起，奶妈又烧了一桌子好菜，大家多吃点。"姚福财是喜欢热闹的人，自从姚路易死后，家里吃饭不准说话的规矩也破了。所以，在姚福财的带领下，大家都喜欢在吃饭时把外头发生的事情或是家里的重大事情在饭桌上讲出来。

于是，在大家吃饭时，奶妈就一只只热菜现炒出来，一会儿是萝卜丝烧带鱼，一会儿是百叶炒肉丝，一会儿是青菜炒香菇……只要奶妈端上来一只菜，大家就用调羹把菜分了吃光。这时候，奶妈就对大家说："慢点吃哦，我去烧鲨鱼羹。"

奶妈刚说出鲨鱼羹，大家就兴奋起来，特别是老太太马上用她石骨铁硬的宁波话说道："格鲨鱼羹的味道，吃了打我耳光也不放的。"

要知道烧这鲨鱼羹是先要做好各种准备工作的。奶妈把炉子扇得更旺，用刀把鲨鱼肉一块块切成一寸见方，再把大白菜一片片切好，准备起油锅了。这油是很有讲究的，奶妈先把油锅烧热，倒进油，再把油冷却到六分热时，就把鲨鱼放进油里煸。奶妈在烧鲨鱼羹时，是非常专心致志的，最后用芡实粉兑成白色的糊状，倒进已经烧熟了的鲨鱼羹里，再倒进米醋，直到灶头间弥漫着酸滋滋的味道时，奶妈就用大的汤碗盛起鲨鱼羹，端上了八仙桌。

那鲨鱼羹的味道是酸溜溜的，是酸得发鲜的味道。一块鲨鱼嚼在嘴里，顿时融化，只留下一块骨头爽快地从嘴里吐出来。而且吃过后精神大爽，把刚才吃下去的八只冷盆、各种热炒的油腻疙瘩统统分解掉了。大家把盛鲨鱼羹吃了个碗底朝天，个个眉开眼笑。到最后奶妈端上来一只砂锅，砂锅里是老鸭芋艿汤。一看见砂锅，老太太就咧着没有门牙的嘴巴，连喝了几口汤，再吃了几只烧得黏腻得滑溜溜的芋艿，这才感觉到肚皮饱了。

但老太太最关心的是自己那个表哥虞洽卿，他正在帮姚思诚的忙。孙子要在上海开工厂，需要地皮，需要资金，更需要靠山。虞洽卿是上海商会会长，又是航运界巨头，只要他眼皮子搭一搭，头点一点，啥人敢和他作对？但越是有派头的人越要讲规矩，更加讲腔调。尽管老太太和表哥打过招呼了，希望舅公帮帮孙子的忙，但虞洽卿还是要姚思诚拿出工厂设计的图纸、运算计划、先前投资规模等方案给这个做舅公的看。于是，这些天姚思诚天天跑到虹口那里去舅公家谈他的远景和打算。也跟着舅公去闸北看了几次地皮，最后和舅公商量决定，地皮按市价的出租价打八折优惠，舅公再投资百分之三十的股份，帮助这个孙子一起开个生产汽车的工厂，并预计三年后正式上线生产出自己的小轿车。

所以，老太太在饭桌上是很想知道这些事情的。但姚思诚的心里还在为百分之七十的资金纠结着，因为虞洽卿要他再拿出百分之三十的股权分给一些社会上的头面人物，比如叶澄衷的女婿刘鸿生、状元实业家张謇的几个儿子，还有四明银行的几个大股东等人。虞洽卿告诉他："做事情要大家一起做，这样一可筹集资金，把风险缩小；二是多设几个股东也有利于事业的发展，万一有什么事情发生，总有一方可以出面斡旋调停。这也是把企业做大做强的基础。"可姚思诚初出茅庐，心比天高，他根本不想把自己的企业交给大家来分享。当然，既然舅公这样说了，又是舅公帮了他这样的大忙，他再有一百个不愿意，也只能哑巴吃黄连讲不出苦来。

当老太太瘪了瘪她掉了牙齿的嘴巴，问姚思诚开工厂的事情怎么样了，姚思诚就把蓝宝的事情推了出来道："阿娘哦，开工厂的事情舅公都帮我打点好了，等资金一到位就开始运作了，现在最要紧的事情是蓝宝要去应征阴丹士林蓝布的模特儿，阿娘，你讲好不好？"

蓝宝被姚思诚这样一说，忙放下筷子走到阿娘身边附着她的耳朵追加了一句："不是我的意思哦，是他的同学出的主意。"说时用手指了指姚思诚。

"是那个断命小顽李大江？当了记者就开了洋荤，我不懂什么叫模特儿，我们是大户人家，蓝宝是大少奶奶，怎么可以出去抛头露面呢？"阿娘一口否定。

"姆妈，蒋夫人为了宣传'新生活运动'都不辞辛劳到处演讲，如果我们家里有一个人能配合国家的号召，那也是姚家祖上的光荫呢。"杨菊芳说话间，用眼睛瞟了一眼姚福财。

姚福财见杨菊芳在暗示自己，也就说道："是的，当年我的阿爷就是用四百两银子租给了英国人五十二间房子，挖到了第一桶金，发现了很多商机。"

"你的意思是说，让蓝宝也为姚家光耀门面？再让思诚讨上四房姨太太？"老太太显然不高兴了。

"姆妈，不是这个意思，只是说蒋夫人的娘家和我娘家是有世交之情，再说我们姚家自从姆妈开始，哪个男人敢娶姨太太？福财你说是吗？"杨菊芳说道。

"我现在老了，说话也没人听了。蓝宝，这个事情是你自己的事情，你也是新派人，读的又是洋书。规矩是死的，人是活的，你们看着办吧。"老太太非常知趣地说道，并起身想回房了。

就在这时，一直没有发声的小弟对老太太说道："阿娘，大嫂也应该走上社会练达练达，将来大哥的事业也是要靠家人支持的。但我有一件事，请阿娘为我做主。"

"哟，小弟，你是我的小孙子，有什么事尽管说，阿娘肯定为你做主。"老太太对小弟说道。

"我想在大哥的工厂里兼个职。"小弟说道。

"你不想读书了？"姚福财一听马上说道。

"是呀，上半年你还在说要去美国读书呢，我还和你阿爸商量着要送你去美国呢。"杨菊芳也说道。

"目前没有考虑出国留学的事，我想跟着大哥学点技术，俗话说'技不压人'，有了本事到哪儿都可以有饭吃。"小弟一板一眼地说道。

"我当然欢迎你来厂里工作，我们是亲兄弟，俗话也说过：'上阵父子兵，打虎亲兄弟。'你来工厂就做副厂长吧。"姚思诚对小弟说道。

"一家人就应该这样，有事情大家商量着，思诚是家里的老大，要照顾好弟弟和妹妹，现在也成家了，要有个男人的样子。至于蓝宝的事嘛，就由蓝宝自己决定。现在是民国了，妇女完全可以走上社会，何况这是蒋夫人最关心的事情。如果我们蓝宝能和蒋夫人一起在一个台面上出现，那该有多好啊。"杨菊芳得意洋洋地说着。

"姆妈，我没有想得这么多。"蓝宝说着就害羞地低下了头，她用筷子去搛了块红烧肉慢慢地放进嘴里嚼了起来。

其实，蓝宝的心里想得比谁都要多。自从她烫了头发，在照相馆里遇见李大江后，大家都说她长得漂亮，说她最适合去做阴丹士林蓝布的模特儿。她也从来没有觉得自己是个美女，但听得多了，特别是不认识的人都说自己长得漂亮，便在她的心里肯定了自己的美，也充满了自信，于是，她决定要去应聘阴丹士林蓝布的模特儿了。她毕竟是一个女人，也有一个女人的虚荣心，想要在大家面前露个脸，除了听听大家对自己的赞美外，更多的是想通过这个社会来认知自身，她要知道自己是什么人，有什么价值。何况在她九岁时，嬷嬷对她说过这样一句话：无论今后遇到什么事，不要问别人，就问自己的内心，内心要你做什么就做什么。

人的个性有时候是天生的，再加上后天受各种影响，也就决定了蓝宝的性格，她的性格是高傲的，她情愿做落架的凤凰，也不愿做在地上飞的鸡。所以，这也为她以后的人生道路起了决定性的作用，无论遇到什么事情她都能正确认识，从不避讳，哪怕是刀山火海，她都会义无反顾地去面对。这是她的性格，也决定了她的命运。

那天下午，蓝宝穿戴整齐，来到了申报馆找李大江。她一走进报馆，就看见了许多小姑娘穿得花枝招展地在报馆里跑来跑去。但更多的人聚在一堵墙前看贴在墙上的照片，并在窃窃议论。蓝宝怀着好奇心走到墙前去看，她发现有一张照片上面的人和自己长得很像，穿着一件蓝色的细小格子旗袍，一头漂亮的鬈发，那双明亮的眼睛在微微地笑着，她就觉得奇怪了，这世界上居然有和自己长得一模一样的人？就在蓝宝对着墙上的照片纳闷时，她发觉身边的人对着她指指点点，又对着照片指指点点。于是，蓝宝又去看贴在墙上的照片，当她确定贴在墙上的照片和自己长得很像时，李大江已经走到了她面前说道："周小姐，你终于来了。"

"李先生，这墙上的照片是谁呀？怎么和我长得这么像？"蓝宝指着墙上的照片问李大江道。

"就是你本人呀。"李大江说道。

"我本人？我什么时候给过你照片呀？"当蓝宝说出这句话时，她的脑海里顿时出现了那天在淮海路上的一家照相馆里遇见过李大江的事，于是，就对李

268

大江说："照片拍好了，我都没有去取呢。"

"不好意思，周小姐，我没有经过你同意，就从师傅那里讨来了你的照片。因为阴丹士林蓝布已经举行过第一次的初选，我就拿了你这张照片帮你参加了初选，并已经入选了。请你多多包涵。"李大江向蓝宝说明了情况。

"是这样呀，怪不得我在想，这世界上居然有长得和我一模一样的人。"蓝宝说着就灿烂地笑了起来。

蓝宝在和李大江说话的时候，引来了很多姑娘羡慕的眼光，特别是蓝宝穿着一件简单朴素的旗袍，但她那光洁明亮的皮肤，还有那双纯洁美丽的眼睛，在她笑的时候都发出妩媚的光彩。

李大江对她说："我已经帮你报了名。接下来是试镜了，等有人叫你的名字时，你就大胆地坐在镜头前，不用害怕，放自然一点，就如那天在照相馆一样。"

"好的，我记住了。"蓝宝说完，就大大方方地坐在了一张凳子上。

这时候，有一个小姑娘坐在了蓝宝的边上，她看上去比蓝宝小几岁，那模样长得十分清秀，一张瓜子脸，尖尖的下巴，细长的眼睛，看人的时候那双细长的眼睛微微眯起。她看了看蓝宝就对她笑了笑道："你长得真漂亮，身上那件旗袍穿得也真大方。"

蓝宝低下头看了看自己身上那件蓝色的细小格子的旗袍后也对她笑了笑。

"这么多人来应征，就一个名额。"小姑娘对蓝宝继续说着。

"是吗?"蓝宝出于礼貌开口道。

"我知道有这么多人就不来了。"她又说。

"我也不知道。"蓝宝矜持地说。

"周凤仙。"这时候，有人在叫蓝宝的名字了，她马上站起来对身边的女孩笑了笑就向试镜的方向走去，就在这个时候，她突然发觉身边的小姑娘正向她迈开的脚步伸出了一只脚，她已经来不及收回自己的脚步了，于是被小姑娘伸出来的脚猛地绊了一下，她一个趔趄扑倒在了地上。

当蓝宝倒在地上时，她的脑袋里迅速闪过了很多的念头，其中一个念头就是听杨菊芳说过的一句话："女人一旦穿上旗袍，那就是我们的一家一当，摔不得，跳不得，重不得，轻不得。女人一生，都要为这一家一当精心呢。"这个念头在蓝宝的脑子里一闪，蓝宝就觉得膝盖生生作痛，她一时趴在地上起不来了。这时候，所有人的目光都盯着蓝宝看，蓝宝的双膝跪在地上，慢慢地用双手将自己从地上撑起来，但她只动一动，那膝盖上的血就流了出来，并顺着旗袍的下摆一滴一滴地往下滴。

这时候，李大江也闻讯赶过来，他马上蹲下身子，用双手去搀扶蓝宝，并问她怎么了？蓝宝没有说话，只是用她那双清澈的眼睛看着那个小姑娘，那个小姑娘用目空一切的眼神看了看蓝宝，就趾高气扬地从蓝宝身边走开了。

蓝宝在李大江的搀扶下终于站了起来，李大江问蓝宝："脚还能走吗？"

"我试一下。"蓝宝说着就用手搀扶着李大江的手臂一拐一拐地走了几步。

"让我看看你伤在哪里？"李大江看蓝宝的伤势不轻，他想要看看蓝宝究竟伤到了哪里。

蓝宝就硬撑着站了起来说道："没关系，是我自己不小心绊倒的。"

"那你能去试镜吗？"李大江问蓝宝道。

"能。"蓝宝用坚定的声音回答了李大江。

蓝宝的心里已经非常明白刚才那个小姑娘的动机了，她是给蓝宝一个下马威，让蓝宝出个洋相，然后乖乖地退出应聘。可蓝宝是谁？她可是从虎啸周出来的人，从小受到大桃花熏陶的人，她是一朵桃花，是一朵在百花竞相开放时，越开越艳的桃花。何况她受过西方的教育，她知道什么叫妒贤嫉能，什么叫阴谋诡计，只是蓝宝平时不会去陷害别人的。但她万万没有想到自己被小人陷害。至于吗？就为了这个阴丹士林蓝布的模特儿，人心就如此卑鄙？

"周小姐，慢点走。"李大江一边搀扶着蓝宝，一边向试镜的地方走去。

所有的人为蓝宝让出了一条路，蓝宝就用力地从李大江的臂弯中抽出了自己的手，她抬起了头，忍着膝盖的疼痛，脸上带着微笑从人群中走过。

李大江看着蓝宝，简直不相信一个如此单薄的女性，一个受了重伤的女人，却如此坚强，她迈着优雅的步子，就如脚踩莲花，挪动着身上那袭妩媚动人的旗袍一步一步地走着。

当蓝宝迈着艰难的步子让自己不失优雅地走着时，那膝盖上的疼痛就如针刺一样，但她眼前出现了嬷嬷走路时的样子，她发觉自己每走一步都和嬷嬷一样。她就怀着这份优越感走进试镜的房间。可一进房间，蓝宝就惊住了，她看见了站在照相机面前的就是淮海路上那家照相馆的老板。就在蓝宝想说些什么话时，李大江对她暗示了肃静的意思，于是，蓝宝就坐在镜头前，面带微笑地对着镜头笑了起来。

李大江看着镜头里的蓝宝，他看见了一个比现实生活中更可爱的蓝宝，她的皮肤在镜头里光洁明亮，那双眼睛就如皓月在镜头里闪闪发光。李大江望着，心里不由得升起了无限的惆怅。自从和姚思诚成为同学后，他就认识了蓝宝，可他知道蓝宝是自己好朋友的未婚妻，他只能用仰慕的眼光来欣赏蓝宝。于是，他抓住了蓝宝最美的一瞬间，拍下了照片。

蓝宝对着镜头灿烂地笑着，她的内心也翻滚着惊涛骇浪。她知道有人不喜欢自己，嫉妒自己，不让自己应聘成功。好吧，我周凤仙今天就豁出去了，我一定要应聘成功。蓝宝就带着这份自信，对着镜头灿烂地、充满信心地笑着。

当蓝宝试完镜从椅子上站起来时，身体摇晃着，她忙撑着自己的双脚，让自己站稳。李大江和照相店老板把她扶到外面，但还有很多小姑娘要拍照片，老板只能返回去。李大江一个人扶着蓝宝走出了申报馆，为她叫来了一辆黄包车准备送她回家。这时，蓝宝的膝盖已经肿得像馒头一样大，血凝结成紫色了。她每迈一步，就如针刺心窝一样地疼痛，那钻心的痛让蓝宝的眼泪也要流出来了，但她克制着，把眼泪含在眼眶里，艰难地把脚向黄包车上挪动着。可脚只能伸到一半，再也没有办法把脚放到车子上。于是，李大江顾不得蓝宝同意还是反对，就一把抱起蓝宝，把她抱到黄包车上。

蓝宝坐在了黄包车上，她含着眼泪看着李大江，眼里满是感谢，但她很快把目光收了回来，低下了头，闭上了眼睛。这时候，她的心更多了一份疼，一份说不出来的疼，她觉得自己欠眼前这位男人一份情，想到这里，她的泪水就如珍珠一般一颗颗地滚落了下来。

李大江什么话也没有说，只是跟在黄包车后面默默地走着，他要看到蓝宝安全地回到家。

蓝宝在车上坐着，她觉得那珍珠般的眼泪流过后是一种微微的舒坦，她就放松了一下。过了一会儿，她好像觉得后面有人跟着，于是，她回过头去看了一眼，看见李大江一直跟在黄包车后面走着，顿时，平静的心又觉得有一阵暖流涌上，她就侧着身子在黄包车上看着李大江。此时，秋日的夕阳照在天边，那瑰丽的晚霞如一匹美丽的绸缎点缀在李大江的身后，李大江那高大的身影衬托着这道美丽的晚霞，就如一位天神突然降临到了人间，他那自然的鬈发在晚霞的轻风里习习飘着，那张国字脸盘上的两道浓眉闪着清新的光亮。他穿着一件黑色的长衫，在风中更显飘逸，衬托出了李大江的英姿焕发和书生意气，还有一股仙气。当李大江发现蓝宝回过头看着自己时，就对蓝宝笑了笑，那是一种带着牵挂和不安的笑意。蓝宝就用低低的声音对李大江说道："回去吧。"

蓝宝的声音很低，李大江是听不到的，那是一种心声，但他们彼此读懂了一种语言，即就是彼此的眼神。李大江默默地跟着蓝宝，他的脚步是如此轻盈如此坚定，他要护送自己心爱的女人安全回家。

黄包车停在了公馆面前，天已经暗了下来，天边那道美丽的晚霞已经渐渐走远。李大江站在远远的地方看着蓝宝，看着那道晚霞披在了蓝宝的身上，蓝宝的身影在晚霞里变得十分柔软，十分渺茫，就像天边的云彩，只能欣赏，只能欣赏。

李大江就这样远远地看着蓝宝坐在黄包车上，看着王娘姨出来，看着姚思诚出来，看着蓝宝在他们的搀扶下走了进去。李大江这才转过身子叫住了那辆黄包车，坐在了蓝宝曾坐过的位置上，向着报馆方向回去了。

姚思诚看见蓝宝一拐一拐地走着路，就问她怎么了。

蓝宝就说是自己不小心绊了一脚。姚思诚一听立马心疼地对王娘姨叫道："王姨去药房给太太买瓶云南白药。"

"先生，家里备有这种药的，我去拿来。"王娘姨说着就转身去找药了。

蓝宝一听要给自己敷药，就拐着脚对王娘姨说："药在一个小木箱子里。"

姚思诚见蓝宝还跛着脚在走路，就让蓝宝躺在沙发上。这时，王娘姨已经拿来了云南白药递给姚思诚。姚思诚就为蓝宝的膝盖敷着药，一边敷一边说道："都这么大了，走路还不小心。"

"我如果小心了就不会绊倒了。"蓝宝嘟着小嘴说道。

"这伤筋动骨一百天，你这些天就给我太平点在家休息，那个模特儿应征我们不参加了。"姚思诚说道，

"不，我是为了这个应征绊倒的，我不可能因为遇到艰难就退缩了。"蓝宝倔强地说道。

"你呀，真是不到黄河心不死。"姚思诚说着。

"闸北的工厂怎么样了？"蓝宝关心地问道。

"如果没有什么意外，估计三年后就能正式生产出我们自己的第一辆小轿车。"姚思诚满怀信心地说道。

"那太好了，生产出来的小轿车叫什么名字呢？"蓝宝问道。

"德国有宝马汽车公司，我们生产的汽车就叫蓝宝。"姚思诚笑着说道。

"我知道你又拿我寻开心了。"蓝宝就用嗔怪的口气对姚思诚说着。

"有什么不可以吗？"姚思诚说着，看到药也敷好了，他就望着蓝宝的脸，用他的手轻轻地抚摸着，问道："还疼吗？"

蓝宝点了点头，她也伸出了自己的手去抚摸姚思诚的脸，姚思诚就亲了蓝宝一下，却没有想到碰痛了蓝宝的膝盖，蓝宝就哇地大叫一声道："痛死我了。"

于是，蓝宝就像孩子一样，捧着自己的膝盖，坐在姚思诚边上哭了起来。她一边哭一边在想着下午发生的事情，越哭越伤心，想那个小姑娘，一个长得如此漂亮的小姑娘，却有着这么卑鄙可耻的行为。同时，也为李大江而感动，她的眼前是晚霞里那道雄伟的风景，风景里一个穿着长衫的男人，他的鬈发在风中飘扬。

蓝宝经过几天休息后，膝盖的肿已经慢慢退了下去，但那两块青紫的淤斑生硬地顶在膝盖上。蓝宝就坐在沙发上用手去剥那结痂的淤斑，但一剥，那已经愈合的伤口又流出了血。在边上看着的王娘姨看到蓝宝的膝盖又出血了，就

说道："太太，我看你剥着心里就有一种讲不出的难过，又见你出血了，我的心更要难过了。我看不得血，一见血就心绞痛。"

"那我不剥了。"蓝宝说着，就停止了剥的动作。

"太太你是金贵的身子，看你平时走路也是很小心的，怎么会自己绊倒呢?"王娘姨不解起来。

"王姨，我问你，一个长得非常漂亮的小姑娘，她会有什么坏心肠吗?"蓝宝问王娘姨道。

"太太，老话说过：'人不可貌相。'说的就是不能凭长相来说一个人的好坏。不过佛经上有过这样一句话：'相由心生。'又说明心里是怎么样的，相就长得怎么样。太太，你是不是被人家'促掐'了一记?"王娘姨说道。

"王姨，那天一个长得非常漂亮的小姑娘就坐在我边上，还对我笑呢。没有想到，当有人叫我名字去试镜时，这个小姑娘就趁我站起来要走时，伸出一只脚绊了我。"蓝宝把自己遇到的事情讲给王娘姨听了。

"喔哟，这种小姑娘是蛮'促掐'的哦。不过太太她肯定是妒忌你，因为她发觉你比她长得漂亮，怕你抢了她的风头。不过，太太以后再碰到这种事情，你就反击她。"

"怎么反击?"

"请她吃生活。"

"勿好打人的。"蓝宝说到这里就笑了起来。

"我在老家时，听人讲过，这女人呀有三种漂亮。第一种漂亮是第一眼给人感觉漂亮，但再仔细看也漂亮；第二种漂亮是粗看一般性，但越看越漂亮；最后一种漂亮是第一眼给人感觉漂亮，但接触下来发觉不漂亮的。我认为哦，太太碰到的这个小姑娘是属于第三种漂亮的人，而我们的太太是第一种漂亮的人。所以，小姑娘心里不舒服了就'弄'你了。不过，太太，以后再有这种事情，我跟你去，看看谁敢对你'促掐'，我请伊吃'辣火酱'，再勿来赛请伊吃'麻栗子'，再勿来赛请伊吃'老虎脚爪'。太太哦，反正我在家有时候也闲得无聊，你就带上我，也让我开开眼界。"王娘姨操着一口镇海话再夹着上海话半熟夹生地说着。

"喔哟，王姨啊，听你讲了几种吃法，我肚子也饿了。"蓝宝觉得王娘姨非常有趣，就忘记了膝盖的痛，想要吃东西了。

"太太想吃啥？我马上给你去做。"

"王姨，你会做鲨鱼羹吗？"讲到吃，蓝宝就想起了奶妈做的鲨鱼羹。

"鲨鱼羹是我们那里的看家菜，如果一个女人不会做这道菜，那是嫁不出去的。太太想吃这道菜？我明天去菜场买鲨鱼去。"王娘姨一听蓝宝说到鲨鱼羹，她精神就来了。

"那有啥就吃啥吧，你陪我讲讲，心情好多了。"蓝宝一想到那碗酸溜溜的鲨鱼羹，嘴巴里就流出了口水。

"太太哦，人就是要活得开心点，老话讲：'睁眼挣钱，闭眼用钱。'这人啊，想吃啥就吃，人啊，生不带来死不带去……要死了，我今天话太多了，讲了些不该讲的话，太太就当没有听过哦。"王娘姨知道自己说漏了嘴，就马上刹住了话题。

"王娘姨，你是长辈，知道你是好心的，喔哟，我肚皮饿了，我想吃了。"

"吃蛋炒饭好吗？"王娘姨说道。

"好的好的，蛋炒饭里多放点酱油啊。"

"太太，你膝盖在结痂，不好吃酱油的，一吃酱油就会变成有颜色的疤了。"王娘姨对蓝宝提醒道。

"对，小时候听我嬷嬷说过，特别是小姑娘摔破了身上的肉，在结痂时是不能吃酱油的。那就不吃了。"

就在蓝宝和王娘姨说话时，就听到有人在外头按门铃。王娘姨马上跑去开了门，只见一个邮差拿着一封信函交给王娘姨。王娘姨拿着信函小步跑到蓝宝面前对她说："太太，是不是那个做阴丹士林蓝布的德孚洋行来的信？"

蓝宝接过信封看了看，再抖开信纸，迅速用眼睛一扫，就对王娘姨说道："是德孚洋行来的通知书，请我明天下午去面试。"

"啊呀，太太恭喜你哦。"王娘姨说着，脸上露出了开心的笑，她为自己的太太高兴。

"我蛋炒饭不吃了。我要减肥。"蓝宝马上说道。

"太太你受了伤，应该要好好补补的，但你讲得也对，多吃了要发胖。这样吧，我帮你做面条，多放点碱水。面条在水里一下，碱水发生作用，你吃进肚皮里就不会发胖了。"王娘姨对蓝宝说着。

"王姨，你知道得还真多呢。"蓝宝笑着说道。

"我年纪比你们大，吃过的盐也比你们吃过的饭多。喔哟，我话又多了。我怎么能和太太比呢？太太是识字的人，你识的字比我吃的饭还要多。"王娘姨说着，就回到厨房间去做面条了。

蓝宝捧着德孚洋行寄来的信函，又认真看了起来。这时候，她脑海里出现了李大江的身影，一种复杂的心情涌了上来，但更多的是对他的感谢之情，一丝淡淡的微笑掠过她那张姣美的面容，如春天里初绽的桃花。她把信捧在手上，双手放在了胸前，默默地低下了头。她在心里对自己说：我一定要成功。

十八

二十世纪二三十年代到四十年代，阴丹士林蓝布深深影响了上海妇女的衣着美感。那时候，爱美的青年女学生们，她们上身着一袭蓝色的斜襟布衫，窄腰宽袖，下身再配以黑色的绸裙和皮鞋，梳着两根小辫子，手持一卷书稿，袅袅婷婷地行走在上海的大街小巷，成为上海滩一道靓丽的风景。

后来，上海的中年妇女中流行起了旗袍，不管是有钱人家的太太还是平民人家的主妇，都穿旗袍。尤其是阴丹士林蓝布做出来的旗袍大方简洁，深受上海女子的喜欢。当时的上海是中国时尚的风向标，所以阴丹士林蓝布就把行销重点放在了上海。

阴丹士林布由德国"德孚洋行"生产，德孚洋行由德国人德恩于二十世纪二十年代在中国创办。而阴丹士林则是一种还原染料名称，用这种染料染成的色布，不仅色泽光鲜，而且经久不褪色。德孚洋行生产的阴丹士林蓝布正是因为使用了这种特殊的染料而大受欢迎。

不过，一种商品要得到人们的普遍欢迎，仅仅靠自身的特质还是不够的，还要把这种特质明确无误地反复告诉给消费者，才能让消费者认同，进而产生购买行为。所以，德孚洋行瞄准了中国市场，打出了"配合新生活运动，让中国妇女更加自信和美丽"的广告语，强化消费者对自己特质的认知，进而让阴丹士林蓝布在中国畅销。

在这个背景下，德孚洋行需要找一个能代表上海女性形象的妇女来宣传该产品，他们在上海各大报纸刊登招聘的消息，再在众多的应征者中进行了初选和试镜，然后从试镜的人选中选出五名应征者，蓝宝就是其中一位。最后在五名中再选出一名模特儿，可知此次应聘竞争的激烈程度了。

这天中饭刚吃好，蓝宝就忙着翻看自己的衣柜，她都不知道今天该穿什么衣服去面试了。其实在几天前，她都想了好几遍了，把衣柜里的衣服都试穿过，但真的要到穿时，却觉得衣柜里少了一件衣服。

杨菊芳也一早就来到思南公馆，她以一个穿着上的老法师姿态来帮蓝宝做参谋。但杨菊芳看着蓝宝打开衣柜，就不停地摇头，因为她看见衣柜里挂着的都是一些素色的衣服和旗袍。于是，杨菊芳就说姚思诚道："知道蓝宝要去面试了，也不知道给她添几件漂亮的衣服，我们又不是买不起那些漂亮衣服，这下好嘞，蓝宝都没有衣服穿了。"

"姆妈，我不习惯穿花花绿绿的。"蓝宝对杨菊芳说道。

"那也要穿别致点的。我想想你穿着旗袍，走路时竟然会绊一脚，真的打死我也不相信。但绊也绊了，好在你年纪轻恢复得也快。不过今天你一定要比大家有台风，凭你这张桃花一样的脸，我就相信头名花魁一定属于你，气煞那个想绊死你的勿要面孔的小姑娘。"杨菊芳已经从王娘姨那里知道了蓝宝被绊倒的事了，她想想心里就来气，现在小姑娘怎么这么坏？会做出这样的事来？堂堂的姚家大少奶奶竟然被一个小人陷害？所以，她是来给蓝宝打气助威的。

杨菊芳在衣柜中挑了一件蓝色的细小格子旗袍，拿在手上左右看了看就对蓝宝说："看来看去还是这件最适合今天穿。"

"姆妈，我就是穿着这件衣服去拍照片的，李大江就帮我拿这张照片去试镜的。"蓝宝对杨菊芳说道。

"好，就穿这件。"杨菊芳满意地说道。

杨菊芳看着蓝宝把旗袍穿好，就对姚思诚说："今天闸北厂里的事情就放一下，蓝宝参加阴丹士林蓝布的面试是最大的事情啊。"

"我已经对蓝宝说过了，下午我陪她去。"姚思诚对杨菊芳说道。

"蓝宝，如果那个绊你一脚的小姑娘碰到了，你还认得出她吗?"杨菊芳问蓝宝道。

"姆妈，事情已经过去了，还提这个干吗?"蓝宝不想说这件事情，她觉得提不开心的事情就是和自己过不去。

"姆妈今天不好陪你去，阿娘身体不好，我要服待她，否则给我碰到了，我一定要好好教训她，真是没有爹娘教训的人。"杨菊芳的心里还是没有放下这件事情。

"好了，好了，姆妈，我膝盖也不疼了，我们就不提这件事情了。"蓝宝说着。

"好的，姆妈就等你的好消息。"杨菊芳说着，就扭转过身段对姚思诚又说道，"我先回去了。"

"姆妈走好。"姚思诚和蓝宝把杨菊芳送到门口，看着杨菊芳坐进老蔡开来的汽车里说道，"过几天我会去看阿娘的。"

"你先应付好今天的面试，阿娘也在等着你的消息呢。"杨菊芳说完就示意老蔡开车。蓝宝还是跟在汽车后面走了几步，对着车里的杨菊芳不停地招手。

姚思诚看着蓝宝的膝盖对她说："你的脚刚刚好点，就少走几步吧，我就怕一走路你的膝盖又要出血了。"

"没关系的，我能行。"蓝宝说这句话时，伸了伸膝盖给姚思诚看。

"反正我是心疼你，你就听我的。"姚思诚说着就搂着蓝宝回到了屋里。

这时候王娘姨走过来对姚思诚说："先生，你吩咐我的那件西装我已经从洗衣店取回来了。"

"好，那我就穿西装。"姚思诚说着，就穿上他的西装，对着穿衣镜结着领带。

"我认为你今天应该穿长衫比较好。"蓝宝对姚思诚上下打量了一番后说道。

"去外国人的洋行当然要穿西装。"姚思诚说道。

"就因为是去外国人的洋行，所以，更要穿有中国特色的服装。"蓝宝微微笑着说道。

"嗯，还是你聪明。舅公会讲英文，但他和外国人在一起时就讲口道地的家乡话，这就叫腔调。好的，我也听太太的话，这就换衣服，我也要有一种腔调。"姚思诚被蓝宝一句话提醒了，就马上领会了过来，对王娘姨说："把那件灰色的长衫给我拿来。"

王娘姨拿来了姚思诚的长衫，对蓝宝说："太太，你今天穿那件蓝色的旗袍，先生穿灰色的长衫，两个人一起走出去，说不定明年春天上海的街头就流行这两个颜色的旗袍和长衫呢。"

姚思诚一听就说道："说穿灰的，其实我穿白色西装更神气，但有时候中国人还是穿长衫会让人精神点。"他说的时候，已经把长衫穿在身上了，他拂了拂长衫的袖子，伸了伸脖子，那个样子得意得很。

蓝宝就笑着说道："王姨，你就像我们的开心果。"蓝宝说到这里，突然想起了朱琪洁，于是，对王娘姨说道："我有个同学，就是你看见过的那个朱琪洁，她也是开心果，什么时候我请她来，我们一起开心一下。"

"喔哟，就是那个圆脸的小姑娘？她喜欢我们的二少爷？"王娘姨神态十分诡秘地对蓝宝说着。

"其实，我也不明白小弟怎么会喜欢上她的。"姚思诚想起朱琪洁和自己弟弟的事情，就有一股说不出的感觉来。

"不要小看了朱琪洁，她喜欢小弟的感情是真诚的。不过我听朱伯母说，朱琪洁要去美国读书了。"蓝宝一边看着姚思诚对着镜子梳着他的头发，一边说道。

"那小弟为什么不去美国读书呢？那天阿爸和姆妈都说起了要让小弟去那里读书呢。"姚思诚一边用把小梳子梳着头发，一边对蓝宝说。

"也是的，如果他们真的相爱，朱琪洁要去美国读书，那小弟也会去的哦。"蓝宝已经穿着停当，手里拿着一个小包，就等姚思诚了。

"不知道他们在搞什么鬼名堂。走吧，时间也不早了，我送你。"姚思诚说着就去搀蓝宝。

王娘姨见先生和太太要出门了，马上走到房门前，把门打开，候在一边说着："太太走好啊，太太你心放宽一点，你一定能成功的。"

"王姨，今晚你就不用做饭了，晚上回来，我们就去红房子吃西餐。"姚思诚对王娘姨说着。

"太太要减肥，再说什么炸猪排啦牛排啦，都不好吃，就像在吃猪皮一样。太太要吃鲨鱼羹，我等会儿去菜场看看有没有好的鲨鱼，我做鲨鱼羹给你们吃。"王娘姨说着话，已经把蓝宝送到停在公馆门口的小汽车里了。

"太太走路时脚步放慢一点，小心膝盖啊。太太早点回来。"王娘姨把脸伸进车窗里，她就像送别自己的亲人一样，对蓝宝千叮咛万嘱咐。

"我知道了，放心吧。"蓝宝对王娘姨挥了挥手道。

德孚洋行的门口，已经停了很多汽车和黄包车，那热闹的场面不亚于当时的十六铺码头。其实前来面试的就五个人，如果算上那些面试者的亲人，最多也就算它五十来个人好了，可因为德孚洋行之前频繁在上海各大报纸做广告，再加上那些叫卖报纸的报童今天卖报时到处在叫着："阴丹士林蓝布，头名花魁，花落谁家，快来看报纸。"就是在德孚洋行门口，那些报童的声音更清脆响亮："快看呢，今天的德孚洋行，阴丹士林蓝布女神，马上就要诞生了。"随着叫卖声起，卖香烟洋火桂花糖、五香茶叶蛋、奶油瓜子、椒盐花生米的吆喝声此起彼伏。还有各大报社的记者也聚集在洋行门口，他们要收集第一手信息，第一时间向全上海人民宣布，阴丹士林蓝布模特儿最后花落谁家。

当姚思诚把车子停在德孚洋行门口时，马上有个侍者走到姚思诚边上，接过车钥匙，把车子开到了洋行专门停车子的地方。姚思诚就揽着蓝宝向洋行内走去。当他们走过人群时，很多人都看着这对男女，男的穿着一身灰色的长衫，女的着一身蓝色的格子旗袍，他们走过大家面前时，就如一阵清风拂过吵嚷的人群，喧嚣的声音也安静了起来。

当蓝宝走到指定的面试点时，走廊里已经坐着四位姑娘。蓝宝走到她们面前，突然看见了一个似曾相识的人，那人尖尖的下巴，瓜子脸，细长的眼睛。她再定神一看，马上认出了她。蓝宝不由得倒吸了一口冷气，怎么会在这里遇到她？蓝宝的小脑袋瓜里立刻闪现了那天在申报馆试镜的事情，她就坐在自己的边上。在有人叫到自己的名字时，当自己迈开脚步时，就是她对着自己伸出了一脚。蓝宝一想到这里，她的膝盖不由得一阵发软，感到一阵钻心的疼。但这种感觉一刹那间就从她身上消失了，她觉得自己在那张瓜子脸面前绝不能有丝毫退缩的表现，自己一定要不卑不亢。于是，蓝宝用一种非常大方的态度走上去对那个瓜子脸笑道："我们又见面了。"

瓜子脸已经看到了蓝宝，她那细细的眼睛对着蓝宝眯眯地笑着。姚思诚见蓝宝遇见了熟人，就独自向着走廊另一头走去。就在他走的时候，突然发觉有人在拍自己的肩膀，回头一看，原来是李大江。李大江穿着一套黑色的西装，脸上的胡子也刮得干干净净，国字脸上两道浓眉让他显得精神十足，他和姚思诚站在一起，简直是黑白分明的一对兄弟。

"你今天穿着这身长衫，我差一点认不出你呢。"李大江对姚思诚说着。

"大家都习惯我穿西装的样子呢。要不是今天蓝宝要我穿长衫，我肯定也是西装。"姚思诚一看李大江也穿着西装，脸上就流露出一份遗憾的样子。

"穿长衫好。我要不是今天做评委，肯定也是穿长衫的。对了，等会儿，你对周小姐说，在面试时，看见我不要发出声音来。"李大江说道。

"看不出呀，你也会为洋人服务了。不过也奇了，我的太太你怎么口口声声叫她周小姐？你应该叫她姚太太才是呀。"姚思诚拍了拍李大江的肩笑着说道。

"我已经叫周小姐习惯了，你就别和我这个老同学钻牛角尖了。对了，我师傅是这次阴丹士林蓝布试镜的总教头，我做这个评委也是他推荐的。"李大江笑了笑道。

"那么蓝宝的事情就拜托你了。"姚思诚对李大江说。

"不用拜托我，周小姐完全可以凭她自己的实力。"李大江微微地对姚思诚一笑。

就在姚思诚和李大江说话间，蓝宝已经坐在了那个瓜子脸的边上了，她故意在瓜子脸边上不停地摇晃着自己的双脚，装出一副若无其事的样子。

"今天，天气真好。"瓜子脸憋不住，开口说话了。

"也是穿旗袍的日子。"蓝宝说着，就停止了脚的晃动，端正了自己的坐姿，稳稳当当地坐好了。

"你身上那件旗袍穿了就像乡下人。"瓜子脸对着蓝宝身上的衣服看了看，又说了一句。

"我九岁就从乡下来到了上海。"蓝宝回敬了一句。

"所以，还带着一口乡下口音。"瓜子脸说着。

"但我还会讲洋文。"蓝宝笑了笑就用英文说了一句，"Do you have lunch today?"

瓜子脸当然听不懂英文，但她知道蓝宝在奚落自己，于是，就忿忿地站了起来，想离开蓝宝的身边。当她站起来迈开脚步时，很小心地看着蓝宝的脚，她防着蓝宝的脚到时候会不会也伸出来绊自己一下呢。

瓜子脸走开了，姚思诚走到了蓝宝身边，他蹲下身子轻轻地附在蓝宝的耳边对她说道："李大江是考官，你看见他别大惊小怪的。"

"嗯，是吗?"蓝宝听了轻轻地回答了姚思诚。

就在大家说着话时，面试已经开始，随着不断地被叫到名字的姑娘走进去，又走出来，气氛显然紧张起来，蓝宝紧紧握着姚思诚的手，她也紧张着。

不一会儿，那个瓜子脸转过了身子，她看到了姚思诚蹲在蓝宝身边，看着姚思诚慢慢地从蓝宝身边站起来，她看清了姚思诚那张英俊白皙的面容，那身长衫。她就呆呆地站在那里，用她仰望高山的神情看着姚思诚。但她马上醒悟过来了，因为她看见了蓝宝对着姚思诚甜蜜地笑着，而姚思诚用一种非常呵护的神情也对蓝宝笑着，她就默默地向一个角落走去，她感到心中有一种说不出的惆怅和失落，仿佛觉得自己在哪里看见过姚思诚，是在梦里还是在哪里? 就在她想入非非时，姚思诚正从她的身边走过。她突然感到了姚思诚身上向她传递的一种气息，她被这股气息吸引了，她在心里对自己说，以后我也要找个有钱人家的丈夫，过上富裕的生活，于是，她莫名其妙地跟着姚思诚走着。刚走了几步，她猛地听到有人在叫着自己的名字："罗顺妹。"

罗顺妹马上一动也不动地站在原地，呆了一呆。当她再一次听到有人在叫:

"罗顺妹可以进来面试了。"这才缓过神来，转身向面试室走去。就在她转身的刹那间，她又回过头去看了一眼姚思诚，只见姚思诚那高大的背影已经消失了，但那样子刻在了罗顺妹的心里，她对自己说，我要成为阴丹士林蓝布的模特儿，我要胜过这个带有乡下口音的女人，于是，她带着怅惘走进了面试室。

蓝宝也听见有人在叫名字了，她清楚地听到了有人在叫"罗顺妹"。她看见那个瓜子脸走进了面试室，蓝宝知道了这个瓜子脸叫罗顺妹。她觉得这个名字非常好听，尤其是一个小姑娘有这样一个名字，那也代表了她的优雅和可爱。可以想象，一个叫顺妹的小姑娘，等将来老了，变成老太婆了，还被叫着顺妹，那是一件多么浪漫的事啊。可当下蓝宝就是没法把这样美丽动听的名字和这个瓜子脸联想在一起……

就在蓝宝想着时，突然听到了有人在叫"周凤仙"，就马上立了起来。她已经忘记了膝盖的事情，一下子站得太猛了，情不自禁地叫了一声："啊呀！"

随着蓝宝那清脆的"啊呀"一声，肃静的走廊里立刻引来了很多人的目光，姑娘们都惊奇地看着蓝宝。这时候，蓝宝才知道自己的失态，于是，她就轻轻地踮起脚尖走到了面试室。当她伸出手把门推开时，看到眼前放着一张长长的桌子，桌子边上坐着李大江、照相馆的老板、一位不认识的中国女人，还有几位德国人。同时，她也看到了罗顺妹，她坐在应征的位子上。

"周凤仙小姐，请坐下。"那位中国女人用一种非常温和的杭州官话说道。

"谢谢。"蓝宝也非常有礼貌地说了一句，就在指定的位子上坐了下来。

"我们用的是淘汰赛制，现在就剩你们两个人竞争了。你们都非常优秀，可阴丹士林蓝布模特儿只有一名。我们将会在你们两个人中间选出一名。"那位中国女人说道。

"我很想听听两位小姐对我们阴丹士林蓝布的评价。如果，我们选中了你们之中的一位，对于阴丹士林蓝布的美，你会怎样表达呢？"其中一个德国人手里拿着一支笔，用德文说着，显然他是主考官。随着主考官说完，然后由另外一位德国人做了翻译。

罗顺妹马上举起手说道："我可以讲吗？"

那个中国女人对罗顺妹说道:"可以,你先讲吧。"

"阴丹士林蓝布,中国女人的骄傲。"罗顺妹激动地说着,她为自己想出这样一句颇有气魄的话感到无比兴奋。

大家听着罗顺妹的话,李大江把这段话记在了纸上,那德国翻译官把罗顺妹的话翻译给了主考官听

"周凤仙小姐,你呢?"中国女人问蓝宝道。

蓝宝在听到德国翻译官提问时,她已经把所有对阴丹士林蓝布的记忆在脑子里迅速地过滤了一遍,她想起了嬷嬷在自己要从虎啸周出嫁时,穿着那身阴丹士林蓝布做的衣服,坐在自己面前讲那句:"盛世十里红妆,乱世黄金";她清楚地记得自己第一次走进姚家大门时,就是穿着阴丹士林蓝布的旗袍;她想起了自己在九岁时,跟着姚福财来上海,嬷嬷站在西坞镇通往宁波码头的路口,她捧着一件阴丹士林蓝布做成的旗袍对自己说:"没有一个人喜欢爱哭的孩子";她想起了在自己家的院子里,凤仙花开了,嬷嬷穿着那身蓝色的大襟衣服,手里挎着竹篮子走到自己面前……她的记忆就以倒叙式的镜头一幕幕地在她脑海里浮现,她的内心涌上一股对阴丹士林蓝布的深厚感情,那是对嬷嬷的强烈思念,嬷嬷在她的心目中就是一位无比尊贵和美丽的女神。

当蓝宝听到有人在问她对阴丹士林蓝布的感觉怎样表达时,她就抬起了脸,她的目光正好和李大江对视着,她看到了李大江那双深邃的眼睛里,有一股透明的光向她射来,她微微一怔,但马上镇定了下来,一句美妙无比的话已经在她的嘴边滚动着。

李大江看着蓝宝,他在等着蓝宝说出一句优美而有诗意的话。其实他早就从众多的应征者中看到了蓝宝的潜力,他知道,敢于来应聘的女孩子都是认为自己长得漂亮的,也是充满自信的。本来德孚洋行要在社会上找个美女是件轻轻松松的事情,在那些电影明星中就可以随手拈来。但德孚洋行是想通过这次社会活动,扩大阴丹士林蓝布的广告宣传力度,达到阴丹士林蓝布在中国的影响力。而最最主要的是德孚洋行要找一位品貌出众的女子,她不但是美女,更是一个才女。所以,李大江深信蓝宝一定会胜出。此时,他看着蓝宝,他在心

里为蓝宝打气，他相信蓝宝的文化底蕴，相信蓝宝的审美能力。

所有的人目光都盯在了蓝宝的身上，如果蓝宝讲不出来，那她就被自动淘汰了。这时，罗顺妹也得意洋洋地看着蓝宝，她在等蓝宝会发表什么高见。

在大家的目光之下，蓝宝用委婉的声音娓娓说道："阴丹士林蓝布，永不褪色的美丽。"

在蓝宝说完"阴丹士林蓝布，永不褪色的美丽"这句话时，那个中国女人就对着蓝宝拍起了手。李大江马上把这句话用最快的速度记录了下来。同时，那个德国翻译官把这句话翻译给了主考官听。那主考官一听，立马把手中握着的笔往桌子上一扔，指着蓝宝用德文叫道："非你莫属，把我们想要表达的意思都表达了。"

蓝宝知道自己成功了，她高兴地看着李大江，李大江也对蓝宝微笑着。就在大家为阴丹士林蓝布诞生了模特儿而高兴时，就在大家都忘了罗顺妹时，突然面试室里传来了罗顺妹尖锐的哭声，她一边哭，一边向外面跑了出去。蓝宝一见罗顺妹哭了，就站了起来，怅惘地望着罗顺妹离去的背影。

蓝宝成了德孚洋行阴丹士林蓝布的形象代言人。

当德孚洋行向各界宣布此消息时，候在门口的记者一窝蜂地拥进了洋行，他们围着蓝宝进行了采访。几个摄影记者拿着相机对准蓝宝不停地拍起了照。这时候，姚思诚拨开人群，走到了蓝宝面前，他挽着蓝宝的手，用他高大的身躯护着蓝宝，并对李大江说道："你知道蓝宝的膝盖有伤的。"李大江一听，马上以一个记者的身份对大家说道："大家肃静，我们马上会召开新闻发布会，到时候欢迎大家参加并采访。"

蓝宝在姚思诚的保护下冲出了重围，刚缓过一口气时，只见那个中国女人走到了面前，对她说道："周小姐，裁缝已经来了，请你去量衣室。"

蓝宝走到了一间堆放着很多阴丹士林蓝布的房间里，看见一个戴着老花眼镜的老人，他穿着一件阴丹士林蓝布做成的长衫，袖子上戴着一个袖套，用一种十分慈祥的目光看着蓝宝说道："周小姐，我姓吴，大家都叫我吴裁缝，请让我帮你量衣。"

蓝宝就对吴裁缝说道:"请吴裁缝帮我量得好点啊。"

"周小姐,你放心好来,电影明星胡蝶穿的旗袍都是我做的。"

蓝宝一听,就说道:"你帮胡蝶做过衣服?真是太好了。"蓝宝说完,她那张桃花脸上显出动人的光彩,她为自己感到高兴,居然和电影明星胡蝶享受同样的待遇,那她自己也是明星了,"胡蝶可是大明星呀,我好喜欢看她拍的电影。"蓝宝的脸上充满了崇拜的表情。

"周小姐你也可以成为明星的。"吴裁缝说话间已经为蓝宝量好了尺寸。他对站在边上的那个女人说道:"高女士,我们就用翠绿的斜纹布条衬托在旗袍的领子和袖口上好吗?另外也用这种颜色的布料盘葡萄纽扣。"

那个被称作高女士的开口说道:"吴裁缝,周小姐皮肤非常光洁,如果穿上你为她设计的阴丹士林蓝布的旗袍,那上海滩上的女人们都会纷纷穿这个款式的旗袍或是用这种布做衣服了。"

"谢谢高女士。"蓝宝对着高女士甜甜地笑道。

"我看了你的简历,你是美国教会学校的学生?会弹钢琴和讲英文是吗?"高女士对蓝宝说道。

"是的。"蓝宝答道。

"等吴裁缝帮你做好旗袍后,我们就会举行一次慈善募捐活动,在会场上,你准备弹一支钢琴曲。"高女士对蓝宝说道。

"弹钢琴?"蓝宝一听让她弹钢琴,就马上想起了朱琪洁,蓝宝知道自己的钢琴没有朱琪洁弹得好,于是,她对高女士说道:"可以让我的同学来演奏吗?"

"当然可以,这本来就是一场慈善募捐活动。不过你一定要在现场演奏一曲的。"高女士边说,边和蓝宝一起走出了量衣室。

姚思诚和李大江都在新闻发布会现场等着,姚思诚一看见蓝宝走过来,就对蓝宝说:"这下你可以满意了,不但成为模特儿,也穿上你喜欢的颜色的衣服了。"

"这就叫缘分。"蓝宝冲着姚思诚调皮地笑着。

此时，在一个角落，罗顺妹站在那里，偷偷地看着蓝宝，看着姚思诚。她的手里拽着一块手帕，用自己纤细的食指使劲地拽着手帕的一个角，使劲地拽着，眼泪不停地从她那双细细的眼睛里往下淌着。当她发觉自己的眼泪都滴在手背上时，就放开了拽着的手帕，用手帕拭去脸上的泪水，默默地在心里说道："周凤仙，我会记住今天的。今天你让我哭了，终有一天，我会让你哭得比我还要惨。"说完就把手帕放回到了包里，低着头悄无声息地消失在德孚洋行。

蓝宝成为阴丹士林蓝布的模特儿，也成了上海滩上的新闻人物。这些天，上海的各大报纸上都登出了蓝宝穿着用阴丹士林蓝布做成的旗袍的宣传照片。她穿着的旗袍是用翠绿颜色的绸缎沿着领子、袖口、纽扣处镶嵌着，然后再用翠绿绸缎盘成葡萄纽扣，巧妙地在蓝色旗袍上凸显出来。那种宝蓝和翠绿两种颜色的搭配，简直就如仙女们用天上的云彩织成的。那件旗袍穿在蓝宝那高挑的身材上，加上她那波浪似的乌发，就如天鹅绒般发光。漂亮的桃花脸上，两道细长的眉毛弯弯，一对皓月一样的眼睛闪闪发光，俊秀的鼻子下面是一张微启的红嘴，那张红嘴在笑着时两角微微翘起，露出了一排雪白的牙齿。

蓝宝将双手优雅地抱在胸前，她右手腕上戴着一只碧绿的翡翠手镯，左手腕戴着老太太送给她的玉手镯，而最亮眼的是她耳垂上戴着和手腕上的翡翠同款的耳环。蓝宝那张光洁的面容在翡翠的衬托下，就如凤凰一样骄傲地对着大家在笑。最最重要的是，在那凤凰的身后印着一行更加动人的话："永不褪色的美丽。"

那张照片随着报纸的发行和销售，在很多人手中传阅着。一时间，蓝宝的人气超过了那些电影明星，只要报纸上登出了蓝宝那张穿着阴丹士林蓝布旗袍的宣传照片，报童们就拿着报纸，口中叫道："永不褪色的美丽，阴丹士林蓝布小姐。"那一声声吆喝传遍了上海的大街小巷。一时间，蓝宝也忙着出席各种阴丹士林蓝布的新闻发布会，接受媒体的采访，并郑重地准备参加由德孚洋行发起的社会慈善募捐活动。

那天晚上，一对不速之客光临了思南公馆。当王娘姨听到门铃声响起时，她以为太太和先生回来了，于是，一路说着："太太回来了，不急哦，我来开门了。"

当王娘姨打开门正想说"太太辛苦了"时，突然发现门口站着一对外国夫妇，王娘姨傻了眼，她不会讲外国话，又听不懂他们在讲什么。但王娘姨听清了一句话："蓝宝……"

"蓝宝是我家太太，请进屋坐。"王娘姨吃不准来人是谁，但又不敢怠慢人家，于是把这对夫妇请进了家门。

王娘姨倒茶递水，并焦急地等着主人回来。这时候，门铃又响了，王娘姨脸上顿时露出了舒心的笑，对外国人说道："我家太太回来了。"

王娘姨把门打开，看到了蓝宝和姚思诚，就马上说："哦哟，先生太太终于回来了，家里有人在等着你们呢。"

"这么晚了，谁来我们家？"姚思诚说着就走进了家门。

蓝宝也好奇地说道："会是谁呢？"

当姚思诚走进客厅，看清楚了这对夫妇后，就叫了起来："干爸，干妈。"

蓝宝也看清了坐在客厅里的正是结婚时，在大华饭店前来祝贺的美国人约翰夫妇。于是，她也叫了起来："干妈，干爸。"

王娘姨一听，她晕了，什么时候，这对洋人成了主人的干爸干妈？但她只听得蓝宝用外国话叽里咕噜地和她的美国干爸干妈说着话，姚思诚也在边上一边听着一边点着头。于是，王娘姨知道，这对美国夫妇不是一般人。

约翰夫人对蓝宝说道："蓝宝啊，我们在报纸上看到你为阴丹士林蓝布做了广告，真是美！特别是穿着那件蓝色的用翡翠绿绸缎镶嵌在周边的旗袍，简直比我们的自由女神还要美丽。我今天来找你，就是想做一件和你一模一样的旗袍。你知道吗？我们已经接到了德孚洋行送来的慈善晚会的请柬，再说这次晚会的主角又是我们美丽的干女儿，所以，我也要把自己打扮得漂亮优雅，也要穿旗袍。"

"太好了，干妈，我帮你介绍做旗袍的裁缝，他可是上海滩上最好的旗袍裁缝，只要穿上他设计的旗袍，肯定漂亮。"蓝宝对约翰夫人说道。

"是吧，我今晚可没有白来呢。"约翰夫人笑着对自己的丈夫说道。

"我可要妒忌了，我们这么漂亮聪明的干女儿，不为我们美国人做宣传，却让德国人抢去做宣传了，看来德国佬还真会做生意呢。"约翰先生也笑着继续说道，"不过德孚洋行的阴丹士林蓝布在中国行销得非常好，他们也会动脑筋宣传，他们知道利用中国人的爱国情怀，又配合蒋总统的'新生活运动'提高民族的整体形象，这点还是值得我们美国人学习的。"

　　"德孚洋行最大的本事是让中国女性来关注他们。女性是一个家庭的主要成员，也是一种文化传承的传道士。同样，一个国家的文化提升和继承，如果有女性参与，那就会影响更多的人。"蓝宝已经帮着王娘姨为约翰夫妇做了水潽蛋，边说话边端来，放在他们面前。

　　姚思诚的面前也放着一碗水潽蛋。那时候，上海人家来了客人，主人会亲自下厨房，用一口锅，把水烧开，再把鸡蛋敲开，放在碗里，趁水烧开之时，将碗里的鸡蛋囫囵地放进烧得沸腾的水里。不一会儿工夫，那鸡蛋就烧成了外白里黄的水潽蛋，把水潽蛋烧得水平最高的是，外面的蛋白就如一层洁白的云裳，里面的蛋黄一口咬下去有蛋黄液流出来，那这种水平是呱呱叫的。但此时的蓝宝，只是站在王娘姨边上看她烧水潽蛋，再帮着把几个桂圆干洗干净，让王娘姨先把桂圆放进水里煮，再看着她把鸡蛋放进锅里。等王娘姨把水潽蛋烧好了，她才拿一个托盘，将盛有水潽蛋的碗放在托盘里拿到了客厅里。

　　姚思诚听蓝宝说了上面这番话后，心里暗暗吃了一惊，他简直不敢相信自己的耳朵，不相信平时在他眼里生活得十分简单，心底也如清水一样纯洁的蓝宝竟然会说出如此深奥的话。于是，他对蓝宝说："这些话你是从哪里听来的？"

　　"这些天，我通过阴丹士林蓝布的各种活动，还有很多媒体对我的提问中，自己悟出来的。"蓝宝回答了姚思诚的话。

　　姚思诚听了蓝宝的话，对约翰夫妇说道："你们的干女儿是个非常聪明的人，她不但记忆力好，而且喜欢动脑子。那句脍炙人口的'永不褪色的美丽'，就是她在主考官提问时，短短的几分钟里想出来的，多么美妙的一句广告语。"他说着，就带着欣赏和喜欢的心情，当着约翰夫妇的面，亲了蓝宝的脸。

　　姚思诚非常得意自己的妻子是属于那种上得了厅堂、下得了厨房的贵夫人，但他根本不了解蓝宝的内心。其实，蓝宝的内心在想什么，需要什么，就是连她自己也不知道。但在她遇到事情后，她的内心反应出来的第一个感觉，也就是她内心深处存在的东西。只是现在的蓝宝还生活在幸福中，而往往幸福中的女人智商都是低的，都是相信自己的男人永远爱着自己，只爱着自己一个人。

十九

　　慈善晚会是在哈同花园举行的。

　　那时候，只要说起英国籍犹太人哈同，那就是一个发生在上海滩上的奇迹，他用自己的一生为上海人讲述了一个传奇故事：一个出生于一八五一年的流浪儿，在他二十一岁时来到了中国，再通过二十年的努力在上海发迹，成为上海滩上最大的房地产商。而哈同的一生最值得他炫耀的是讨了一个中国籍的太太罗迦陵，并以太太的名义造了个"爱俪园"。到了晚年，哈同夫妇就经常在"爱俪园"举行各种慈善活动，并领养了二十多名中外孤儿。一九三一年六月，哈同八十岁时，在"爱俪园"病逝。但一生笃信佛教的罗迦陵仍以慈善为重点，为社会各界人士敞开哈同花园的大门。

　　此次德孚洋行借哈同花园举行慈善晚会，是因为哈同花园的名气不但吸引了上海滩上的各界名流，也是上海的小姐和太太们最喜欢光顾的地方。

　　蓝宝作为德孚洋行的模特儿，穿着阴丹士林蓝布做成的旗袍，亭亭玉立地站在众人面前，她那桃花的脸在明媚的灯光下显得格外妩媚娇柔。她在几个孩子的簇拥下走进哈同花园时，顿时被眼前的山石池水、亭台楼阁、奇花异草吸引了，知道自己走进了被称为"大观园"的"爱俪园"。这块方圆二十公顷，有二十六个景点的"爱俪园"就如仙景一样让蓝宝流连忘返，她不顾那些摄影记者用镜头对准她在不停地拍照，也不顾记者追着她在不停地提问，一个人快步走进了花丛中，她被眼前的山山水水陶醉了。她正在看《红楼梦》，也听说过"爱俪园"是一个叫乌月的僧人按照《红楼梦》中的"大观园"设计的，但今天亲临现场置身在"大观园"中，眼前的壮观还是让蓝宝叹为观止，也让她下决心要好好看《红楼梦》，因为朱琪洁对她说过，一生别的书可以不看，但一定要看《红楼梦》。

当蓝宝走到一个亭阁时，她闻到了一阵沁人心脾的桂花香，于是，循着花香走去。此时，已到了深秋的季节，但"爱俪园"里的桂花树却盛开着金黄的丹桂。蓝宝就凑近桂花下嗅着，她喜欢这种香味。就在她抬头望着树上的桂花时，看见了李大江正举着相机对着自己。李大江发现蓝宝已经注意到自己时，就放下了手中的相机。两人目光相遇，蓝宝却羞涩地低下了头，她想对他说声谢谢，但又找不到合适的话来表达，只是默默地走到了李大江的身边。

李大江对蓝宝说："我准备要离开《申报》了。"

"为什么?"蓝宝一听李大江说要离开《申报》，惊奇地问李大江。

"我在南京的一个朋友来信，说《中央日报》要培养一批战地记者，我也想换个工作环境。"李大江说着，又拿起相机对着桂花拍了起来。

"你不是一直说要做个公正、自由、客观的记者吗?"

"是的，但我也想知道'三民主义'究竟是不是符合中国国情，我想只有了解了，才真正知道其意义。"

"什么时候走?"

"随着就可以走，我是来向你告别的。"

蓝宝听了，就向李大江伸出了双手，她看着李大江，眼神里带着一丝祝福。李大江望着蓝宝伸过来的手，怅惘地伸出了自己的一双手，一把握住了眼前那双手。这是他第一次握着蓝宝的手，他发觉自己的手掌里，那双娇嫩的小手是如此温暖，那股温暖传递到他的心里，于是便说道："祝周小姐永远美丽幸福。"

李大江说完就放开了这双手，大步流星地离开了蓝宝的身边，走出了"爱俪园"，离开了喧嚣的哈同花园。蓝宝只是望着他的背影，心里默默祈祷着，祈祷着有一天再相逢。

其实，李大江去南京的决定也是在今天下午才做出的。前几天，他接到唐糖从南京寄来的信，说《中央日报》准备培训一批摄影记者，条件是这些摄影记者不但能拍摄，还具有现场文字采访的功力，而这些摄影兼文字记者将来就是国军的随军记者。唐糖在信中对李大江说："表哥，这是一次报效国家的机会，在国家和民族需要你的时候，请放弃任何的偏见和主张，投身于中华民族的事业中来吧。"

李大江看完了信，也觉得自己在上海的意义已经不是很重要了，自己想要做的事情也做过了，该帮一个人的事情也完成了。作为一个男人，在国家需要自己的时候，就该放下所有的偏见包括任何主义，投身到轰轰烈烈的民族解放事业中去。

就在李大江离开哈同花园时，上海滩的各界社会名流已纷纷来到了哈同花园。姚思诚穿着一身雪白的西装，陪同着姚福财、杨菊芳、小妹一起从汽车里走出来。今天的杨菊芳也精心打扮了一下，她穿着一件阴丹士林蓝布的旗袍，胸前挂着一串珍珠，耳垂上也戴着一副珍珠耳环，挽着姚福财的胳膊，大大方方地出席了晚会。

姚福财也穿着一身西装，他那略略发胖的身材在杨菊芳苗条身影的映衬下，倒也显得风度翩翩。随后，美国人约翰夫妇、英国人查理夫妇，还有朱琪洁也陪同着母亲来到了晚会现场，朱琪洁还带着自己的弟弟朱琪福。朱琪福梳着一个小分头，身上穿着一套黑色的西装，脸上是一副玩世不恭的样子，一进哈同花园就跑进了后花园，也不管朱琪洁在后面叫他："不要乱走，等一会儿人多了就找不到你了。"

朱母用不屑的眼神瞟了一眼自己的女儿道："真搞不清楚带他来干吗？"

"带他来这儿开开眼界，总比在家淘气强。"朱琪洁的口吻里充满了姐姐对弟弟的爱。

"也不看看是什么种生出来的。"朱母从鼻孔里吐出了一声"哼"。

"不许你这样说我的弟弟。"朱琪洁用不满的口气对母亲说道。

"你是我生的，他是婊子生的。"朱母仍不依不饶地说着。

"你又来了，好吧，你坐着，我今晚也要演出。"朱琪洁见母亲不开心，就转移了话题。

朱母这才想起今晚的慈善活动上也有自己女儿的表演，她的脸上才抹开了一丝笑容。作为一个母亲，一个在家庭被歧视的女性，她唯一的希望就是自己的女儿有出息，母以子贵是中国传统的观念。今晚女儿能在上海这么有名的私人花园里，在这么多有名望的人面前表演，那是多么有面子的事，想到这些，朱母就高兴地坐在花园里等着晚会开始。

晚会开始之前，衣着得体的高女士代表德孚洋行致了开幕词，接下来是德孚洋行的总经理简要介绍了此次应征活动的经过，然后是在华的德国领事致答谢词，最后晚会开始。晚会的中心会场设在花园里，花园中间放着一台钢琴，蓝宝身着阴丹士林蓝布旗袍，迈着轻盈的步子走到了钢琴前，对着大家鞠了一个躬，然后就优雅地坐在了钢琴前，在孩子们天籁般的和声中，弹起了贝多芬的《致爱丽丝》。随着她的手指轻轻地在琴键上流水一样弹着，朱琪洁已经在做上场演奏的准备工作了。

今天的朱琪洁用心打扮过了，她穿着用紫色绸缎做成的晚礼服，那柔软的绸缎披在她身上，露出她浑圆的肩膀，丰满的胸部，那灿烂的脸上闪着太阳花的光芒。今晚的她看上去非常漂亮，那个童花发型上戴了一个发夹，发夹上别着一只蝴蝶结，这样的打扮也与朱琪洁平时风风火火的形象判若两人。其实，每个女人心中都藏着一份淑女的优雅，以及对美的追求，她们都是花，只是以不同的姿态开放出各自的灿烂。

如果说蓝宝是一株凤仙花，那朱琪洁就是太阳花，她们都会开着红、黄、蓝……各种颜色的花，这些颜色就是对生活不同的爱的表示。当蓝宝知道要在晚会上表演钢琴演奏，她就为朱琪洁争取到了一次表演的机会，这就是一种友谊。而朱琪洁为自己能在大庭广众前表演而感到兴奋，哪个女人没有在众人面前表现的欲望？遗憾的是自己的爱人姚思杰今晚没有来，否则自己这身打扮让姚思杰看看那有多好。那么，让朱琪洁爱得神魂颠倒的小弟去了哪里？

其实，姚思杰几天前就对家人说和朋友一起去四明山看枫叶，但朱琪洁知道，姚思杰不是去四明山游山玩水，而是跟着陆心严去山上熟悉游击队的生活。朱琪洁仍服从组织安排，待在上海，等待时机成熟时组织上就会安排她的工作。想到这些，朱琪洁的脸上就露出了太阳花的光芒，那双充满爱情的眼睛在眼镜框后闪着笑意。

浪漫的《致爱丽丝》刚进入华丽的乐章，蓝宝的双手就停在了键盘上，她用妩媚的笑容向着大家微笑，并做出了一个邀请的姿势，把朱琪洁请到了钢琴面前。于是，朱琪洁继续着《致爱丽丝》的旋律弹奏起来。很多人还沉浸在音乐声中，他们根本没有因为换了一个人而感到钢琴的弹奏有任何瑕疵。此时，朱母听着女儿的弹奏，却不停地在人群中找一个人。她在找姚思杰，她认为在今天这种场合，姚思杰一定会出现的。

朱母今天也穿上了一身合适的旗袍，那是一件用月牙色的高级绸缎做成的旗袍，穿在身上凸显了她娇小的身材，也十分减龄，但更多的是给了她无比的骄傲感，她在为女儿的出色表演而骄傲。

音乐回荡在整个花园里，朱琪福却一个人在花园里散步，并不停地用脚尖踢着草地上的小泥巴。突然，他停下了脚上的动作站住了，他看见在花园一个角落里，有一个穿着白色裙子的小姑娘坐在秋千上，不停地摇晃着。他觉得好奇，这个小姑娘是谁？于是，他压低着自己的声音冲秋千上的小姑娘叫着："喂，喂……"

小姑娘仍在荡着秋千，仿佛沉浸在《致爱丽丝》的乐声中，朱琪福见她不理自己，就拾起了脚下的泥巴朝着小姑娘扔去。几团泥巴方向都偏了，于是，朱琪福就走到秋千边上抬起脚跟朝着秋千的木块猛地一踹，秋千向着前方高高抛起，小姑娘被这突然的惊吓叫了起来："啊……"她双手紧紧抓住了秋千上的绳子。

朱琪福见自己的恶作剧成功了，就哈哈大笑起来。小姑娘听到了一个男孩子的笑声，勇敢地从秋千上跳了下来，走到朱琪福面前用愤怒的口气说道："你要干什么？"

花园里月光明明地照在他们身上，朱琪福认出了这个小姑娘是自己姐姐同学的家人，姚思慧。而小妹也认出了这个令自己讨厌的男孩子是嫂子同学的弟弟，于是，小妹就不屑一顾地向主会场走去。朱琪福却在小妹身后跟着叫道："对不起，我不是故意要伤害你的。"

"什么叫故意？不认识的人就可以伤害了吗？"小妹显然很生气。

"那我向你赔礼道歉，你说要什么礼物？我明天就叫我妈买来送给你。"朱琪福用一个小男孩的口气说道。

"什么都不要，我求你别跟着我。"小妹一边生气地说着，一边去找自己的父母亲了。

"好的，我听你。我也求你别生气了。"朱琪福见小妹很生气的样子，也为自己刚才鲁莽的举动感到后悔，他就坐在小妹刚刚玩过的秋千上一个人荡了起来，抬头看着天空，天空很蓝，几丝白云飘过，带走了人间的喧嚣。

晚会已经进入了高潮，很多名媛淑女和绅士先生纷纷走到了募捐箱前。小妹穿过人群，找到了父母亲，这时候，她看见自己的大哥走到大嫂面前，挽着大嫂的手一起走到募捐箱前，然后从自己的西装口袋里掏出一张支票，他把支票给蓝宝看了看，就放进了募捐箱里。

蓝宝在看那张支票时，就对姚思诚微笑了一下，也随手摘下了戴在自己右手臂上的那只翡翠手镯和戴在耳垂上的翡翠耳环，拿在手里对大家说道："这翡翠手镯和耳环是作为模特儿，德孚洋行馈赠给我的礼物，今晚，我捐献出来，希望能为社会慈善活动尽我微薄之力。"说完，就小心地将翡翠手镯和耳环放进了募捐箱里。

此时约翰夫人也马上走到蓝宝面前对大家说道："我以我干女儿周凤仙小姐的名义领养两名孤儿院的孩子。"

"我捐出一块在闸北的地皮，为修建孤儿院所用。"突然人群中响起了一个非常响亮的声音，这时候，人们看见了一位身着长衫的长者，拄着拐杖，一步一步地走到了募捐箱前。

蓝宝一看，那不是舅公虞洽卿吗？虞洽卿的目光也和蓝宝相遇了，他冲着这个孙媳妇点了点头说道："今天是德孚洋行的慈善募捐晚会，我孙媳妇又是阴丹士林蓝布的模特儿，作为长辈就该为晚辈们做出榜样。所以，我捐出闸北一块地皮再建个孤儿院，让那些无家可归的孩子有个栖身的地方。"

虞洽卿说完，大家都从座位上站了起来，向这位德高望重的老人报以了热烈的掌声。蓝宝望着虞洽卿，她看到了一种鼓励，看到了一种支持，便兴奋地紧紧握着姚思诚的手，脸上布满了桃花。

姚思诚见舅公也来为蓝宝捧场，都激动得不知道说什么好了，马上摘下了戴在自己手腕上的名表，也放进了募捐箱里。小妹一手拉着杨菊芳一手拉着姚福财走到了会场中心，他们三个人向募捐箱里捐了钱。这时候，朱琪福挤到了小妹身边，取下挂在脖子上的一块玉，放进了募捐箱，然后用调皮的眼神看了看小妹，得意洋洋地回到了朱琪洁身边，朱琪洁就用赞赏的口吻夸起自己的弟弟："你是我的好弟弟。"

朱母听了，就耸了耸肩，走到募捐箱旁，拿出事先准备好的一张支票，用夸张的手势放了进去，仿佛要告诉在场的所有人，我捐款了。

德孚洋行的慈善晚会非常成功，并在几天后组织了太太慰问团去孤儿院参观。这个太太团由中国人和外国人组成，在上海几个孤儿院巡回参观，蓝宝作为阴丹士林蓝布的模特儿也出席该活动。那天，当蓝宝随大家一起来到位于徐家汇的一个孤儿院，看着孩子们唱歌跳舞时，她觉得这些孩子真可爱，并幻想着自己如果也有了孩子，那该是一件多么幸福的事啊！对了，最好生个女儿。女儿可以打扮，给她穿蕾丝裙子，给她烫头发，就像洋娃娃一样；然后再生个儿子，把儿子打扮成一个神童，穿着小西装，梳着小分头。就在蓝宝想象着将来孩子的模样时，她突然觉得心里一阵难过，想要呕吐，她打了一个恶心，但马上克制住了。她想起来了今天中午吃了一块红烧肉，是不是肉太肥了？

蓝宝从孤儿院回来后就不想吃饭了。王娘姨见蓝宝不肯吃饭，就对蓝宝说："太太，我今天烧的红烧肉是你平时最喜欢吃的呀，那肉也被我烧得酥来，还有什么油呢？要不，我烧鲨鱼羹给你吃？"

蓝宝一听鲨鱼羹，马上就来了胃口，对王娘姨说道："好的，多放点醋啊。"

王娘姨就在厨房里烧起了鲨鱼羹，那股酸味从厨房里飘出来直冲蓝宝鼻子，蓝宝就走到厨房间，看着王娘姨烧菜，并在边上做着帮手。这时，蓝宝突然看到砧板上放着几根咸菜，就拿起咸菜嚼了起来。王娘姨看到蓝宝在吃咸菜，马上叫道："太太，你要吃咸菜，我帮你在油里炒一炒再吃哦，生吃会伤胃的。"

蓝宝一听到王娘姨说要伤胃的话，又觉得胃里一阵翻滚，马上奔到了卫生间呕吐起来。王娘姨一看蓝宝那呕吐的样子，再看看呕出来的东西，就用非常神秘的口吻问蓝宝："太太，最近你来过月红吗？"

蓝宝被王娘姨一问，觉得十分不好意思起来了，她略一沉思就对王娘姨说道："还真的几个月没有来过月红呢。"

"啊哟，恭喜太太，你怀孕了，还是坐上喜啊。"王娘姨笑着说道，马上向客厅走去，她想要告诉姚思诚这个好消息，可她发觉客厅里空空无人，这才想起先生一早就去忙着闸北工厂的事情了。于是，她又失望地回到卫生间，把蓝宝扶了出来，让她坐在沙发上，王娘姨对蓝宝说："你现在哪儿也不能去，就待在家里。"

"为什么？"蓝宝用她清澈的眼睛望着王娘姨。

"你怀孕了，这孩子还是一个血块，也是在长个儿的时候，是最娇嫩的时候，所以，一定要静心养胎。"王娘姨对蓝宝说道。

"那我这个阴丹士林蓝布的模特儿怎么办？"蓝宝担心地问道。

"太太呀，这种事情不能当真的，再说你也风光过了，上海滩上的人都知道德国佬找了个上海淑女做了模特儿，但这一切都是虚的，现在是保孩子要紧呢。"王娘姨说着。

"那我要向德孚洋行说明情况后再不做吧？"蓝宝说。

"千万不能说。太太呀，你这是头胎，要闷声不响地怀孩子，只有等肚子大出来了，那大家也知道了，也不在意我们说不说了。"王娘姨很神秘地说道。

"为什么不能告诉人家我怀孕的事情？"蓝宝觉得奇怪，自己怀孕又不是见不得人的事，为什么不能对外人说呢？

"太太呀，我们乡下那里讲规矩，说刚怀上的孩子最容易招惹那些野鬼。你也知道的啊，每一个来投胎的孩子都是从阎王爷那里抢着来的，有的走得慢了，有的没有钱，所以只要看见有人来投胎，那些野鬼就妒忌，到处找那些来投胎的胎儿，他们恶作剧，让胎儿死于腹中。所以呀，太太最近一定要在家里静养，也不要告诉任何人。"王娘姨说得绘声绘色。

蓝宝听着王娘姨的话，不由得汗毛都竖了起来，对王娘姨说："王姨，你生孩子也是这样？"

"当然，我生头胎时就不懂，也没有人告诉我，我还下地干活，还讲给村里几个平时处得非常好的人听，唉，结果我头胎就没有了。"王娘姨说着就叹了一口气。

蓝宝听到王娘姨叹气，就对她说："王姨，以后别叹气。"

"哦，对不起，我是不该在主人面前叹气的。"王娘姨用手打了几下自己的嘴巴。

"王姨，那先生和姆妈都不能告诉？"蓝宝又问道。

"任何人都不告诉。"王娘姨回答道。

"那是孩子的亲人呀，也不能告诉？"蓝宝再追问了一句。

"不告诉，让孩子的父亲自己看出来了，再给他一个惊喜。"王娘姨说话间，已经为蓝宝找出了一根红线，她把红线牵在蓝宝的裤腰上。

蓝宝见王娘姨把红线牵在裤腰上，就问她："是为了避邪吗？"

"太太真聪明。万一野鬼缠上了，有红线在，野鬼就上不了你的身。"王娘姨说着，就用得意的目光打量着蓝宝裤腰上的红线。

"那我家先生看见了这根红线，他要是问我了，我怎么回答呢？"蓝宝又问。

"喔哟，我的太太，你是一个非常聪明的人，到时候你就知道怎么回答了。"王娘姨笑着，她的样子就如自己怀孕那样开心和神秘。

蓝宝又问王娘姨道："王姨，刚才听你讲我是坐上喜，什么叫坐上喜？"

王娘姨一听，就"咯咯"地笑起来了，她就贴近蓝宝的身体，用双手卷起一个喇叭形，对着蓝宝的耳边轻轻地说道："你和先生同房的那天，是不是正好身上来过了一个多星期？"

"你怎么知道?"蓝宝一听脸红得像一张红布了。

"哎,那就对了,成亲的那天晚上,夫妻一同房就怀上了,这就叫坐上喜。太太你真有福气。老古话说过的,千年夫妻何时修得坐上喜,烧香磕头一万年。太太你前世肯定修得老好的,长得又漂亮,嫁得也体面,现在又怀的是坐上喜,我这做娘姨的,也觉得侍候太太是多么风光的事。"王娘姨眉开眼笑道。

"谢谢王姨把我说得这么好,有你在我身边,我也觉得自己很开心的。"蓝宝听了王娘姨的一番话,心情顿时大悦,这人一愉悦,胃口也好了,于是,蓝宝对王娘姨说要吃饭。

王娘姨一听蓝宝想吃东西了,马上就去了厨房。

蓝宝一个人坐在沙发上,她用手摸了摸自己的肚子,再低下头去看肚子,发觉没有什么异样。于是,脸上就露出了一份天真的笑。这时,她看见了戴在自己无名指上的那枚蓝宝石戒指,她举起了手细细看着。戒指在蓝宝的手指上闪着蓝色的光。蓝宝想起了姚思诚对她说过的话:蓝宝石是一种无比珍贵的宝石,你就是我的宝贝。想到这里,蓝宝的心里就涌上了一股无比甜蜜的幸福,她把戒指放了嘴边,轻轻地吻了一下,然后用手摸了摸肚子喃喃地说道:"你也是我的宝贝。"

也就这一刹那间,蓝宝突然想起了一个名字,今后无论是生男还是生女,这个孩子的小名就叫贝贝。对,就叫贝贝。当一想到自己也在为腹中的孩子起名字时,她就想起了自己的母亲,想起了嬷嬷,想起了阿叔,想起了红胞,想起了孝明,想着想着,蓝宝的眼泪流了出来。此时,她坐在偌大的公馆里,感到孤独和寂寞,她想起了那桃花盛开的地方,在那凤仙花开的季节,自己还在娘胎里时,母亲已经为自己取好了名字。可没有多少人叫她凤仙的,都叫她蓝胞,后来到了上海,姚思诚为自己取了蓝宝石的蓝宝,于是,大家也叫她蓝宝了。但她发现,母亲给自己取的名字——周凤仙,这是一个多么漂亮的名字啊,只是没引起别人的注意,自己还一直沉溺于姚思诚给自己取的那个蓝宝里。同时,她脑海里出现了李大江的影子,想起了那篇凤仙花的美文,不由得在心里暗暗说道:李大江现在在哪里呢?他还好吗?

王娘姨为蓝宝做了一碗荷包蛋鸡汤面，当她托着盘子端到客厅里时，发现蓝宝坐在一边黯然神伤，就对蓝宝说："太太，很多女人怀孕了就会多愁善感起来，但孩子在肚子里时，做妈的一定要开心，比如多想些高兴的事，多看看盛开的花，那以后生出来的孩子肯定聪明漂亮。你看，我给你做了荷包蛋，就是让你吃了后，肚子里的孩子长得像荷包蛋一样圆圆滚滚，以后我还会给你吃桂圆，那孩子的眼睛长得像桂圆一样大，给你吃玉米，那孩子的牙齿整齐得像玉米。"

"王姨，你尽找好话说给我听。"蓝宝听了王娘姨的话也不自觉地笑了起来。

"真的，太太，这就叫吃啥像啥。"王娘姨说道。

"真的？那最近就不吃猪肉了。"蓝宝笑着说道。

"哎哟，太太也真会说话。"王娘姨扶着蓝宝从沙发上站起来，说道，"太太你起码在头四个月里不能乱动，不能动了胎气，我肯定你肚子里的孩子是个白白胖胖的大胖儿子。"

"不管是生男还是生女，我已经起好名字了。叫贝贝。"蓝宝说道。

"太太真是有学问的人，这孩子的名字起得多好，贝贝，男女通用。"王娘姨说话一刮两响，那爽朗的笑声快把思南公馆的屋顶都给打穿了。蓝宝听了也开眉展眼起来。

就在两人开心地说笑时，姚思诚回来了。他一见家里这么热闹，就问蓝宝道："什么事这么开心呀？"

"不告诉你。"蓝宝调皮地对姚思诚说道。

"王姨，你告诉我。"姚思诚转身问王娘姨。

"先生，太太都说了，不告诉你。我一个娘姨又怎么能违背太太的意思呢？"王娘姨风趣地对姚思诚说道。

"好，你们都不说，那我来猜猜。"姚思诚就看着蓝宝，一本正经地动起了脑子，说道："是小弟从四明山回来了？"

"不对。"蓝宝笑着说道。

"是孝明来信了？"姚思诚又问。

"不是……"蓝宝一听到孝明的名字，就忽忽不乐的样子，对着姚思诚摇了摇头。

姚思诚知道蓝宝在想孝明了，就打住了话题，对王娘姨说道："不猜了，我肚子饿了。"

"先生，今天太太吃了面条，你想吃什么？"王娘姨问姚思诚。

"太太怎么这么早就吃过饭了？那我也吃面条吧。"姚思诚说着就脱下了身上穿的西装。蓝宝接过姚思诚脱下的西装，想把它挂在衣帽架上，当她刚想挂上去时，王娘姨马上奔到蓝宝身边，抢过她手中的西装，帮她挂好，一边对蓝宝说："太太，以后伸手或是下蹲的动作都别做，有事情就叫我。"

"什么事情呀？王姨你搞得这么紧张，神秘兮兮的。"姚思诚发觉事情有点奇怪，就问王娘姨道。

"你问太太吧。"王娘姨笑了笑回到了厨房间。

"你今天怎么了？"姚思诚拉住了蓝宝的手，低下头看了蓝宝一眼。

蓝宝对着姚思诚桃花般地一笑，妩媚地搀着他的手向楼上走去。

蓝宝走到卧室，一眼看见了那个放着金条的小皮箱，就对姚思诚说："我知道闸北工厂的事情需要很多的钱，这里面是金条，你就拿去派用场吧。"

"目前还不需要，总投资拆股为十份，舅公占了三股，我是四股，另外三股就按舅公的意思分给了一些实业家。所以，我的压力也不大。再说，我也拿了厂房去银行做了抵押，投资的钱也就有了。"

"那也好，那你放心大胆去做你想做的事情，万一需要钱，你就拿去用。"蓝宝说。

"我要用就会和你说的。"姚思诚望着自己的妻子，被蓝宝的那份真诚打动了，就在她的脸上亲了一下。但这轻轻的亲吻，就如一团火，燃起了两人心中的激情。蓝宝也就迎着姚思诚的亲吻，搂着了自己丈夫的脖子，踮起双脚去亲姚思诚的眼睛和鼻子，她感谢他给了自己幸福和甜美的生活，感谢他让自己有了做母亲的机会，感谢他让自己怀上了孩子。蓝宝一想到自己怀孕了，就抑制不住自己的幸福感，更加热烈地和姚思诚亲吻着。

姚思诚抱着蓝宝，他觉得今天自己的妻子特别多情，特别有女人味，让他深感诱惑，也让他陷入了无比的热火之中，他的身体也在熊熊燃烧。于是，他就把蓝宝抱到床上，去解蓝宝身上的衣服，当他解开蓝宝身上的旗袍时，看到了她裤腰上的那根红绳子，就奇怪地问蓝宝道："这是做什么？"

"你要当爹了。"蓝宝抱着姚思诚的脖子，贴紧他的身子，咬着他的耳朵说道。

"什么？"姚思诚一听，立马从床上跳了起来，一把将躺在床上的蓝宝拉进了自己怀里，又问了一句道，"你刚才说什么？再说一遍？"

"你要当爹了，我怀孕了。"蓝宝笑得脸上都是桃花。

"真的？"姚思诚一听，马上把蓝宝抱起，在房间里旋转着，一边旋转一边笑着说，"我要当爹了，我们有孩子了。"

"转得太快了，我要晕过去了。"蓝宝被姚思诚抱着旋转，只觉得天昏地暗，她要呕吐了。

"对不起。我高兴得都忘记了一切。"姚思诚把蓝宝平放在床上，抚摸着蓝宝那头漂亮的鬈发，深情地看着蓝宝，问道，"现在头还晕吗？"

"好点了。"蓝宝望着姚思诚，看见他的眼睛里闪着泪光，只觉得自己一阵心疼。于是，她用双手搂着了姚思诚的双肩，把她的脸贴近了自己深深爱着的丈夫的脸，为他吻去了眼中的泪，对他说："我希望生个女儿，女儿像父亲。"

"不，我希望生个儿子，儿子像母亲。"姚思诚的脸埋在蓝宝的胸前说道。

"那我们生两个。"蓝宝说。

"我们生一窝。"姚思诚说着就笑了出来。

"你坏。"蓝宝用她的一双小手捶打着姚思诚的背。

"那你德孚洋行的事情怎么处理？"姚思诚问蓝宝道。

"我想听听你的意见。"蓝宝对姚思诚说。

"我的意见，就辞去这个模特儿的活儿吧。再说我们本来就是为了响应蒋夫人在'新生活运动'中提出的知识妇女为该运动起带头作用。我们已经起过作用了。何况，你我都是优秀人才，那么生出来的孩子也是人才，也算响应'新生活运动'培养提高国民素质呢。"姚思诚用风趣幽默的话说道。

"就你想得出说这些话。那怎么向洋行交代呢?"蓝宝问姚思诚。

"这样吧,我们就对洋行说要去美国探亲。"姚思诚想了想说道。

"不能说谎。"蓝宝说。

"不说谎。之前我也对你说过我们去美国度蜜月,顺便去看看你妈和红胞。"姚思诚对蓝宝这样说道。

"真的?我还真的非常想我妈和弟弟呢。"蓝宝觉得此主意不错。

于是,姚思诚就兴奋地从卧室里走出来,一边以最快的脚步下楼一边对王娘姨叫道:"王姨,我要做阿爸了。"

王娘姨听到了姚思诚的声音,就从厨房间走了出来,笑着说道:"恭喜先生要做阿爸了。"

"王姨,我已经和蓝宝决定了,我们不做那个模特儿了,我要带她去美国度蜜月。"姚思诚高兴地对王娘姨说道。

"先生哦,那个断命的什么模特儿我们是不要做了,是银样镴枪头的事情。但先生哦,太太肚子里的孩子还太小,刚在胚胎形成中,去美国要坐一个多月的船,太太受不了的。"王娘姨听了姚思诚的话,就急了起来。

"哦,王姨的话也有道理,我们都还年轻,不懂事儿。"姚思诚觉得王娘姨的话讲得非常对。

"先生,你是男人,外头的事情你就多担当点。家里的事我会帮着太太处理好的。你也不要想得太多,那个阴丹士林蓝布的事情,先生直接去洋行把话说明了,就说太太有急事要去美国不就行了?让他们早早安排人选。等事情过了,谁还会记得太太的事情?这世道呀,就是铜钿银子人骗人,花花轿子人抬人。不要把这些人骗人的事情当回事情,自己做好自己的事就是了。"王娘姨头头是道地说着。

姚思诚听着王娘姨的话,觉得眼前这个看上去十分平常的乡下女人,一个斗大的字都不识的老妈子居然讲出如此深奥的话!是呀,自己的事情都管不好,去管别人是怎么想自己的,那不是"庸人自扰"?

姚思诚被王娘姨的一句"铜钿银子人骗人，花花轿子人抬人"给点明了。于是，第二天，他就去了德孚洋行为蓝宝请假，他第一次对人家说了谎：我们要去美国探亲。

　　德孚洋行的中国主管对姚思诚非常客气，还说洋行在美国也有分行，如果到了美国需要什么帮助，可以直接去华盛顿找分行负责人。主管说着还为姚思诚写了一封介绍信，最后把信笺认真地放进信封里郑重其事地交到姚思诚手里。姚思诚知道自己是在说谎，但他内心还是被德国人的严谨工作作风感动了，他在接过这封信时，心里却在暗暗地说道："原谅我说了谎。"并把这封信认真收藏了起来，也算是纪念自己的妻子曾经为社会做过事情。姚思诚的这一行为只是对蓝宝的一种欣赏，没想到几年后，这封信却救了一条人命。这是后话，暂且不表。

　　其实德孚洋行是做生意的，利和信对商人来说是立足之本。何况，他们当时在上海各大报纸上刊登阴丹士林蓝布模特儿的广告，目的就是扩大其知名度。现在，这个目的已经达到。于是，德孚洋行就找到了当时红极一时的电影明星胡蝶出任阴丹士林蓝布的模特儿，在以后的十多年中，阴丹士林蓝布的广告形象就一直是由胡蝶担任。

　　当胡蝶成为阴丹士林蓝布模特儿后，很多人很快就接受了这个在银幕上就颇有风采的明星，大家已经把最初角逐阴丹士林蓝布模特儿的激烈过程忘记了，也忘记了一个纯情的美丽少妇。就如王娘姨说的：这世道就是"铜钿银子人骗人，花花轿子人抬人"的一个虚妄的世界。

　　但有一个人没有忘记蓝宝曾经是阴丹士林蓝布模特儿，在时过三十年后，这个人遇见了蓝宝，她很快就认出了蓝宝，并知道她就是周凤仙，是和自己角逐阴丹士林蓝布模特儿的冤家对头。这个人就是罗顺妹。

　　机遇对每一个人来说只有一次，有的人遇到一次机遇就可以改变人生，改变自己的命运。可惜的是罗顺妹一直为自己失去这样一次机会而耿耿于怀，并怪罪于蓝宝身上。所以，她一直为自己的命运枉自嗟叹，一直生活在底层，过着贫民的生活。直到三十年后，她终于昂起了头，对蓝宝进行了疯狂的报复。可惜的是，在她揭露蓝宝的过程中也暴露了自己的那段历史，成为那个时代的牺牲品。

当然，我们的故事还会继续下去。现在，大家都为蓝宝的怀孕感到高兴，作为一个女人，作为一个深爱着自己丈夫的女人，她为自己怀上了姚思诚的孩子感到无比的幸福，这是爱情的结晶，是自己的亲骨肉。所以，她以最认真和负责的态度对待自己的妊娠过程，也以最虔诚的态度迎接新生命的降生。

八个多月后，蓝宝生产了。那是一九三五年的八月十三日，蓝宝生的是一个白白胖胖的儿子。只是这个儿子在娘胎里多待了七天，也让姚家人足足担心了一个多星期。特别是老太太见蓝宝的肚子越来越大，是该到生产的日子了还不见生，于是，就天天求菩萨保佑。当蓝宝生下一个白白胖胖的男婴时，老太太的眼泪顿时流了下来，她跪在菩萨面前感恩菩萨给姚家送来了一个孙子，因为，老太太知道有这样一句话：过时儿子是个宝。老太太也知道佛经上记载过释迦牟尼在娘胎里待了整整三年才从亲娘的腋下出生的。当然老太太不会把自己的重孙去和佛比，但她相信自己的重孙是个有福分的人，他是个宝，是姚家的宝贝。

这个白白胖胖的男婴，以最强大的遗传基因继承了蓝宝身上的特征，那洁白光滑的皮肤、明亮的眼睛、圆润的鼻子、微微向两边上翘的嘴角，那红红的嘴尖上泛着一滴朝露，他笑的时候就如一道光，瞬间照亮了周围的一切。姚福财抱着自己的大胖孙子，笑咧着嘴对杨菊芳说道："我们的孙子像蓝宝，蓝宝小时候就是这样的。"

杨菊芳笑着要从姚福财手里抢着抱孙子，她说道："孙子如果也裹着蓝胞出生，那将来是要做宰相的呀。"

"孙子也是宰相的后代呢。"姚福财得意地说道。

"我觉得孙子像我们姚家，你看他的小手，还有小脚，长得和思诚小时候一模一样呀。"杨菊芳为自己抱不到孙子而有点悻悻，只好在边上用手摸着孙子的手和脚。

"儿子像娘，金子打墙。"老太太也眉开眼笑地说着。

"姆妈，你做阿太了，恭喜姆妈。"杨菊芳对老太太说着，其实她是在等老太太对自己说一句更好听的话。

但老太太是个人精，她知道杨菊芳心里想的事情，故意不对杨菊芳说，就对着自己的儿子姚福财说了句："福财呀，你现在做阿爷了。好福气啊！"

"姆妈。"杨菊芳就对着老太太用她最嗲的口气叫了一声。

"你也做阿娘了。"老太太终于对着杨菊芳说出了这句话。

"是阿爹和阿奶。"杨菊芳这才翘了翘屁股，挪动了一下身姿对老太太说道。

"姆妈，我的孙子是该叫我阿爷还是阿爹？叫她为阿娘还是阿奶？"姚福财觉得孙子该怎么称呼自己是一个大问题，于是，他要老太太向自己面授机宜。

"我们是本地人，当然叫阿爹和阿奶的。"杨菊芳道。

"我们是本地人，可思诚和小弟小妹不都叫我阿娘的？"老太太得意洋洋地说道。

"还是叫阿爷阿娘吧。现在上海人都把祖父祖母叫阿爷阿娘了，再说蓝宝是宁波人，她肯定也认可孙子叫我们阿爷阿娘的。"姚福财知道老太太心里想的是什么，于是就顺了母亲的心。再说，只要孙子是自己的，叫阿爷和阿爹都是一回事。

"我要做阿奶。"杨菊芳说着就从姚福财手里抱过了孙子，用自己的一只食指去碰孙子的小嘴，只见孙子张开了红红的嘴，伸出了湿淋淋的舌尖来舔自己的手指，杨菊芳顿时感到自己的手指暖暖的，痒痒的。杨菊芳虽然生了三个孩子，但她没有尝试过孩子咬住自己奶头的感觉。此时，她从自己孙子的口中，尝到了一种血肉的亲情，她抱着心爱的孙子恨不得解开自己的衣服为他哺乳。她觉得这个孩子让她回到了当年十月怀胎的时候，甚至还体会到了人们常说的那句话：隔代亲，也理解了婆婆为什么这么溺爱自己的儿子，甚至为了思诚，老太太不顾一切地护着蓝宝。

姚思诚为儿子取名为姚立本，顾名思义是要继承父亲的诚信，继续做到人的本色。小名就叫贝贝，这是蓝宝在发现自己怀孕时就给取好的名字。

贝贝的一生远比自己的父亲和母亲都幸福，但贝贝也有他不幸的一段往事。只是，姚家没有像大桃花那样，在蓝宝出生时，请个瞎子来算命，姚家相信，他们凭现在的万贯家财和经济实力，足以供姚家子孙坐吃三代了，还怕孙子将来会吃苦？何况蓝宝是顺产，贝贝和所有的孩子出生时一样，都是穿着红色的胎衣从娘肚子里钻出来的，他们不相信命运之神的造化，不相信几代人的努力到时候如一江春水向东流。他们只相信自己的实力，相信祖上传下来的家业会让姚家世世代代荣华富贵。

二十

　　时间过得很快，转眼贝贝三岁了。蓝宝在贝贝两岁时又怀上了第二个孩子，不久生产，是个男孩。这个儿子，蓝宝为他取名为贝儿，姚思诚也给贝儿起了一个非常响亮的名字——姚立信。

　　那天是贝贝的三岁生日，公历一九三七年八月十三日，民国二十六年。上海也进入了"秋老虎"的季节，闷热而又让人烦躁。

　　思南公馆，姚思诚抱着贝贝站在一个晒箩面前，一边逗着儿子一边说道："贝贝啊，你今天三岁了，长大了。等阿爷阿娘到了，我们就抓阄，看你有没有出息。"姚家按照江浙一带的风俗习惯，为三岁的孩子举行"抓阄"，晒箩里放着平日生活里用的东西，有算盘、毛笔、书、纸、剪刀、尺、榔头、锯子……看孩子去抓什么，就意味着这个孩子以后的志向，俗话说：三岁行为看到老。

　　蓝宝从楼上走了下来，她怀里抱着几个月大的贝儿，王娘姨跟在她身后拿着奶瓶一起下楼。蓝宝听到了姚思诚在和贝贝说话的声音，就走到姚思诚边上，把贝儿交给王娘姨，抱过贝贝说道："贝贝是最乖的孩子，等阿爷和阿娘到了，就伸出双手去抓自己喜欢的东西啊。不管抓什么，贝贝都是好孩子。"

　　姚思诚就对蓝宝说道："我下午还要去闸北工厂，争取在这个月内把第一辆小轿车安装出来。"

　　"这几天，天也闷热，小心厂里的师傅们中暑啊。"蓝宝对姚思诚说。

"工厂的防暑事情，我让小弟在负责，可我觉得小弟做事老不上心，一会儿要去四明山了，一会儿又要请假，看来也该让小弟成家了。"姚思诚说。

"现在上海形势很乱，我怕小弟会交上一些不三不四的朋友，早点让小弟成家了，他也许会收点心。我觉得小弟和朱琪洁也不错的，只要他们俩是真心相爱，你做大哥的就要关心他们一下。你看，我们的孩子都有两个了，他们也该成家了。"蓝宝说。

"男人也许成了家就会收心。"姚思诚说着就在蓝宝的脸上亲了一下，再去亲贝贝的脸。

"你呀！都当爹的人了，还像个孩子。"蓝宝用嗔怪的口吻对姚思诚说着。

突然，门外传来一阵急促的门铃声，王娘姨马上抱着贝儿去开门，她说道："肯定是阿爷和阿娘来了。"

说话间，王娘姨已经打开了门。只见门口站着小弟。

小弟进了门，他手里拿着一份号外对姚思诚说道："上海也开战了。"

王娘姨见小弟来了，就从蓝宝怀里抱过贝贝，她一手抱着贝贝，一手抱着贝儿上楼进了婴儿房。

姚思诚一听，马上从小弟手中拿过报纸，紧张地把号外上的内容迅速地浏览了一下，就一屁股坐在了沙发上说道："日本人越来越猖狂了，从"七七卢沟桥事变"，到今天的"淞沪之战"，中日两国已经到了水火不相容的地步了。"

蓝宝从姚思诚的手里拿过了号外，她看着看着，突然在号外的最后一行看到了一个人的名字，就念了出来："李大江，此报道是战地记者李大江从阵地上发出来的。"

"李大江？他回到上海了？"姚思诚马上从沙发上站了起来，从蓝宝手里接过号外念了起来："一九三七年八月十三日上午九时十五分，日本海军陆战队一部越过租界，到宝山路、四川北路等地布防，与在八字桥一带修筑工事的中国军队第八十八师二六二旅五二三团一营先头部队迎头相遇，在短暂沉寂之后，冲突遂爆发。"

"又是八字桥，日本人在'一·二八'事件中也是八字桥。"小弟说道，他定了定，"李大江是个男子汉，他早已经是国军的一名随军记者及摄影师。"小弟用一种敬佩的口气说着。

"你对李大江很了解？"姚思诚觉得奇怪，就问道。

"我经常看报纸。"小弟含含糊糊地回答了姚思诚的话，然后继续说，"我今天是来向你辞职的，我经常请假，有时候也不能正常上班，多蒙大哥和大嫂一直照顾着我。所以，我不想再向你们隐瞒了，我是一名中国共产党党员，我要上四明山上去了。"小弟坐在姚思诚面前说道。

"什么？你是共产党？"姚思诚简直不敢相信自己的耳朵，自己的弟弟竟然是共产党。

"是的，我在一九三四年就加入了地下党。"小弟说道。

"那朱琪洁是吗？"蓝宝一听，她的脑海里马上闪过了那年在"江亚号"轮船上的事情，还有一个自称为陆先生的人。于是，她马上联想到了朱琪洁，因为在船上他们三个人曾经在一起待过很长时间，朱琪洁在虎啸周时曾问过嬷嬷："镇海离这里远吗？"而最最让蓝宝心里的一个结无法打开的是，姚思诚交给自己的小皮箱里，她是知道有多少银圆的。但到了虎啸周，蓝宝把银圆交给嬷嬷时，她发现银圆少了。最初，她以为是自己记错了姚思诚说的数字，但她相信自己的听力和记忆力。她曾怀疑过有人动了自己的皮箱，但又想如果是小偷就会把整个皮箱偷走的。所以，这件事情在她心里一直成为一个谜，她就放在心里，谁也没有说。

但此时，她听到小弟说自己是共产党，又是在那年加入的，她就想起了那个穿着薄薄长衫的陆先生。于是，蓝宝就问小弟道："那个陆先生也是共产党？"

当小弟一听蓝宝问起朱琪洁和陆先生，他想到了组织上的保密守则，就说道："陆先生是我的入党介绍人，朱琪洁不是共产党。"

"那就好，我也在想，一个女人参加什么这个党，那个派的。刚才我也和你大哥说过了，现在上海很乱，日本人又在打仗，就考虑着把你和朱琪洁的婚事办了，可没有想到你要上四明山。"蓝宝对小弟说。

"目前，国家正处于战乱中，我个人的事情暂时不考虑。"小弟的脸微微发红了。

"小弟，我们虽然是兄弟，但我不支持你也不反对你加入什么党派。不过我尊重你的选择。你是知道的，我一直是抱着以实业救国的理想让国家强大起来。但人各有志，你也老大不小了，身为你大哥，还是一句话，不管走得多远，家永远是自己的家，有什么困难就回家，我和你大嫂永远是你的亲人。"姚思诚说着，不由得感到一丝伤感，他知道自己弟弟的脾气，从小就和自己持有不同观点。

"现在，国共合作，联合抗日，我们一定会把日本帝国主义赶出中国去的。"小弟激动地说着。

"小弟你等一下。"蓝宝说着，就站了起来向楼上走去。

蓝宝走到了自己的卧室，把放在一边的两只皮箱拿了出来，打开其中一只箱子，一箱金条整齐地堆在箱子里。她看着这箱金条，这是她出嫁时娘家给她的陪嫁，也是她在姚家生活的底气，是她养儿防老的资本。但她想到小弟要上四明山了，四明山在浙江东部，那里是山区，生活艰苦。小弟是自己的亲人，是个从小生活优渥的少爷，那里的艰苦环境需要钱，于是，蓝宝就想到自己的陪嫁，她愿意拿出一箱金条给小弟，她的想法就是穷家富路，不管小弟去哪里，她都要帮助他。蓝宝把箱子盖上，拎了拎，觉得有点分量，但她还是拎起了箱子向楼下走去。她走到了小弟面前，把箱子放在了桌子上，对小弟说："四明山上生活条件肯定很苦，这箱钱你就带上吧。"

"大嫂……"小弟看着蓝宝，觉得自己有点惭愧。

"不用多说了。"蓝宝转头对姚思诚说道，"小弟是我们的亲兄弟，我们也要尊重他的志向。我没有经过你的同意，就决定了这件事情，相信你也会这样做的。"

"蓝宝，这是你的陪嫁，我不能动用这笔钱。小弟，你等一下，我去厂里的会计那里帮你支笔钱。"姚思诚见蓝宝拿着一箱金条出来，觉得对不起蓝宝。

"你说这话就见外了，都这个时候了，还分什么你的我的？小弟上山是打日本鬼子的，我们做哥嫂的不帮他谁帮他？再说等你去厂里开支票，小弟都上四明山了。"蓝宝说着，就把箱子往小弟怀里一塞，"带上吧，嫂子虽说是女流之辈，但知道你要做的事情关系到民族大义，如果早几年，我就跟你一起去打日本鬼子了，但现在，你看这个家，你也有两个侄子了。"蓝宝对小弟说道。

"姚家有嫂子这样识大体的女性，是祖上的荣光。"小弟说着，他好像有什么事情在瞒着大家。

"你真是我的好妻子，你这样对我弟弟，让我心里非常感动。小弟，上了山，记得要给我们写信，报平安。"姚思诚说着，就走到小弟面前，伸出了双臂，把小弟搂进了自己的怀里。

蓝宝站在这对兄弟面前，看着他们，眼泪不由得涌出了眼眶，她知道战争是要死人的事情，那枪子儿是不长眼睛的。但她不会说出这样的话，她只是觉得自己又面临着一场亲人的离别，她的心里有一种说不出的难过。

小弟看着那箱金条，拿出一部分放在了桌子上，对蓝宝说："大嫂，这是你的嫁妆钱，也是你安身立命的钱，我不能全部拿走，等我们赶走了日本鬼子，等我们建立了新中国后，我会把今天的钱，还有……该还你的钱都会还给你。"

"小弟，不要多说了。"蓝宝说着，就转过身，背对着大家默默地流着眼泪。她已经好多年没有流泪了，但今天，她心里觉得有点难过。此时，外面一片寂静，思南公馆和八字桥离得很远，哪怕那里枪林弹雨，这里是听不到的。此时，蓝宝心里挂念的何止小弟一个人？她想起了远在日本的周孝明，想起了在战地上的李大江……啊，李大江正冒着枪林弹雨在和敌人作战，他拿起笔和相机战斗着，她的心在隐隐作痛，她不能再想了，她越想心情越沉重。于是，她又转过身来，走到桌子旁，捧起桌子上的金条又放进了那个小皮箱里。蓝宝对小弟说："穷家富路，你是去打日本鬼子的，你是我们的好兄弟，多保重。"

小弟拿起了那个沉甸甸的小皮箱，对着蓝宝和姚思诚深深地鞠了一躬。他转身向外走出去时，看见了放在桌子上的晒箩，晒箩里放着让小孩子"抓阄"用的东西，就问蓝宝道："贝贝和贝儿呢?"

蓝宝就上了楼走到婴儿室，她看到小儿子已经睡着了，就从王娘姨怀里抱过贝贝，把贝贝抱下楼走到了小弟面前。小弟从蓝宝手里抱过贝贝，望着贝贝那张小脸蛋说道："今天是你的生日，叔叔没有什么礼物可以送你。这是叔叔一直戴在身上的护身符，今天，叔叔送给你作为一份纪念。等我们把日本小鬼子赶出中国了，叔叔再送一件更贵重的礼物给你。"小弟说着，就从自己的脖子上摘下一块用红绳子牵着的玉佩，把它戴在了贝贝的脖子上，他看着自己的侄子，在他脸上亲了一下后交还给了蓝宝。

蓝宝抱着贝贝，对贝贝说："叫叔叔，他是你的亲叔，叫叔叔。"

贝贝就用他天真的笑脸对小弟叫了一声"叔叔"。那声音充满了孩子的稚气，甚至是含糊不清的，但小弟听到贝贝在叫自己，就把贝贝的小手放在了自己的唇边亲了又亲。

姚思诚一听，自己的儿子开口说话了，就兴奋地对小弟说："你真有福气，我的儿子开口的第一句话是叫你叔叔。你会有好运的。"

小弟的眼泪不由得流了出来，流在了贝贝的小手上，但他很快克制住了自己的感情，对姚思诚说："外面很乱，你就打电话给阿爸和姆妈，叫他们还是待在家里，别来思南公馆了。"

"也是的，阿爸和姆妈年纪也大了，再说阿娘身体也不好，就叫他们别来了。小弟啊，如果你真的喜欢朱琪洁，大嫂我就为你做大媒，千万不能误了人家姑娘的终身大事啊。"蓝宝说道。

"大嫂，大哥，谢谢你们为我操心。我只求你们千万别把我上山的事情告诉阿爸和姆妈，还有阿娘，他们会受不了的。"小弟的声音已经哽咽了。

"放心吧，大哥会为你保密的。"姚思诚紧紧地抓住了小弟的手，他突然感到那双手是如此亲热，自己长了这么大，还从来没有和小弟如此这般近距离接触过，更不用说是肢体上的接触了。

"大哥保重！如果，你们遇见李大江了，就代我向他问好。"小弟也紧紧握着姚思诚的手说道。

"放心吧。各自保重。"姚思诚紧紧握着小弟的手，他不愿放开。他从来没有像今天这样感觉到了兄弟的情义，感觉到了和亲人分别时的一种钻心的疼痛。

小弟拿起了那只放着金条的皮箱，向门外走去，向着他心中神圣的四明山走去。若干年后，由于汉奸的出卖，小弟的上级领导陆心严落入了日本宪兵队手里，受尽严刑拷打，最后壮烈牺牲。小弟接替了陆心严的职位，挑起了上海和四明山之间的情报工作，为上海的地下党组织做出了很大的贡献。

小弟走出思南公馆后，直接来到了一所学校，他是来找朱琪洁的。

三年后的朱琪洁，那张圆圆的脸明显瘦了许多，原来的童花式头发已经长长了，柔和地披在肩上，一副近视眼镜在她的脸上显出了她的老练和成熟。她现在是这个学校的一名音乐老师，是中共地下党的一名工作者，和小弟单线联系。

三年前，朱琪洁为了跟随小弟，毅然放弃了去美国留学的机会，留在了上海配合小弟为党工作，可朱母并不知道自己女儿的身份，一直以为是自己的女儿喜欢小弟才放弃了去美国，她也就尊重了朱琪洁的志向，同意了朱琪洁住在学校里，虽然学校的住宿条件不能和朱公馆相比。每逢星期六朱琪洁就会回到朱公馆，还有放寒暑假时也会回去。可朱母心里一直为女儿的婚事操心，眼看着蓝宝都有两个儿子了，自己女儿的婚事八字也没有一撇，也没见姚家人来上门提亲，自己是女方，也不方便去姚家说亲。所以，朱母经常会来学校看看朱琪洁，观察一下女儿和小弟的事态。

当小弟从思南公馆出来，走到朱琪洁的宿舍时，正好遇见了朱母。

今天的朱母已经不是三年前那位古板的女性了，她已经学会了笑。当一个女人脸上出现了发自内心的笑容时，那她的脸上也会流露出一份慈祥。朱母见小弟来找朱琪洁了，就十分知趣地对小弟说："我先走了，有机会来我家玩。"

"妈，你再坐一会儿。"朱琪洁对自己的母亲说着。

"我不打扰你们。"朱母说道。

朱母一离开，小弟就对朱琪洁说道："日本人在闸北和虹口的交界处八字桥向中国守军开了枪，看来这是日本人蓄意挑衅，想通过这一仗一举拿下中国，实现日本人三个月消灭我中华的痴心妄想。"

"那你还是上四明山？"朱琪洁看到了小弟手中的小皮箱子问道。

"我刚从思南公馆过来，我已经向大哥大嫂抖露了我的底牌，但他们不知道你也是地下党员，所以，你要保护好你自己，随时听从党的安排。"小弟对朱琪洁说道。

"好的，那你上了四明山，我随谁的领导？"

"陆先生会和你联系的，他是我们俩的入党介绍人。你现在的任务是以教书作为掩护。多保重。"小弟说着，就伸出手握住了朱琪洁的手。

朱琪洁知道小弟真的要上四明山了，自己最心爱的人要离开自己身边了，就扑进了小弟怀里，深情地拥抱着小弟。

小弟也紧紧地抱着朱琪洁，抱着自己的革命伴侣，他的心不由得伤感起来。他一个从小在优越生活环境中长大的少爷，如今却为了自己的理想和崇高的事业，抛弃了自己的家庭，告别自己的亲人，离别自己的爱人，出生入死。但他丝毫没有为自己的行为有半点后悔，他只是觉得自己对不起怀中这个女人。她是如此深爱着自己，自己却不能给她一个女人想要的生活，给她一个温馨的家。

于是，小弟用他深情的怀抱再一次把朱琪洁抱紧，对她说："等把日本鬼子赶出了中国，我们就结婚。"

朱琪洁听着小弟对自己说的话，就踮起脚尖，抬起脸，望着自己的爱人，眼睛里滚动着泪花，她摘下戴在自己脸上的眼镜，然后对着小弟说："亲我一下。"

小弟慢慢地低下了头，他吻着朱琪洁，朱琪洁也吻着小弟，她的脸上布满了亮晶晶的泪花。

恋人离别的时刻到了，就在小弟走出大门时，他突然想起了什么，回过头对朱琪洁说道："多关心关心你的弟弟朱琪福，发现他和日本浪人接触很多。"

"是的，我也注意到了。"朱琪洁说着，脸上露出了一份不安。望着小弟远去的背影，她想着很多事情。

姚思诚在小弟离开思南公馆后，就对蓝宝说："我要去闸北看看，工厂好不容易上线生产了，万一厂里的设备被日本人的炮火打坏了，就糟了。"

"现在太危险了，你不能去。"蓝宝对姚思诚说。

"这里是租界，日本人不会打进来的。"姚思诚坚决要去闸北。

"但厂子是在闸北呀，我们虽然听不到枪声，但号外上已经写得清清楚楚，国军和日军已经开火了。"蓝宝用焦虑的口气说道。

"我是董事长，我要为工厂负责。"姚思诚显然急躁起来。

"你是我和孩子们的主心骨。再说现在外面的局势怎么样，谁也不知道。"蓝宝说着。

"不行！我要去厂子看看，不知道厂里的师傅和设备都怎么样了。"姚思诚仍一意孤行地说道。

"那我陪你一起去。"蓝宝的脾气比姚思诚更倔强。

"我的太太，这不是我们小时候玩过家家。"姚思诚对蓝宝说。

"我没有当玩笑，我也是认真的，当形势需要我做出努力，我怎么能袖手旁观？"蓝宝说道。

"我是男人，你要听我的话。"姚思诚见蓝宝坚持她的观点，就摆出了自己平时说话常有的腔调。

"平时我可以听你，但遇见大事就是相互尊重。"蓝宝说着，就上楼准备去换衣服。

"那我就不去了！太太，这下可以了吗？我和你在家一起看管孩子。"姚思诚见蓝宝执着的态度，就后退了一步。

"看管孩子是母亲的责任，但现在外面形势也是紧张，日本人看来是来者不善，这一仗不知道什么时候才会消停？"蓝宝听到姚思诚说不去了，这才想起自己是两个孩子的母亲，无论何时何地，保护孩子是母亲的天性，她心平气和地回到沙发边坐了下来。

"但我很想见见李大江，我们已经三年没有见面了。"姚思诚的心情显然有点沉重。

"那就等八字桥那里太平了，你也可以去厂里看看，也可以见到李大江。"蓝宝说着，她突然觉得自己多了一份牵挂，于是，对姚思诚说，"但愿老天爷保护李大江，让他平平安安，愿战争早早结束。"

是的，大家都以为那天八字桥的交火，只是日本人和中国军队一个小小的冲突引发的，战事很快会停火，不会像一九三二年一月二十八日发生的"一·二八"淞沪之战打了近三个月。但谁也没有料到一九三七年八月十三日之后，中国军队和日本军队打了整整三个多月，最后在苏州河边的"四行仓库"进行保卫战。这场战争被世人称为"八一三"淞沪抗战，成为中国抗战史上闻名世界的一场反法西斯战争，也粉碎了日本人想在三个月内灭亡中国的妄想，为以后的八年抗战奠定了基础。

但战争带给老百姓的是无法弥补的创伤，面对战争，无论是穷人还是富人都是灾难。姚思诚倾注的心血，那个闸北的汽车工厂，一夜之间被日本人的炮火摧毁。当这个消息传到思南公馆时，犹如一枚炮弹落到了地上，顿时，把姚思诚炸得从天上掉到了地上，他一时接受不了这个事实，陷入了无比的痛苦和失意中，一夜之间头发都白了出来。自己一心想以实业救国来实现自己的理想，却没想到这个理想让日本人给彻底炸灭了。那个工厂是姚思诚的全部心血，也是所有股东的心血，眼看第一辆小汽车就要诞生，却一下子被日本人的炮火无情摧毁了。

以后的几个月里，姚思诚就如秋天的茄子打了霜一样，每天萎靡不振，饭也吃不下，觉也睡不好，一向快乐的思南公馆失去了往日的欢声笑语。

那天午后，太阳懒懒地照在客厅里，秋天的风把院子里的树叶沙沙地吹起，又轻轻地飘到地上。姚思诚坐在沙发上，两眼直愣愣地看着院子里的风起叶落，一脸的愁绪。蓝宝坐在姚思诚边上，伸出手去抚摸着姚思诚的头发，却发现手掌里有几根发丝，姚思诚落头发了。于是，蓝宝就抬头去看姚思诚的头发，她意外地发现了那头茂密的发丛里有几根白发。

蓝宝小心地将姚思诚的头发撩开，找出那几根白发，对他说："你长白头发了。"

姚思诚没有回应蓝宝的话，他仍看着院子里的落叶，想着很多事情。他想起自己懂事起就喜欢汽车，喜欢机械设备，他的理想就是开个汽车厂，造出自己的小轿车。他要向德国人学习，德国人有"宝马"和"奔驰"，他心中也有一辆车叫"蓝宝"，他要让喜欢开车的中国人个个拥有一辆"蓝宝"车。何况，舅

319

公虞洽卿也在资金和地皮上支持他，并为他运筹帷幄筹集资金，教他把股份拆成十份，自己拿四股。现在想想，还是虞洽卿厉害，把投资风险降到最低。但一想到自己花了三年多心血的工厂一夜间毁于日本人的炮火，姚思诚想去投黄浦江的心都有了。男人嘛，就要做大事，何况这事情又是自己的理想，可理想泡汤了，姚思诚的心里也灰暗了许多，他不知道日本人这一仗要打多久？自己的工厂何时才能恢复？

当蓝宝从姚思诚头上拔下几根白头发放在手掌上给他看时，他觉得从心里升起一股无名的烦躁感，此时，他看什么都不顺眼，听什么话都逆耳，他不知道接下来自己该怎么办？

这时候，从楼上的婴儿室传来了贝儿的哭声，蓝宝想上楼去抱儿子。姚思诚一把抓住蓝宝的手对她说："陪着我，不要离开我。"

"贝儿正是吃奶的时候，他哭了肯定是想吃奶了。"蓝宝说道。

"让王姨去喂他吧。我想出去喝酒，你陪我出去。"姚思诚说。

"你从来不会喝酒，特别是现在这种情况下，你更不能喝。"蓝宝觉得姚思诚的神态有点异常，就对他说，"让我先上楼看看贝儿，我马上下来。"

蓝宝心里牵挂着贝儿，就匆匆地上楼去了。她走到婴儿室，看到贝贝睡得正香，贝儿却闭着眼睛伸展着双手双脚号啕大哭，蓝宝就从摇篮里抱起贝儿转过身子喂起了奶。

蓝宝坐在婴儿室里，她侧着身子坐在背光的地方，抱着已经喂饱的贝儿哄睡着。她扭过头去看躺在小床上的贝贝，发觉贝贝长大了，他睡着的样子是那样的甜蜜和可爱，于是，蓝宝轻轻地把贝儿放进了摇篮里，看了看都睡着了的两个儿子，心里不由得涌上一种母爱的温暖，轻柔地伸出了双手去抚摸孩子们的脸蛋。她发觉贝贝和自己长得很像，贝儿长得像姚思诚。一想到姚思诚，蓝宝的心隐隐作痛，她理解自己丈夫的心情，又为自己不能解除丈夫的痛苦而内疚，她心里想，如果不是为了这两个孩子，自己肯定会冒着危险陪丈夫去闸北看看。想到这里，蓝宝就迅速走出了婴儿室，向楼下走去。

客厅里空荡荡的，院子里的落叶无情地飘在沙发上，不见姚思诚的人影。

蓝宝就走到厨房间，见王娘姨在洗东西，她就问："王姨，先生去哪儿了？"

"刚才还看见他坐在沙发上呢。"王娘姨回答道。

"外面乱哄哄的，他会去哪里呢？"蓝宝不由得担心起来。

"要不我去找先生？"王娘姨放下了手头的活儿说道。

"家里两个孩子正睡着呢，麻烦王姨照看一下，我去找先生吧。"蓝宝说道。

"太太，带上伞，天要下雨的样子。"王娘姨说着，就从屋里取出一把油纸伞递到了蓝宝手中。

"王姨，麻烦你照看好孩子，我马上会回来的。"蓝宝说着，就拿着油纸伞走出了公馆。

此时，已是十一月了，蓝宝身上穿着一件单薄的白色旗袍，外面套了一件黑白条纹的外套。那短短的外套穿在蓝宝身上，显出了一位少妇的风韵。她刚生了第二个儿子，还在哺乳期，那一对丰满的乳房挺拔地显出了她傲人的身材。秋天的风萧萧地吹在街上，刮起了满地的落叶。蓝宝沿着思南路来到了淮海路上，穿过马路后再向北走着，她在寻找姚思诚。

她在路上走着，留意着每一个从她身边匆匆走过的人，每走过一家商店，她也会仔细打量一下，她就这样走着走着。天开始飘起了蒙蒙细雨，蓝宝撑起了手中的那把油纸伞。这是一把湖蓝色的伞，在阴暗的天空下，那颜色就如一个苍穹展现在蓝宝的头顶上，也衬托出她娇美的身姿。

秋天的雨说下就下，说停就停。当蓝宝走到了苏州河边时，她看见很多人站在岸边，看着一队队国军从对岸排着队撤走。于是，她就在人群中寻找着姚思诚，她以为姚思诚会在这里出现。可找了很久，不但没有找到姚思诚，相反被人群挤了进去。

蓝宝见自己被挤进了河岸边，她索性就站在岸边看那部队的撤离。就在这时，她看见了一个熟悉的身影从眼前飘过。那人身材高大，国字脸上浓眉大眼，头顶一个钢盔，身穿一身破旧的军装。那军装的上衣口袋里别着一支钢笔，胸前挂着一架照相机。蓝宝不相信自己的眼睛，她再定睛去看那架照相机。她认出了那架德国的康泰克斯照相机，那年在哈同花园里，李大江就是用这台相机给自己拍照的。

　　但蓝宝不相信自己看到的一切，她怕认错人。于是，她再认真地看着那个人影。就在这时，那个人影却停了下来，他拿起了相机对准这边的人群拍起了照，那拍照的样子和手拿相机的架势，让蓝宝看了不由得激动起来。她就对着那人影晃动起手里的那把油纸伞，她已经忘记了什么是淑女，什么叫优雅，她不顾一切地向那个人影叫道："李大江！"

　　苏州河泛着滚滚的秋水向东流着，向黄浦江流去。国军的部队迅速地向西北方向在撤离，杂乱的声音充斥在河的两岸，蓝宝的声音淹没在这一切里。但她仍举着那把湖蓝色的油纸伞在天空中摆动，看着自己熟悉和牵挂的人渐渐地消失在自己的视野里，她的心里升起一股怅然，她想哭，但又哭不出来，她只能在心里默默地为李大江祈祷，祈祷他平安。

　　其实，李大江已经在镜头里看见了蓝宝，她那黑白分明的衣服在杂沓的人群中是如此鲜明，她那右手高高举起的伞在混浊的天空里飞扬着，那美丽的身段在混乱的人群中如凤凰傲立。其实，李大江何尝不想在自己离开上海时再看她一眼呢？自"八一三"淞沪之战开始，他就冒着枪林弹雨在阵地上记录战争的残酷，用镜头录下时代的影像。好几次敌人的炮火就在身边爆炸，他也多少次看着身边的战友倒在了血泊里，可他没有退缩，因为他已经是一名军人了，是和日本鬼子作战的军人。军人可以随时随地为祖国献出自己的生命。

　　"淞沪会战"是一场闻名于世的中国保卫战，在这场战争中，日军因遭到国民党军队的顽强抵抗而损失惨重。这场战役对于中国而言，标志两国之间不宣而战，是全面抗战的开始。中国军队以死亡三十万人的代价，彻底粉碎了日本"三个月灭亡中国"的计划。自开战以来，李大江一直坚守在前线，并随国军退守到位于苏州河边的"四行仓库"，这对文人出身的李大江来说是一件多么不容易的事情啊，是何种力量支撑着他如此坚强？

　　国军最后几天在"四行仓库"坚守时，也是李大江最艰难的时候，他收到了从南京转来的一封信，那是唐糖的来信。唐糖在信中又一次向李大江表露了自己的爱慕之情，她在信中说："我永远等你。"并在信笺上，用自己的红唇印下了痕迹。在战火纷飞的战壕里，李大江捧着唐糖的信，抚摸着火热的吻，他被一个女人炽热的感情打动了，他想到了蓝宝，想到了她的家庭，他甚至觉得自己为了这些可爱的女人们，为了她们可爱的家园，就是血洒在苏州河，捐躯给黄浦江，都会觉得是自己万分光荣的事情。可他心里最牵挂的还是蓝宝，他相信自己每一篇报道，蓝宝都会看到，他也相信自己好几次和死神擦肩而过，那是这些女人的祈祷让他活了下来。他为她们而活，而战，因为他是一个男人，他用自己最悲壮的方式向可爱的女人们表达着自己的爱意。

当李大江怀着对上海这座城市的爱恋，回头想把苏州河南岸的人群摄入镜头时，他看到了蓝宝，也听到了蓝宝叫自己的名字，只是他没有回应她，他把她摄进了自己的镜头里。因为，他此时作为一名军人，一名从战场上撤离的军人，对他来说和一个逃兵没有什么两样，他觉得自己没有脸去面对蓝宝。打了三个多月的"淞沪之战"最后以国军撤退为结局，同时，也意味着上海将陷入日本人的魔爪，将成为一座孤岛。他想要保护的人和这座城市，此时对他来说已经无能为力。何况，镜头中的人在自己心目中就如女神，而自己却是一个逃兵。想到这里，李大江在心里对蓝宝说："再见了！周小姐！别了，我亲爱的上海。请多保重，凤仙。"当李大江在心里默默叫着凤仙时，他只觉得心里一阵阵的疼痛，他知道自己是个男人，男儿有泪不轻弹。但想到自己随着大部队离开上海，何时才能回来？他的眼睛湿润了，他从来没有体会过什么叫心疼？什么叫牵挂？但此时，他品尝到了这种滋味，他和心爱的女人擦肩而过，何时再能相会？

部队走远了，人群慢慢在退去，蓝宝随着人群走着，仍继续寻找姚思诚。这时天又下起了雨，并刮起了风，那风裹着寒意直入蓝宝的心。蓝宝已经撑开了那把湖蓝色的油纸伞，迈着焦虑担忧的步子向南走着。如果说蓝宝那份焦虑是为找不到姚思诚而生，那是一个妻子对丈夫的天然的情分，但她因为看到了李大江随大部队撤走，她知道他将会奔赴新的战场，那这份担忧则是为好朋友而起的。蓝宝怀着这两份不同的心情，失望地回到了思南公馆。

此时，天色已晚，街灯已经亮起，蓝宝希望自己回到家后，当她推开门，迎接自己的是丈夫姚思诚，那该有多好呢。可蓝宝打开门，走进客厅，偌大的客厅里只有那台钢琴伫立在一边，沙发上空无一人。于是，蓝宝上了楼走进姚思诚的书房，书房里静悄悄的，蓝宝就拿起放在写字台上的毛笔，在砚台里倒上水，用墨磨了一下，然后，她坐了下来，在一张宣纸上慢慢地写了一行小楷："我欲待卿，卿不待我。"

　　蓝宝写好后略一沉思，好像觉得此话写得不妥当，于是，她又拿起笔继续写道："凤凰于飞，翙翙其羽。"写好后，她又仔细观赏了一下，然后把前面写的"我欲待卿，卿不待我"的纸撕掉了，把"凤凰于飞，翙翙其羽"那张纸恭恭敬敬地放在书桌上，她希望姚思诚回来后能看到自己写的字。

　　那么姚思诚一个人去了哪里？邂逅了谁？这个人会不会改变姚思诚的命运？蓝宝的命运又会随之受到什么影响？

　　如果可以预测到未来，姚思诚应该不会一个人离开思南公馆。那么，李大江也不会在苏州河边看到外出寻找丈夫的蓝宝，用他的镜头留下一张经典的照片，而我们的故事里也不会有蓝宝和三个男人的恩怨悲喜了。

　　那第三个男人又是谁呢？

上部完

下部待续

初稿写于 2016 年 8 月 31 日

2016 年 10 月 10 日三稿完成

2018 年 7 月 20 日最后修改

后 记

　　这部小说创作始于 2016 年 5 月，我用了三个月时间一气呵成三十五万字，后来搁置了两年又重新修改，扩容到四十万字。在此期间得到了出版社的大力支持，不胜感谢。

　　一部好的作品是需要时间沉淀的，何况是我文学生命中的第一部长篇小说，其意义和价值对我个人不言而喻。初稿完成两年后，因各种机缘巧合，灵光闪现，让我决心大刀阔斧地在原有结构上进行修改补充，又花了两个月时间对作品进行了剜肉剔骨般的改造，这是需要勇气和智慧的。此间，我再一次被我的人物所感动，为他们的悲壮命运，也由衷赞美那些美好的女性，她们都是我心灵上的花，用各自灿烂的使命为那个时代绽放出壮阔的背景图案，绚丽多彩。四十万字、三十二章，每个字都是支撑起这部小说的大厦之基，也代表我对文学的虔诚之心。

　　在动手写《蓝宝》这部长篇小说时，时时有一种令我无法解释的灵异在召唤着我，把我引进故事的结构里，让我陷入深深的旋涡中，拼命挣扎，一层层往上旋转。每个人物都附在我的身上，让我都不分清自己是谁。有时候就觉得自己是这些人物的混合体，快乐和痛苦并存。这是一份无法用语言来描述的创作经历，只能在小说里品味。

　　我原本是打算以这四十万字为上部的，准备分上下两部来写，根据女主人公的命运走向，写完她的一生，她和命运中的三个男人，以及围绕在他们周围的那些人物在大时代中的浮浮沉沉。但四十万字完成后，发现书印出来要有五百多页，不免担心，这么厚的书会有人看吗？会有销路吗？因为，现在出一本书，作者和出版社都要费尽心血考虑读者的感受。出版真是不易！

幸运的是从我开始创作《蓝宝》，一直有朋友在关心和支持，我和编辑也一直听取各方的建议，终于决定把内容精炼，把三十二章的前二十章作为上部呈现出来，至于蓝宝和三个男人的恩怨情愁，我会在下部进一步展开，以飨读者。

我相信，读者会喜欢上蓝宝的，也会喜欢她身边的每一个人物，因为，他们的命运是联在一起的，谁也离不开谁。就如我在创作《蓝宝》时，我的团队也在逐渐形成。从我孤身一人创作，到周培元先生的插画、徐兵先生的篆刻、徐世明先生的书名题字、金奕璞小姐的封面设计；特别要感谢的是西区传媒公司总经理张建华先生，他从知道我在创作此书时就一直在关注，认为这是一部可以拍成电影和电视剧的作品，也提出了很多宝贵建议。在此还要感谢大众书局的于裴女士，还有金大鹏先生、贾歆小姐等，他们都从自己的专业出发，为《蓝宝》如何走近更多的读者而献计献策。同时，还要感谢最早就成为《蓝宝》读者的朋友们，你们在我创作好每个篇章时就第一时间阅读，提供宝贵的阅读体会，为我顺利完成此书立下了功劳。

当然，最后要感谢的是上海文化出版社，他们为此书倾注了很多心血。也借此后记向所有购买这本书的读者表示感谢，让我们一起在《蓝宝》下部再见，一起见证女主人公的命运在时代的洪流中又会走向何处。

董鸣亭

于 2019 年 5 月 21 日小满

图书在版编目（CIP）数据

蓝宝/董鸣亭著.—上海：上海文化出版社，
2019.6
　ISBN 978－7－5535－1102－3

　Ⅰ.①蓝…　Ⅱ.①董…　Ⅲ.①长篇小说－中国－当代
Ⅳ.①I247.5

　中国版本图书馆 CIP 数据核字（2018）第 031668 号

出　版　人：姜逸青
责任编辑：黄慧鸣　张　彦
版面设计：汤　靖

书名题写：徐世明
插　　图：周培元
篆　　刻：徐　兵
封面设计：金奕璞

书　　　名：蓝宝
作　　　者：董鸣亭
出　　　版：上海世纪出版集团　上海文化出版社
地　　　址：上海市绍兴路 7 号　200020
发　　　行：上海文艺出版社发行中心
　　　　　　上海市绍兴路 50 号　200020　www.ewen.co
印　　　刷：苏州市越洋印刷有限公司
开　　　本：710×1000　1/16
印　　　张：20.5　插页：8
版　　　次：2019 年 6 月第一版　2019 年 6 月第一次印刷
书　　　号：ISBN 978－7－5535－1102－3/I·397
定　　　价：49.80 元
告　读　者：如发现本书有质量问题请与印刷厂质量科联系 T：0512－68180628